Randall Arthur

Die Erbin des Hiob

Roman

Über den Autor

Randall Arthur war 22 Jahre als Missionar in Europa tätig. Er und seine Frau Sherri arbeiteten in der Gemeindegründung in Deutschland und Norwegen. 1998 kehrten sie in die USA zurück. Heute lebt Randall Arthur mit seiner Frau und seinen drei Kindern in Georgia.

Randall Arthur

Die Erbin des Hiob

Roman

GerthMedien

Titel der Originalausgabe:
Betrayal

Published by W Publishing, a division of
Thomas Nelson Inc.,
Nashville, Tennessee

1. Taschenbuch-Sonderauflage 2006

ISBN-10: 3-86591-124-2
ISBN-13: 978-3-86591-124-7

Übersetzung und Überarbeitung: Susann-Beate Zobel
Umschlaggestaltung: Hanni Plato
Umschlagfoto: Taxi
Satz: Typostudio Rücker
Druck und Verarbeitung: Ebner & Spiegel, Ulm

Dieses Buch ist Ric G. gewidmet, einem Christ,
der wie Tausende anderer Brüder und Schwestern
von den etablierten Gemeinden rücksichtslos und
kaltblütig im Stich gelassen wurde.
Ric konnte das ihm widerfahrene Unrecht überwinden,
viele andere sind daran zerbrochen.

Ich widme dieses Buch auch Terry D.,
der auf wunderbare Weise anders ist.

Außerdem widme ich dieses Buch meinem Sohn
Cayden Jeremiah.

Dank

Ich möchte den 33 Personen danken, die das Manuskript dieses Buches inhaltlich korrigiert und mir wertvolle Hinweise gegeben haben.

Ferner danke ich den zahlreichen Fachleuten, die mich in juristischen und medizinischen Fragen beraten und in allen Dingen, die sich mit dem Verkehrs- und Bankwesen beschäftigen, mit wertvollen Informationen unterstützt haben.

Darüber hinaus schulde ich all den Menschen Dank, die ich zwischen 1994 und 1998 in der *Gateway International Church* in Berlin kennen lernen durfte. Sie haben mich unterstützt und ermutigt. Ich danke euch allen für die spannende Zeit, die wir zusammen erleben durften.

Außerdem möchte ich den Mitarbeitern und Herausgebern von *Word Publishing* von ganzem Herzen danken. Ihnen lag viel an diesem Buch, und sie haben alles getan, damit es entstehen konnte.

Teil 1

Frühjahr 1989
Stockholm, Schweden

Rund 500 Kilometer unterhalb des
Nördlichen Polarkreises

1

Ein schriller Ton drang in Rachel McCains Bewusstsein. Ohne die Augen zu öffnen, tastete sie nach dem Telefon, das auf dem Nachttisch neben ihrem Bett stand.

Es klingelte noch ein zweites Mal, ehe sie sich verschlafen räusperte: „Ja?"

„Rachel, bist du das?"

„Ja." Erstaunt sah sie auf den Wecker, der 6:15 Uhr anzeigte.

Schon seit zwei Stunden schien die Sonne und tauchte das Schlafzimmer der McCains in ein durch dicke Gardinen nur mäßig gedämpftes Licht. Die Nächte in Stockholm wurden zu dieser Jahreszeit immer kürzer.

Wer ruft um diese Zeit an? Ist etwas passiert?

„Hier spricht Eric", erklang jetzt eine männliche Stimme in fast akzentfreiem Englisch. „Wir sind hier in der Gemeinde und warten schon seit einer Dreiviertelstunde auf Clay. Bitte entschuldige, dass ich dich deshalb geweckt habe, aber wir würden gerne wissen, ob bei euch etwas dazwischengekommen ist."

Langsam kehrte Rachels Erinnerung zurück. Die Männer der Gemeinde wollten ein gemeinsames Wochenende verbringen. Mit dem Telefonhörer in der Hand drehte sie sich zu Clays Bettseite herum.

„Eric, ich weiß nicht, was los ist, aber hier ist Clay auch nicht. Er wollte um zehn vor fünf losgehen." Jetzt war sie vollständig wach. „Clay wollte mit dem Bus bis Humble Park fahren und von dort aus zur Gemeinde laufen. Warte mal kurz, ich sehe unten nach, ob er schon weg ist."

Sie legte den Hörer neben das Telefon und stieg seufzend aus dem Bett.

Das Badezimmer mit seinen beiden altertümlichen Keramikwaschbecken war leer. Auch die anderen Räume ihres zweistöckigen Holzhauses waren schnell durchsucht. Noch ein Blick in die Garage: Der alte Volvo war da, ebenso wie alle Fahrräder der Familie.

Clay war weg.

„Eric", ihre Stimme war immer noch rau, „Clay ist nicht mehr hier. Allerdings kann ich nicht sagen, wann er aufgebrochen ist."

Ob er eventuell noch schnell etwas besorgt hat? Sie verwarf den Gedanken sofort wieder, zu dieser Tageszeit hatten alle Geschäfte zu.

„Vielleicht hat der Bus Verspätung oder eine Panne", überlegte sie laut und Eric antwortete nicht sehr überzeugt: „Ja, das kann sein. Wenn er in den nächsten Minuten nicht kommt, werden wir hier an der Bushaltestelle nachsehen. Vielleicht fahren wir auch die ganze Strecke ab und schauen nach dem Rechten. Kann ja sein, dass der Bus unterwegs liegen geblieben ist."

Rachel strich ihr schulterlanges dunkelblondes Haar aus der Stirn. „Gut. Ich werde mich schnell anziehen und dann zu unserer Bushaltestelle gehen. Vielleicht ist er dort. Sobald ich zurück bin, rufe ich dich wieder an."

Selbst wenn der Bus ausgefallen wäre, stünde Clay um diese Zeit nicht mehr an der Haltestelle. Schließlich wusste er doch, dass in der Gemeinde rund 15 Männer auf ihn warteten. Er wäre längst wieder nach Hause gekommen und hätte in der Gemeinde angerufen.

Während Rachel in ihre verwaschenen Jeans schlüpfte und sich ein Sweatshirt überzog, holte der Schmerz sie wieder ein, der sie schon seit Monaten quälte.

In den vergangenen Wochen war es ihr kaum noch gelungen, die Bedrückung abzuschütteln, die immer mehr von ihr Besitz ergriffen hatte. So nahm sie auch heute den sonnendurchfluteten, frischen Morgenduft kaum wahr, während sie gedankenversunken zur Bushaltestelle eilte.

„Noch zwei Monate", erinnerte sie sich selbst, „dann sind wir wieder in Atlanta. Dort wird alles besser werden, ganz bestimmt!"

2

Ein paar Minuten später sprach Rachel wieder mit Eric Torleif, der sich als Gemeindeältester und Freund von Clay für die Situation verantwortlich fühlte.

„Er ist nicht an der Haltestelle", erklärte Rachel.

„Hier ist er auch nicht aufgetaucht", erwiderte Eric.

„Vielleicht gab es auf der Strecke ein Problem", mutmaßte Rachel, obwohl sie sich dies nicht vorstellen konnte. Die Busse der schwedischen Hauptstadt wurden laufend gewartet, und sie hatte noch nie gehört, dass einer von ihnen jemals eine Panne gehabt hatte.

„Bist du sicher, dass er überhaupt den Bus genommen hat? Vielleicht hat er sich mit dem Auto oder dem Fahrrad auf den Weg gemacht?", überlegte Eric.

„Nein, Auto und Fahrräder stehen in der Garage", entgegnete Rachel. „Es könnte höchstens sein, dass er zu Fuß gegangen ist."

„Gut, dann werde ich jetzt jemanden bitten, die Strecke abzufahren. Bis später, ja?" Eric legte auf und Rachel ging in die Küche. Es war ihr unangenehm, dass die Männer auf Clay warten mussten, aber darüber hinaus machte sie sich vorläufig noch keine Gedanken. Sie würde schnell duschen und dann Summer aufwecken, die zur Schule musste. Sicher würde Clay bald auftauchen.

Rachel wollte gerade ins Bad gehen, als ihr Zweijähriger aus seinem Zimmer trat. Der kleine Justin stand Augenblicke lang reglos im Türrahmen, kniff die verschlafenen Äuglein zusammen und schaute seine Mama an. Lächelnd betrachtete sie den kleinen Mann in seinem zu großen Schlafanzug, bis er sich mit nackten Füßchen in Bewegung setzte. Rachel bückte sich, hob ihn hoch und küsste ihn. Er legte die Arme um ihren Hals und drückte sein Gesicht an ihre Wange. Rachel setzte sich vor dem Badezimmer auf den Boden und hielt ihren Kleinen fest.

„Guten Morgen, mein Spatz", flüsterte sie und strich über seine weichen Locken. „Hast du schon ausgeschlafen?"

Schweigend kuschelte er sich an sie. Rachel streichelte seinen Rücken und verschob das Duschen vorläufig. „Soll ich mich noch einmal mit dir hinlegen?“, fragte sie leise.

Justin sah sie strahlend an. „Ja, Papa auch!“

„Papa ist weg“, erklärte sie und strich ihm die Haare aus der Stirn, „das habe ich dir gestern Abend schon erzählt. Papa fährt heute mit den Männern aus der Gemeinde in die Berge.“

„Mit Peters Papa?“

„Ja, und mit dem Papa von Carl und dem Papa von Magnus.“

„Wann kommt er wieder?“

„Heute nicht und morgen auch nicht, erst übermorgen.“

Justin nickte, als hätte er genug gehört. Dann stand er auf, nahm seine Mama bei der Hand und führte sie ins Schlafzimmer. Zusammen krabbelten sie in Rachels Bett und kuschelten sich unter dem großen Federbett aneinander.

Fast eine halbe Stunde später sah Rachel wieder auf die Uhr. Nun war es aber Zeit, Summer aus dem Bett zu holen. So leise wie möglich schlich sie sich aus dem Zimmer, um Justin nicht wieder aufzuwecken.

Da ertönte ein lautes Klopfen an der Haustür. Rasch fuhr sie sich mit den Fingern durch die Haare und zog ihr Sweatshirt zurecht. Doch ehe sie die Treppe hinuntereilen konnte, hörte sie bereits das tapsende Geräusch von Justins Füßen hinter sich. Mit ausgestreckten Armen, den Tränen nahe, rannte er hinter ihr her, und sie nahm ihn seufzend wieder hoch.

An der Tür standen Bengt Wennergren und Sten Oestlund. Sie blickten Rachel fragend an.

Bengt, ein 30-jähriger Architekt, war einer der engsten Freunde von Clay. Er hatte mit Clay zusammen schon manchen Berg bestiegen und zahllose Angeltouren gemacht. Beide waren starke, ausgeglichene Persönlichkeiten, nur dass Clay ein sehr unterhaltsamer Mensch war, während sich Bengt in größeren Gruppen meist schweigsam verhielt. Sten war Mitte 30, verheiratet und unterrichtete am Gymnasium Geschichte. Das Besondere an ihm war sein trockener Humor, den alle liebten. Darüber hinaus bewunderte Clay auch Stens großes Wissen und sein ungewöhnlich gutes Gedächtnis. Bengt und Sten sahen wie typische Schweden aus – groß, blond und mit athletischem Körperbau.

„Wir haben die gesamte Strecke zwischen hier und der Gemeinde abgesucht“, begann Bengt unvermittelt, „aber wir haben nichts Auffälliges gefunden.“

Rachel nickte und zum ersten Mal kam Sorge in ihr hoch. „Es gibt bestimmt eine gute Erklärung für das Ganze“, versuchte sie sich selbst und die beiden Männer zu beruhigen.

Bengt nickte. „Bestimmt. Kann ich mal Eric anrufen?“

„Selbstverständlich.“ Rachel zeigte zum Telefon, das im Wohnzimmer stand, und bat die beiden herein. „Ich muss jetzt Summer wecken, damit sie nicht zu spät zur Schule kommt, aber bitte fühlt euch wie zu Hause. Nehmt euch doch etwas zu trinken aus dem Kühlschrank! Ich bin gleich wieder da.“

Mit Justin auf dem Arm eilte sie wieder nach oben.

Was ist bloß mit Clay passiert?

Summer teilte sich das Zimmer mit der drei Jahre jüngeren Holly, die sich in ihrem Schlaf nie stören ließ, wenn Summer geweckt wurde. Rachel streichelte ihre älteste Tochter und flüsterte ihr liebe Worte ins Ohr, bis diese wach genug war, um die üblichen Anweisungen entgegenzunehmen. Summer war temperamentvoll, draufgängerisch und mutig, ganz anders als ihre jüngere Schwester, die sich leicht führen ließ, gerne gehorsam war und ein einfühlsames und ruhiges Wesen besaß.

Endlich war Summer auf dem Weg ins Bad und Rachel ging wieder nach unten. Justin trug sie immer noch auf dem Arm.

Bengt hatte gerade den Hörer aufgelegt und wollte etwas zu Sten sagen, als Rachel ihn unterbrach: „Und, wie geht es jetzt weiter?“ Ihre etwas schrille Stimme verriet die wachsende Besorgnis.

„Er ist noch nicht aufgetaucht“, erklärte Bengt und wandte sich an Rachel. „Eric ruft jetzt in der Zentrale der städtischen Busbetriebe an und erkundigt sich, ob es heute Morgen auf Clays Strecke irgendein Problem gab. Danach ruft er uns zurück.“

Rachel nickte. Ihr Blick ging einen Moment lang ins Leere, bevor sie mechanisch erklärte: „Ich mache jetzt Frühstück. Trinkt ihr einen Kaffee?“ Die Männer nickten.

Justin ließ sich bereitwillig in seinem Hochstühlchen anschnallen, und Rachel setzte den Kaffee auf, fütterte ihren Jüngsten mit einer Banane, stellte für Summer das Müsli auf den Tisch und belegte deren Pausenbrote.

Bengt und Sten versuchten, ein belangloses Gespräch über die Pläne für ihr gemeinsames Wochenende in Gang zu halten, aber keiner war richtig bei der Sache.

Als das Telefon klingelte, rannten alle drei aus der Küche. Eric war am Apparat. Er berichtete von seinem Anruf beim zentralen Busbahnhof. Alle zehn Busse, die an diesem Morgen auf der Route zwischen dem Haus der McCains und der Gemeinde gefahren waren, hatten die Strecke pünktlich und ohne besondere Vorkommnisse absolviert.

Niemand hatte etwas anderes erwartet, gleichzeitig wurde Clays Verschwinden aber immer rätselhafter. Wenn es kein Problem mit den Bussen gegeben hatte, wie sollte man es sich dann erklären?

Ein paar Augenblicke lang schwiegen alle und überlegten, was nun zu tun wäre. Dann meinte Bengt: „Da es nicht an den Bussen lag, muss Clay entweder vor dem Einsteigen oder nach dem Aussteigen ein Problem gehabt haben.“

„Wir haben doch schon alles abgesucht“, wandte Sten leise ein. Rachel stand wie versteinert neben dem Telefon und versuchte, ihre Gedanken unter Kontrolle zu bringen. Die Verbrechensrate in Schweden war sehr niedrig. In den neun Jahren, die sie nun schon dort lebten, hatte es zwei Mordfälle gegeben, die wochenlang die Schlagzeilen im ganzen Land beherrscht hatten. Es war wirklich sehr unwahrscheinlich, dass Clay einem Verbrechen zum Opfer gefallen war.

„Wir sollten die Krankenhäuser der Gegend anrufen“, schlug Bengt vor, „vielleicht ist es Clay unterwegs schlecht geworden und jemand hat ihn ins Krankenhaus gebracht.“

„Hätte man mich in diesem Fall nicht benachrichtigt? Er hat doch seine Papiere immer dabei“, wandte Rachel ein und Sten nickte.

„Ja, normalerweise schon“, pflichtete Sten ihr bei und fuhr fort: „Aber trotzdem spricht nichts dagegen, die Krankenhäuser anzurufen.“

Rachel nickte.

Bengt teilte Eric ihren Entschluss mit, und die beiden Männer telefonierten noch eine ganze Weile, während Rachel und Sten abwartend daneben standen. „Gut“, sagte Bengt schließlich und legte den Hörer auf. „Wir rufen von hier aus die Krankenhäuser an und Eric geht persönlich zum zentralen Busbahnhof. Er will den Busfahrern Fotos von Clay zeigen und herausfinden, ob einer von ihnen sich an ihn erinnern kann. „Rachel“, fragte Bengt, „kannst du für Eric ein paar Fotos bereitlegen?“

Sie nickte und ging wieder in die Küche. Sten und Bengt folgten ihr. „Sollten wir den anderen nicht vorschlagen, ohne uns zu fahren?“, überlegte Sten und wandte sich an Bengt. „Wir und Eric bleiben hier und suchen Clay, aber die anderen brauchen deshalb doch nicht noch länger in der Gemeinde zu warten.“ Bengt schüttelte den Kopf: „Eric hat gesagt, dass alle hier bleiben wollen, für den Fall, dass sie gebraucht werden. Einige sind schon unterwegs und suchen die Straßen zwischen hier und der Gemeinde ab.“ Er bemühte sich, unbeschwert zu klingen. „Die anderen können ja schon mit dem Schachturnier beginnen, das für heute Abend geplant war.“

„Ohne mich?“, protestierte Sten, „Die wissen genau, dass sie nur dann eine Chance haben, wenn ich nicht dabei bin!“

Bengt grinste und wollte etwas erwidern, als Summer die Küchentür aufstieß. Sie hatte ihre Schultasche in der Hand und wollte sich an den Frühstückstisch setzen, als sie die beiden Männer erblickte.

„Bist du fertig?“ Rachel versuchte, möglichst unbefangen zu klingen. Doch der Versuch misslang, und ihre Stimme verriet einiges von den Sorgen und Ängsten, gegen die sie mittlerweile anzukämpfen hatte.

Summer nickte und ging zögernd zu ihrem Platz.

„Hast du Papa heute Morgen gesehen?“, fragte Rachel und goss Milch über das Müsli.

„Ich habe noch geschlafen, als Papa wegging“, antwortete ihre Tochter erstaunt und blickte fragend von einem zum anderen.

Rachel holte tief Luft, um Summer den Grund für ihre Frage zu erklären, als Bengt sie unterbrach: „Rachel, ich möchte kurz mit dir ins Wohnzimmer gehen.“

Summers Stimme klang unschuldig, als sie dazwischenfragte: „Hat Papa etwas Böses gemacht?“

Rachel war schon auf dem Weg ins Wohnzimmer, als sie sich ihrer großen Tochter zuwandte: „Nein", erklärte sie mit betont fester Stimme, „Papa hat nichts Böses gemacht. Aber er ist nicht in der Gemeinde aufgetaucht, obwohl dort alle Männer auf ihn warten. Deshalb wollte ich gerne von dir hören, ob du weißt, wann Papa aufgestanden ist und ob er noch etwas zu dir gesagt hat, bevor er losgegangen ist."

Summer schüttelte den Kopf: „Nein, ich habe ihn nicht gesehen. Aber vielleicht ist er erst noch ins Fitnesscenter gegangen?"

Diese Idee war gar nicht so abwegig. Egal, wie stressig die Woche war, Clay hatte stets größten Wert darauf gelegt, zwei- bis dreimal pro Woche zu trainieren. Davon hatte er sich durch nichts abbringen lassen, weder von familiären Verpflichtungen noch von den zahlreichen Terminen, die seine Gemeindearbeit mit sich brachte. Selbst wenn er an anderen Orten Dienst tat, fuhr er von dort aus in sein Studio.

Aber an diesem Morgen, während mehr als 15 Männer auf ihn warteten – Rachel konnte sich nicht vorstellen, dass Clay sich so egoistisch verhalten würde, auch wenn ihm seine Fitness sehr wichtig war. Er hätte zumindest Bescheid gesagt, dass er später nachkommen würde.

Rachels Blick kehrte zu Summer zurück, die noch immer auf eine Antwort wartete: „Nein, ich kann mir nicht vorstellen, dass er heute Morgen noch zum Fitnessstudio gegangen ist, wo er doch weiß, dass alle auf ihn warten."

Summer wollte etwas einwerfen, doch ihre Mutter fügte noch hinzu: „Wie auch immer, ich werde jetzt dort anrufen. Würdest du bitte schon mal beten und anfangen zu frühstücken? Ich komme gleich wieder."

Folgsam senkte Summer den Kopf, während ihre Mutter im Wohnzimmer bereits den Hörer in der Hand hielt. Bengt war ihr gefolgt und beobachtete, wie sie die Nummer des Fitnesscenters wählte. „Nein, Clay war heute Morgen nicht hier", hörte sie Augenblicke später einen der Mitarbeiter antworten. Sie bedankte sich und legte auf.

Bengt sah sie lange an, bevor er fragte: „Darf ich ganz offen mit dir reden?" Er atmete tief durch und seine Stimme klang fremd. Rachel spürte einen Druck in der Magengegend. Sie ahnte, was er dachte, und antwortete mühsam: „Ja, wenn du meinst, dass es nötig ist …“

Bengt schloss die Tür, bevor er leise begann: „Es ist niemandem in der Gemeinde entgangen, dass Clay sich in den letzten Monaten verändert hat. Auch wenn wir nicht wissen, was ihn belastet, so können wir uns doch vorstellen, dass auch eure Ehe darunter leidet, vielleicht sogar mehr, als wir bisher dachten.“ Er holte tief Luft und zögerte einen Moment. Sorgfältig legte er seine Worte zurecht: „Als typischer Schwede tue ich mich schwer, dich auf solche privaten Dinge anzusprechen. Aber du und Clay, ihr seid meine Freunde. Ich stehe euch sehr nahe. Den anderen in der Gemeinde geht es ähnlich. Wir verdanken euch unendlich viel.“

Rachel sah ihm jetzt direkt in die Augen. Dieses bedrückende Gefühl, das sie seit Monaten zu überspielen versuchte, drängte sich mit Macht in ihr Bewusstsein.

Im Verlauf der vergangenen neun Monate hatte sich mit Clay eine beängstigende Wandlung vollzogen. Aus dem ehemals lebensfrohen, verantwortungsbewussten Ehemann, Vater, Pastor und Missionar war ein in sich verschlossener, geistig abwesender Mensch geworden, der niemanden an den Kämpfen teilhaben ließ, die sich in seinem Inneren abspielten. Alle, die mit ihm zu tun hatten, litten unter dieser Veränderung.

Wie sehr hatte Rachel sich danach gesehnt, von ihrem Mann ins Vertrauen gezogen zu werden. Immer wieder hatte sie das Gespräch mit ihm gesucht. Aber er hatte kühl und abweisend reagiert; er müsse die Dinge für sich selbst klären, hatte er mit knappen Worten geantwortet und den Raum verlassen. Jedes Mal hatte er sie mit ihren Fragen zurückgelassen.

In den vergangenen drei Monaten war er ihr immer mehr aus dem Weg gegangen. Es kam auch zu keiner körperlichen Nähe mehr.

Schließlich hatte sie all ihren Mut zusammengenommen und ihn gefragt, ob eine andere Frau im Spiel sei. Clay war, obwohl er auf die 40 zuging, ein auffallend attraktiver Mann, der unwillkürlich die Aufmerksamkeit der Frauen auf sich zog. Seine Gesichtszüge waren markant, umrahmt von dickem, blondem Haar, das ihm in Wellen in die Stirn fiel. Er besaß einen durchtrainierten

Körper – so manche Frau drehte sich nach ihm um. Aber Clay hatte Rachel versichert, dass sie nichts dergleichen zu befürchten habe, und sie hatte ihm geglaubt.

Es musste an ihr liegen! Hatte sie ihn unbewusst verletzt, zurückgewiesen oder irgendwie enttäuscht? In den vergangenen Jahren hatte Clay ihr immer wieder erklärt, sie sei die liebenswerteste, attraktivste und angenehmste Partnerin, die ein Mann sich nur wünschen könne. Abgesehen von den letzten Monaten hatte er sie immer leidenschaftlich begehrt und ihr seine Liebe auf vielfältige Weise gezeigt.

Der Mann, den sie seit 13 Ehejahren liebte und dem ihr ganzes Vertrauen galt, schien sich plötzlich von ihr zu entfernen, und sie ahnte nicht, warum.

„Was ich sagen will", Bengt versuchte immer noch, mit ihr zu reden, „keinem von uns ist es gelungen, an Clay heranzukommen. Es war fast so, als ob er keine Hilfe wollte ... als wolle er nur seine Ruhe haben."

Tränen standen in Rachels Augen. Bengt sprach genau das aus, was sie seit Monaten quälte.

Immer wieder war sie versucht gewesen, Pastor Frank Lovett, den Gründer und Leiter der *North Metro Church of the Bible* in Atlanta, anzurufen. Er war ihr geistlicher Vater, er hatte sie getraut, und er hatte Clay in seinen Dienst eingesetzt. Da diese Gemeinde sie ebenfalls finanziell unterstützte, waren sie ihm Rechenschaft schuldig, genau wie den Leitern der Missionsgesellschaft.

Wie sehr hatte sie sich in den vergangenen Monaten gewünscht, dass Pastor Lovett mit Clay reden würde. Erst unlängst hatte sie Clay bei einem Streit damit gedroht, dieses Gespräch in die Wege zu leiten. Clay neigte nicht zu Wutausbrüchen, aber in diesem Moment bekam Rachel Angst vor ihm. „Du wirst Pastor Lovett NICHT anrufen, hast du mich verstanden?!" Etwas Bedrohliches lag in seinem Blick. Vielleicht war es auch Panik.

Mit unverhohlener Bitterkeit in der Stimme fügte er hinzu, dass ihm die Leiter in Atlanta weder behilflich sein könnten, noch sein wollten. Würde er nicht umgehend wieder gemäß ihren Vorstellungen funktionieren, hätte er von ihnen nichts Gutes zu erwarten.

Wie oft hatte er Rachel vertröstet und um mehr Zeit gebeten.

Sie hatte ihm immer wieder geglaubt und sich in Geduld geübt. Aber nichts änderte sich. Seine Versprechen wurden nicht erfüllt, seine Ausflüchte blieben unglaubwürdig.

Ihre einzige Hoffnung war der anstehende Heimaturlaub. Nach neun Jahren in der Mission würden sie im Juli für ein ganzes Jahr in die Staaten zurückkehren. Sicher würde Clay sich zu Hause wieder erholen und feststellen, dass seine Pastoren und Vorgesetzten längst nicht so unnahbar waren, wie er befürchtete. Sie waren verantwortungsbewusste Männer, denen viel daran lag, dass es den ihnen Anvertrauten gut ging. Bestimmt würden sie nichts unversucht lassen, um Clay zu helfen.

„Könnte es nicht sein", da war Bengts Stimme wieder, „dass Clay sich für ein paar Tage zurückgezogen hat, um in Ruhe seine Probleme zu klären? Vielleicht möchte er einfach einmal ganz alleine sein?"

Rachel schluckte und sah aus dem Fenster. Wenn sie in letzter Zeit das Gespräch mit ihm gesucht hatte und es daraufhin zum Streit gekommen war, hatte Clay immer wieder damit gedroht, dass er ausziehen würde, und zwar nicht nur für ein paar Tage ... Aber nein, das hatte er bestimmt nur im Zorn gesagt, es konnte nicht sein Ernst sein. Sie konnte sich das beim besten Willen nicht vorstellen.

Langsam wandte sie sich Bengt zu. „Wir haben uns in letzter Zeit öfters gestritten", begann sie zögernd. Jetzt liefen Tränen über ihre Wangen. „Er war immer so abweisend. Ich versuchte, ihm zu sagen, dass die Kinder und ich seine Unnahbarkeit und Kälte nicht mehr ertragen können." Rasch wischte sie sich über die nassen Wangen. „Vielleicht habe ich ihn damit in die Flucht getrieben, dass ich immer wieder mit ihm reden wollte ...?" Müde sah sie Bengt an. „Vielleicht ist es alles meine Schuld?"

Bengt schüttelte heftig den Kopf: „Nein, das wollte ich auf keinen Fall andeuten. Wenn er eine Zeit lang weggehen wollte, dann war das seine Entscheidung. Du hättest es nicht verhindern können. Niemand in der Gemeinde denkt schlecht von dir. Du bist eine tolle Ehefrau. Wenn Clay allein sein will, hat das andere Gründe, über die er noch nicht reden kann. Außerdem", fügte Bengt schnell hinzu und versuchte, hoffnungsvoll zu klingen, „vielleicht liege ich mit meinen Gedanken ganz daneben. Es kann immer noch sein, dass er gleich hier auftaucht und uns erklärt, was heute Morgen los war. Wahrscheinlich wird es eine einleuchtende Erklärung geben, auf die wir nur alle nicht gekommen sind.“

Rachel schwieg. Eine bisher ungekannte Angst hatte nach ihr gegriffen. Mit ein paar Schritten war sie an der Tür und sah nach Justin und Summer, dann starrte sie wieder aus dem Wohnzimmerfenster. In ihrem Herzen schrie sie zu Gott. Hoffentlich stimmte es nicht, was sie dachte.

*

Bis Mittag hatten sie alle Krankenhäuser und ambulanten Unfallpraxen angerufen, doch nirgendwo war ein Patient namens Clay McCain eingeliefert worden.

Am Nachmittag konnte Eric mit drei von sechs Busfahrern sprechen, die an diesem Morgen am Haus der McCains vorübergefahren waren. Er zeigte ihnen die Fotos, doch keiner von ihnen konnte sich an diesen Passagier erinnern. Auch alle anderen Versuche, etwas über Clays Verbleib in Erfahrung zu bringen, blieben erfolglos.

Am Abend trafen sich alle Männer, die den Tag über auf Clay gewartet und nach ihm gesucht hatten, samt ihren Ehefrauen, soweit diese abkömmlich waren, im Haus der McCains. Wohnzimmer und Küche waren voller Menschen. Sie tranken zusammen Kaffee, beteten intensiv und überlegten gemeinsam, was man noch tun könnte, um Clay zu finden.

Rachel hatte Bengt auch gebeten, den anderen seine Vermutungen mitzuteilen. Viele konnten sich vorstellen, dass Clay sich für ein paar Tage zurückgezogen habe, um mit sich selbst ins Reine zu kommen. Trotzdem stimmten sie darin überein, dass es an der Zeit war, die Polizei einzuschalten.

Während Eric bei der Polizei anrief und die Vermisstenmeldung durchgab, flehte Rachel innerlich zu Gott. Wenn doch ihre Vermutungen nicht wahr wären, sondern Clay einfach wieder auftauchen, sich entschuldigen, alles erklären und sie so fest in die Arme schließen würde, wie er es die ganzen Jahre über so oft getan hatte …

3

Rachel warf sich von einer Seite auf die andere. Sie war erst in den frühen Morgenstunden in einen unruhigen Schlaf gesunken und nun wurde sie von wirren Träumen geplagt.

Clay lag neben ihr und strich ihr sanft die Haare aus dem Gesicht. Zum wiederholten Mal erklärte er ihr, wie Leid ihm alles tue. Er war in den falschen Bus gestiegen, der ihn ohne auch nur einmal anzuhalten, 200 Kilometer in den Norden gebracht hatte. Am Zielort gab es weit und breit kein Telefon. Der nächste Bus nach Stockholm fuhr erst neun Stunden später.

Seine Hand massierte ihre Schulter. Sie wollte ihm sagen, dass sie ihm nicht mehr böse war, aber die Worte kamen ihr nicht über die Lippen. Wie sehr sie sich auch bemühte, ihr Mund ließ sich nicht öffnen.

Der Griff an ihrer Schulter verstärkte sich. Gleichzeitig wurden Clays Worte unverständlicher. Sie verstand immer nur „Mami!" Wieso nannte er sie denn „Mami"?

„Mami, Mami!"

Endlich schlug Rachel die Augen auf. Holly lag neben ihr und rüttelte an ihrer Schulter.

„MAMI!"

„Ich schlafe noch, Liebling", flüsterte Rachel, „was ist denn los?"

„Werden wir Papa heute finden?"

Wie eine schwere Last senkte sich die Wirklichkeit auf Rachel. Ihr Blick ging starr zur Decke. Ihr Ehemann war verschwunden, und niemand wusste, wo er sich aufhielt oder was geschehen war.

Gott, bitte hilf mir!, schrie sie tonlos, wie sie es in den vergangenen Stunden immer wieder getan hatte. *Ich weiß nicht, was los ist … ich habe Angst … bitte, lass Clay zurückkommen!*

Rachel zog ihre Tochter an sich. „Wir werden tun, was wir können, mein Schatz", flüsterte sie und hielt die Kleine fest in ihren Armen, „und viele andere Leute helfen uns dabei." Sie schluckte schwer an dem Kloß, der sich in ihrem Hals bildete.

Dann kam ihr ein guter Gedanke: „Wollen wir beide zusammen beten, dass Gott uns hilft, Papa zu finden?“

Holly nickte zuversichtlich.

Rachel betete laut. Als sie geendet hatte, hielt sie ihre Tochter an sich gedrückt und kämpfte gegen die Tränen an. Sie war schon lange Christ und hatte über viele Jahre gelernt, Gott zu vertrauen. Viele sahen in ihr, der Ehefrau, Mutter und Missionarin, ein Vorbild in Glaubensdingen. Doch nun wollte es ihr nicht gelingen, ihre Sorgen und Ängste im Gebet an Gott abzugeben.

Wie gerne hätte sie wie Bengt geglaubt, dass mit Clay alles in Ordnung war und er nach einer gewissen Zeit einfach wieder zurückkäme. Aber vielleicht war ihm doch etwas zugestoßen? Vielleicht lag er verletzt im Straßengraben? Oder … Nein, sie wollte dem Gedanken, der sich ihr immer wieder aufdrängte, keinen Raum geben. Gleichzeitig konnte sie dieses Bild nicht abschütteln. Es bedrängte sie von allen Seiten und raubte ihr jede Kraft und jedes Fünkchen Hoffnung.

Sie hatte in ihrem Leben auch Zeiten der Angst, Entmutigung, Einsamkeit und Bedrückung erfahren. Aber was sie jetzt spürte, war anders. Es war nackte, kalte Angst, die ihr Herz umklammert hielt.

Ihr Blick schweifte an Holly vorbei. Sie war von allen verlassen, auch Gottes Nähe konnte sie kaum noch wahrnehmen. Ihr Wunsch, zu Hause in Atlanta anzurufen, wurde immer stärker. Sie wollte Pastor Lovett ihre Situation schildern, seinen Rat und seinen Trost hören und ihn bitten, dass die Gemeinde für ihre Familie betete.

Doch wie würde Pastor Lovett reagieren, wenn er erfuhr, was sich in den vergangenen sechs Monaten bei den McCains ereignet hatte? In ihrer Heimatgemeinde hatte man sie und Clay immer als das ideale Missionarsehepaar vorgeführt, ein Vorbild für die Jugend, ein Idealfall göttlicher Führung, alle sollten von ihnen lernen.

Würde die Gemeinde hinter ihnen stehen, egal, welche Schwierigkeiten sie gerade hatten? Wären diese konservativen, überwiegend wohlhabenden und nicht mehr ganz jungen Menschen in der Lage, ihre Not, ihre Ängste und die Probleme ihres Mannes zu verstehen?

Sie wollte ihre Gemeinde ins Vertrauen ziehen. Musste sie dies denn nicht auch tun? Sie sehnte sich nach Hilfe und Unterstützung, gleichzeitig wollte sie gegenüber den Menschen, von deren Spenden sie lebte, auch aufrichtig sein. Sie wurden derzeit von 40 Gemeinden und zehn Einzelpersonen unterstützt, doch ein Viertel ihres monatlichen Einkommens stammte aus der *North Metro Church*. Aus diesem Grund fühlte sich Rachel auch verpflichtet, den Mitgliedern dieser Gemeinde reinen Wein einzuschenken.

Bei der Gelegenheit konnte sie Pastor Lovett vielleicht auch erzählen, dass sie sich in letzter Zeit zunehmend von den konservativen Lehren distanziert hatten, die in der *North Metro Church* immer gepredigt wurden. Das meiste davon ließ sich nicht biblisch begründen, sondern war einfach nur Teil einer konservativen amerikanischen Weltanschauung der älteren Generation. Schon lange schoben Clay und sie dieses Gespräch vor sich her.

Holly lag ganz ruhig in ihrem Arm. Vorsichtig blickte Rachel zur Uhr. Obwohl die Sonne schon hoch am Himmel stand, war es noch nicht einmal sechs Uhr, viel zu früh, um in Atlanta anzurufen. Pastor Lovett lag vermutlich noch im Tiefschlaf.

Sie war hellwach, konnte zu dieser frühen Stunde aber nichts tun, außer für ihre Kinder da zu sein und ihren traurigen Gedanken nachzuhängen. Erst um zehn Uhr hatte sie einen Termin auf der Polizeiwache. Nach diesem Gespräch würde die Suche nach Clay offiziell in die Wege geleitet werden. Hoffentlich würde sie bald zu einem Ergebnis führen …

4

„Zunächst einmal werden wir alle Krankenhäuser überprüfen und die in Frage kommenden Busfahrer vernehmen", erklärte Leutnant Nils Ekberg

Rachel saß dem Polizisten erschöpft gegenüber. Er hatte ihr eine Flut von Fragen gestellt, die vermutlich jeder beantworten musste, der eine Vermisstenmeldung aufgab. Es ging darum, ob ihr Mann möglicherweise mit Drogen zu tun hatte, in Spionage verwickelt war, eine außereheliche Beziehung hatte, in Geldnot war oder unter körperlichen oder psychischen Problemen litt.

Obwohl sie einerseits verstand, dass der Beamte alle möglichen Motive für das Verschwinden ihres Mannes in Betracht ziehen musste, hatten sich diese Fragen doch wie böse Geister um Rachel versammelt, die ihr christliches Zeugnis und ihren offiziellen Status als Missionare zu verhöhnen schienen. Ihr war elend zu Mute.

„Solange wir keinen Hinweis auf ein Verbrechen finden", fuhr Leutnant Ekberg fort, „können wir nur noch versuchen, über die Zeitungen nach Ihrem Mann zu suchen. Mit Ihrem Einverständnis werden wir einen Artikel in die großen Zeitungen setzen und ein paar aussagekräftige Fotos Ihres Mannes veröffentlichen. Vielleicht werden dann Hinweise aus der Bevölkerung eingehen. Doch bevor wir das tun, werden wir noch einmal 48 Stunden abwarten, ob Ihr Mann nicht doch noch auftaucht."

„Wenn ich Ihnen irgendwie behilflich sein kann …" In Rachels Augen stand ein flehender, Hilfe suchender Ausdruck.

Leutnant Ekberg notierte die nächsten Schritte, die unternommen werden sollten, und besprach mit Rachel die Einzelheiten der Informationen, die in einem Zeitungsartikel erwähnt werden würden. Als Rachel sein Büro verließ, war es ihr, als würde sie sich in einer anderen, fremden Realität befinden. Sie fühlte sich unendlich weit von den Menschen entfernt, die sich außen im hellen Licht der Morgensonne bewegten.

Am Eingang der Dienststelle warteten Bengt und zwei ihrer engsten Freundinnen auf Rachel. Während hinter ihnen der Verkehr durch die Straßen rauschte, versuchte Rachel, nüchtern und sachlich von ihrem Gespräch mit dem Beamten zu berichten. Dann bat sie ihre Freunde, sie allein zu lassen. Erst als sie mehrfach beteuert hatte, dass es ihr gut ginge und sie wirklich allein sein wolle, gingen die vier auseinander, jeder entfernte sich in eine andere Richtung.

Wieder allein, steuerte Rachel direkt auf eine nur wenige Schritte entfernte Parkbank zu. Alles begann sich um sie zu drehen. Erst als sie saß, gelang es ihr, die aufsteigende Übelkeit zurückzudrängen. Unter dem Mülleimer neben ihr pickten einige Tauben nach Brotkrümeln. Rachel sah sie nicht. Ihre Gedanken waren wieder bei Pastor Lovett. Er war ihr Pastor, er hatte in ihrem Leben die Grundlagen des Glaubens gelegt. Mehr als alles andere sehnte sie sich danach, ihm ihr Herz auszuschütten und von ihm Trost und Rat zu empfangen.

Ohne noch länger zu überlegen, stand sie auf und irrte durch die umliegenden Straßen, bis sie eine Telefonzelle fand. Sie nahm den Hörer in die Hand und wollte einige Münzen einwerfen, als sie plötzlich in Tränen ausbrach. Kraftlos sank ihr Arm nach unten, der Hörer entglitt ihren Fingern, schluchzend krümmte sie sich zusammen.

Sie konnte ihn noch nicht anrufen. Erst musste sie abwarten, was die Polizei von den Krankenhäusern und Busfahrern in Erfahrung bringen würde. An die schmutzige Scheibe gelehnt, versuchte sie, ihre Beherrschung wiederzuerlangen. Ein paar tiefe Atemzüge, sie trocknete ihr Gesicht, hängte den Hörer auf die Gabel und trat wieder auf die Straße. Es war Zeit, nach Hause zu fahren, wo die Babysitterin auf sie wartete.

*

Bis zum Abend blieben die Bemühungen der Polizei erfolglos. Weder die Krankenhäuser noch die Busfahrer wussten etwas über den Verbleib von Clay McCain. Niemand erkannte den Mann auf den Fotos.

Rachel hätte ihren Kindern diese niederschmetternde Nachricht am liebsten verschwiegen. Aber gleichzeitig hatte sie den Wunsch, ehrlich mit ihnen umzugehen.

So versammelte sie ihre kleine Schar um den Küchentisch und versuchte, ihnen vorsichtig mitzuteilen, dass ihr Papa immer noch verschwunden war. Justin saß auf ihrem Schoß und schmiegte sich ängstlich an sie. Summer sprang auf, einen fremden Ausdruck in den Augen, und rannte in ihr Zimmer. Holly versuchte, ihre Mami zu trösten: „Gott wird uns doch helfen, nicht wahr?"

Rachel versicherte ihren beiden Kleinen, dass alle ihre Freunde und sogar die Polizei ihnen beim Suchen halfen und dass ganz viele Leute für sie beteten.

Dann eilte sie hinter Summer her. Ihre Tochter saß vor ihrem Aquarium und starrte wortlos auf die kleinen Goldfische. Rachel wiederholte die tröstenden, Mut machenden Worte, die sie eben den kleinen Geschwistern gesagt hatte.

Als die Kinder sich wieder beruhigt hatten, rief sie ihren Vater in Georgia an. Er lebte in Marietta, einem Vorort von Atlanta. Billy Allen Ward war jedoch nicht der Mann, von dem sie Trost oder Mitgefühl erwarten konnte. Nach Jahren der Enttäuschung und Verletzung hatte sie sich damit abgefunden. Als Fernfahrer hatte er nie eine große Rolle in ihrem Leben gespielt. Auch wenn er zu Hause war – was selten genug vorkam –, hatte er nie über seine Gedanken oder Gefühle gesprochen. Ermahnungen und Befehle waren alles, was sie als Jugendliche von ihm zu hören bekommen hatte.

Sie hatte nicht viele Erinnerungen an ihn. Aber ab und an war es vorgekommen, dass sie daran zurückgedacht hatte, wie sie an einem heißen Sonntagnachmittag unter der schattigen Eiche in ihrem Garten saß und ihrem Vater zusah, wie er Vanilleeis selbst zubereitete und gleichzeitig über seine Arbeit und die schlimmen Zustände in der Welt schimpfte.

Er hatte mit Religion nichts am Hut, und als sie im Alter von 18 Jahren den Glauben an Jesus zum Mittelpunkt ihres Lebens machte, nahm die Distanz zwischen ihnen weiter zu. Sie versuchte, mit Briefen und Karten den Kontakt zu ihm zu halten, aber es war nie eine wirkliche Beziehung zwischen ihnen entstanden.

Trotzdem fühlte sie sich jetzt verpflichtet, ihren Vater über die aktuellen Ereignisse zu unterrichten, und hoffte auch, angesichts ihrer gegenwärtigen Not von ihm ein bisschen Trost und Zuwendung zu erhalten. Seit ihre Mutter vor einigen Jahren nach einem traurigen Leben an der Seite dieses gefühlsarmen Mannes an Krebs gestorben war, hatte Rachel nur noch ihren Vater.

Doch ihr Vater war nicht zu Hause, und so versuchte sie, Clays Eltern anzurufen. Lloyd und Hester McCain, die beide ebenfalls keine Christen waren, waren im vergangenen Jahr von Atlanta in eine Seniorenwohnanlage in St. Petersburg in Florida gezogen. Sie waren Anfang 70. Mr. McCain litt an einer Erkrankung der Nerven und war an den Rollstuhl gefesselt.

Rachels Herz schlug wild, während sie, den Hörer des Telefons ans Ohr gepresst, dem Klingeln des Freizeichens lauschte.

Ihre Schwiegermutter nahm ab. Ohne Umschweife bat Rachel sie, auch ihren Mann ans Telefon zu holen. Als beide zuhörten, berichtete sie ihnen von den Ereignissen der vergangenen Tage.

Mrs. McCain begann zu weinen. Rachel wusste, dass die beiden nichts für sie tun konnten. Mr. McCain war rund um die Uhr auf die Betreuung seiner Frau angewiesen. So versuchte sie, die Fragen der beiden so optimistisch wie möglich zu beantworten, und versprach, sich wieder zu melden, sobald sie etwas Neues erfahren würde.

Als sie wieder auflegte, bedauerte sie, nicht mehr in die Beziehung zu ihren Eltern und Schwiegereltern investiert zu haben. Aber der Glaube, wie man ihn ihr in der Gemeinde in Atlanta vermittelt hatte, war so streng, dass es ihr nicht erlaubt war, mit Nichtchristen zusammen zu sein, selbst wenn es sich um die engsten Angehörigen handelte. So hatte die Gemeinde es nicht geduldet, dass Clays Mutter sie besuchte, weil sie eine starke Raucherin war. Wie weh ihr das heute tat! Hoffentlich würden Clay und sie noch Gelegenheit bekommen, ihre radikale, kalte Gesetzlichkeit von damals zu korrigieren und eine neue, liebevolle Beziehung zu ihren Eltern aufzubauen.

Doch jetzt hatte sie andere Sorgen. Sie saß neben dem Telefon, und wieder war der Wunsch da, Pastor Lovett anzurufen. Nein, noch nicht.

In dieser Nacht schliefen die Kinder bei ihr im Ehebett. Justin und Holly kuschelten sich rechts und links an sie, während Summer sich gewünscht hatte, auf dem Schlafzimmerboden ihr Lager aufzuschlagen. Es dauerte lange, bis die Kinder Schlaf fanden.

Rachel lag Stunde um Stunde wach. Ihre ganze Hoffnung galt nun den Zeitungsartikeln. Sicher würde irgendjemand, der diese Anzeigen las, etwas über Clay wissen und sich melden.

O Gott, bitte … bitte …

Sie ließ ihren Tränen freien Lauf. Es dämmerte bereits, als sie endlich einschlief.

*

Der nächste Tag war ein Sonntag. Wie immer in den vergangenen sieben Jahren bereitete sie das Frühstück vor und machte dann sich selbst und die Kinder für den Gottesdienst zurecht.

Die Ältesten der Gemeinde hatten beschlossen, alle Gemeindeveranstaltungen wie geplant abzuhalten, unabhängig von Clays Verschwinden. An diesem Morgen würde Rolf Nyborg predigen, ein begabter Lehrer mittleren Alters.

Es war der erste Sonntag überhaupt, den sie als Familie ohne Clay erlebten. Rachel versuchte, sich auf das morgendliche Programm zu konzentrieren und nicht ihren Gedanken nachzuhängen.

Als Clay und sie damals nach Schweden gekommen waren, hatten sie die ersten beiden Jahre nur zum Sprachstudium verwendet. Obwohl die meisten Schweden Englisch sprachen, war es ihnen wichtig, die Sprache der Menschen zu lernen, zu denen Gott sie gesandt hatte. Dann begannen sie, eine Gemeinde zu gründen. Zunächst waren sie vier Familien mit insgesamt 15 Personen. Sie nannten sich die *Stockholm Independent Bible Church.* Jahr um Jahr wuchs die Gemeinde, sowohl an Mitgliedern als auch an geistlicher Tiefe. Die Missionsorganisation in der Heimat war mehr als zufrieden. Inzwischen zählten sie rund 200 Gottesdienstbesucher und es gab kaum einen vergleichbaren Erfolg unter den anderen amerikanischen Missionaren in Nordeuropa.

Doch in den letzten Tagen hatte Rachel begonnen, ihre Arbeit samt deren Erfolg mit anderen Augen zu sehen.

Als sie vor dem Spiegel im Schlafzimmer stand und ihre Ohrringe und die dazu passende Kette anlegte, war ihr, als hörte sie Clays Stimme, der wieder einmal ihre makellose Schönheit lobte. Sie wehrte sich gegen diese schmerzhafte Erinnerung. Jetzt war alles leer, schal und glanzlos. Auch sie selbst. Sie wandte sich vom Spiegel ab, zog den Schmuck wieder ab und ließ ihn achtlos auf der Kommode liegen.

Ihre Sehnsucht nach Clay – dem Clay von früher – war schier unerträglich. Er sollte nach Hause kommen und sie wieder so leidenschaftlich lieben wie früher. Neben ihren Aufgaben als Mutter war ihre Ehe doch der Mittelpunkt ihres Lebens, wichtiger als jeder geistliche Dienst, jede Arbeit, jede andere Beziehung.

Als sie mit den Kindern im Auto vor der Gemeinde nach einem Parkplatz suchte, wurde sie unsicher. War es überhaupt angebracht, dass sie an diesem Morgen hier erschienen? Sollte sie stattdessen nicht lieber ihren Mann suchen?

Die Leute begrüßten sie warmherzig wie immer, doch Rachel konnte ihre Unsicherheit nicht abschütteln. Das Eröffnungslied wurde gesungen, dann erhob sich Eric Torleif, um die Gemeinde zu begrüßen.

„Es wäre nicht richtig, wenn wir heute einen ganz normalen Gottesdienst abhielten und nicht erwähnen würden, was uns alle bewegt." Rachel sah sich verstohlen um. Mehr als 200 vertraute Gesichter waren nach vorne gerichtet und warteten gespannt auf das, was jetzt kommen würde. „Wie die meisten von euch schon wissen, ist unser Pastor seit mehr als 48 Stunden verschwunden."

Ein Flüstern und Seufzen ging durch den Raum.

„Er wurde am Donnerstagabend, bevor er schlafen ging, zum letzten Mal gesehen. Am Freitagmorgen stand er schon früh auf und ging zu Fuß aus dem Haus. Eigentlich hätte er mit dem Bus zur Gemeinde kommen sollen, von wo aus er zusammen mit den anderen Männern zu einer zweitägigen Freizeit aufbrechen wollte. Doch er kam hier nie an.

Die Männer, die eigentlich die nächsten beiden Tage mit Clay verbringen wollten, suchten ihn den ganzen Freitag über. Wir sprachen mit den Busfahrern und zeigten ihnen Fotos von Clay, doch keiner konnte sich daran erinnern, ihn gesehen zu haben.

Dann haben wir alle Krankenhäuser angerufen und eine Vermisstenmeldung bei der Polizei gemacht. Doch bisher blieb alles ohne Erfolg.

Ihr könnt euch sicher vorstellen, wie besorgt wir alle sind. Falls Clay bis morgen nicht auftaucht oder gefunden wird, werden alle großen Zeitungen der Stadt einen Artikel über Clays Verschwinden bringen, in dem die Bevölkerung um Mithilfe gebeten wird."

Eric hielt kurz inne, um noch ernster fortzufahren: „Ich will ganz offen zu euch sein. Unser Pastor hatte in den letzten Monaten große innere Kämpfe auszufechten. Das ist manchen von euch aufgefallen. Leider hat er sich niemandem anvertraut, deshalb wissen wir nicht, was ihn so quälte.

Aus diesem Grund sind Bengt, ich und einige andere der Ansicht, dass Clay für ein paar Tage alle seine Aufgaben und Verantwortungsbereiche hinter sich gelassen hat, um zur Ruhe zu kommen und seine Gedanken und Gefühle zu ordnen."

Bei der Aussage, dass Clay vielleicht etwas „hinter sich gelassen" hatte, zuckte Rachel zusammen. Ihr war plötzlich, als würde ihr Innerstes nach außen gekehrt, und sie versuchte krampfhaft, nicht daran zu denken, dass Clay sie und die Kinder verlassen haben könnte.

Marie Blomqvist, die neben ihr saß, legte sanft ihren Arm um Rachels Schultern und drückte sie mitfühlend.

Nein, was Eric sagt, stimmt nicht! Er hat uns nicht verlassen! Er liebt uns! Er liebt mich! Er liebt die Kinder!

Rachel kämpfte verzweifelt gegen die Panik an. Ihre Fäuste waren geballt, die Gelenke traten blutleer hervor.

„Natürlich weiß im Moment niemand etwas über Clays tatsächlichen Verbleib und seine Verfassung, aber wir haben allen Grund anzunehmen, dass das Ganze gut ausgehen wird", hörte sie Erics Stimme.

„In dieser Situation halte ich es für wichtig, wenn wir uns als Erstes viel Zeit nehmen, um für Clay zu beten. Wir wollen Gott bitten, dass er sich um Clays seelisches, körperliches und geistliches Wohlbefinden kümmert! Lasst uns auch für Rachel und die Kinder beten.

Bestimmt habt ihr noch viele Fragen und würdet gerne noch mehr Einzelheiten von mir erfahren. Aber was ich euch jetzt gesagt habe, sind die wenigen Fakten, die wir wissen. Alles andere wäre Spekulation."

Eric wartete, bis er wieder die ungeteilte Aufmerksamkeit der Versammelten hatte.

„Ich schlage vor, wir ändern unseren üblichen Gottesdienstablauf. Lasst uns auf unsere Knie gehen und für Clay beten! Ich habe schon mit Rolf Nyborg gesprochen, der heute für die Predigt eingeteilt ist. Wir dürfen uns so viel Zeit lassen, wie wir wollen, er ist damit einverstanden, dass wir zunächst zusammen beten."

Die Leute begannen, sich zu erheben, als plötzlich eine Frauenstimme zu hören war. Eine groß gewachsene Frau von knapp 50 Jahren war mitten im Raum aufgestanden und hatte das Wort ergriffen. „Vielleicht sollten wir auch für uns beten und Gott um Vergebung bitten", begann sie mit unsicherer Stimme.

„Könnte es nicht sein, dass wir Pastor McCain nicht die Liebe und Zuwendung gegeben haben, die ihm zugestanden hätte?", fuhr sie mit sichtlicher Erregung fort. „Wenn es wirklich stimmt, dass unser Pastor sich irgendwo verstecken muss, um mit sich und der Welt wieder ins Reine zu kommen, dann haben wir doch etwas falsch gemacht! Wusste er, wie sehr wir ihn lieben und wie dankbar wir für seinen Dienst sind? Oder haben wir immer nur erwartet, dass er sich um unsere Probleme kümmert, ohne dass jemand auch an ihn gedacht hätte? Stellt euch vor, er ist jetzt irgendwo ganz alleine und leidet, weil wir ihn ausgesaugt haben!" Ihre Stimme war dem Weinen nahe. „Mein Sohn und ich verdanken ihm so unendlich viel! Wenn er sich nicht mit so viel Ausdauer und Einfühlungsvermögen immer wieder um uns bemüht hätte, würden wir heute nicht an Gott glauben. Ich wollte mich wenige Stunden, bevor er mich zum Glauben führte, umbringen. Er hat meinem Sohn und mir zwei Jahre lang geholfen, unser Leben neu zu sortieren, nachdem mein Mann sich von mir getrennt hatte. Und das hat er nicht nur für uns getan. Wir alle verdanken ihm so viel. Deshalb, meine ich, sollten wir Gott um Vergebung bitten und dafür beten, dass wir in Zukunft mehr für unseren Pastor da sind." Leiser fügte sie hinzu: „Falls ich mit meinem Beitrag daneben war, vergebt mir bitte, aber so empfinde ich."

Schweigen breitete sich aus. Rachel wagte nicht, sich zu bewegen. Wie sehr sehnte sie sich nach Glauben und Hoffnung – aber alles, was sie wahrnehmen konnte, waren Angst und Verlassenheit. Kalter Schweiß trat ihr auf die Stirn.

Bevor Eric wieder das Wort ergreifen konnte, erhob sich im hinteren Teil der Gemeinde ein großer bärtiger Mann: „Vielleicht hat Lisa Recht", begann er mit klarer Stimme und nickte in Richtung der Frau, die sich wieder gesetzt hatte. „Vielleicht haben wir die Hingabe unseres Pastors immer für selbstverständlich genommen. Wenn das wirklich so ist, dann haben wir uns wirklich an ihm versündigt. Ingrid und ich", er lächelte seine Frau an, die neben ihm saß, „wir verdanken ihm unendlich viel, genau wie viele andere von euch auch. Wenn er uns nicht mit so viel Geduld begleitet hätte, wären wir längst geschieden." Er brach ab und schluckte, um die Emotionen in den Griff zu bekommen, die mit dieser Erinnerung in ihm aufstiegen. „Wie viele Stunden ging Clay mit mir spazieren", fuhr er mühsam fort, „er hat so viel in unsere Familie investiert. Falls das stimmt, was Lisa sagt, und wir ihn immer nur für uns in Anspruch genommen haben, ohne auch ihn als Person zu sehen, dann brauchen wir dringend Gottes Vergebung. Außerdem schlage ich vor, dass wir ihn nach seiner Rückkehr – und ich bin mir sicher, Gott wird ihn wohlbehalten zurückbringen – einmal ganz bewusst ehren und ihm unseren Dank ausdrücken, vielleicht im Rahmen eines besonderen Gottesdienstes."

Als der Mann geendet hatte, erhob sich eine Person nach der anderen und drückte ihre Dankbarkeit für den Dienst ihres Pastors aus.

Rachel hörte ihnen zu und versuchte, aus den Worten Trost zu schöpfen. Eine Träne löste sich aus ihrem Augenwinkel, als sie ihre Hand ausstreckte und Maries Hand drückte.

Als niemand mehr etwas sagen wollte, leitete Eric sie in eine intensive Gebetszeit. Manche standen, andere knieten, und einer nach dem anderen betete laut, was ihm auf dem Herzen lag. Das Beten dauerte so lange, dass am Ende nur noch zehn Minuten für die Predigt blieben. Aus diesem Grund beschloss man, Rolf zu bitten, seine Gedanken für den folgenden Sonntag aufzuheben, vorausgesetzt, Clay wäre bis dahin nicht zurückgekommen. Nach einem Schlusslied entließ Eric die Gemeinde. Keiner schien nach Hause gehen zu wollen, überall bildeten sich kleine Grüppchen. Alle redeten voller Anteilnahme und Sorge über ihren Pastor.

Einige Männer standen vorne beieinander und überlegten mögliche nächste Schritte. Heute wollten sie mit den Fotos von Clay in dessen Nachbarschaft von Haus zu Haus gehen und fragen, ob er am Freitagmorgen gesehen worden war.

Marie Blomqvist und Liv Munthe boten Rachel an, sie nach Hause zu begleiten und das Mittagessen für sie und die Kinder zuzubereiten. Rachel willigte wortlos ein.

*

Am späten Sonntagnachmittag wurden die Nachforschungen in der Nachbarschaft abgebrochen. Sie hatten nichts ergeben. Rachels Hoffnungslosigkeit nahm zu. Sie sehnte sich so sehr nach Trost und Zuspruch, dass sie sich entschied, ihren Vater anzurufen. Dieses Mal war er zu Hause. Als sie seine Stimme hörte, brach sie in Tränen aus und erzählte ihm die ganze Geschichte. Doch wieder einmal wurde ihre Sehnsucht nach einem einfühlsamen Vater enttäuscht. Es fehlten ihm nicht nur die rechten Worte, er konnte sich auch nicht in sie hineinversetzen. „Rachel, du bist ein starkes Mädchen. Du wirst das schon schaffen, da bin ich mir ganz sicher." Mehr hörte sie nicht von ihm. Er war wie immer.

Das Gespräch hatte nur zehn Minuten gedauert. Dann saß Rachel weinend neben dem Telefon. Noch nie in ihrem Leben hatte sie sich von allen Seiten so verlassen gefühlt. Nie war sie so alleine gewesen.

In dieser Situation beschloss sie: *Morgen werde ich Pastor Lovett anrufen.*

5

„Denkst du, dass er entführt wurde?", erkundigte sich Pastor Lovett ernst und mit aufrichtig interessiert klingender Stimme.

Rachel saß allein in ihrem Schlafzimmer. Sie hatte den Kindern erlaubt, einen Videofilm anzusehen, und sie gebeten, im Wohnzimmer zu bleiben. Es war ihr sehr wichtig, dass sie ungestört telefonieren konnte.

Schon allein der Klang von Pastor Lovetts Stimme hatte etwas Tröstliches. Sie konnte sich den großen, kräftigen 54-jährigen Mann gut vorstellen, wie er in einem dreiteiligen dunklen Anzug an seinem Schreibtisch saß und zu verstehen versuchte, was sie ihm berichtete. Ihr Pastor war ein Streiter Gottes, ein starker Leiter und eine dominante Persönlichkeit.

„Nun, wir wissen bis jetzt einfach nicht, was los ist", antwortete Rachel und versuchte mühsam, ihre Gefühle unter Kontrolle zu halten. „Auch die Polizei hofft vor allem auf Hinweise aus der Bevölkerung, nachdem die Zeitungen über Clays Verschwinden berichtet haben werden." Nervös spielte Rachel mit der Telefonschnur.

„Wann wird dieser Artikel erscheinen?"

„Morgen, spätestens übermorgen."

Ein paar Sekunden lang herrschte Schweigen. Rachel vermutete, dass Pastor Lovett sich Notizen machte, und wartete geduldig. Dann kam seine nächste Frage: „Wie kommst du persönlich mit der Situation klar?"

Rachel seufzte. „Bitte sag doch den Geschwistern, dass sie für mich beten sollen. Es gibt Momente, da habe ich alles im Griff. Aber oft ... habe ich das Gefühl, verrückt zu werden ... Ich hätte nie gedacht, dass ich einmal so etwas erleben würde."

„Hör mir zu, Rachel", vernahm sie Lovetts warmherzige Stimme, „Clay und du, ihr seid Teil unserer Gemeinde. Ich bin selbst sehr schockiert über diese Nachricht. Die ganze Gemeinde wird erschüttert sein, wenn sie das erfährt. Aber du sollst wissen, dass wir voll hinter euch stehen. Wir werden mit aller Ernsthaftigkeit beten und wir erwarten Gottes Eingreifen. Wenn es dir Recht ist, werde ich ein paar Geschwister bitten, für einige Tage zu euch zu kommen. Sie sollen dir Mut machen, dir mit den Kindern und bei der Hausarbeit helfen, Essen kochen und dich einfach unterstützen, wo es möglich ist."

Als Rachel das hörte, schwappte eine Welle der Dankbarkeit über sie hinweg. Sie fühlte sich so geliebt und wertgeschätzt, dass ihr die Tränen kamen. „Das ist ...", sie schniefte, „ich ... DANKE!"

Erleichtert griff sie nach einem Taschentuch und putzte sich die Nase. Clay hatte sich getäuscht. Ihr geistlicher Leiter war für sie da, wenn es darauf ankam. Allein dadurch ging es ihr schon viel besser. Natürlich war sie ihren Freunden in Schweden dankbar für deren Hilfe. Ihre allerbesten Freunde hatte sie hier in Stockholm. Aber die Rückendeckung durch ihre Heimatgemeinde bedeutete ihr gerade jetzt ungemein viel.

Sie wollte sich für ihre Tränen entschuldigen, doch Pastor

Lovett war voller Verständnis. „Schon gut. Du kannst dich auf uns verlassen. Wir lieben euch und stehen mit euch zusammen diese Situation durch. Unsere Missionare liegen uns sehr am Herzen, das ist doch selbstverständlich. Ich wünschte, wir könnten mehr tun. Aber zumindest werden wir dir ein bisschen Hilfe schicken, und wir werden sie auch in einem Hotel unterbringen, damit sie dir nicht zur Last fallen."

Rachel wollte erneut ihrer Dankbarkeit Ausdruck verleihen, als Pastor Lovett fortfuhr: „Ich möchte dich bitten, jeden Tag etwa um diese Zeit hier anzurufen und mich über den aktuellen Stand der Dinge zu informieren. Ich werde jetzt ein Team zusammenstellen und Flüge buchen. Morgen kann ich dir dann sagen, wer wann kommen wird."

Sie hatten lange geredet. Eigentlich hatte Rachel ihren Pastor noch auf die konservativen Extreme in seiner Lehre ansprechen wollen, von denen Clay und sie in den vergangenen Jahren abgerückt waren, aber das schien jetzt nicht der passende Augenblick zu sein. So verschob sie das Thema auf einen späteren Zeitpunkt.

Nachdem Pastor Lovett aufgelegt hatte, wählte sie die Nummer der Missionsgesellschaft. Das Gespräch mit Lovett hatte sie gestärkt und ihr für den nächsten Anruf Mut gemacht. Die meisten Missionare ihrer Denomination wurden von *Partnership of Christian Conservatives for Global Evangelism*, kurz PCCGE, ausgesandt. Die Organisation hatte ihren Sitz in Greenville, South Carolina, und war ebenso konservativ und gesetzlich wie die dazugehörigen Gemeinden. Vor elf Jahren waren sie von dieser Organisation als Missionare akzeptiert und zwei Jahre später, nach einer dreimonatigen Bewährungszeit in einer Gemeinde in Greenville, nach Schweden ausgesandt worden. Sie war damals 24, Clay 26 Jahre alt. Clay freute sich auf Schweden, weil seine Vorfahren mütterlicherseits von dort stammten und er gerne zu „seinem" Volk zurückkehren wollte.

Sie fühlten sich auf Anhieb wohl in dem Land der Seen, Wälder und Berge. In jenen ersten Jahren bekamen sie zweimal Besuch vom Leiter des Gemeindegründungskreises der Missionsgesellschaft, einmal auch von dem für Europa zuständigen Direktor. Bei diesen Besuchen wurde vor allem überprüft, ob die jungen Missionare den Regeln und Erwartungen der Organisation gemäß lebten und arbeiteten.

Nachdem sie sich in Schweden gut eingelebt hatten, wurden sie zu einem viermonatigen Heimaturlaub zurückgeholt. In acht verschiedenen Bundesstaaten mussten sie ihre Spender besuchen und über ihre Arbeit in Schweden berichten. Mehrmals hatten sie auch einen Termin in der Missionszentrale, um dem heimischen Team Rechenschaft abzulegen.

Doch in den vergangenen vier Jahren hatte es zwischen ihnen und der Missionsgesellschaft praktisch keinen Kontakt mehr gegeben. Sie wurden nicht mehr besucht, nicht mehr zu Heimaturlauben aufgefordert, nicht einmal mehr angerufen. Zwischen Clay und dem europäischen Leiter gingen noch ein paar Briefe hin und her, ansonsten herrschte Schweigen. Clay und sie selbst nahmen an, dass dieses plötzliche Desinteresse drei unterschiedliche Ursachen hatte.

Zum einen war die Zahl der durch die PCCGE betreuten Missionare ständig gestiegen, zum anderen genossen sie durch das ungewöhnlich schnelle Wachstum ihrer neu gegründeten Gemeinde vermutlich das Vertrauen der Heimatfront und drittens hatte wohl keiner der amerikanischen Pastoren, von denen sie unterstützt wurden, eine Klage über sie geäußert.

Doch genau in diesen Jahren, in denen der Kontakt zur Missionsgesellschaft abgebrochen war, hatte sich ihre theologische Sicht zunehmend verändert.

Nach dem dritten Klingeln nahm eine Sekretärin ab. Rachel bat darum, mit dem Direktor für den Bereich Europa verbunden zu werden, und erwähnte einen dringenden Notfall, um zu ihm durchgestellt zu werden. Augenblicke später war Dr. Ed Brighton am Apparat, ihr unmittelbarer Vorgesetzter.

Dr. Brighton arbeitete seit 28 Jahren für die PCCGE. Davon war er 15 Jahre lang Missionar in Argentinien gewesen. Dann hatte die PCCGE expandiert, sodass viele junge, missionserfahrene Mitarbeiter für die Zentrale gesucht wurden. Da Brighton voll hinter allen Lehren und Vorschriften der Organisation stand und sich in allen Dingen kritiklos untergeordnet hatte, kam er für eine solche Position bevorzugt in Frage.

In den 13 Jahren als Direktor für den Bereich Europa war er als kompromissloser Kämpfer für die „unverfälschte Lehre" bekannt geworden. In Bezug auf konservative Strenge stand er seinen älteren Vorgesetzten in nichts nach.

Während ihrer ersten vier Jahre in Schweden hatte Clay mit ihm in regem Briefkontakt gestanden. Nur vier Mal hatten sie ihn persönlich getroffen: Die ersten beiden Begegnungen hatten sie in der Zeit vor ihrer Aussendung nach Schweden, dann folgte sein Besuch bei ihnen in Stockholm, und zuletzt hatte er sie im Rahmen ihres Heimaturlaubes vor über vier Jahren zu sich gebeten, um sich über die Entwicklungen in Stockholm zu informieren.

Doch in den vergangenen Jahren hatte Clay mit ihm nur noch dann Kontakt, wenn es um notwendige Formalitäten ging. Ihre zunehmende Skepsis gegenüber der konservativen Gesetzlichkeit, die in der PCCGE eine ebenso große Rolle spielte wie in ihrer Heimatgemeinde, hatte Clay vor seinen amerikanischen Leitern verborgen.

Vor diesem Hintergrund war Rachel jetzt ausgesprochen nervös, als sie am anderen Ende der Leitung Brightons autoritäre Stimme hörte.

Unumwunden begann sie: „Ich brauche ein paar Minuten Ihrer Zeit, um Ihnen von einigen Besorgnis erregenden Vorfällen zu berichten ..."

Er unterbrach sie: „Einen Augenblick bitte, ich werde meiner Sekretärin sagen, dass sie alle eingehenden Anrufe und Besucher entgegennehmen und notieren soll."

Sie hörte, wie er ein paar Anweisungen gab, dann war er wieder am Apparat. „So, jetzt bin ich ganz für Sie da."

Nicht ohne Angst begann Rachel, ihm die Ereignisse der letzten Tage in allen Einzelheiten zu schildern. Dabei erwähnte sie auch Bengts Vermutung, dass Clay sich gezielt zurückgezogen haben könnte, und die inneren Nöte, durch die Clay seit Monaten gegangen war.

Brighton hörte schweigend zu. Erst als Rachel geendet hatte, ergriff er das Wort. „Zunächst einmal ist es mir unerklärlich, warum Sie uns erst jetzt von den inneren Kämpfen Ihres Mannes berichten. Auch von seinem Verschwinden wäre ich gerne schon vor zwei Tagen informiert worden. Aber darauf kommen wir später zurück. Sie sagen, es gäbe bis jetzt keinen einzigen Hinweis auf den Verbleib Ihres Mannes. Was denken Sie denn selbst, wo er ist? Sind Sie auch der Ansicht, er habe sich für ein paar Tage zurückgezogen? Oder haben Sie eher das Gefühl, er wird irgendwo gegen seinen Willen festgehalten? Halten Sie es für möglich, dass er verletzt ist und irgendwo liegt, wo man ihn nicht finden kann? Sie als seine Frau müssen doch eine Vermutung haben, was mit Ihrem Mann los ist!"

Erschrocken überlegte Rachel, was sie sagen sollte. Er klang verärgert, seine Fragen waren hart und kalt. Sie bemühte sich, eine wahrheitsgemäße Antwort zu formulieren.

Brighton wartete.

„Ich denke … nein, ich hoffe …" Rachel schluckte nervös, schon wieder den Tränen nahe. „Wahrscheinlich hat Bengt Recht, und Clay hat sich irgendwo versteckt, um allein zu sein. Ich vermute, dass es ihm körperlich gut geht. Aber das muss natürlich nicht stimmen …"

„Rachel, ich will Ihnen nicht zu nahe treten, aber was kann denn einen Mann wie Clay dazu bringen, einfach unterzutauchen? Hat er sich überarbeitet? Haben wir es hier mit einem Burn-out zu tun? Oder gab Ihre Ehe Anlass für solch ein Verhalten?"

Rachel zuckte zusammen.

Brighton wartete nur wenige Sekunden auf eine Antwort, ehe er betont freundlich fortfuhr: „Sehen Sie, Rachel, ich bin zu gewissen Anteilen für Sie und Ihren Mann verantwortlich. Falls Clay auf Grund irgendwelcher Überforderungen seine Familie und Gemeinde im Stich gelassen hat, muss ich ihn doch, falls er wieder auftaucht, zur Rede stellen und dafür sorgen, dass er kompetente Hilfe erhält. Sollte er verletzt oder entführt worden sein, dann muss ich als Ihr Missionsdirektor mit der zuständigen Polizei zusammenarbeiten. Deshalb muss ich wissen, was wirklich bei Ihnen los ist."

Moment mal!, wollte Rachel in den Hörer schreien. Aber Brighton war so in Fahrt, dass sie ihn nicht mehr bremsen konnte. Es blieb ihr auch keine Zeit, eine angemessene Reaktion zu formulieren. So platzte es aus ihr heraus: „Nein, ich glaube nicht, dass er sich zurückgezogen hat, weil er überarbeitet ist oder weil unsere Ehe nicht gut genug lief. Vielmehr haben seine inneren Kämpfe zu Spannungen in der Ehe geführt. Aber ich habe tatsächlich keine Ahnung, was ihn belastet hat. Er wollte nie darüber reden."

„Rachel, könnte es sein, dass Clay ... hm, lassen wir das." Er wechselte plötzlich das Thema. „Es war gut, dass Sie sich an die örtliche Polizei gewandt haben. Auch halte ich es für eine gute Idee, dass ein Team aus Ihrer Gemeinde Sie unterstützen wird. Ich werde gleich im Anschluss an unser Gespräch bei Pastor Lovett anrufen und persönlich mit ihm reden. Von Ihnen erwarte ich, dass Sie in den nächsten Tagen regelmäßig mit mir in Verbindung treten."

Er bat noch um den Namen und die Telefonnummer des Polizeibeamten, der mit ihrem Fall betraut war, dann versicherte er Rachel, dass die ganze Missionsgesellschaft hinter ihr und ihrer Familie stehe und für sie beten werde.

Als Rachel endlich auflegen konnte, kochte sie vor Wut. Sie warf sich auf ihr Bett und ein paar Momente lang ließ sie ihren wütenden Gedanken und Gefühlen freien Lauf. Dann ermahnte sie sich und versuchte mit logischen und vernünftigen Argumenten, Brightons Verhalten zu erklären.

Er hatte es bestimmt nicht so gemeint, das ist einfach seine Art ... Es war nur der Schreck, der ihn so kalt reagieren ließ, versuchte sie sich einzureden. *Es wird alles ganz anders sein, wenn wir in ein paar Monaten auf Heimaturlaub sind und ihm persönlich gegenübersitzen.* An diesem Gedanken hielt sie sich fest.

Trotzdem konnte sie den Schock, den dieses Gespräch ausgelöst hatte, während des restlichen Tages nicht mehr abschütteln.

Es war schon spät, als sie für die Kinder und für sich selbst das Abendbrot zubereitete. Nach zwei nahezu schlaflosen Tagen ließ die Anspannung merklich nach und machte einer großen Erschöpfung Platz. Sie war schrecklich müde und ganz allein mit der Fülle von Aufgaben, die ein Haushalt mit drei Kindern mit sich brachte. Ihr Ehemann war verschwunden, ihre Kinder waren aufgewühlt und verängstigt, ihr Vater hatte sie mit seiner Kälte verletzt, ihre Schwiegereltern waren in Panik, Selbstvorwürfe nagten an ihr – *vielleicht war sie eine schlechte Ehefrau und hatte ihren Mann in die Flucht getrieben?* –, ihre Hoffnung auf einen guten

Ausgang der Ereignisse sank immer mehr und ihr Missionsdirektor reagierte wie ein wütender Chef.

Ein Pochen an Stirn und Hinterkopf war das erste Anzeichen einer Migräne. Gut, dass es die schwedischen Freunde gab. Gut, dass Pastor Lovett hinter ihr stand. Diese Menschen waren Gottes Hände, die sich ihr helfend entgegenstreckten, seufzte Rachel dankbar. Ohne diese wenigen, freundlichen Menschen hätte sie die gegenwärtige Not nicht ertragen.

Sie nahm eine Kopfschmerztablette und hatte sich gerade mit den Kindern zum Essen gesetzt, als das Telefon klingelte. Clays Eltern waren am Apparat.

Die tränenreiche Stimme der alten Frau ließ Rachel zunächst nicht zu Wort kommen. Dann musste sie erklären: „Nein, es gibt nichts Neues. Er ist noch nicht aufgetaucht." Sie versuchte, so positiv wie möglich auf die Fragen zu antworten, die ihr gestellt wurden, und kam sich dabei wie eine Lügnerin vor. „Ihr braucht euch um mich und die Kinder keine Sorgen machen", betonte sie. „Die Gemeinde vor Ort unterstützt uns sehr, außerdem wird uns in den nächsten Tagen ein Team aus unserer amerikanischen Gemeinde besuchen, um uns zu helfen."

Ihre Schwiegermutter beteuerte unter Tränen, wie gerne sie jetzt auch bei Rachel und den Kindern wäre, um ihnen, wo immer möglich, zu helfen. Da verlor auch Rachel die Fassung. Das weitere Gespräch bestand im Wesentlichen aus einzelnen Worten, die mühsam und unter Schluchzen hervorgebracht wurden.

Als sie endlich auflegte, stand Summer in der Tür zwischen Küche und Wohnzimmer und beobachtete ihre Mutter. Ihr Gesicht war ebenfalls tränennass, aber sie gab keinen Ton von sich. Rasch ging Rachel zu ihr hin und schloss sie in ihre Arme.

Auch in dieser Nacht schliefen die Kinder und Rachel gemeinsam im elterlichen Schlafzimmer.

6

Am nächsten Morgen wäre Rachel am liebsten nicht aufgestanden. Solange sie schlief, konnte sie sich einbilden, die vergangenen vier Tage seien nur ein böser Traum gewesen.

Aber sie hatte Verpflichtungen: Summer musste zur Schule. Bei dem Versuch, sich von Holly und Justin zu lösen, die sich rechts und links an sie kuschelten, wurden beide Kinder wach. Rachels Tag als Mutter von drei Kleinen begann abrupt.

Als Erstes musste Justin gewickelt und das Bettlaken erneuert werden. Eigentlich war er schon trocken gewesen, doch in den letzten Tagen hatte Rachel wieder auf Windeln zurückgreifen müssen.

Dann suchte sie die Kleidung für Summer zusammen. Während das Mädchen seinen Schlafanzug auszog, stellte es unvermittelt die Frage: „Kann es sein, dass Papa nie wiederkommt?"

Rachel sah erschrocken auf. „Spatz, wir lassen nichts unversucht, um Papa zu finden. Wir müssen nur noch ein bisschen …"

Summer fiel ihr ins Wort. Mit verschränkten Armen erklärte sie: „Ich gehe erst wieder zur Schule, wenn Papa zurück ist!"

Nun hatte Rachel alle Hände voll zu tun, um auf die Bedürfnisse der Kleinen einzugehen und Summer gleichzeitig wieder von ihrem Entschluss abzubringen.

40 Minuten später blickte Rachel ihrer Großen nach, die mit hängenden Schultern Richtung Schule davontrottete. Vielleicht war es falsch gewesen, das Mädchen unter diesen Umständen zur Schule zu zwingen? Zu Rachels ohnehin schon großer Traurigkeit gesellte sich nun noch der Schmerz, ihrer neunjährigen Tochter wehgetan und sie weggeschickt zu haben, obwohl es ihr so schlecht ging. Sie wusste nicht, welches Verhalten in dieser Situation richtig gewesen wäre, und beschloss, eine der erfahreneren Mütter in der Gemeinde um Rat zu bitten. Aber diese Frage musste sie auf später verschieben, jetzt verlangten Justin und Holly nach ihrer Aufmerksamkeit.

Während sie sich um die Kinder kümmerte, wurde ihr bewusst, dass sie seit vier Tagen rund um die Uhr auf ein Lebenszeichen von Clay wartete. Die ständige Anspannung kostete sie alle Kraft. Gleichzeitig nahm diese entsetzliche Angst immer mehr zu.

Das erste positive Ereignis an diesem langen Morgen war ein Anruf von Bengt. „Ich habe mir heute Urlaub genommen“, erzählte er und versicherte ihr seine uneingeschränkte Hilfe und Unterstützung. „Ich will herausfinden, mit welchen Gemeindemitgliedern Clay in den letzten Wochen häufig zusammen war, und ihnen ein paar Fragen stellen. Vielleicht hat Clay unbeabsichtigt einige Hinweise auf seine Pläne durchsickern lassen.“

Als Nächstes machte sich Rachel an den Wäscheberg. Während sie versuchte, aus dem Anruf von Bengt neue Hoffnung zu schöpfen, klingelte das Telefon. Leutnant Ekberg war am Apparat und teilte Rachel mit, dass am darauf folgenden Tag die vier großen Tageszeitungen Stockholms ihre Geschichte veröffentlichen würden. Er versicherte ihr, dass er und seine Kollegen darauf vorbereitet seien, jedem eingehenden Hinweis sorgfältig nachzugehen.

Zum ersten Mal seit Clays Verschwinden keimte in Rachel echte Hoffnung auf. Vielleicht … *vielleicht* würden ihre Gebete und die Gebete aller anderen Menschen wirklich durch diese Zeitungsartikel erhört.

*

Am Nachmittag spielten die Kinder im Garten, während Rachel ihren Anruf bei Pastor Lovett machte. Seine Sekretärin stellte sie sofort durch.

„Gibt es etwas Neues?“, fragte Pastor Lovett gespannt.

„Nein, leider nicht. Aber die Polizei hat mich darüber informiert, dass der Artikel über Clays Verschwinden morgen in den vier größten Zeitungen erscheinen wird. Aus diesem Grund hoffen wir jetzt darauf, dass sich Leute melden werden, die etwas über seinen Verbleib wissen.“

Lovett stellte noch einige Fragen, und Rachel erzählte auch von Bengts Idee, Leute aus der Gemeinde zu befragen.

Warmherzig versicherte Pastor Lovett: „Rachel, die Gemeinde hier betet rund um die Uhr für dich und für deine ganze Familie. Wir erwarten, dass Gott eingreift."

„Außerdem habe ich noch eine gute Nachricht", fuhr er fort, „Bill und Nancy Reese sowie John und Rita Holcomb werden zu euch kommen. Ich habe gerade ihren Flug gebucht und kann dir die Daten durchgeben, wenn du etwas zum Schreiben hast."

„Ja", sagte Rachel und Dankbarkeit schwang in ihrer Stimme mit.

Während Rachel Flugnummer und Ankunftszeit notierte, versuchte sie, sich an die beiden Ehepaare zu erinnern.

Die Holcombs waren Ende 50. Rachel kannte sie seit ihren ersten Tagen in der Gemeinde. Mr. Holcomb war damals bereits Diakon gewesen; vor einigen Jahren war er zum Leiter aller Diakone befördert worden. Es waren einfache, freundliche Leute, die ihren Lebensunterhalt mühsam mit einer Gärtnerei verdienten. Vor ihrer Ausreise nach Schweden waren Clay und sie mehrfach bei den Holcombs zum Essen eingeladen gewesen, ansonsten hatten sie sich oft nach dem Gottesdienst mit dem lieben älteren Ehepaar unterhalten.

Im Gegensatz dazu kannte sie das Ehepaar Reese kaum. Bei ihrem letzten Heimaturlaub war es zu einer kurzen Begegnung gekommen. Damals war Bill Reese gerade zum Pastor ernannt worden. Rachel erinnerte sich, dass ihr Bill und seine Frau zwar sehr erfahren, dabei aber kalt und stolz erschienen waren.

Doch in ihrer gegenwärtigen Situation war Rachel einfach nur froh, dass zwei Paare bereit waren, nach Schweden zu fliegen und sie zu unterstützen. Darüber hinaus blieb ihr nur die Hoffnung, dass sie auch mit dem Ehepaar Reese gut klarkommen würde.

„Übrigens", unterbrach Pastor Lovett ihren Gedankengang, „den Zeitpunkt des Rückflugs haben wir noch nicht festgelegt. Die beiden Familien haben sich darauf eingestellt, mindestens acht oder neun Tage zu bleiben, aber wenn die Situation es erfordert, können sie ihren Aufenthalt auch verlängern."

Zum Abschluss betete Pastor Lovett noch für Rachel.

Nach diesem Gespräch saß Rachel minutenlang reglos auf

ihrer Bettkante und starrte Clays Bild an, das auf ihrem Nachttisch stand.

Wie oft hatte er in seinen Predigten betont, dass es im Leben eines Christen mitunter drunter und drüber gehen könne, aber dennoch habe Gott immer alle Fäden in der Hand und sei in seiner Liebe und Allmacht stets Herr über alles.

In den vergangenen Tagen hatte Rachel immer öfter darüber nachgedacht, ob diese Lehre wirklich biblisch war. Vielleicht war dies auch nur ein in ihrer Denomination übliches positives Wunschdenken? Ein schrecklicher Gedanke …

Sie starrte auf Clays Foto und versuchte, mit seiner Lehre von Gottes liebevoller Allmacht ihr verängstigtes Herz zu beruhigen. Aber es gelang ihr nicht. Die Angst war viel größer als jeder fromme Gedanke.

„Herr, vergib mir!“, brach es aus ihr heraus und sie begann wieder zu weinen. „Ich verliere meinen Glauben! Ich verstehe gar nichts mehr. Jesus, bitte hilf mir! Sei mir gnädig!“

Sie wollte beten, ihr Herz vor Gott ausschütten, seinen Trost und seine Nähe suchen, aber die Verzweiflung blockierte sie.

Der weitere Tag würde genauso quälend verstreichen wie die vergangenen Tage, ein unerträgliches Warten ohne Hoffnung, ein grausames Spiel mit ihrer Seele und mit den Seelen ihrer Kinder. Wann würde diese Not ein Ende haben? Wann würde Gott eingreifen?

7

Rachel hatte sich mit einigen Frauen aus der Gemeinde beraten, was sie am besten mit Summer tun solle. Diese rieten ihr, das Kind am nächsten Morgen eine halbe Stunde früher zu wecken, um in Ruhe etwas Zeit mit ihr zu verbringen und mit ihr zu reden, möglichst während die Kleinen noch schliefen. Rachel versuchte dies und war erstaunt, wie gut ihrer Tochter diese zusätzliche Zeit tat. Sie sprachen über alles, was Summer bewegte, und schließlich ging diese zwar ohne Begeisterung, aber auch ohne großen Widerstand zur Schule.

Rachel war den Frauen für ihre Hilfe dankbar. Sie selbst war derzeit einfach nicht in der Lage, klar zu denken oder sich als Mutter kreative Lösungen für die Probleme mit ihren Kindern einfallen zu lassen. Stattdessen raubte ihr ein Gefühl von Panik jede Kraft und jede innere Ruhe. Sie konnte die Ungewissheit über Clays Verbleib kaum noch ertragen.

Als Summer gegangen war, konzentrierte sie sich darauf, die Kleinen fertig zu machen und sich am nächstgelegenen Kiosk die Tageszeitungen zu kaufen. Heute würden mehrere Hunderttausend Menschen von Clays Verschwinden lesen und sein Foto sehen. Ihre ganze Hoffnung konzentrierte sich darauf. Sie konnte es kaum erwarten, die Zeitungen selbst in Händen zu halten und den Artikel mit ihren eigenen Augen zu sehen.

*

Rachels Hände zitterten, als sie dem Zeitungsverkäufer die Münzen gab. Er war neu im Kiosk, vielleicht ein Pakistani. Mit unverhohlenem Interesse beobachtete er sie, während sie sich sechs große Zeitungen unter den Arm klemmte. Ob er ihre Nervosität bemerkte?

Rasch nahm sie ihre Kinder an der Hand und eilte nach Hause. Dabei drückte sie die Zeitungen an sich, als hinge ihr Leben davon ab.

Zu Hause angekommen, schickte sie die Kinder in ihre Zimmer und schlug die erste Zeitung auf. Rasch wurde sie fündig. Genau wie angekündigt, war der Artikel über den vermissten Pastor in vier Zeitungen zu finden, dreimal auf Seite drei, einmal auf Seite zwei. Das von Leutnant Ekberg ausgewählte Foto zeigte Clays Gesicht in aller Deutlichkeit.

Das Bild war während eines Festgottesdienstes aufgenommen worden. Rachel konnte sich noch gut daran erinnern, wie kalt und abweisend Clay an diesem Tag zu ihr gewesen war – der Gedanke daran tat ihr immer noch weh.

Die Überschrift war immer die Gleiche: „Mystiskt Forsvinnande – Geheimnisvolles Verschwinden“. Aufgeregt überflog sie die Zeilen. Die vier Journalisten hatten zwar unterschiedliche Formulierungen gewählt, aber die Aussagen waren immer die gleichen. Im *Svenska Dagbladet*, der auflagenstärksten Zeitung, war der Text am umfangreichsten:

> *Der 37-jährige Amerikaner Clay McCain, Pastor der* Stockholm Independent Bible Church, *ist seit dem 5. Mai verschwunden. Pastor McCain sollte eine zweitägige Männerfreizeit in der Nähe von Uppsala leiten. Er verließ sein Haus am Freitagmorgen zwischen 4.30 Uhr und 6.00 Uhr, um sich mit den Teilnehmern der Freizeit in dem von seiner Gemeinde angemieteten Haus in der Linne Gatan in der Nähe des Humle Parks zu treffen. Dort ist er nie angekommen.*
> *Pastor McCain ist 1,85 Meter groß und wiegt 80 Kilo. Er hatte wahrscheinlich einen großen blauen Rucksack bei sich. Seine Gemeinde bittet jeden, der Pastor McCain seither gesehen hat oder etwas über seinen Verbleib weiß, sich umgehend bei der Polizei zu melden.*
> *Die Polizei wollte keine Angaben über eine mögliche Ursache für das plötzliche Verschwinden des Mannes machen. Aber sie half der Familie bei ihrer Suche nach dem Vermissten, indem sie Busfahrer, U-Bahn-Schaffner und Zugbegleiter befragte und in den Krankenhäusern nach ihm suchte. Bislang wurden jedoch weder Hinweise auf seinen Verbleib noch Augenzeugen gefunden.*
> *McCain ist Vater von zwei Töchtern und einem Sohn. Zusammen mit seiner Frau Rachel gründete er vor sieben Jahren in der Innenstadt Stockholms eine christliche Gemeinde. Mittlerweile zählen sich mehr als 200 Schweden zu dieser Gemeinde, damit ist sie größer als 90 Prozent aller staatlichen Kirchen in der Stadt.*

Es folgte eine Telefonnummer der Polizei, unter der man sich melden konnte.

Rachel lehnte sich zurück. Erneut war sie den Tränen nahe. Da spürte sie plötzlich zwei kleine Händchen, die ihre Arme streichelten.

„Nicht weinen, Mami", bat Holly und sah ihre Mutter aus klaren Kinderaugen an, „Gott wird machen, dass die Zeitung und die Polizei unseren Papa finden."

*

An diesem Abend waren etwa 60 Personen zu dem Abendgottesdienst erschienen. Eric las den Zeitungsartikel vor und sprach dann kurz über das Thema: „Gott, unser Helfer und unsere Zuflucht". Während des restlichen Abends beteten die Anwesenden für Clay und sprachen über ihren verschwundenen Pastor. Die Ältesten ermutigten alle, an die Macht des Gebets zu glauben und ihre Hoffnung nicht aufzugeben.

8

Es war Freitagnachmittag. Leutnant Ekberg musste noch einen Bericht schreiben, bevor er ins Wochenende aufbrechen konnte. Die meisten seiner Kollegen waren schon gegangen. Froh darüber, dass er keinen Wochenenddienst hatte, dachte er an die Kanufahrt, die er morgen mit seiner Familie und einigen Freunden unternehmen würde.

Seine Gedanken drehten sich um Zelte, Strömungen und Lagerfeuer, und er bemerkte zuerst gar nicht, dass seine Kollegin das Zimmer betreten hatte.

„Leutnant Ekberg", drängte sich ihre Stimme in sein Bewusstsein, „hier ist jemand für Sie. Es geht um den Fall McCain. Wir haben eine erste Reaktion auf den Zeitungsartikel. Klingt so, als wäre es ein wichtiger Hinweis."

„Gut." Leutnant Ekberg setzte sich aufrecht hin, „bitten Sie ihn herein."

„Es ist eine Frau."

„Meinetwegen, bitten Sie die Frau herein."

Während die Polizistin sich umwandte, um die Besucherin hereinzubitten, speicherte Ekberg seinen angefangenen Text und schloss die Datei. Dann legte er sich einen Notizblock zurecht und schrieb Datum und Uhrzeit in die oberste Zeile. Aus den Augenwinkeln sah er, dass eine Frau seine Dienststube betrat.

Wie viele Männer hatte auch Leutnant Ekberg durchaus einen

Sinn für körperliche Schönheit, die in Schweden verhältnismäßig häufig zu bewundern war. Auf zahlreichen Reisen in andere Länder Europas und Nordamerikas hatte er immer wieder feststellen können, dass die schwedischen Frauen besonders häufig den klassischen Schönheitsidealen entsprachen. Doch auch in Schweden, wo schöne Frauen eher die Regel als die Ausnahme bildeten, gab es Frauen, die so atemberaubend aussahen, dass kein Mann in ihrer Nähe unbeeindruckt bleiben konnte. Die junge Frau, die jetzt vor seinem Schreibtisch stand, gehörte definitiv zu dieser Gruppe. Leutnant Ekberg stand auf und räusperte sich. Er blickte in die aufregendsten grünen Augen, die er jemals gesehen hatte. Die Frau hatte einen dunklen Teint und ebenmäßige Gesichtszüge mit einem Ausdruck von Zartheit und Sensibilität, wie er in so klassisch schönen Gesichtern selten zu finden ist. Dickes, blondes Haar umrahmte das ungewöhnliche Gesicht und fiel über Schultern und Rücken. Auch ihre Figur war atemberaubend und wurde von der eng anliegenden Jeans und dem bauchfreien pinkfarbenen T-Shirt schon fast unverschämt hervorgehoben.

„Leutnant Ekberg", stellte er sich mit rauer Stimme vor und reichte ihr die Hand.

„Anna Gessle", antwortete sie und erwiderte kurz seinen Händedruck. Kein Lächeln lenkte von dem Ernst ihres Anliegens ab.

Ekberg atmete das teure Parfüm ein, das diese Frau einhüllte, und rückte ihr einen Stuhl zurecht.

„Meine Kollegin sagte, Sie wüssten etwas über den vermissten Pastor Clay McCain", eröffnete er das Gespräch und notierte dabei ihren Namen.

„Ich werde nichts sagen, ehe Sie mir nicht absolut glaubhaft versichern, dass mein Name in diesem Zusammenhang niemandem gegenüber erwähnt wird."

Ihre Stimme verriet etwas von ihrer Nervosität. Ekberg reagierte freundlich: „Ich bin für diesen Fall verantwortlich und ich bin die direkte und einzige Kontaktperson für Mrs. McCain. Ich verspreche Ihnen, dass ich Ihren Namen nicht erwähnen werde. Es sei denn, Sie sind direkt oder indirekt für das Verschwinden von Mr. McCain verantwortlich", fügte er noch hinzu.

„Bis ich es in der Zeitung las, wusste ich gar nicht, dass er überhaupt verschwunden ist“, wies sie jede Verdächtigung entschieden zurück.

„Gut. Ich bin gespannt, was Sie zu berichten haben.“

Anna Gessle sah stirnrunzelnd auf den Notizblock. Der Leutnant verstand ihren Blick und machte ihren Namen unleserlich. Dann legte er seinen Stift zur Seite und sah sie abwartend an.

Die junge Frau lehnte sich zurück, schloss die Augen und begann zu reden. „Ich kenne Clay seit über drei Jahren“, begann sie. Als sie ihre Augen wieder öffnete, schweifte ihr Blick in die Ferne. „Wir trafen uns in einem Fitness-Studio hier in der Stadt. Clay trainierte dort bereits regelmäßig, als ich dazustieß. Wir trafen uns zwei bis dreimal pro Woche beim Training.“

„Heißt das, dass Sie gar nichts mit seiner Gemeinde zu tun haben?“

„Nein, ich wusste gar nicht, dass er etwas mit einer Kirche zu tun hat. Das habe ich erst in der Zeitung gelesen.“ Sie versuchte, ihre Aufregung unter Kontrolle zu halten. „Er sagte immer, er sei Lehrer, sprach aber nie mit mir über seine Arbeit. Ich hätte nie gedacht …“

„Er sagte immer – wie meinen Sie das? Waren Sie mit Mr. McCain befreundet?“

Sie bemühte sich um einen unbeteiligten Gesichtsausdruck: „Wir waren mehr als nur Freunde. Bis vor drei Monaten hatten Clay und ich eine Affäre, die fast drei Jahre lang gedauert hat.“

Ekberg kannte Clay nicht, aber er konnte sehr gut verstehen, dass ein Mann, sei er Pastor oder nicht, dieser Frau erliegen musste. Sie sah so aus, als wäre sie ausschließlich zum Vergnügen der Männerwelt geschaffen worden und als wüsste sie das auch.

„Nun“, fragte Ekberg bedächtig, „was wissen Sie über McCain?“

Anna Gessle schlug ihre langen Beine übereinander und trommelte mit ihren Fingernägeln auf die Tischplatte. Mühsam fuhr sie fort: „Ich denke … ich bin mir ziemlich sicher, dass er zusammen mit meiner Freundin das Land verlassen hat.“

Sie zögerte, als erwarte sie eine Zwischenfrage, doch Ekberg schwieg.

„Vor etwa einem halben Jahr machte ich die beiden miteinander bekannt. Sie verliebten sich sofort ineinander. Als ich es bemerkte, zog ich mich zurück. Das Letzte, was ich von meiner Freundin hörte, war, dass sie Pläne schmiedete, sich mit Clay zusammen abzusetzen. Sie liebt ihn sehr. Trotzdem hätte ich nicht gedacht, dass die beiden ernst machen würden."

„Können Sie mir Namen und Adresse der Frau geben?", fragte Ekberg sachlich.

Anna schüttelte verneinend der Kopf.

„Ich muss Ihre Aussagen aber überprüfen!", erklärte er.

„Nein, tut mir Leid."

„Woher soll ich dann wissen, dass Sie mir die Wahrheit sagen?"

Sie zuckte die Schultern. „Sie hat langes dunkles Haar, ist sehr reich und ledig", verriet sie, als sei damit eine ausreichende Personenbeschreibung gegeben.

„Was kann ich Mrs. McCain über den Aufenthaltsort ihres Mannes sagen?"

Wieder schüttelte sie den Kopf.

„Warum erzählen Sie mir das Ganze dann überhaupt?", bohrte er weiter.

Sie dachte lange nach. „Vielleicht hat mich mein schlechtes Gewissen hierher getrieben", antwortete sie ernst.

Ekberg ging nicht darauf ein. „Ich werde alles, was Sie mir gesagt haben, mit Ausnahme Ihres Namens, an Mrs. McCain weitergeben. Sind Sie damit einverstanden?"

Sie nickte.

„Noch eine Frage", setzte er nach und erhob sich, „wussten Sie, dass Pastor McCain verheiratet ist und Kinder hat?"

Anna Gessle griff schweigend nach ihrer Handtasche und stand ebenfalls auf. Sie sah ihm direkt in die Augen und sagte mit trauriger Stimme: „Ja, ich wusste es die ganze Zeit … genau wie er auch von meiner Familie wusste."

*

Über das Gemeindebüro brachte Leutnant Ekberg die Nummer von Eric Torleif in Erfahrung, der ihm den Namen des Fitness-Centers sagen konnte. Ein Anruf genügte, und er wusste, dass Anna Gessle seit etwas mehr als drei Jahren regelmäßig dort war und oft mit Mr. McCain zusammen das Studio verlassen hatte.

9

Eric Torleifs Frau Lena hatte beschlossen, den Tag bei Rachel zu verbringen und ihr bei der Hausarbeit zu helfen, während eine andere Frau aus der Gemeinde sich um die drei Kinder kümmerte. Lena hatte selbst noch keine Kinder und arbeitete halbtags als Erzieherin. Sie hatte am Morgen mit Rachel telefoniert und gehört, dass Rachel angesichts der bevorstehenden Ankunft des amerikanischen Teams viel Stress hatte. Lena hatte versucht, Rachel zu beruhigen, indem sie ihr vor Augen geführt hatte, dass diese Menschen kamen, um ihr zu helfen und sicher kein geputztes Haus erwarten würden. Aber Rachel widersprach: Die Arbeit musste sowieso gemacht werden, auch unabhängig von dem Besuch. Also hatte Lena sich einfach auf den Weg gemacht und ihre Hilfe angeboten. Darüber hinaus hoffte sie auch, mit Rachel reden und beten und ihr Trost und Ermutigung geben zu können. Rachel nahm ihre Hilfe bei der Hausarbeit gerne an, war ansonsten aber verschlossen und ließ sich nicht auf ein Gespräch ein. Sie arbeitete verbissen und schweigend, und Lena half ihr, wo sie konnte.

Ein paar Stunden später war die Küche geputzt, der Boden gesaugt und sie trugen Stapel gebügelter Wäsche nach oben. Lena hatte sich vorgenommen, anschließend zu fragen, ob sie für Rachel beten dürfe. Sie sehnte sich danach, die müde, leidende Frau in ihre Arme zu schließen und Gott um sein Eingreifen zu bitten. Dienten sie nicht einem Gott, der in hoffnungslosen Situationen angerufen werden wollte und der seinen Kindern immer gerne half?

Sie befanden sich auf der Treppe zwischen Keller und Erdgeschoss, als das Telefon klingelte. Rachel rannte ins Wohnzimmer, stellte den Wäschekorb auf den Boden und nahm den Hörer ab.

„Guten Tag, Leutnant Ekberg“, hörte Lena sie sagen.

Lass es eine gute Nachricht sein, betete Lena leise. Wie sehr sehnte sie sich danach, ein erleichtertes Lächeln auf dem Gesicht ihrer Freundin zu sehen!

Stattdessen ließ Rachel sich auf den nächsten Sessel fallen, wurde schneeweiß im Gesicht, schloss die Augen und begann, schwer zu atmen. Reglos stand Lena in der Tür.

Rachel nickte wortlos. Tränen traten in ihre Augen und begannen, über ihre Wangen zu fließen. Mit einer verzweifelten Geste strich sie mehrmals die Haare aus dem Gesicht. Dann krümmte sie sich vornüber und ein tiefes Schluchzen drang aus ihrer Kehle.

Lenas Magen krampfte sich angstvoll zusammen. Sie warf den Wäschestapel aufs Sofa und rannte zu Rachel. Diese presste den Hörer an ihr Ohr und hatte die andere Hand zur Faust geballt.

Sanft legte Lena ihre Hände auf die zuckenden Schultern, doch unwillig und heftig schüttelte Rachel sie wieder ab. Angst griff nach Lena. War Clay tot? Oder verletzt? Was hatte der Polizist zu berichten?

O Gott, hilf ihr!, schrie Lena tonlos.

Etwa eine Minute verging, dann legte Rachel auf. Sie starrte auf den Teppich und blieb dort regungslos sitzen, während Tränen über ihr Gesicht strömten.

„Rachel?“, fragte Lena vorsichtig und begann selbst zu weinen.

Rachel schien sie nicht zu hören. Lena berührte sie sanft. Ohne Vorwarnung brach ein entsetzlicher Schrei aus Rachel hervor, so unerwartet und laut, dass Lena vor Schreck zurückwich. Rachel sprang auf und rannte aus dem Zimmer. Dabei riss sie die Stehlampe um. Der Lampenschirm krachte zunächst gegen die Wand und die Glühbirne zerschellte schließlich auf dem Boden.

Rachel riss die Haustür auf und rannte nach draußen. Lena war zuerst vor Angst wie gelähmt, dann kam Leben in sie, und sie rannte hinter Rachel her. Einige Häuser weiter holte sie die Verzweifelte ein. Atemlos keuchte sie: „Rachel, egal, was passiert ist, ich bin für dich da ... die ganze Gemeinde ist für euch da ... du musst keine ...“

„Lass mich in Ruhe!“ Rachel schrie in Lenas Richtung, rannte jedoch weiter. Die Wut und Aggression, die aus Rachels Stimme drangen, überraschten Lena. Sie hätte es niemals für möglich gehalten, dass ihre Freundin zu solchen Gefühlsausbrüchen fähig wäre. Sie blieb stehen, holte tief Luft und lief dann zurück ins Haus, um Eric anzurufen.

*

Als Rachel schließlich erschöpft zusammensackte, lag sie auf Händen und Knien am Rand eines Fußballfeldes. Sie starrte auf den Boden und rang nach Atem.

Ekberg musste gelogen haben. Oder es war eine erfundene Geschichte. Es konnte einfach nicht wahr sein! Die Frau …

Ohne Vorwarnung krampfte sich ihr Körper zusammen und sie begann zu würgen. Sie hatte nicht einmal mehr Zeit, ihre Haare aus dem Gesicht zu streichen, ehe sich ihr gesamter Mageninhalt entleerte.

Ein paar Minuten später versuchte sie, sich aufzurichten. Doch wieder wurde sie von so heftigem Schluchzen geschüttelt, dass sie erneut kraftlos zu Boden sank.

Zusammengekrümmt wie ein Baby lag sie auf der Seite. Ihre Augen waren geschlossen, sie nahm ihre Umgebung nicht mehr wahr. Dann begann sie zu schreien, so laut sie konnte, sie schrie und schrie und schrie …

Als ihre Schreie verebbten, versuchte sie, jeden Gedanken zu ersticken und tot zu sein.

10

Irgendwann stand Rachel wieder auf und schleppte sich zurück. Alles schien unwirklich, sie nahm ihre Umgebung wie in Zeitlupe wahr. Im gleißenden Licht der Sonne hatte sie Mühe, die beiden Personen zu erkennen, die ihr entgegeneilten.

Erst als sie Lenas feste Umarmung spürte, drang Erics Stimme in ihr Bewusstsein: „Ich habe mit Leutnant Ekberg gesprochen“, brachte er stockend hervor. „Rachel, es tut mir so furchtbar Leid! Es tut uns so Leid!"

„Wir sind für dich da, ja?", flüstere Lena und weinte.

Rachel legte ihren Kopf auf Lenas Schulter und nickte.

*

In den folgenden Stunden herrschte im Haus der McCains ein reges Kommen und Gehen. Zuerst erschienen sechs Frauen aus der Gemeinde, darunter Rachels engste Freundinnen, um gemeinsam zu beten.

Die Frauen hatten vorgeschlagen, noch ein paar Tage zu warten, ehe man den Kindern die furchtbare Wahrheit mitteilte, nicht zuletzt in der Hoffnung, alles würde sich doch noch als Irrtum herausstellen. Rachel, die mittlerweile einen heftigen Migräneanfall hatte und zuweilen desorientiert wirkte, willigte wortlos ein.

Zwei der Frauen machten sich zusammen mit Lena daran, das Abendessen für die Kinder vorzubereiten, die von ihrer Tagesbetreuung zurückkehrten. Anschließend räumten sie die Küche wieder auf und brachten die Kinder ins Bett. Es tat ihnen weh, die seelische Not der Kinder zu erleben, die verunsichert und ängstlich wirkten und viel weinten.

Während die anderen Frauen nach Hause gingen, blieb Lena über Nacht bei Rachel. Gleichzeitig trafen sich an diesem Abend die Ältesten und die leitenden Mitarbeiter der Gemeinde, um die Neuigkeiten über Clay zu besprechen und über die Zukunft der Gemeinde nachzudenken. Nach einer zweistündigen Sitzung rief Eric bei den McCains an und berichtete Lena von den Ergebnissen: Bis die Urlaubsvertretung von Clay wie geplant aus den USA eintreffen würde, sollte Rolf Nyborg vorübergehend predigen, im Wechsel mit zwei anderen erfahrenen Gemeindemitgliedern. Weitere Entscheidungen wollten sie zu diesem Zeitpunkt vorläufig nicht treffen. Solange die Information der Polizei nicht bewiesen war, wollten sie alles offen lassen, beten, abwarten und hoffen, dass die anonyme Zeugin nicht die Wahrheit gesagt hatte.

Lena dachte noch einen Augenblick über Erics Worte nach,

ehe sie sich nach oben begab, um Rachel die Entscheidung der Gemeindeleitung zu überbringen.

*

Rachel hatte gebadet und trug ihr Nachthemd, als sie zu Clays Kleiderschrank ging und eine Schublade öffnete, in der die wichtigen Familiendokumente lagen. Mit zitternden Fingern öffnete sie eine kleine Schachtel.

Tatsächlich. Ein Schmerz zuckte durch ihren Brustkorb, ihr Herz schlug heftig. Clay hatte seinen Reisepass mitgenommen. *Was hat er denn vor?*, schrie sie tonlos, *warum macht er das?*

Sie riss das Fenster auf und schlug sich gegen die Brust. Es tat so weh! Ihr Blick fiel auf den Garten, den Clay mit so viel Hingabe gepflegt hatte. Draußen war es immer noch hell. An den Kirschbäumen hingen kleine, grüne Früchte. Mit wie viel Sorgfalt hatte er diese Bäume gepflegt, wie viel Freude hatte er immer an ihrem reichen Ertrag gehabt.

Wieder schossen ihr die Tränen in die Augen. *War das wirklich möglich, dass er sie und die Kinder verlassen hatte? Mit einer anderen Frau? Einfach weggelaufen war? Es konnte nicht wahr sein! Clay würde so etwas niemals tun!*

Sie bemerkte Lena erst, als diese bereits in ihrem Zimmer stand. Mit einem schmerzvollen Ausdruck in den Augen hörte sie sich an, was Lena zu berichten hatte, dann bat sie darum, allein gelassen zu werden.

Nachdem sie die Tür verriegelt hatte, nahm sie ein Fotoalbum aus ihrem Nachttisch. Zitternd hielt sie das Buch fest. Eine Vielzahl von Erinnerungen stürmte auf sie ein.

Lange saß sie mit dem Album auf dem Schoß da, ehe sie die Kraft fand, die erste Seite aufzuschlagen. Dort stand sie, in ihrem seidenen Brautkleid, am Altar der *North Metro Church*. Sie war 22 Jahre alt und seit vier Jahren Christ gewesen, als sie diesen großen Schritt getan und Clays Frau geworden war. Von ganzem Herzen hatte sie an die große Liebe geglaubt und daran, dass sie ewig währen würde.

Vier Jahre zuvor war sie zur Schönheitskönigin ihrer Schule gewählt worden. Die Verehrer hatten ihr Elternhaus belagert und viele Mädchen hatten sie beneidetet. Schön, beliebt und intelligent – ihr schienen alle Türen offen zu stehen.

Doch eine innere Leere hatte sie nicht zur Ruhe kommen lassen. Obwohl sie alles besaß, was ihre Freundinnen sich wünschten, war sie unzufrieden gewesen und hatte sich nach mehr Erfüllung gesehnt. Auch litt sie unter ihrem Elternhaus, vermisste ihren Vater und konnte mit ihrer verbitterten, verhärmten Mutter kaum reden.

Dann lernte sie Clay kennen.

Die *North Metro Church* hatte zu einer einwöchigen Veranstaltungsreihe für Jugendliche eingeladen, während der ein Gastredner zu den wichtigen Fragen der Gesellschaft Stellung nahm. Rachel, die noch nie eine Kirche besucht hatte, interessierte sich für die Themen und beschloss, einmal hinzugehen.

Es war an einem Freitagabend, als sie mit rund 100 weiteren Teenagern zum ersten Mal in ihrem Leben in einem Gottesdienst saß. Die Stimmung war gut, alle machten fröhlich mit. Auch Rachel fand alles ganz nett, war aber nicht besonders berührt, bis am Ende des Gottesdienstes ein junger Student zum Mikrofon ging. Laut Ansager war er Clay McCain. Er erzählte den Zuhörern, dass er in seinem Leben schon viele Drogen konsumiert, ehrgeizig Sport betrieben und sich um Erfolg an der Uni bemüht habe, gleichzeitig war ihm jedoch alles sinnlos und leer vorgekommen. Bis er zum lebendigen Glauben an Jesus fand. Von da an hatte er den Frieden und die Erfüllung gefunden, nach denen er immer gesucht hatte. Nun sehnte er sich danach, sein restliches Leben in den Dienst für Gott zu stellen.

Während Rachel diesem kurzen Lebensbericht zuhörte, ahnte sie zum ersten Mal etwas von der lebensverändernden Kraft des Evangeliums. Sie war fasziniert von dem jungen Mann, von der Freude und Gewissheit, mit der er davon sprach, dass er etwas gefunden hatte, das die Leere in seinem Inneren füllte. Gab es Gott vielleicht wirklich und konnte er auch ihrem Leben Sinn verleihen?

Nach dem Gottesdienst ging sie auf den jungen Mann zu, von dem sie unbedingt noch mehr hören wollte. Über eine Stunde lang saßen sie anschließend zusammen, und er erklärte ihr, dass Gott auch Teil ihres Lebens werden wollte.

An den folgenden Abenden hatte sie den Predigten mit wachsendem Interesse zugehört und wiederholt das Gespräch mit Clay, Pastor Lovett und anderen Christen gesucht.

Zum Leidwesen ihrer Eltern und Freunde traf sie dann die Entscheidung, zu Jesus gehören zu wollen. Pastor Lovett betete mit ihr. Dies war der Beginn eines neuen Lebens. Voller Dankbarkeit stellte sie in den nächsten Tagen fest, dass die Leere, unter der sie gelitten hatte, verschwunden war. Stattdessen füllte ein tiefer Friede ihr Herz, wie sie ihn bis dahin nicht gekannt hatte. Von da an wollte sie so viel wie möglich über ihren neu gefundenen Glauben lernen. Schon bald wurde sie Mitglied der Gemeinde und besuchte regelmäßig die Gottesdienste.

Als ihr Glaube wuchs, übernahm sie auch die konservativen Regeln, die in der *North Metro Church* gelehrt wurden.

In diesem Sommer verbrachte sie viel Zeit mit Clay und den anderen jungen Erwachsenen der Gemeinde. Sie führten hitzige Gespräche, hatten viel Spaß zusammen und unmerklich vertiefte sich die Freundschaft mit Clay. Sie begann, ihn zu bewundern, zu verehren und zu lieben.

Er war so ganz anders als all die anderen jungen Männer, die sie bis dahin kennen gelernt hatte. Obwohl er an seinen Gefühlen für sie keine Zweifel ließ, betonte er gleichzeitig, dass Jesus in seinem Leben an erster Stelle kam. Würde Gott ihn auffordern, ledig zu bleiben und ihm so zu dienen, wie der Apostel Paulus es getan hatte, wäre er auch dazu bereit. Aus diesem Grund unternahm er keinen Versuch, Rachel näher zu kommen, und ignorierte auch alle Bemühungen anderer Mädchen, die seine Aufmerksamkeit auf sich ziehen wollten.

Sie war die Einzige, für die er sich interessierte. Aber sein Interesse blieb auf einer rein verbalen Ebene. Er versuchte nie, sie zu berühren. Obwohl er vor seiner Entscheidung für Jesus anders gelebt hatte, war er jetzt fest entschlossen, auf jede Form des Flirtens zu verzichten.

Pastor Lovett lehnte alle Universitäten Amerikas ab, mit zwei Ausnahmen. Eine davon besuchte Clay. Gegen Ende des Sommers beschloss Rachel, sich ihm anzuschließen, nicht nur um ihre Freundschaft mit Clay fortzusetzen, sondern auch aus Loyalität zur Gemeinde.

Als sie ihre Anmeldeformulare einreichte, war Clay darüber mindestens ebenso glücklich wie sie selbst. Auch die Gemeinde war stolz auf sie und lobte sie als vorbildliche junge Gläubige.

Ganz anders ihre bisherigen Freunde, die kopfschüttelnd ihre Veränderung beobachteten und nicht verstehen konnten, warum sie ausgerechnet auf diese christliche Universität gehen wollte. Nachdem ihre bisherige Schulzeit so erfolgreich gewesen war, hatten alle erwartet, dass sie sich an einer „richtigen" Universität einschreiben würde, um ihre beruflichen Chancen zu verbessern.

Doch sie kümmerte sich nicht um die Einwände ihrer alten Freunde und folgte in jenem Herbst frohen Herzens Clay nach Anderson in South Carolina.

Soweit es ihre Stundenpläne erlaubten, gingen sie gemeinsam zu den Mahlzeiten, den Gottesdiensten, Sportveranstaltungen, Schulkonzerten und unternahmen zusammen viele Spaziergänge. Sie hatten sich so viel zu erzählen. Clay hatte nur noch Augen für sie. In der Weihnachtszeit war es allen klar: *Diese beiden sind unzertrennlich*. Am Ende des Schuljahres waren sie restlos ineinander verliebt.

Während jener letzten Schultage sprach Clay aus, was beide längst wussten. Sie saßen in seinem Auto am Ufer des Hartwell-Sees, als er sie fragte, ob sie seine Frau werden wolle und ob sie sich vorstellen könne, dass dies der Wille Gottes wäre.

Sie konnte beide Fragen von ganzem Herzen mit „Ja!" beantworten. Bis zu diesem Tag hatte sich für sie an diesem doppelten Ja nichts geändert.

Sie wischte sich die Tränen aus den Augen und blätterte in ihrem Fotoalbum weiter.

Auf Anraten ihrer Lehrer und Seelsorger legten sie die Hochzeit auf den Monat nach Rachels Studienabschluss. Das bedeutete für sie drei lange Jahre des Wartens – die längsten Jahre ihres Lebens.

Während sie sich körperlich den strengsten Regeln unterwarfen, wuchsen ihre Liebe und Freundschaft immer mehr.

Endlich, an einem heißen, feuchten Junitag, hatte das Warten ein Ende. Sie wurden im Rahmen des Sonntagabendgottesdienstes in *North Metro* getraut, an dem rund 700 Personen teilnahmen. Noch Monate später wurde über diesen denkwürdigen Gottesdienst geredet. Welch ein Jubel herrschte an diesem Abend, beginnend mit dem Einzug des Paares, über ihr Jawort, das Anschneiden der Hochzeitstorte bis zu dem Stehempfang im Foyer – es war der glücklichste Tag in Rachels Leben.

Auf die Hochzeitsreise folgten Jahre, in denen Clay und Rachel sich immer besser kennen und lieben lernten, auch ihre körperliche Liebe nahm an Innigkeit, Tiefe und Leidenschaft zu. Sie freuten sich sehr an ihrem Bund, den nur der Tod würde scheiden können.

Rachel schloss die Augen und rang nach Atem. Sie suchte nach einem Schlüssel, einer Erklärung für das, was sie heute erfahren hatte.

Sie kannte Clay. Er liebte sie und die Kinder. Er war stark und diszipliniert, mehr als alle Männer, die sie kannte. Sollte die Geschichte stimmen, die diese anonyme Frau erzählt hatte, so war er sicher das Opfer, nicht der Täter. Dann müsste doch damit zu rechnen sein, dass er schon bald zur Besinnung kommen und sich wieder seiner Familie zuwenden würde. Sie konnte sich nichts anderes vorstellen.

Sie zwang sich, das Fotoalbum weiter zu betrachten. 13 gemeinsame Jahre. Ihre Kehle war wie zugeschnürt, das Atmen fiel ihr schwer. Was war da nur schief gelaufen? Hatte nicht alles so gut angefangen? Anders als bei vielen Paaren, die sie kannten, blieb ihre Liebe über die Jahre erhalten, körperlich, seelisch und geistig waren sie eine Einheit. Sie waren nahezu unangreifbar …

Hätte nicht auch ihr Leben mit Gott eine Garantie für lebenslange Treue sein sollen? Sie verstand gar nichts mehr. Hatte Clay sie angelogen, als sie ihn gefragt hatte, ob eine andere Frau die Ursache für seine innere Distanz war? Nach allem, was sie bisher miteinander erlebt hatten, konnte sie sich das einfach nicht vorstellen. Womit hatte sie ihn dazu getrieben, seine Notlage vor ihr zu verbergen? Was hatte sie getan, dass er ihr nicht mehr vertrauen konnte?

Das konnte doch alles nicht wahr sein.

Eine Geliebte!, schrie sie innerlich. *Eine verheiratete Frau! Eine Mutter! Drei Jahre lang! Und jetzt eine andere Frau, mit der er zusammen das Weite suchte.*

Das Album entglitt ihren Fingern und fiel zu Boden. Keuchend suchte sie nach einer Antwort. Waren sie zu weit von der schützenden Moral ihrer Gemeinde abgewichen? Gab es aber andererseits nicht auch unter konservativen Christen immer wieder Geschichten von Untreue und Betrug, genau wie unter liberaleren Christen auch?

Nein! Es musste erfunden sein! Alles war nichts als erfunden! Es gab keine Beweise! Es konnte nicht stimmen!

Sie hatte sich erhoben und wollte ins Bad gehen, als sie plötzlich von ihren Gefühlen zu Boden gerissen wurde. Sie krallte sich in den Teppich.

Alles war zu Ende – ihr ganzes Leben, ihr Dienst für Gott, ihre Zukunft, ihre Familie – alles war mit einem einzigen Telefonanruf zunichte gemacht worden!

Sie krümmte sich auf dem Boden zusammen. Wenn doch diese furchtbaren Schmerzen aufhören würden! Zum ersten Mal in ihrem Leben wünschte sie sich den Tod.

11

„Ich werde zum Fitness-Studio gehen", sagte Bengt zu Eric, „vielleicht kann mir dort jemand die Geschichte bestätigen." Seine Befragung der Gemeindemitglieder, die mit Clay in letzter Zeit Kontakt gehabt hatten, war ergebnislos geblieben. Aber im Fitness-Center hatte er vermutlich mehr Aussicht auf Erfolg. Leider.

Die beiden Männer saßen in Erics Auto vor dem Gebäude der Gemeinde. Das Gespräch mit den Ältesten lag hinter ihnen. Müde und traurig starrten sie in die Nacht.

„Ja, das ist sicher eine gute Idee", antwortete Eric. Sie schwiegen lange, waren unfähig, ihre Enttäuschung und ihren tiefen Schmerz in Worte zu fassen.

*

Als Eric an diesem Abend nach Hause kam, ging er direkt zum Telefon, nahm die Visitenkarte von Pastor Lovett aus seiner Brieftasche und begann, leise zu beten. Rachel hatte ihm die Karte gegeben und ihn gefragt, ob er nicht Pastor Lovett erzählen könne, was Leutnant Ekberg ihnen gesagt hatte. Sie selbst fühlte sich dazu nicht in der Lage, gestand sie beschämt.

Eric überlegte, dass die Ehepaare Reese und Holcomb in einer Stunde zum Flughafen fahren würden. So konnte ihnen Pastor Lovett noch vor dem Abflug die Neuigkeiten erzählen und sie hatten einige Stunden Zeit, sich damit auseinander zu setzen und sich zu überlegen, wie sie Rachel und den Kindern unter diesen Umständen helfen konnten.

Nervös wählte Eric die Nummer. Er hatte viel von Pastor Lovett gehört, aber nur einmal selbst mit ihm telefoniert, als es um die Organisation einer Konferenz in Stockholm ging, zu der Pastor Lovett als Gastredner eingeladen war. Auf Grund eines Todesfalls in Lovetts Familie war diese Konferenz dann jedoch ausgefallen.

Das Telefon klingelte. Aufgeregt trat Eric von einem Fuß auf den anderen.

„Guten Tag, ‚North Metro Church of the Bible'“, meldete sich eine junge Frauenstimme.

„Ich bin Eric Torleif, ein Freund von Clay und Rachel McCain. Ich rufe aus Stockholm an und muss Pastor Lovett sprechen.“

„Einen Augenblick bitte, ich verbinde Sie.“

Wieder betete Eric. Auch Clay schloss er in seine Fürbitte mit ein.

Dann erklang eine tiefe Stimme: „Guten Tag, hier spricht Pastor Lovett.“

Eric holte tief Luft. „Pastor Lovett, ich bin Eric Torleif, einer der Ältesten in Clay McCains Gemeinde in Stockholm. Vielleicht erinnern Sie sich nicht daran, aber wir haben vor etwa einem Jahr schon einmal miteinander telefoniert, als es um die Konferenz hier in Stockholm ging.“

„Ja, Eric, ich erinnere mich“, war die knappe Antwort. Dann schwieg Lovett, als erwarte er schlechte Nachrichten.

„Ich habe eine neue Information über Clay“, begann Eric unsicher, „die den Ehepaaren Reese und Holcomb vielleicht noch vor dem Abflug mitgeteilt werden sollte."

Pastor Lovett blieb stumm.

Unter erheblicher Anspannung berichtete Eric alles, was er von Leutnant Ekberg gehört hatte. Auch das Gespräch mit der Gemeindeleitung und deren Entscheidung, sich vorläufig noch abwartend zu verhalten, erwähnte er.

Pastor Lovett schwieg eisern.

Als Eric geendet hatte, waren Lovetts einzige Worte: „Ich werde die Missionsgesellschaft davon in Kenntnis setzen." Grußlos legte er auf.

Eric war schweißgebadet. Kein Gruß an Rachel und die Kinder? Kein Wort des Mitgefühls? Keine Frage, kein Kommentar?

Auch als Eric schon im Bett lag, drehten sich seine Gedanken immer noch um diesen Anruf. Eine Szene tauchte in seiner Erinnerung auf, die er vergessen geglaubt hatte. Vor vier oder fünf Jahren, während einer Bergwanderung mit mehreren Männern aus der Gemeinde, hatte Clay ihnen eine Geschichte über Pastor Lovett erzählt.

An einem Sonntagmorgen, als Pastor Lovett zum Mikrofon ging, um den Gottesdienst mit Gebet zu eröffnen, stand er einige Augenblicke schweigend vor der Gemeinde, dann schrie er mit wütender Stimme die Namen zweier Diakone in die Menge, die mit ihren Familien in der ersten Reihe saßen. In aller Öffentlichkeit warf er ihnen vor, dass sie, anstatt gemäß ihres Amtes ein geistliches und moralisches Vorbild für die Gemeinde zu sein, bei ihrem letzten Urlaub an einem öffentlichen Badestrand zusammen mit sehr vielen knapp bekleideten Menschen beiderlei Geschlechts beobachtet worden seien.

„Ihr wusstet genau, dass so etwas mit unserem Verständnis eines heiligen Lebenswandels nicht vereinbar ist. Ihr habt das Ansehen der Gemeinde beschmutzt und unser Vertrauen enttäuscht", erklärte er den beiden Männern. Vom Podium aus hatte sich ihr geistlicher Leiter, der bis dahin ihr Freund und Pastor gewesen war, plötzlich und ohne Vorwarnung in ihren Richter verwandelt. Er fragte sie öffentlich, ob sie bereit wären, ihr Amt niederzulegen. Wenig später traten die beiden gedemütigten Männer samt ihren Familien aus der Gemeinde aus.

Eric konnte sich noch genau erinnern, wie Clay ihnen anhand dieser Geschichte zu erklären versucht hatte, aus welchem gesetzlichen, konservativen und autoritären Gemeindehintergrund er stammte. „Pastor Lovetts Verhalten ist typisch für unsere ganze Denomination", bekannte er frustriert.

Eric fand diese Geschichte abstoßend und war über Clays ernstes Ringen um ein anderes Verständnis von Führung und einem biblischen Lebensstil froh. Über die Jahre gelang es Clay, seine konservative Ausbildung, die Prägung seiner Gemeinde und die Vorstellungen seiner Missionsgesellschaft anhand der Bibel zu prüfen und zu überwinden.

Einerseits freute sich Eric über diese Entwicklung, andererseits verstand er nie, warum Clay sich nicht von seiner Heimatgemeinde samt deren Missionsorganisation löste. Warum suchte er sich nicht andere Unterstützerkreise, mit denen er inhaltlich besser übereinstimmte?

„Das ist nicht so einfach", wich Clay allen Fragen, die in diese Richtung gingen, aus und pflegte dann das Thema zu wechseln.

Eric machte sich große Sorgen, während er an Clay und Rachel dachte.

Falls die Geschichte von Leutnant Ekberg stimmte, welche Behandlung hatte Clay dann zu erwarten? Würden Pastor Lovett und die Leiter der Missionsgesellschaft ihn liebevoll auf einem Weg der Heilung und Wiederherstellung begleiten? Oder würden sie mit ihm so verfahren wie damals mit den beiden Diakonen und ihn ohne Gnade und Vergebung von sich stoßen? Welche Unterstützung hatten Rachel und die Kinder zu erwarten?

Eric ahnte, dass sehr schwere Zeiten auf die McCains zukamen. Sein Herz tat ihm weh, als er an seine Freunde dachte.

12

Rachel, Justin und Lena waren im Schlafzimmer, wo Rachel sich für die Fahrt zum Flughafen fertig machen wollte. Ohne seinen Protest zu beachten, nahm Rachel ihren Jüngsten und reichte ihn Lena. Justin weinte: „Mami!"

Lena drückte ihn fest an sich, sang ihm leise ein Lied vor und sah mit ihm aus dem Fenster. So gelang es ihr, ihn zu beruhigen, während Rachel zu ihrem Kleiderschrank ging.

In einer Stunde würde das Team aus den Staaten landen. Eric und Bengt hatten von einer Großfamilie in der Gemeinde einen großen Wagen ausgeliehen und warteten bereits unten. Unsicher stand Rachel vor ihrem Schrank. Sie griff nach einem gelbgeblümten Sommerkleid und erkannte gleichzeitig, wie absurd die Situation war. Ihr Mann war verschwunden, ihre Kinder waren völlig durcheinander, ihr ganzes bisheriges Leben brach auseinander – und mitten in all dem Chaos musste sie ihre Jeans gegen ein Kleid eintauschen, weil es sich nach Ansicht ihrer Gäste für eine Frau nicht schickte, Hosen zu tragen.

Das sehe ich nicht ein!, schrie sie tonlos. Zum wiederholten Mal bedauerte sie, dass Clay nicht schon vor zwei oder drei Jahren ihre zunehmende Distanz zu diesen Lehren öffentlich gemacht hatte. Warum hatte er es immer wieder vermieden, Pastor Lovett und Dr. Brighton über ihre veränderte Einstellung zu informieren? Sie lehnte sich mit geschlossenen Augen gegen die Schranktür. Sie musste all ihre Kraft aufbieten, um die aufwallenden Gefühle unter Kontrolle zu halten.

Noch ehe die besorgte Lena sich nach ihrem Befinden erkundigen konnte, klingelte es an der Haustür stürmisch. Wer wollte jetzt zu ihnen? Augenblicke später waren im Eingangsbereich Männerstimmen zu hören. Rachel wollte sich trotzdem noch umziehen. Sie öffnete gerade ihre Jeans, als Eric mit drängender Stimme ihren Namen rief. Noch ehe sie antworten konnte, rief er erneut, und dieses Mal klang es so, als sei er schon auf der

Treppe. Schnell machte sie ihre Jeans wieder zu und trat aus dem Schlafzimmer.

Eric war bereits oben angekommen. „Da ist ein Polizist", erklärte er aufgeregt, „und will dich sofort sprechen." Dabei zog er eine Grimasse und blickte auf die Uhr. Der Besucher kam in einem denkbar ungünstigen Augenblick.

Rachel strich sich durch die Haare, vergewisserte sich, dass ihre Jeans geschlossen war, und folgte Eric nach unten.

„Mrs. Rachel McCain?", fragte der Polizist sachlich.

In Rachels Kopf wirbelten tausend Fragen durcheinander. Fröstelnd antwortete sie: „Ja, ich bin Rachel McCain."

„Kann ich Sie bitte unter vier Augen sprechen?" Der Beamte sah ernst aus.

Rachel blickte sich im Raum um. Eric und Bengt sahen abwartend in ihre Richtung. Summer und Holly lehnten nebeneinander in der Küchentür. Leid und Aufregung der vergangenen Woche standen deutlich auf ihren jungen Gesichtern geschrieben.

„Wir … wir wollten gerade wegfahren. Wir müssen jemanden am Flughafen abholen", erklärte Rachel unsicher.

„Ich brauche nicht mehr als zehn Minuten", bat der Beamte und Rachel nickte zustimmend. Bengt nahm Summer und Holly an der Hand und führte sie sanft, aber bestimmt nach oben. Eric erklärte: „Ich warte im Auto." Beim Hinausgehen warf er Rachel einen beruhigenden Blick zu: „Wegen der Zeit musst du dir keine Sorgen machen. Wenn wir in 15 Minuten losfahren, sind wir immer noch rechtzeitig dort."

Rachel nickte und wandte sich dem Polizisten zu. Sie deutete auf einen Sessel und setzte sich ihm gegenüber. Sie hörte, wie Holly beim Hinaufgehen fragte, ob der Polizist wegen ihrem Papa gekommen wäre. In diesem Moment spürte Rachel wieder den stechenden Schmerz in ihrem Brustkorb, der seit Clays Verschwinden ein ständiger Begleiter war.

„Mrs. McCain, mein Namen ist Andersson", begann der Polizist. „Eigentlich sollte Leutnant Ekberg jetzt hier sein, aber er hat an diesem Wochenende frei." Andersson rutschte auf die äußerste Kante seines Sessels, ehe er fortfuhr: „Vor etwa zwei Stunden rief jemand bei Leutnant Ekberg an. Es handelte sich um eine weitere

Reaktion auf den Zeitungsartikel über das Verschwinden Ihres Mannes. Ich nahm den Anruf entgegen. Es handelte sich um einen Tankwart aus Pershagen, einem südlichen Vorort von Stockholm. Ich notierte seine Nachricht und wollte sie zuoberst auf Leutnant Ekbergs Tisch legen, damit er sie am Montag gleich dort finden würde. In diesem Moment rief Leutnant Ekberg selbst im Büro an. So konnte ich direkt mit ihm über den Anruf des Tankwarts sprechen. Nachdem wir übereingekommen waren, dass der Anrufer glaubwürdig war, bat er mich, gleich zu Ihnen zu fahren und Ihnen die Nachricht zu überbringen."

Rachel spürte, wie sich jeder Muskel ihres Körpers anspannte.

„Der Tankwart behauptet, dass am vergangenen Freitagmorgen zwischen sieben und acht Uhr ein Mann, der dem Mann auf dem Foto in der Zeitung entsprach, bei ihm angehalten habe. Er hätte getankt, die Toilette benutzt sowie Getränke und Snacks gekauft." Andersson zögerte, ehe er fortfuhr: „Er war in Begleitung einer Dame. Der Tankwart konnte sich daran besonders gut erinnern, weil die beiden auffallend zärtlich miteinander umgingen. Darüber hinaus fuhren sie das Traumauto des Tankwarts, einen neuen Ferrari."

Rachel versuchte, sich unter Kontrolle zu halten, doch ihre Augen zuckten, schlossen sich und blieben zu. Etwas in ihr zerbrach.

Andersson hielt inne, räusperte sich und sprach dann weiter: „Leutnant Ekberg und ich sind überzeugt, dass der Mann die Wahrheit sagt. Wir sehen dafür vier Gründe: Er sagte, die Dame hätte langes, dunkles Haar. Das deckt sich mit der Aussage der anonymen Zeugin." Andersson wartete, bis Rachel ihn wieder ansah.

„Zweitens gehen wir davon aus, dass Ihr Mann nicht in der Lage gewesen wäre, sich einen neuen Ferrari zu kaufen, während wir durch die andere Zeugin wissen, dass die Dame in Begleitung Ihres Mannes sehr vermögend sein soll. So wird es sich um ihren Wagen handeln.

Hinzu kommt die zeitliche Übereinstimmung. Der Tankwart gab an, seine Tankstelle um 5.30 Uhr geöffnet zu haben. Er hatte etwa eineinhalb Stunden gearbeitet, ehe das beschriebene Paar bei ihm vorbeikam. Rechnet man die Fahrzeit von hier bis in den

Süden Stockholms dazu, stimmen die Angaben genau mit der Zeit überein, in der Ihr Mann hier losgegangen sein muss.

Schließlich ist es uns noch wichtig, dass wir zwei übereinstimmende Aussagen von zwei unabhängigen Zeugen haben. Der Tankwart konnte nicht wissen, was die anonyme Zeugin über das Aussehen der Frau oder ihre finanzielle Situation zu Protokoll gegeben hatte."

Der Polizist hielt inne, als warte er auf eine Reaktion. Rachel hatte viele Fragen, doch sie konnte ihren Mund nicht öffnen. Sie war wie erstarrt, sah den Beamten nur an und bemerkte, dass ihr Atem sehr schnell ging.

Angesichts der begrenzten Zeit, die ihm zur Verfügung stand, sprach der Polizist nach wenigen Sekunden weiter. „Der Tankwart hat den Namen unserer anonymen Zeugin noch nie gehört. So können wir mit an Sicherheit grenzender Wahrscheinlichkeit davon ausgehen, dass wir zwei unabhängige Zeugen haben, die übereinstimmende Angaben gemacht haben."

Es fiel Andersson schwer, weiterzusprechen. Die Professionalität seiner Stimme wich jetzt einem mitfühlenden Ton: „Alle Anzeichen sprechen dafür, Mrs. McCain, dass … Ihr Mann Sie verlassen hat."

Er sagte noch mehr, aber Rachel sah nur noch die Bewegungen seiner Lippen. Die Finsternis, die sich auf sie legte, schnitt sie von der Außenwelt ab. Vergeblich versuchte sie, diese böse Macht, die ihr die Luft zum Atmen rauben wollte, zurückzudrängen. Sie stöhnte qualvoll. All das Gute, an das sie ein Leben lang geglaubt hatte, existierte nicht mehr. Die Finsternis hatte gewonnen.

*

Eric und Bengt kamen zurück und sahen, dass Rachel sich nicht mehr bewegen konnte. Leichenblass, mit schreckensstarren Augen und rot gefleckten Wangen bat sie flüsternd darum, ins Schlafzimmer gebracht zu werden. Vorsichtig führten sie sie nach oben. Die Amerikaner am Flughafen mussten warten. Eric und Bengt baten den Polizisten, auch ihnen zu sagen, was er Rachel mitgeteilt hatte. Noch ehe Leutnant Andersson zu sprechen ansetzen konnte, hörte man qualvolle Schreie aus dem Schlafzimmer, dann schlug die Badezimmertür zu und das Wasser in der Dusche begann zu rauschen. Verzweifelt angesichts von so viel Leid, hörten die beiden Freunde den Bericht des Beamten und mussten sich zum ersten Mal eingestehen, dass ihr Freund und Pastor möglicherweise tatsächlich seine Frau und seine Kinder wegen einer anderen Frau im Stich gelassen hatte. Es brach ihnen das Herz.

„Bitte richten Sie Mrs. McCain aus, dass Leutnant Ekberg den Fall noch nicht schließen wird. Wir haben nun zwar kaum noch eine Handhabe, da es sich offensichtlich nicht um ein Verbrechen handelt, aber wir wollen abwarten, ob sich noch weitere Zeugen melden."

„Können wir auch selbst mal mit dem Tankwart sprechen?", fragte Bengt. „Wir würden ihm sehr gerne ein paar Fragen stellen."

Der Polizist dachte kurz nach. „Normalerweise dürfen wir keine persönlichen Daten weitergeben. Aber ich werde Leutnant Ekberg fragen. Vielleicht werden wir die Frage auch unserem Chef vorlegen müssen." Mehr konnte er dazu nicht sagen.

Als der Leutnant gegangen war, eilten Eric und Bengt nach oben. Rachel hatte sich im Bad eingeschlossen und stand immer noch unter der Dusche, gefangen in einer Welt aus Schmerzen. Sie reagierte weder auf das Klopfen noch auf die besorgten Fragen.

Summer, Holly und Justin waren mit Lena zusammen im Schlafzimmer. Alle weinten. Lena wiegte Justin in ihren Armen. Sie sah erschöpft aus.

„Wo ist mein Papa?", fragte Holly, als die beiden Männer den Raum betraten. Das kleine Mädchen stand zitternd vor Angst und Erschöpfung vor ihnen.

Eric konnte seine aufwallenden Gefühle nur mühsam unter Kontrolle halten. Man sah ihm an, wie sehr ihn das Ganze mitnahm. „Wir sind immer noch dabei, das herauszufinden, kleiner Spatz", antwortete er dem Kind und beugte sich zu ihr hinunter. Sie ließ sich von ihm umarmen und er wiederholte: „Genau das wollen wir herausfinden."

Dann sah er Summer. Sie stand am Fenster und starrte ihn an. Spuren getrockneter Tränen waren auf ihren Wangen zu sehen.

Wortlos lud er sie ebenfalls in seine Arme ein, doch sie wandte sich ab, setzte sich auf den Boden unterhalb des Fensters und ließ ihren Kopf auf die angezogenen Knie sinken.

Eric war, als hätte er unterdrückte Wut in ihren Zügen gesehen. Schnell verdrängte er diesen Gedanken. Er hatte jetzt nicht die Kraft, über den seelischen Schaden, den diese unschuldige Neunjährige erleiden mochte, nachzudenken. Er wandte sich an Bengt: „Würdest du bitte mit den Kindern in die Küche gehen und ihnen etwas zu trinken geben? Ich muss noch mit Lena sprechen, bevor wir zum Flughafen fahren."

Bengt versuchte, fröhlich und unbeschwert zu wirken, während er die Kinder aus dem Schlafzimmer führte.

Kaum waren die beiden allein, erzählte Eric seiner Frau in kurzen Worten, was ihm der Polizeibeamte mitgeteilt hatte. Dann eilten beide zum Bad. Die Tür war noch immer verriegelt. Rachels Klagen war etwas leiser geworden, übertönte aber immer noch das Rauschen des Wassers.

Eric klopfte, wartete und klopfte erneut.

„Verschwindet! Lasst mich in Ruhe!"

Rachels Stimme brach ab, sie würgte und hustete.

Lena versuchte es noch einmal: „Rachel, bitte mach doch die Tür auf. Wir wollen nur wissen, ob alles in Ordnung ist."

„Bitte!!! Bitte, geht endlich!!!!" Sie schrie, schluchzte, bettelte. „Lasst mich doch bitte endlich allein!"

Eric und Lena sahen einander an. Lena war ein sportlicher Typ, voller Energie, doch in den vergangenen 24 Stunden hatte sie viel Kraft gebraucht. Eric sah, dass an die Stelle der Müdigkeit eine schwere Bedrückung in ihre Augen getreten war. Er lauschte noch ein paar Augenblicke an der Badezimmertür und versuchte sich einzureden, dass Rachel sich bestimmt nichts antun würde. Dann wandte er sich wieder an Lena: „Bengt und ich müssen dringend los. Kannst du versuchen, immer in Rachels Nähe zu bleiben und sie, wenn möglich, zum Reden zu bringen?"

Lena nickte. Er konnte ihr die Erschöpfung und Mutlosigkeit ansehen. „Wie soll sie das bloß den Kindern beibringen?", sagte sie mehr zu sich selbst als zu Eric.

Er versuchte nicht, zu antworten, sondern zog seine Frau an sich, drückte und küsste sie. „Ich bin so froh, dass du hier bist."

Er sprach mitfühlend und tröstend über ihre Müdigkeit und versprach ihr, zwei weitere Frauen vorbeizuschicken, um sie bald abzulösen. Sie erwiderte seine Umarmung und nickte dankbar.

Nach einem Anruf waren die beiden Frauen Minuten später auch schon unterwegs. „Sollen wir hier warten, bis sie ankommen?“, fragte Eric besorgt, doch Lena schüttelte heftig den Kopf. Sie saß im Wohnzimmer, hatte Justin auf dem Schoß, sang ihm leise ein Lied und wiegte ihn sanft hin und her. Auch Holly hatte sich fest an sie geschmiegt. Summer saß allein im Garten auf der Schaukel.

Lena unterbrach ihr Lied: „Wir haben hier alles im Griff“, sagte sie leise und klang dabei wie eine Krankenschwester. „Ich werde uns gleich Abendessen machen. Vielleicht schafft Rachel es, auch dazuzukommen. Bis dahin werden die beiden anderen Frauen auch da sein. Ihr beide solltet euch jetzt schleunigst auf den Weg machen, ihr seid schon ziemlich spät dran.“

Sie hatte Recht. Die Männer eilten zu ihrem Wagen und fuhren los. Während der Fahrt sprachen sie nicht viel.

Rachel und ihre Kinder brauchten jetzt eine Menge Verständnis, Trost und Liebe. Hoffentlich würden die Gäste in der Lage sein, ihnen das zu geben. Bengt und Eric sahen diesem Besuch voller Besorgnis entgegen.

13

Die Ehepaare Reese und Holcomb standen inmitten mehrerer vollbeladener Gepäckwagen in der Ankunftshalle des *Arlanda International Airports* und warteten darauf, abgeholt zu werden.

Zum wiederholten Mal blickte Bill Reese auf seine Uhr: „Wir warten jetzt schon seit 30 Minuten“, stellte er fest, „mir reicht’s! Ich werde mir schwedisches Geld besorgen und die McCains anrufen. Ich will wissen, warum uns niemand abholt!“

John Holcomb gefiel das Verhalten seines Reisegefährten nicht. Schon früher war ihm die selbstgerechte und mitunter fast elitär anmutende Art von Bill unangenehm aufgefallen. Doch seit Pastor Lovett ihnen von Clays außerehelicher Beziehung erzählt hatte, war Bills Reden über die Familie, der sie zu Hilfe kommen sollten, von einer unerträglichen Arroganz gekennzeichnet.

John hätte sich ihm gerne entgegengestellt und sein egoistisches Verhalten kritisiert. Aber Bill war nicht nur ein autoritärer Typ, sondern außerdem stellvertretender Pastor, und so wagte John es nicht, ihm die Stirn zu bieten. Er verachtete sich selbst für seine Feigheit und entschuldigte sich gleichzeitig damit, dass Bill vielleicht nur aus Müdigkeit so reagierte. Sie waren schon seit über 30 Stunden auf den Beinen. Dazu kam die innere Anspannung, da sie eine schwierige Aufgabe erwartete. So beruhigte sich John damit, dass er sich als leitender Diakon jetzt nicht mit seinem Pastor anlegen sollte, zumal es gar nicht sicher war, worin die Ursache für dessen Verhalten lag. Nachdenklich folgten seine Blicke Bill, der zu einem Bankschalter ging.

*

Bengt entdeckte sie zuerst. Mit ihrer etwas grellen Kleidung, den Kurzhaarschnitten der Männer und den voluminösen Frisuren der Frauen, dem vielen Gepäck und ihren lauten Stimmen waren sie unschwer als Amerikaner zu erkennen. Eines der Paare litt unter massivem Übergewicht, und alle vier sahen so aus, als warteten sie sehnsüchtig auf einen Chauffeur.

„Das sind sie“, sagte Bengt und deutete auf die kleine Gruppe. Eric nickte und übernahm von da an die Führung.

„Wer sich hier die öffentlichen Telefone ausgedacht hat, muss ein Schwachkopf sein“, hörten sie dann einen der Männer wütend zu den anderen sagen. Sie überhörten die Bemerkung und Eric sprach sie höflich an: „Entschuldigen Sie, sind Sie die Ehepaare Reese und Holcomb von der ‚North Metro Church‘ in Atlanta?“

Vier Augenpaare wandten sich ihnen zu. Der übergewichtige Mann antwortete zuerst: „Ja, das sind wir.“ Man merkte ihm an, wie peinlich ihm der letzte Satz seines Gefährten war.

„Ich bin Eric Torleif, das ist Bengt Wennergren“, stellte sich Eric vor und reichte den Amerikanern die Hand. „Wir sind aus der Gemeinde von Clay McCain.“

„Ich bin Bill Reese, stellvertretender Pastor der ‚North Metro Church of the Bible‘“, erwiderte Bill Reese kühl und ergänzte: „Das ist meine Frau Nancy.“

Eric spürte, dass die gereizte Stimmung, die von dem Ehepaar Reese ausging, sich auf ihn zu übertragen drohte, doch er versuchte, sich nicht davon anstecken zu lassen.

Der übergewichtige Mann stellte sich und seine Frau vor, John und Rita Holcomb, und sie gaben den Schweden die Hand.

„Bitte entschuldigen Sie unsere Verspätung“, bat Eric, „natürlich wollten wir früher hier sein, und Rachel wollte auch dabei sein, doch gerade als wir losgehen wollten, kam ein Polizist vorbei, der Neues über das Verschwinden von Clay zu berichten hatte.“ Es widerstrebte Eric, diesen Leuten etwas über Clay zu erzählen, aber was blieb ihm anderes übrig? „Ich vermute, Pastor Lovett hat ihnen schon von der anonymen Zeugin erzählt?“, fragte Eric vorsichtig.

„Ja, wir wissen alles“, antwortete Bill Reese und Abscheu stand ihm ins Gesicht geschrieben.

„Nun“, wieder musste Eric die unangenehmen Gefühle zurückdrängen, die von Pastor Reese ausgingen, „was der Polizist uns heute zu sagen hatte, ist leider eine Bestätigung der anderen Aussage. Auf der Fahrt kann ich Ihnen dann die Einzelheiten berichten. Ich bitte Sie nochmals um Entschuldigung, dass Rachel Sie nicht persönlich abholen konnte, aber nach dem Gespräch mit dem Polizisten wollte sie lieber eine Zeit lang alleine sein.“

„Wie kommen die Kinder mit der ganzen Situation klar?“, fragte Rita Holcomb besorgt. Sie klang nervös, aber ihre Stimme war mitfühlend und warm. Sie trug ein olivgrünes Kleid, das bis über die Knie an ihrem riesigen Körper herunterhing und ihr Übergewicht denkbar ungünstig betonte.

„Sie sind sehr verunsichert und wissen immer noch nicht, warum ihr Vater verschwunden ist. Rachel muss sich jetzt überlegen, wie sie ihnen die Wahrheit am besten beibringen kann. Bis jetzt wissen sie nur, dass viele Leute einschließlich der Polizei nach ihrem Vater suchen.“

„Hat Rachel jemand, der ihr mit den Kindern hilft?", fragte Rita weiter.

Bengt nickte. „Die Frauen aus der Gemeinde tun, was sie können, vor allem in den letzten paar Tagen war fast rund um die Uhr jemand bei Rachel. Jetzt sind gerade drei Frauen dort."

Rita sah erleichtert aus, sagte aber nichts weiter.

Alle schwiegen, bis Eric nach dem Gepäckwagen griff und im Losgehen fragte: „Sind Sie zum ersten Mal in Europa?"

„Ja, Rita und ich sind zum ersten Mal im Ausland", antwortete John und übernahm einen weiteren Gepäckwagen. „Für uns ist das alles neu. Aber wir hatten den starken Eindruck, dass Gott uns hier haben möchte."

Nancy Reese, die bis dahin noch nichts gesagt hatte, ging neben ihrem Mann her und antwortete herablassend: „Bill und ich sind schon seit 15 Jahren im internationalen Reisedienst. Er hat schon so oft in Kanada gepredigt, dass wir gar nicht mehr mitzählen können. Außerdem waren wir bereits drei Mal in Mexiko und im vergangenen Jahr in Israel. Wir sind also keine Anfänger, falls Sie mit Ihrer Frage darauf abzielten."

Eric verschlug es die Sprache. „Nein, so war meine Frage nicht gemeint", versuchte er sich zu rechtfertigen, „ich wollte nur fragen, ob Sie wissen, was ein Jetlag ist. Ich wollte Ihnen –"

„Wir wissen sehr gut, was ein Jetlag ist", unterbrach Nancy ihn unhöflich, „und John und Rita haben wir auch schon darüber informiert. Wir werden heute Abend gegen 19 Uhr schlafen gehen, um bis Morgen so viel Schlaf wie möglich nachzuholen."

Eric überlegte, womit er sie so gereizt haben könnte, sah Nancy schweigend an und nickte. Dann wechselte er einen bedeutungsvollen Blick mit Bengt.

John Holcomb räusperte sich nervös. „Wie kommt es, dass Sie beide so gut Englisch sprechen?", fragte er betont freundlich.

Nun übernahm Bengt das Wort, um Eric eine Pause zu ermöglichen. „Englisch ist unsere erste Fremdsprache. Schweden ist ein vergleichsweise bevölkerungsarmes europäisches Land, und wir können von den anderen Ländern nicht erwarten, dass sie unsere Sprache lernen. Um international mitspielen zu können, müssen wir Englisch, Französisch und Deutsch lernen. Im vierten

Schuljahr beginnt der Englischunterricht und drei Viertel aller Schweden sprechen die Sprache fließend."

Sie traten aus dem Flughafengebäude ins Freie. Auf dem Weg zum Parkplatz fuhr Bengt fort: „Es werden auch viele englische Filme mit schwedischen Untertiteln ausgestrahlt, sodass wir viel Gelegenheit haben, uns an die Sprache zu gewöhnen. Was Eric und mich betrifft, wir haben natürlich auch im Umgang mit Rachel, Clay und ihren Kindern viel Gelegenheit, Englisch zu lernen."

John stellte noch einige belanglose Fragen zur schwedischen Kultur und Bengt antwortete ihm gern. So kamen sie zum Auto, luden das Gepäck ein und setzten sich. Eric hatte kaum hinter dem Lenkrad Platz genommen, da beugte Bill Reese sich auch schon nach vorne und fragte mit schneidender Stimme: „Nun, Eric, was hatte die Polizei heute zu berichten?" Er klang wie ein Richter, der noch mehr Informationen benötigte, ehe er sein Urteil fällen konnte.

Eric zuckte zusammen, drehte sich um und sah alle der Reihe nach an. Dann sagte langsam: „Ein weiterer Augenzeuge hat sich gemeldet."

Die Amerikaner saßen reglos da, während Eric ihnen von dem Tankwart, von der dunkelhaarigen Frau und dem Ferrari erzählte. Er fügte auch hinzu, dass für die Polizei der Fall damit geklärt sei, da die Zeugen glaubwürdig wären.

Als Eric zu Ende berichtet hatte, schüttelte Bill Reese ungläubig den Kopf. Leise kommentierte er: „Wir geben diesem Mann jahrelang Tausende von Dollars, und das kommt dann dabei heraus. Betrug! Ehebruch! Ich frage mich, ob dieser Mensch überhaupt Christ war."

Bengt wollte etwas erwidern, aber Bill fuhr bereits fort: „Pastor Lovett muss das so schnell wie möglich erfahren, damit er mit Dr. Brighton sprechen und eine Entscheidung fällen kann." Bill sah auf seine Uhr. „In drei Stunden werde ich ihn anrufen, dann müsste es in den USA 8:30 Uhr sein."

Fragend sah er zu Eric.

Dieser nickte. Die Uhrzeit stimmte. Aber er war entsetzt über das unvermeidliche Schicksal, das Clay und seiner Familie nun bevorstand. Bald würde die Geschichte von Clays moralischem

Versagen überall erzählt werden, verächtlich, geringschätzig und kopfschüttelnd. Die Leute in der Gemeinde, die Mitglieder der Missionsorganisation, Schüler und Lehrer der christlichen Universität und alle Gruppen, die bisher die Familie McCain unterstützt hatten, würden sich über Clay den Mund zerreißen.

Schon jetzt war absehbar, dass alle Hoffnungen und Erwartungen, die Eric an den Besuch aus den Vereinigten Staaten geknüpft hatte, enttäuscht werden würden. Objektivität, Geduld, Feingefühl und das Bestreben, Schadensbegrenzung zu betreiben, all das war zumindest von Bill Reese nicht zu erwarten. Zu allem, was Eric bedrückte, kam diese neue Last hinzu.

„Ich denke, es ist am besten, wir fahren direkt ins Hotel", schlug Nancy Reese vor. „Die ganze Angelegenheit ist so widerlich, dass ich gar kein Verlangen habe, das Haus dieser Familie zu betreten. Wir können Pastor Lovett von unserem Hotel aus anrufen, dort etwas essen und auf seinen Rückruf warten. Wenn es sein muss, können wir ja dann später am Abend vorbeikommen, um Pastor Lovetts Entscheidung mitzuteilen."

Bill Reese tätschelte das Knie seiner Frau und nickte freundlich: „Einverstanden." Ohne John und Rita in die Entscheidung einzubeziehen, wandte er sich an Eric: „Bitte bringen Sie uns ins Hotel."

Da schaltete sich Rita ein: „Wenn niemand etwas dagegen hat, würde ich gerne zu Rachel gehen."

Gespanntes Schweigen breitete sich aus. Dann sagte Bengt: „Wir werden Sie dorthin mitnehmen, nachdem wir am Hotel gehalten haben. Rachel wird sich bestimmt über Ihr Kommen freuen, sie kann jede Hilfe gebrauchen."

„Das will ich hoffen", warf Bill Reese scharf ein, „schließlich bezahlt die Gemeinde eine Menge Geld für diese Reise."

Wieder herrschte betretenes Schweigen.

Eric sah Bengt an. Beide kochten innerlich und rangen darum, höflich zu bleiben. Auf der weiteren Fahrt sprachen nur noch Rita mit John und Nancy mit Bill. Eric und Bengt starrten auf die Straße und schwiegen. Beide beteten so intensiv wie es die Umstände erlaubten.

14

Etwa eine halbe Stunde, nachdem das Ehepaar Reese mit John Holcomb im Hotel ausgestiegen und Eric und Rita Holcomb zu Rachel gefahren waren, stand Bengt in dem Fitness-Studio, das Clay immer besucht hatte.

Der Manager hatte ihn in sein Büro gebeten, das von Urkunden und Trophäen übersät war. Dem Aussehen des Mannes nach zu urteilen, hatte er die meisten dieser Auszeichnungen selbst gewonnen. Bengt starrte den muskulösesten Mann an, dem er je gegenübergestanden hatte.

„Nun hören Sie mir mal gut zu!" Die Stimme des Mannes passte zu seinem Körperbau. „Die Frau, nach der Sie fragen, ist eine Freundin von mir. Sie ist verheiratet und hat ein paar Kinder. Ich werde Ihnen weder ihren Namen geben noch zulassen, dass irgendein Idiot zu ihr nach Hause geht und ihr oder ihrem Mann Fragen stellt und Dinge erzählt, die keiner wissen möchte. Haben Sie mich verstanden?"

Bengt nickte seufzend. Schnell schob er eine Frage nach: „Damit geben Sie aber zu, dass Clay eine Affäre mit dieser Frau hatte?"

„Das einzige, was ich sage, ist, dass Clay und sie gute Freunde waren und viel Zeit miteinander verbracht haben. Was sie zusammen gemacht oder nicht gemacht haben, das geht keinen etwas an, weder mich noch Sie."

Es war deutlich herauszuhören, dass Bengt von diesem Mann nichts weiter erfahren würde. Trotzdem hatte er alles gehört, was er wissen, aber nicht glauben wollte. Clay war auf eine Art und Weise mit dieser anderen Frau befreundet gewesen, die ihm Grund gegeben hatte, diese Freundschaft geheim zu halten.

Als Bengt an vielen schwer schuftenden, stöhnenden und schwitzenden Menschen vorbei zum Ausgang ging, verwandelte sich die Verwirrung der letzten Stunden in tiefe Traurigkeit.

Nun war klar, warum Clay sich in den letzten Monaten so seltsam verhalten hatte. Aber warum hatte er sich nicht ihm oder einem der anderen Männer anvertraut? Waren sie keine Freunde gewesen? Warum hatte er versucht, ganz allein mit dieser zerstörerischen Kraft fertig zu werden, während seine Freunde nur darauf warteten, ihm helfen zu können?

Die Liebe und Einheit, der Zusammenhalt und die Verbindung unter Glaubensgeschwistern waren etwas, das Bengt immer besonders fasziniert hatte. Jetzt waren es nur noch leere Worte.

Als er wieder in dem Kleintransporter saß, legte sich eine geistliche Dunkelheit auf ihn, die ihm neu war. Schnell schob er eine Kassette mit christlicher Musik ein, um die enttäuschten, bitteren und von Selbstvorwürfen durchzogenen Gedanken zu übertönen. Aber angesichts dessen, was er gerade erlebte, klangen die Texte wie Spott in seinen Ohren. Frustriert machte er die Musik wieder aus und gab sich seinen Gedanken hin.

*

Rita Holcomb saß auf der Kante von Hollys Bett. Das Mädchen hatte sich in ihren Schoß gekuschelt und sie las ihr ein Buch nach dem anderen vor. Gerade ging es um ein armes Waisenkind, das nach langem Alleinsein endlich einen Freund gefunden hatte. Als die Geschichte endete, sah Holly ernst zu Rita auf. „Werde ich jetzt auch ein Waisenkind?“, flüsterte sie mit ihrer kindlichen Stimme.

Rita hatte vier Kinder und sieben Enkelkinder, und es fiel ihr leicht, dieses Kind zu lieben und sich in es hineinzuversetzen. Liebevoll und sanft drückte sie das Kind an sich, während Gedanken an Clay durch ihren Kopf schossen. „Holly-Schatz, ich weiß nicht, was mit deinem Papa passiert ist. Aber du bist kein Waisenkind. Und du wirst auch nie ein Waisenkind werden, weil du eine Mami hast, die dich sehr, sehr lieb hat. Deine Mami wird nicht weggehen. Sie wird immer für dich da sein, genauso wie jetzt.“

Holly schmiegte ihr Köpfchen an Ritas Brust und blieb ganz still sitzen. Rita hielt sie schweigend umarmt.

*

Rachel stocherte gedankenverloren in dem Essen herum, das Lena zubereitet hatte. Obwohl sie den ganzen Tag über noch nichts gegessen hatte, verspürte sie keinen Hunger. Sie wäre auch lieber in ihrem Schlafzimmer geblieben, aber die Frauen hatten sie so lange gedrängt, bis sie nicht mehr Nein sagen konnte. Außerdem hoffte sie, in der Gesellschaft ihrer Kinder und vier netter Frauen wieder auf andere Gedanken zu kommen. Aber es gelang ihr nicht. Die Fragen blieben: *Warum? Wann? Wie? Wie oft? Wie lange? Was habe ich falsch gemacht?* Fragen, die ihr schamlos ins Gesicht lachten und ihr gesamtes bisheriges Leben in Frage stellten. Sie hatte sich nie in ihrem Leben so allein gefühlt.

Vor 40 Minuten hatte Eric aus dem Hotel angerufen. Er klang ganz fremd, nervös und wütend. „Soeben haben Pastor Lovett und Dr. Brighton eine Entscheidung getroffen", hatte er ihr mitgeteilt. Dann fügte er noch hinzu, dass er nicht berechtigt sei, ihr mehr darüber zu erzählen. Er werde jetzt mit dem Ehepaar Reese und John Holcomb zu ihr fahren. Dann werde Bill Reese ihr die Entscheidung persönlich mitteilen.

Ohne jemand am Tisch anzusehen, hob Rachel den Blick und sah nach der Uhr. Es ging auf 18 Uhr zu. Eric konnte jeden Moment eintreffen. Ihr Bein begann nervös auf und ab zu schnellen, eine Reaktion, die sie noch nie an sich beobachtet hatte.

Was hatten Lovett und Brighton beschlossen? Konnte sie irgendetwas Gutes, Hilfreiches, Verständnisvolles von ihnen erwarten? Sie hätte es sich so sehr gewünscht ...

Mit großer Willensanstrengung versuchte sie, ihr Bein still zu halten. Das Bein wurde ruhig, aber die Fragen in ihrem Kopf wurden immer lauter.

Sie versuchte, normal zu wirken und sich eine Gabel voller Essen in den Mund zu schieben, als es klingelte. Lena stand auf, um die Tür zu öffnen; die anderen Frauen versuchten, die Kinder vom Aufstehen abzuhalten. Rita rückte ihren Stuhl vom Tisch weg, um ihren Mann zu begrüßen.

Die Gäste kamen ins Esszimmer und Eric stellte sie einander vor. Er sprach auffallend leise.

John Holcomb umarmte seine Frau, begrüßte die anderen Frauen und ging dann zu Rachel. Er war nervös, als er sie umarmte. Rachel erwiderte die Umarmung. Tränen traten ihr in die

Augen. John sagte ihr, wie Leid ihm alles tue, und versicherte ihr, für sie und ihre Familie viel zu beten. Dann trat er zur Seite, um Bill und Nancy Platz zu machen.

Bill Reese trug einen dunklen Anzug, ein weißes Hemd und Krawatte. Er sah Rachel an und gab ihr die Hand.

Nancy konnte Rachel gar nicht in die Augen sehen und beschloss, nichts zu sagen und sich nicht zu bewegen. Erhaben und selbstgerecht stand sie an der Seite ihres Mannes.

„Ich fürchte, ich habe unangenehme Nachrichten mitgebracht", waren Bills erste Worte. Nach einer Pause setzte er hinzu: „Ich muss mit dir reden. Ich denke, es wäre am besten, wir gehen in einen anderen Raum, wo wir uns unter vier Augen unterhalten können."

Rachel fürchtete sich so sehr, dass sie Nancys Unhöflichkeit gar nicht bemerkte. Als Bill ankündigte, dass er ihr etwas Unangenehmes sagen müsse, hatte sie die letzte, leise Hoffnung verloren, von ihrer Gemeinde Hilfe oder Unterstützung zu erhalten.

„Ja, gut", antwortete sie tonlos, „wir können ins Wohnzimmer gehen." Nach ein paar Schritten hielt sie inne: „Kann Eric mitkommen?"

„Da er der leitende Älteste der Gemeinde ist", sagte Bill kalt, „haben wir ihm bereits die Entscheidung der Leiterschaft mitgeteilt. Er kann mitkommen."

Rachel, die niemand sonst wahrnahm, sah Eric an. Erst jetzt fiel ihr auf, wie unglücklich er aussah. Schnell wandte sie den Blick von ihm ab und ging ins Wohnzimmer.

Sie setzte sich mit Eric zusammen auf das Sofa, Bill Reese saß ihnen gegenüber in einem Sessel. Rachel spürte, wie das Blut aus ihrem Gesicht wich.

„Ich will zu meiner Mami", hörte sie Justin weinen. Die Frauen redeten auf ihn ein. Rachel faltete verkrampft die Hände im Schoß.

„Gut", sagte sie und bedeutete Bill zu beginnen.

„Zuerst noch eine andere Frage", begann Bill und starrte gezielt auf ihren Schoß, „seit wann trägst du Hosen?"

Darauf war Rachel nicht gefasst. Seit dem Besuch von Leutnant Andersson hatte sie das Thema Kleid oder Hose völlig vergessen.

Hatte sie sich verhört? Auch der gesetzlichste Pastor konnte doch nicht so gefühllos sein, während sie gerade die schlimmste Katastrophe ihres Lebens durchlitt. Wut stieg in ihr auf, die sich kaum beherrschen ließ.

Sie versuchte, eine Antwort zu formulieren: „Ich … heute Morgen …"

„Schon gut, wir werden später noch einmal darüber sprechen", unterbrach Reese sie. „Ich habe Pastor Lovett vor fünf Stunden angerufen, nachdem ich vorher mit Leutnant Ekberg gesprochen hatte. Pastor Lovett verbrachte den Vormittag damit, Dr. Brighton und die anderen Komiteemitglieder anzurufen und sich mit den Ältesten der Gemeinde zu beraten. Alle waren übereinstimmend der Meinung – und sie sind sich darin sehr sicher, möchte ich betonen –, dass die Beweise für Clays Schuld zu schwer wiegen, als dass ihr noch länger auf unsere Kosten hier leben könnt. Pastor Lovett wird dir das später noch persönlich am Telefon sagen. Er will, dass du deinen Haushalt hier auflöst und in sieben Wochen für immer zurückkehrst, zu dem Zeitpunkt, wenn der geplante Heimaturlaub begonnen hätte. Er …"

Rachel zuckte am ganzen Körper zusammen. „Für immer?", stammelte sie fassungslos. „Aber …"

„Jetzt hör mir mal gut zu, Rachel", unterbrach Reese, „euer Dienst hier ist zu Ende."

„Aber ihr versteht nicht …"

„O doch, wir verstehen sehr gut. In deiner Familie herrscht seit Jahren Unmoral und ein gottloser Lebensstil, während Tausende ahnungsloser Christen in ganz Amerika euch vertrauen und finanziell unterstützen. Wir verstehen auch, dass zwei der gesalbtesten Männer Gottes, Pastor Lovett und Dr. Brighton, durch diese schmutzige Affäre besudelt werden. Ich bin sehr erleichtert, dass die Leiterschaft eine weise, schnelle Entscheidung getroffen hat, mit der sie das Ansehen der Gemeinde hoffentlich retten kann."

Rachel sah, dass ihr Bein wieder nervös zuckte. Mit großer Anstrengung konnte sie es stillhalten. Langsam beugte sie sich zu Bill: „Bitte, gib uns ein bisschen mehr Zeit!", flehte sie.

„Hier geht es nicht um Zeit", war die kalte Antwort, „es geht um den richtigen Umgang mit Sünde und Betrug. Würden wir euch mehr Zeit geben, wäre das für unsere Leute gleichbedeutend mit einem laschen, nachlässigen Umgang mit Sünde. Doch diesen Eindruck werden wir keinesfalls erwecken."

Rachel schniefte und drückte ihr Knie mit beiden Händen nach unten. Sie hätte gerne eine Flut von Fragen und Vorwürfen in Bills Gesicht geschleudert, aber es blieb ihr alles im Hals stecken.

„Offensichtlich hast du das Ausmaß dessen, was hier geschehen ist, noch gar nicht begriffen", fuhr Reese mit deutlicher Empörung fort, „selbst wenn Clay auf den Knien zurückkommen und um Vergebung winseln würde, müssten wir bei dieser Entscheidung bleiben. Egal, was mit Clay weiter geschieht, deine Familie ist nicht mehr zum Missionsdienst geeignet. Sobald ihr in den Staaten seid, wird das Missionskomitee euch aus seinen Reihen ausschließen. Eric hat mir versichert, dass die hiesige Gemeinde euch alle Unterstützung zukommen lassen wird, die ihr bis zur Abreise benötigt. Auch John und Rita werden so lange hier bleiben, wie du willst, während Nancy und ich übermorgen zurückfliegen. Morgen früh werde ich hier in der Gemeinde sprechen, mich offiziell für das Versagen deiner Familie entschuldigen und den Geschwistern versichern, dass sie einen starken Ersatz bekommen werden, der mit klarer Leiterschaft dafür sorgen wird, dass sich die Wogen wieder glätten."

Rachel war es, als würde sie Wasser statt Luft einatmen. Keuchend sah sie zu Eric. Seine Augen waren rot unterlaufen und er sah sehr niedergeschlagen aus.

Sie sah wieder zu Bill. Gleich würde sie ihm alles ins Gesicht schreien, was sie dachte und fühlte, würde ihren ganzen Schmerz herauslassen. Mit geschlossenen Augen versuchte sie zu überlegen, wo sie beginnen sollte. Doch als sie die Augen wieder öffnete, hatte Bill Reese sich bereits erhoben und war im Begriff, den Raum zu verlassen.

„Sieben Wochen, keinen Tag länger", setzte er noch nach. Damit drehte er sich um und ging.

Rachel wollte zu Gott rufen, sich in ihrer Verzweiflung an den wenden, der immer behauptet hatte, auf der Seite der Schwachen und Leidenden zu stehen. Aber sie konnte sich nicht mehr vorstellen, dass Gott wirklich existierte.

15

Bill und Nancy Reese flogen am frühen Montagmorgen wieder zurück in die Staaten. Kurz nach ihrer Abreise erhielt Eric Torleif einen Anruf von Leutnant Ekberg.

„Leutnant Andersson hatte Ihnen versprochen, sich um die Erlaubnis zur Weitergabe der Adresse des Tankwarts zu kümmern. Inzwischen habe ich mit meinem Chef und mit dem Tankwart selbst gesprochen und bin nun berechtigt, Ihnen die Adresse zu geben."

Eric freute sich, notierte alles und bedankte sich.

Dann rief er Rachel an. Er wollte dem Tankwart einige Fotos von Clay zeigen. Rachel hörte ihn wortlos an, schwieg eine Weile und sagte schließlich nur: „Ja ... du kannst die Bilder haben." Ihre Stimme war monoton. Eric war erschrocken und verunsichert über die Veränderung, die mit Rachel vor sich ging. Was konnte er für sie tun? Was konnte die Gemeinde tun?

Das Leben der Familie McCain würde nie wieder dasselbe sein. Der Schmerz um den Verlust würde bleiben. Sie mussten sich an die neue Situation gewöhnen und lernen, das Leid zu ertragen. Eric wusste nicht, wie er Rachel trösten oder ermutigen konnte.

Für ihn war es jetzt wichtig, diesen Tankwart zu sprechen. Vielleicht lag doch ein Irrtum vor. Er hatte die Hoffnung noch nicht ganz aufgegeben. Also rief er bei der Tankstelle und Bengts Arbeitsplatz an und vereinbarte einen Termin für den späten Nachmittag.

*

Die halbstündige Fahrt in den Süden Stockholms führte sie durch eine schöne Landschaft, für die Bengt und Eric jedoch keinen Blick hatten.

Als sie auf die Tankstelle fuhren, parkten und ausstiegen, dachten beide an Clay. Hatte er hier mit der schönen Frau und dem schnellen Auto gehalten?

Konnte das wirklich wahr sein?

Sie warteten, bis alle Kunden bedient waren, dann stellten sie sich dem jungen Mann an der Kasse vor. Freundlich reichte er ihnen die Hand: „Axel Bjorkman", begrüßte er sie. Er musste Anfang 20 sein, ein netter, offener Typ.

Eric holte die Fotos aus seiner Tasche.

„Ich soll jetzt also herausfinden, ob der Mann mit dem Ferrari der gleiche ist wie der Mann auf diesen Fotos?", fragte er und Eric nickte. „Bitte lassen Sie sich Zeit. Es hängt für uns sehr viel davon ab, dass Sie sich ganz sicher sind. Wenn Sie auch nur den leisesten Zweifel haben, würde ich Sie sehr bitten, uns das zu sagen."

Der junge Mann wurde ernst, als er sah, wie wichtig seine Aussage für die beiden Männer war.

Auf dem ersten Bild waren drei Ehepaare zu sehen, die um einen Tisch saßen; auf dem nächsten Bild konnte man acht Männer bei einem Picknick sehen. Eric und Bengt beobachteten das Gesicht des Tankwarts, das nichts verriet, während er die Fotos aufmerksam betrachtete.

Dann legten sie ihm ein Foto vor, auf dem drei Männer sangen; das letzte Bild zeigte zwei Männer, die mit mehreren Kindern Fußball spielten.

Bjorkmans Gesicht blieb ausdruckslos, während er die Fotos vor Eric und Bengt ausbreitete. Dann deutete er zielsicher auf Clay: „Das ist der Mann, das auch und das ist er auch. Auf diesem Bild ist er nicht dabei."

Eric stöhnte enttäuscht. Er hatte vergeblich gehofft …

„Sind Sie sich ganz sicher?", hakte er trotzdem noch einmal nach.

„Wissen Sie", Bjorkman sah sie offen an, „die beiden waren ein absolut heißes Paar. Beide sahen extrem gut aus. Außerdem konnte die Frau die ganze Zeit, die sie hier waren, die Finger nicht von ihm lassen. Ich musste sie einfach beobachten. Dann noch dieses Auto … Als sie davonbrausten, habe ich den Mann so beneidet …" Er sah noch einmal auf die Bilder. „Ich bin mir hundertprozentig sicher, dass es sich um diesen Mann handelt."

Eric fehlten die Worte.

„In welche Richtung sind sie gefahren?“, fragte Bengt.

„Richtung Süden“, kam die prompte Antwort. Grinsend erinnerte er sich: „Sie sind mit Vollgas davongerast, als hätten sie es sehr eilig.“

„Können Sie sich noch an das Kennzeichen erinnern?“

„Tut mir Leid, darauf habe ich nicht geachtet.“

Sie erfuhren aber noch zwei Details: Der neue Ferrari war in Standardrot lackiert und die Frau sah fünf bis zehn Jahre jünger aus als Clay.

Schweigend starrten Eric und Bengt auf die Straße, während sie zurück nach Stockholm fuhren. Ihr Schmerz war zu groß, als dass sie ihn in Worte hätten fassen können. Jeder fühlte sich unendlich einsam.

*

Am nächsten Morgen rief Eric die beiden Ferrari-Niederlassungen in der Stadt an, erhielt aber keine Auskunft. Seine Gesprächspartner hatten zwar Verständnis für die Situation, waren aber nicht bereit, Angaben über ihre Kunden zu machen.

In der Mittagspause telefonierte er mit den Ältesten der Gemeinde und erzählte ihnen von den jüngsten Ereignissen. Am Abend wurde wieder eine Sitzung der Gemeindeleitung anberaumt. Bei diesem Treffen wurde übereinstimmend davon ausgegangen, dass Clay tatsächlich seine Familie, seine christliche Überzeugung und seine Gemeinde verlassen hatte und in einer außerehelichen Beziehung lebte. Es wurde nur wenig geredet. Den größten Teil des Abends verbrachten alle auf ihren Knien. Sie beteten für Clay, dafür, dass er zur Besinnung kommen und sein Leben wieder in Ordnung bringen würde. Dann beteten sie für Rachel und die Kinder, dass sie ohne bleibenden seelischen Schaden durch diese schwere Zeit hindurchkommen würden. Sie beteten um Gottes Schutz für ihre Gemeinde, und schließlich beteten sie auch für sich selbst, da auch sie die Versuchungen kannten und nur durch Gottes Gnade bislang vor Schwierigkeiten verschont geblieben waren.

Bedrückt gingen sie auseinander. Jeder musste die Enttäuschung und den Schmerz allein verarbeiten.

16

Rachel hatte sich mit den Kindern ins Schlafzimmer gesetzt. Es war an der Zeit, den Kleinen die Wahrheit zu sagen, auch wenn es ihr unglaublich schwer fiel.

Ängstlich sahen die Kinder sie an. Sie saßen auf der Bettkante, Holly hielt Justins Hand, Summer saß etwas abseits. Rachel hatte angekündigt, ihnen etwas Schlimmes über Papa erzählen zu müssen.

Angespannt hielt sich Rachel an den Armlehnen ihres Stuhles fest. Sie versuchte, stark und beruhigend zu klingen: „Als Erstes müsst ihr wissen, dass eure Mami euch sehr, sehr lieb hat. Summer, Holly und Justin, ihr seid meine Kinder und ich werde immer für euch da sein." An dieser Stelle hatte sie eigentlich sagen wollen, dass auch Gott die Kinder lieb hatte und beschützte. Aber sie war sich dessen nicht mehr so sicher und schwieg. Es hätte zu unglaubwürdig geklungen.

Sie wischte sich den Schweiß von der Stirn: „Was ich euch jetzt sagen muss, ist schwer zu verstehen." Erneut musste sie innehalten. Es war ihr fast unmöglich, die Worte herauszubringen, ohne dabei zu weinen. Mit unnatürlich beherrschter Stimme fuhr sie fort: „Die Polizei hat herausgefunden, dass Papa uns verlassen hat. Er wohnt jetzt an einem anderen Ort, und es kann sein, dass es sehr lange dauern wird, ehe er zurückkommt."

Die Worte lagen schwer in der Luft, während Rachel tief ausatmete.

Summer sprang auf und sah aus, als wollte sie aus dem Zimmer rennen. Rachel griff nach ihrer Hand und hielt sie fest: „Ich weiß, das tut schrecklich weh, aber trotzdem müsst ihr mir jetzt zuhören. Ihr müsst mir jetzt alle drei zuhören. Papa ist nicht krank, er ist auch nicht verletzt. Niemand hat ihn gezwungen, wegzugehen. Er hat sich selbst überlegt, dass er lieber in einer anderen Stadt mit … anderen Leuten zusammenleben will." Sie zog Summer auf ihren Schoß. „Wir wissen nicht, wo er ist. Aber jemand hat ihn gesehen und der Polizei erzählt, dass es ihm gut geht."

Sie sah über Summers Schulter hinweg, wie Holly sie fassungslos anstarrte. Ihr mütterliches Herz, das die Kinder schützen und vor allem Bösen bewahren wollte, konnte die Situation kaum ertragen. Sie griff nach Hollys Hand. „Wir müssen jetzt alle stark sein und fest zusammenhalten. Rita Holcomb und einige andere Frauen aus der Gemeinde werden bei uns bleiben und uns helfen, bis wir alle unsere Sachen gepackt haben. Dann gehen wir zurück nach Amerika."

„Nein!", rief Summer, „Ich gehe nicht nach Amerika!" Sie versuchte, sich aus dem Griff ihrer Mutter loszuwinden. „Ich warte hier, bis Papa wieder da ist."

Es kostete Rachel einige Mühe, das Kind festzuhalten. „Ich möchte am liebsten auch hier auf Papa warten", sagte sie aufrichtig, „aber das geht leider nicht. Die Leute in Amerika, die uns jeden Monat unser Geld geben, haben gesagt, dass wir zurückkommen müssen."

Rachel bemerkte, wie sie nach Luft rang.

In Hollys Kinderaugen standen Angst und Unglaube. Dann fragte sie mit ihrem hohen Stimmchen, während ihre Lippen zitterten: „Hat Papa uns nicht mehr lieb?"

In diesem Moment hatte Rachel keine Kraft mehr, die tapfere Mutter zu sein. Sie ließ Summer los, vergrub ihr Gesicht in den Händen und schluchzte laut. Holly hatte das ausgesprochen, was sie selbst noch nicht zu denken gewagt hatte.

Holly rutschte vom Bett und umschlang das Bein ihrer Mutter. Der kleine Justin tat es ihr gleich.

Rachel zog Justin auf ihren Schoß und beobachtete Summer, die wie versteinert neben dem Bett stand.

„Ich denke schon, dass Papa uns lieb hat", bemühte Rachel sich um eine Antwort. „Er ist nur ein bisschen durcheinander." Aber wenn er auch nur ansatzweise etwas für seine Familie übrig gehabt hätte, dann wäre er nicht so gegangen, dachte sie im gleichen Augenblick, und Bitterkeit schnürte ihr die Kehle zu.

„Papa soll kommen“, weinte Justin.

Gedankenverloren strich Rachel ihm über den Kopf. „Ja, Liebling, das wünsche ich mir auch“, nickte sie tonlos, „mehr als alles andere auf der Welt.“

„Ist Papa weggegangen, weil Summer und ich böse waren?“, fragte Holly leise und sah ihre Mutter aus runden Augen an.

Rachel wollte sofort widersprechen, aber ihre Unterlippe zuckte plötzlich unkontrollierbar. Sie biss heftig darauf. „Kinder, das ist jetzt ganz wichtig.“ Sie sah von einem zum anderen. „Ihr dürft niemals denken, dass Papa weggegangen ist, weil ihr etwas falsch gemacht habt. Es liegt nicht an euch, dass Papa gegangen ist. Das hat überhaupt nichts mit euch zu tun. Versteht ihr mich?“

Holly kletterte auf Rachels Schoß und fing an zu weinen. Rachel drückte Justin und Holly an sich und weinte ebenfalls. „Ihr seid ein Geschenk Gottes, das dürft ihr niemals vergessen.“ Als sie wieder aufsah, war Summer nicht mehr da.

*

„Einen Augenblick bitte, das haben wir gleich“, lächelte die freundliche Dame hinter dem Schalter und tippte die Kontonummer ein. Bengt hatte Rachel am Vortag am Telefon auf den Gedanken gebracht, sich auf der Bank einmal nach dem Kontostand ihres gemeinsamen Girokontos zu erkundigen. Nach dem schwierigen Gespräch mit den Kindern war sie dankbar, dass sie einen Grund hatte, allein aus dem Haus zu gehen.

Bis die Bankangestellte den Kontostand auf ein Blatt Papier geschrieben hatte, waren Rachels Hände schweißnass. Rachel nahm den Zettel an sich, bedankte sich und versuchte, unauffällig auszusehen, während sie an den wartenden Kunden vorbei zum Ausgang eilte. Am Rand einer kleinen Grünfläche ließ sie sich auf eine Parkbank sinken, kramte den Zettel wieder aus der Tasche und verglich die Zahl mit ihren Bankunterlagen. Die monatlich anfallenden Rechnungen waren abgebucht worden, doch ansonsten fehlte nicht eine Krone. Clay war ohne Geld gegangen.

An diesem Punkt kamen Rachel wieder die Tränen. Wie passte diese Selbstlosigkeit zu seiner ansonsten rücksichtslos egoistischen

Entscheidung? Hatte er vielleicht Schuldgefühle? Versuchte er damit, sein Bedauern auszudrücken, eine wortlose Entschuldigung an sie zu richten? Konnte sie darin nicht sogar seine Liebe erkennen, mit der er 13 Jahre lang für sie da gewesen war? Nein, wahrscheinlich brauchte er einfach kein Geld, weil seine Geliebte ihn aushielt.

Er war ohne Geld gegangen. Bedeutete das, dass er nur vorübergehend weg war? Oder hieß das, er würde nie wieder zurückkommen?

Rachel saß mitten in Stockholm und begann, haltlos zu schluchzen. Womit hatte sie ihn so enttäuscht, dass er ihr nicht einmal einen Abschiedsbrief hinterlassen hatte? Kommentarlos, grußlos und ohne eine Erklärung war er verschwunden – hatte er nicht überlegt, was er ihr damit antat? War sie ihm so gleichgültig?

Sie stieß ihre Schuhspitze in die Kieselsteine. Zum ersten Mal in ihrem Leben stieg Hass in ihr auf.

*

„Wie können wir dich dazu bringen, hier zu bleiben?", fragten Eric und Lena zum wiederholten Male. Sie saßen mit Rachel auf deren Terrasse und machten eine Reihe von Vorschlägen, wie Rachel mit den Kindern in Stockholm bleiben könnte.

Die Gemeinde würde voll hinter ihr stehen und für den neuen Pastor eine andere Wohnung suchen, sodass sie nicht umziehen müsste.

Rachel stöhnte. So gut dies alles auch gemeint war, allein der Gedanke, eine so wichtige Entscheidung treffen zu müssen, lähmte sie vor Angst.

Auch wenn sie die altmodischen Anteile der Lehre von *North Metro* heute sehr kritisch betrachtete, war die Gemeinde doch immer noch ihr Zuhause. Zum gegenwärtigen Zeitpunkt konnte sie sich nicht vorstellen, mit ihrer Heimatgemeinde zu brechen. Zudem hatte Rita Holcombs einfühlsame und barmherzige Art in ihr die Hoffnung auf eine verständnisvolle Aufnahme genährt.

Würde sie sich der Entscheidung von Pastor Lovett nicht beugen, musste sie davon ausgehen, dass sie keine finanzielle Unterstützung mehr erhalten würde, weder von *North Metro* noch von allen anderen Spendern und spendenden Gemeinden. Gleichzeitig würde es für sie sehr schwierig werden, in Schweden Arbeit zu finden. Alle Amerikaner in Schweden, die sie kannte, hatten lediglich eine Aufenthaltsgenehmigung; niemandem war es gelungen, eine Arbeitserlaubnis zu erhalten. Eric hatte ihr angeboten, die Gemeinde zu fragen, ob sie ihren Unterhalt aufbringen wollte. Aber konnte sie das von den Menschen annehmen, während sie auf die ungewisse Rückkehr ihres Mannes wartete und wenig zum Gemeindeleben beitragen konnte? Würde der neue Pastor, vermutlich ein linientreues Mitglied der Missionsgesellschaft, ihre Anwesenheit und ihre finanzielle Unterstützung dulden?

Es war alles viel zu ungewiss. Selbst wenn Clay zurückkäme, müssten sie nach Amerika zurückkehren, um eine Arbeitsstelle für Clay und irgendeine Form von Eheberatung zu finden.

Hinzu kam, dass sie gar nicht mehr sicher war, ob sie ihm vergeben konnte und wollte.

All das besprach sie in aller Offenheit mit Eric. „Allein dein Angebot, uns in diesem Ausmaß zu helfen, bedeutet mir schon sehr viel. Aber ich fürchte, es ist für alle Beteiligten das Beste, wenn ich tue, was Pastor Lovett angeordnet hat." Sie ließ den Kopf hängen. „Unser Dienst hier ist zu Ende. Daran kann leider niemand etwas ändern."

Reglos und mit gesenktem Kopf blieb Rachel sitzen. Lena ging zu ihr, kniete sich neben sie und umarmte sie traurig. Alle drei schwiegen. Sie verband der gleiche, bittere Schmerz.

*

Am selben Abend rief Rachel ihren Vermieter in Stockholm an. Auf Grund nicht vorhersehbarer familiärer Umstände würden sie nicht wie geplant nach ihrem USA-Aufenthalt in das Haus zurückkehren, erklärte sie ihm. Vielleicht würde die amerikanische Familie, die übergangsweise ihren Platz einnehmen sollte, länger wohnen bleiben. Sie entschuldigte sich und bedankte sich für alles. Er war immer sehr nett zu ihnen gewesen.

Dann rief sie ihren Vater an. Nach langem Warten ertönte ein atemloses „Hallo." Erleichtert begrüßte sie ihn. Doch ihr Vater hatte keine Zeit: „Ich bin gerade auf dem Sprung nach Orlando. Was gibt's?"

Warum hatte sie nicht einen Vater, der sagte: ‚Schön, dass du anrufst. Ich habe auch schon versucht, euch anzurufen, um zu hören, wie es euch geht. Ist Clay wieder zurück? Geht es ihm gut? Helfen dir deine Freunde?'

Aber nein, so war ihr Vater nicht. Er schwieg ungeduldig, während sie ihm ihr Leid klagte.

„Papa, Clay ist immer noch nicht aufgetaucht!" Sie erzählte von den jüngsten Entwicklungen. Dabei fiel es ihr ungeheuer schwer, den Satz über die Lippen zu bringen: „Die Polizei hat herausgefunden, dass er uns verlassen hat." So sehr sie sich auch bemühte, es gelang ihr nicht, die Rolle einer anderen Frau in der Geschichte auch nur anzudeuten.

Alles in ihr schrie nach einem mitfühlenden Wort. Doch das blieb aus.

„Vater, wir werden deine Hilfe benötigen." Ihre Verzweiflung nahm von Satz zu Satz zu. „Die Missionsgesellschaft hat beschlossen, dass die Kinder und ich in die Staaten zurückkehren müssen." Sie erklärte die näheren Umstände sowie den Zeitplan und fragte, ob sie und die Kinder die ersten paar Tage bei ihm wohnen könnten, bis die neue Wohnung bezugsfertig wäre.

Ihr Vater hatte nichts dagegen. „Ich bin sowieso kaum zu Hause", fügte er noch hinzu. Aber jede emotionale Äußerung blieb aus, nicht einmal Überraschung war zu spüren.

Rachels Traurigkeit nahm zu. War ihr Vater nicht in der Lage, seine Gefühle auszudrücken? Oder war er so hartherzig, dass er tatsächlich nichts empfand? Hoffentlich würde sie in Zukunft so wenig wie möglich auf seine Hilfe angewiesen sein, dachte sie verbittert und brachte das Gespräch schnell zu Ende.

*

Die folgenden sieben Wochen flogen nur so an Rachel vorüber. Sie funktionierte mit Hilfe ihrer Freunde aus der Gemeinde, war aber durch Clays Verhalten so gedemütigt, dass ihre traumatisierte Seele wie tot war.

Möbel wurden verkauft, der Hausrat wurde sortiert, ausrangiert oder eingepackt, einige Zimmer mussten neu gestrichen und das Haus musste geputzt werden. Das Auto lief auf Clays Namen und konnte nicht verkauft werden, so übernahm es die Gemeinde für einen guten Preis. Am Ende waren 62 Umzugskartons, vier Fahrräder und eine wertvolle skandinavische Anrichte übrig, die in einem Container per Schiff nach Amerika reisten. Knapp 5 000 Dollar hatte sie durch Verkäufe erwirtschaftet. Obwohl die Frauen aus der Gemeinde Rachel mit den Kindern halfen und jeden Tag eine warme Mahlzeit brachten, hatte sie am Ende der sieben Wochen neun Kilo abgenommen.

Dann kam ihre letzte Nacht in Stockholm. Auf ihren ausdrücklichen Wunsch hin schlief Rachel alleine in dem leeren Haus, die Kinder waren bei Eric und Lena Torleif. Sie lag auf einer ausgeliehenen Luftmatratze in ihrem ehemaligen Schlafzimmer und weinte stundenlang, wie sie noch nie in ihrem Leben geweint hatte. Als sie keine Tränen mehr hatte, kamen die Erinnerungen.

Nacht für Nacht hatte er hier mit ihr geschlafen, während es bereits diese anderen Frauen in seinem Leben gab. Welche Kämpfe musste er durchfochten haben? Oder ob er es einfach hatte geschehen lassen? Wie konnte ihr Mann zu einem so herzlosen, gemeinen Betrüger werden?

Wie viel Schuld hatte sie daran? Sie musste gravierende Fehler gemacht, ihren Mann sehr vernachlässigt haben.

Warum hatte er nicht mit ihr darüber gesprochen? War ihr Körper ihm nach drei Schwangerschaften nicht mehr schön genug? Wahrscheinlich fand er den Sex mit ihr langweilig. Hatte sie ihn emotional nicht ausreichend unterstützt? Bestimmt hatte sie ihm nicht oft genug gesagt, was für ein wunderbarer Mann er sei, wie sehr sie ihn liebte und verehrte. Hatte sie zu selten an seinen Freizeitaktivitäten teilgenommen? Schämte er sich mit ihr in der Öffentlichkeit? War sie zu sehr Mutter gewesen, um seinen Bedürfnissen noch gerecht werden zu können? War sie ihm nicht christlich genug?

„Warum hast du es mir nie gesagt?“, brach es aus ihr heraus. „Lag dir so wenig an mir? Du hättest mit mir reden müssen!“

In ihrem verschwitzten T-Shirt, auf dem von Tränen durchweichten Lager, schrie sie diese Fragen auch Gott entgegen.

Warum hatte er ihr nicht gesagt, was los war? Warum hatte er sie nicht auf die Bereiche ihres Lebens aufmerksam gemacht, in denen sie ihren Mann so sehr enttäuscht hatte? Von einem liebenden Gott hätte sie das erwartet!

Seit Wochen schwelten und bedrohten diese Fragen sie schon. Jetzt, in dem verlassenen Haus, schrie Rachel sie in den leeren Raum. Fragen, die keine Antwort suchten, deren einzige Absicht es war, sie zu quälen und in Abgründe zu stürzen. Plötzlich hatte sie Angst, verrückt zu werden.

Sie fiel in einen unruhigen Schlaf, aus dem sie drei Stunden später jäh aufschreckte. Es war Zeit. Eric und Lena hatten den Hausschlüssel und würden die Dinge aus dem Haus räumen, die sie für ihre letzte Nacht geliehen hatte.

Zum letzten Mal in der Dusche – nach neun Jahren. Wieder begannen die Tränen zu fließen. Den Duschvorhang hatte sie selbst genäht, vergangenes Jahr erst. Kraftlos lehnte sie sich gegen die kalten Fliesen.

*

Trotz der frühen Morgenstunde war der Flughafen voller Menschen. Eric und Lena halfen mit dem Gepäck, während Rachel die Ausweise und Tickets vorlegte. Sieben Koffer hatten sie zum Einchecken.

Dann ging es zur Abflughalle. Holly ging an Rachels Hand, Justin war auf Lenas Arm, Eric schob den Gepäckwagen mit drei Kinderrucksäcken und einem kleinen Koffer. Summer trottete mit kurzem Abstand hinter der Gruppe her.

Rachel konnte weder denken noch fühlen. Sie entdeckte den Eingang für die Passagiere ihres Fluges – und dann sah sie eine Gruppe von mindestens 30 Leuten aus ihrer Gemeinde. Bengt löste sich aus den Reihen und ging ihr entgegen. Wortlos drückte er sie an sich. Ihm folgten alle anderen. Wie viel Liebe brachten sie ihr entgegen! Rachel hätte sich am liebsten für immer in diese sanften, starken Arme geflüchtet, die ihr so herzlich und selbstverständlich entgegenkamen.

War sie im Begriff, einen großen Fehler zu machen?

Jeder wollte ihr noch etwas Ermutigendes sagen, die meisten

weinten. Wie viel Achtung und Verständnis waren ihr seit Clays Verschwinden von diesen Menschen entgegengebracht worden. Was für ein Gegensatz zu ihren Vorgesetzten in Amerika, die sie kalt und distanziert behandelten, als litte sie an einer ansteckenden Krankheit, die eine Gefahr für die ganze Missionsgesellschaft darstellte.

Rita Holcomb war die einzige, wohltuende Ausnahme.

Warum waren die Schweden so viel netter zu ihr als die Angehörigen ihres eigenen Volkes? War ihr Verhalten kulturell begründet oder hatten sie einen anderen Glauben, der mehr Liebe und Barmherzigkeit kannte?

Ihre Maschine wurde aufgerufen. So gerne sie hier geblieben wäre – jetzt war es zu spät. Einige Frauen halfen den weinenden Kindern, ihre Rucksäcke anzuziehen. Rachel griff nach ihrem Koffer. Es musste ein Alptraum sein. Wo war Clay? Wo um alles in der Welt war ihr Mann?

17

Scheinbar entspannt lag Clay an einem privaten Swimmingpool, nur wenige Schritte vom palmengesäumten Sandstrand entfernt. Das Licht der Mittagssonne ergoss sich über das spanische Eiland wie pures Gold. Es war so schön hier. Clay wollte diese Gedanken nicht denken, diese Bilder in seinem Inneren nicht sehen.

Nach einem ausgedehnten, erfrischenden Bad ließ er seine braun gebrannte Haut in der Sonne trocknen und wartete auf Anika, die in der Küche war und ihnen einen kleinen Imbiss zubereitete.

Unwillig strich er ein paar nasse Haarsträhnen aus dem Gesicht und schüttelte das Wasser aus seinem dicken, von der Sonne gebleichten Haar. Er konnte Anika am Küchenfenster hantieren sehen. Das hier war seine Gefährtin, das hier war sein Leben. Aber dieses Kinderlachen – schon zehn Minuten war es her, seit die beiden spanischen Mädchen zum Strand gelaufen waren, doch mit ihnen war wieder die quälende Erinnerung über Clay hereingebrochen.

Sie waren etwa so alt wie Summer und Holly, trugen Badesachen und hatten Sandspielzeug dabei. Lachend waren sie an seinem Apartment vorbeigelaufen, hatten gekichert, als sie ihn entdeckten, und sein Winken erwidert. Hand in Hand waren sie zum Wasser gelaufen, zwei fröhliche Kinder an einem unbeschwerten Sommertag. Sie ahnten nicht, was sie in diesem scheinbar sehr reichen Amerikaner auslösten.

*

Keuchend atmete er aus, Tränen traten ihm in die Augen. Im Halbdunkel des Morgengrauens stand er in Justins Zimmer und betrachtete seinen kleinen Sohn. Rachel, Summer und Holly schliefen fest, genau wie Justin. Sie ahnten nicht, was er im Begriff war zu tun.

Langsam trat er in den Flur, kam am Spiegel vorbei und betrachtete sein Äußeres. Er begann zu zittern. Durchtrainierter Körper, markante Gesichtszüge – seit seiner Kindheit war er durch sein attraktives Äußeres aufgefallen. Jetzt war ihm sein gutes Aussehen, in Verbindung mit seinem frohen, aufgeschlossenen Wesen, zum Verhängnis geworden.

In ihm tobte ein Kampf. Wie kannst du das deiner Familie antun?, *schrie die eine Seite,* was ist mit deinen Kindern und deiner Gemeinde?

Er hatte sich verzweifelt bemüht, der Versuchung zu widerstehen. Nur Gott wusste, wie sehr er gekämpft hatte. Täglich hatte er verzweifelt versucht, diesen Teil seiner selbst zu vernichten, der ihn seit seiner ersten Affäre vor mehr als drei Jahren zu beherrschen suchte.

Ihn trieb eine böse Leidenschaft an, die nicht zu zähmen war. Sie hatte seine Willenskraft erschöpft, seine Kräfte erlahmten, er konnte nicht mehr das tun, was eigentlich richtig war.

Seit dem ersten Tag seines Kampfes hatte eine Stimme in ihm geraten, seinen Pastor in den USA anzurufen, ihm alles zu erzählen und ihn flehentlich um Hilfe zu bitten. Doch er verschob diesen Anruf Tag für Tag, Monat für Monat. Die Angst vor seinen Leitern war größer als seine innere Not. Zu oft hatte er miterleben müssen, wie Fehlverhalten öffentlich zur Schau gestellt und die Sünder vor der Gemeinde gedemütigt wurden. Er konnte mit nichts als mit Unbarmherzigkeit und Verdammnis rechnen.

So hatte er – verborgen vor allen Menschen – versucht, sein Problem selbst in den Griff zu bekommen. Manchmal war es ihm gelungen.

Aber jetzt war sein Widerstand gebrochen. Er konnte nicht mehr. Der Kampf war vorüber. Zu oft hatte er schon die Ehe gebrochen. Es gab kein Zurück mehr. Sein Gewissen war verstummt, die Werte, die er früher gepredigt hatte, hatten keine Gültigkeit mehr.

Mit zitternden Knien und tränennassen Wangen trat er zurück an Justins Bett. Ein letztes Mal strich er seinem Sohn über die Haare. Er würde seiner Frau und seinen Kindern ein lebenslanges schweres Schicksal aufbürden, verlassen, ohne Vater, würden sie von heute an aufwachsen.

„Vergib mir", flüsterte er, „ich …"

Er konnte nicht mehr weiter. Ein letztes Mal küsste er sein Kind auf die Stirn, wie er es in der Vergangenheit jeden Abend getan hatte, dann zog ihn eine unsichtbare Macht zur Tür. Er folgte wie eine Marionette.

Leise schlich er die Treppe hinunter, vorbei an den Familienfotos vom letzten Weihnachtsfest, die eingerahmt an der Wand hingen. Seine Beine blieben nicht mehr stehen, obwohl seine Augen gerne noch länger an den Bildern verharrt hätten.

Rachel, einst seine Braut, der er lebenslange Liebe und Treue gelobt hatte, seine beiden Töchter, sein Sohn – sie ahnten noch nicht, dass sich ihr Leben von diesem Morgen an grundlegend verändern würde.

Die Tränen flossen unaufhörlich. Er versuchte, die Gedanken abzuschütteln, so wie er seine Verantwortung als Ehemann und Vater aufgab. Für immer. Die Entscheidung stand fest. Er würde nie wieder in ihr Leben treten.

Er schlüpfte in die Lederjacke, wischte sich unwillig mit dem Ärmel über die nassen Wangen und warf den schweren Rucksack über seine Schulter. Er hasste sich für das, was er tat, aber es gab kein Zurück mehr.

Seine Hand griff nach der Haustürklinke, schweißnass und zitternd. Mühsam unterdrückte er den plötzlichen Wunsch, sich noch einmal umzudrehen, sein Zuhause und das Heim seiner Familie ein letztes Mal in sich aufzunehmen. Neun ereignisreiche Jahre seines Lebens hatte er hier verbracht. Er schloss die Augen, um nichts mehr sehen zu müssen. Dann war es vorüber. Er schluckte und drückte die Klinke nach unten, während er in seiner Erinnerung plötzlich die Stimmen seiner Frau und seiner Kinder hören konnte. Die Tür öffnete sich und gab ihm den Weg frei in einen hellen, ruhigen Frühsommermorgen. Als er sie wieder hinter sich zuzog, hatte er sein bisheriges Leben für immer zurückgelassen.

*

Er wurde die Erinnerung nicht los. Sie war so frisch, als hätte er seine Familie erst gestern verlassen, dabei waren seit jenem entscheidenden Morgen schon zwei Monate vergangen. Seither quälten ihn diese Bilder täglich.

Mit aller Macht wehrte er sich gegen die Gedanken an Rachel und die Kinder.

Zwölf Jahre Pastor – neun Jahre Missionar – wie oft hatte er über die zerstörerischen Folgen der Sünde gesprochen. Ehebruch war für ihn über Jahre hinweg undenkbar gewesen. Das hatte er auch öffentlich verkündigt.

Und jetzt –

Seit er zum ersten Mal seinen Gefühlen nachgegeben und mit Anna Gessle geschlafen hatte, hatte sich allmählich und unaufhörlich eine Veränderung in ihm vollzogen. Alles, was ihm bis dahin wichtig gewesen war, verlor an Bedeutung. Seine Rolle als Ehemann, Vater, geistlicher Leiter – alles wurde ihm zunehmend gleichgültig. Es war ihm immer noch unerklärlich, wie das hatte geschehen können.

Obwohl er mit einer ausgesprochen attraktiven, warmherzigen und liebevollen Frau verheiratet war, hatte seine Liebe zu ihr doch immer mehr nachgelassen. Sie war immer noch die gleiche lebensfrohe, starke Persönlichkeit, der er vor 13 Jahren das Versprechen gegeben hatte, sein Leben mit ihr zu teilen. An ihr lag es nicht, dass er sich verändert hatte.

Es war allein seine Schuld. Er hatte sich verändert. Sein eingefahrenes Leben hatte ihn zunehmend angeödet und ihn für das lustvolle freie Leben der schönen Schwedinnen anfällig gemacht. War er in eine Krise geraten, weil er sich auf die Lebensmitte zubewegte? War er von 17 Jahren christlicher Moral und Selbstverleugnung so ausgelaugt, dass er sich wieder nach seinem vorchristlichen Lebensstil zurücksehnte? Oder war er schlicht und ergreifend ein schlechter Mensch? Wahrscheinlich kamen alle Faktoren zusammen.

„Aber Mr. McCain, was für schwere Probleme wälzen Sie denn an einem so schönen Tag?“, riss ihn Anikas Stimme unvermittelt aus seinen Gedanken.

„Oh, nichts Besonderes …“

Sein Blick wanderte von dem appetitlichen Imbiss zu dem schönen Frauenkörper. Er nahm ihr das Tablett ab, stellte es neben sich auf den Tisch und zog sie auf seinen Schoß. Sobald er sein Gesicht in ihrem langen, duftenden Haar vergraben hatte, ging es ihm wieder besser. Er küsste ihren schlanken Hals.

„Wollen wir das Essen noch ein klein wenig verschieben?“, fragte er und lächelte seine Geliebte an. Sie erwiderte den lustvollen Blick. „Wollen wir reingehen?“

Mit einer einzigen, fließenden Bewegung umfasste er die junge Frau, erhob sich und trug sie ins Haus.

Würden Rachel und die Kinder ihm jemals verzeihen können?

Teil 2

Winter und Frühjahr 1990
Atlanta, Georgia

18

Ohne heiser zu werden, schrie der Prediger unaufhörlich seine Botschaft hinaus. Er donnerte das Strafgericht Gottes über seine Zuhörer, als gelte es, alles Böse allein mit der Kraft seiner Stimme aus dem Raum zu jagen. Wütend und aggressiv ging er verbal auf die Menschen los, fuchtelte mit seinem Manuskript in der Luft herum und wischte sich den Schweiß von der Stirn.

Seit vier Abenden ließ Rachel diese Evangelisationsveranstaltung nun schon über sich ergehen. Sie hatte acht Stunden Büroarbeit hinter sich, einen Haushalt zu bewältigen und drei Kindern Vater und Mutter zu ersetzen. Trotzdem saß sie hier ihre Zeit ab, denn Pastor Lovett hatte ihr die strenge Auflage erteilt, jeden Gottesdienst zu besuchen. In den sieben Monaten, die sie nun schon wieder in Amerika war, hatte sie sich, so gut es irgend möglich war, daran gehalten.

Früher hatte sie dieser lautstarke Predigtstil nicht gestört. Pastor Lovett war ebenso laut wie alle anderen Prediger, die sie kannte. Aber jetzt konnte sie es kaum ertragen. Von Abend zu Abend wuchs ihre Aversion.

„Ewige Verdammnis wartet auf jeden, der nicht bereit ist, in Reinheit und Heiligkeit vor Gott zu wandeln …“

Das alles machte für sie keinen Sinn mehr. Ihre Seele war zutiefst verwundet. Sie konnte mit Gottes Vaterliebe und der Gemeinschaft der Heiligen nichts mehr anfangen. In den schrecklichen Monaten hatte sie nichts davon erlebt.

Erschrocken zuckte sie zusammen, als die Faust des Evangelisten krachend aufs Pult knallte. Jetzt zog er über die Teenager her, die im hinteren Teil des großen, tausend Personen fassenden Saales zusammensaßen. Er hielt ihnen seine in schwarzes Leder gebundene Bibel drohend entgegen: „Ihr jungen Männer, ihr meint, ihr seid Christen, aber in Wirklichkeit geht ihr jeden Monat mit einem anderen Mädchen ins Bett. Wie könnt ihr den Namen Christi im Mund führen? Und ihr Mädchen, ihr macht euch wie käufliche Damen zurecht und werft euch jedem männlichen Wesen an den Hals, meint ihr, so könnt ihr dem Zorn des Allmächtigen entkommen?"

800 Menschen saßen reglos in ihren Bänken. Am liebsten hätte Rachel mit dem dicken Liederbuch nach dem Sprecher geworfen. Seit sieben Monaten unterdrückte sie ihre Bitterkeit, ihre Wut und Enttäuschung. Sie wollte aufspringen und dem Mann ins Gesicht schreien, was sie von ihm dachte. Warum ließen die Eltern und Großeltern das mit ihren Kindern machen?

Außer John und Rita Holcomb hatte niemand zu ihr Kontakt aufgenommen. Alle gingen ihr aus dem Weg; sie war eine Fehlinvestition, eine gefallene Person, mit der niemand etwas zu tun haben wollte. Pastor Lovett bildete da keine Ausnahme. Außer seiner professionellen Pseudofürsorge, wenn er als ihr „geistlicher Leiter" in Erscheinung trat, spürte sie auch von ihm nur Abneigung, mangelndes Interesse und Distanz.

Warum? War sie nicht Teil dieser Gemeinde? Brauchte sie nicht gerade jetzt mehr Liebe und Unterstützung als jemals zuvor in ihrem Leben?

Niemand rief sie an, niemand grüßte sie nach dem Gottesdienst, niemand erkundigte sich nach Clay oder den Kindern. Niemand teilte ihren Schmerz oder bot seinen Trost an.

Es war, als hätte sie die gesamte Gemeinde betrogen und würde zur Strafe von allen gemieden werden. Bis heute hatte sie mit keinem einzigen Menschen darüber reden können, wie schwer es ihr und den Kindern gefallen war, sich wieder in der amerikanischen Kultur einzuleben.

Drei Wochen nach ihrer Ankunft in den Staaten erhielt sie ein Schreiben, aus dem hervorging, dass ihre monatliche Unterstützung auf Grund des moralischen Fehlverhaltens ihrer Familie mit sofortiger Wirkung entfallen würde. Gleichzeitig erfuhr sie, dass Pastor Lovett eine neue Gemeindesekretärin suchte, da die Person, die diesen Posten seit elf Jahren in Treue und Hingabe ausgefüllt hatte, an einem fortgeschrittenen Burnout litt und auf unbefristete Zeit ausfiel. Spontan hatte Rachel sich für den Posten beworben. Außer ihr gab es nur noch eine zweite Bewerberin, die eine deutlich schlechtere Ausbildung hatte und als kinderlose Ehefrau eines gut verdienenden Mannes finanziell nicht auf die Stelle angewiesen war. Rachel hatte erwartet, dass die Wahl auf sie fallen würde. Doch Pastor Lovett entschied sich anders. Zusammen mit der Absage erhielt sie eine massive Zurechtweisung.

„Rachel, du musst jetzt erst einmal innerlich heil werden, indem du bis auf weiteres an allen Gottesdiensten teilnimmst. Nach allem, was gewesen ist, ist es auch besser, wenn du deine Familie durch einen Job außerhalb der Gemeinde finanzierst."

Großherzig fügte er hinzu: „Wir werden dich noch drei Monate lang unterstützen. Außerdem können deine Kinder ein Jahr lang kostenlos unseren Kindergarten und unsere Schule besuchen. Dafür erwarten wir aber, dass ihr euch wieder in allen Punkten an die Gemeindeordnung haltet."

Rachel hatte dankend angenommen. Wenn sie voll arbeiten ging, mussten die Kinder ganztags betreut werden. Das war in den Gemeindeeinrichtungen möglich. Kindergarten- bzw. Schulgebühren für drei Kinder zu sparen war in ihrer jetzigen Situation ein großer Vorteil. Also würden sie sich an die Regeln halten, ihre Garderobe umstellen und fortan nur noch knielange Röcke tragen.

Pastor Lovett hatte bei diesem Gespräch noch einmal betont, dass der moralische Verfall ihrer Familie damit begonnen habe, dass sie sich über die Lehren der Gemeinde hinweggesetzt hatten. Ihre Familie war das klassische Beispiel dafür, wozu das Tragen von Hosen bei Frauen, Rockmusik und der Kontakt mit anderen Denominationen führen konnte.

Als sie sich eine Woche später für eine Stelle als Lehrerin an einer christliche Schule bewarb, wurde eine Empfehlung ihres Pastors verlangt, die Pastor Lovett ihr verweigerte.

So kam sie schließlich zu der Bank, bei der sie seither arbeitete. Es war eine einfache, schlecht bezahlte Arbeit, aber sie verdiente genug, um die Kinder satt zu kriegen und ihre Dreizimmerwohnung zu bezahlen.

Der Evangelist kam zum Ende seiner Predigt. Rachel dachte an ihre Kinder, die in einem Nebengebäude am Kindergottesdienst teilnahmen. Sie hatten alle Regeln befolgt. Seit nunmehr sieben Monaten saß Rachel Sonntagmorgens, Sonntagabends und in der Bibelstunde am Mittwochabend allein in einer Kirchenbank im vorderen Teil des Versammlungsraumes, während die Kinder den Kindergottesdienst besuchten. Aber heil wurden dadurch weder sie noch die Kinder.

Sie kramte ein Taschentuch aus ihrer Rocktasche. Sie waren eine zerrüttete Familie, hatten große seelische Probleme und hungerten nach Liebe und Fürsorge. Die äußerlichen frommen Ge- und Verbote halfen ihnen nicht weiter.

Inzwischen war der Evangelist beim Altarruf angekommen, der Pianist hatte seinen Platz eingenommen, und die Pastoren standen vor der Bühne, um mit denen zu beten, die dem Aufruf folgen würden. Die Gemeinde erhob sich.

Rachels Ärger verwandelte sich in tiefe Traurigkeit. Es war einer der großen Fehler ihres Lebens, dass sie mit ihren Kindern Schweden verlassen hatte. Dort waren ihre Freunde, dort war ihre Gemeinde. Auch um der Kinder willen hätte sie dort bleiben müssen.

Während die Gemeinde zu singen begann, ließ sie ihren Kopf auf die Rückenlehne der Bank vor ihr sinken. Eine tiefe Hoffnungslosigkeit hatte von ihr Besitz ergriffen.

Jemand sagte ihren Namen und tippte auf ihre Schulter. Sie schrak hoch. Die Gottesdienstbesucher zerstreuten sich bereits. Vor ihr stand Bill Reese, sah sie streng an und erklärte: „Pastor Lovett will dich morgen sprechen. Bitte sei 20 Minuten vor dem Gottesdienstbeginn in seinem Büro." Damit wandte er sich bereits wieder um, zögerte jedoch noch einen Moment und fragte: „Gibt es etwas Neues aus Schweden?"

Rachel schüttelte den Kopf. Ihr Nein war nur ein Flüstern. Mittlerweile war sie sich sicher, dass Clay sie für immer verlassen hatte.

Bill Reese drehte sich kommentarlos um und ging weg.

Rachel holte ihre Kinder ab, ging zu ihrem kalten Auto und fuhr durch die dunkle Winternacht. Zum ersten Mal dachte sie über die Möglichkeit nach, die Kinder und sich selbst umzubringen.

19

Es war 18:35 Uhr am darauf folgenden Abend, als Rachel ihre Kinder zu den Kindergottesdiensträumen brachte.

Pünktlich um 18:40 Uhr stand sie vor Pastor Lovetts Bürotür. Den ganzen Tag über hatte sie sich schon vor diesem Termin gefürchtet, obwohl sie sich nicht vorstellen konnte, was Pastor Lovett von ihr wollte. Es konnte nichts Schlimmes sein, versuchte sie sich einzureden. Aber ihre Aufregung war von Stunde zu Stunde gestiegen.

Sie strich ihren Rock glatt und klopfte an die Milchglastür. Ein Schatten näherte sich, die Tür ging auf, und zu ihrer Überraschung stand ihr Pastor Reese gegenüber. Er nickte ihr wortlos zu und trat zur Seite. Pastor Lovett saß hinter seinem schweren, mahagonifarbenen Schreibtisch, auf der Couch an der seitlichen Wand saß Ronnie Johnson, ein besonders engagierter Diakon, der von Beruf Möbelhändler war.

Sichtlich eingeschüchtert stand Rachel im Raum.

„Guten Abend, Rachel", sagte Pastor Lovett ernst und erhob sich. Auch der Diakon stand auf. Lovett deutete auf den Stuhl vor seinem Schreibtisch. „Bitte setz dich!"

Mit unsicheren Beinen und laut klopfendem Herzen durchquerte Rachel den Raum. Als junge Gläubige war sie voller Ehrfurcht in diesem von Bücherwänden gesäumten Büro ihres verehrten Pastors gewesen. Heute fühlte sie sich eingeschüchtert und bedroht. Reese hatte sich zu Johnson aufs Sofa gesetzt. Völlig verkrampft sah Rachel in Pastor Lovetts Richtung.

„Mir ist etwas berichtet worden, das mich sehr erstaunt hat", begann er und deutliche Empörung schwang in seiner Stimme mit. „Eine Schwester aus der Gemeinde hat dich auf einem Foto gesehen, auf dem du besser nicht hättest erscheinen sollen."

Rachel stockte der Atem. Was hatte sie getan? Wo war sie gewesen?

„Die Schwester, deren Namen ich jetzt nicht nennen werde, hat bei einem nichtgläubigen Verwandten die Fotos von dessen

Betriebsweihnachtsfeier gesehen. Er arbeitet in der gleichen Bank wie du. Auf besagter Feier muss reichlich Alkohol geflossen sein. Als die Schwester dich mitten in dieser Umgebung sah, war sie sehr beunruhigt. Deshalb wollte sie mit einem Mitglied der Gemeindeleitung darüber reden und wandte sich an Ronnie. Dieser hat wiederum mir davon berichtet."

Rachel erinnerte sich an den Abend. Sie wusste auch, dass Pastor Lovett ein radikaler Alkoholgegner war. Ihr Herz raste. Sie senkte den Kopf und schwieg.

„Trinkst du?", hörte sie Lovett fragen.

Jetzt wurde Rachel wütend. „Ich habe in meinem ganzen Leben ein paar wenige Male Wein gekostet, bei drei oder vier Gelegenheiten in Europa habe ich jeweils an einem Glas genippt. Sonst nichts."

„Willst du damit etwa behaupten, Gott würde gelegentliches Alkoholtrinken dulden?"

Ohnmächtiger Zorn erfasste sie. „Ich glaube, dass Gott nicht möchte, dass wir uns betrinken." Langsam ließ sie die Luft aus ihren Lungen strömen.

„Das war nicht meine Frage", gab Lovett zurück. „Glaubst du, dass er das Trinken von Alkohol grundsätzlich billigt?"

Rachel erwiderte seinen Blick: „Ich glaube, dass Gott nicht möchte, dass wir uns betrinken." Sie spürte die kalten Blicke der Männer auf der Couch, ohne in deren Richtung sehen zu müssen.

Lovett schüttelte in demonstrativer Fassungslosigkeit den Kopf: „Als wir Clay und dich nach Europa ausgesandt haben, da wart ihr ein Vorbild für die ganze Gemeinde. Ich hätte nie gedacht, dass ihr euch so schnell an das gottlose, sündhafte Treiben in Schweden anpassen würdet."

Er lehnte sich nach vorne und erklärte eindringlich: „Rachel, obwohl du keine Missionarin mehr bist, kümmere ich mich immer noch um dich und deine Kinder. Aber auch das hat Grenzen. Wenn du dem Ansehen unserer Gemeinde in der Öffentlichkeit schadest und dich nicht an die Gemeindeordnung hältst, musst du für die Betreuung deiner Kinder selbst aufkommen. Hast du mich verstanden?"

Sie nickte.

„Möchtet ihr dem noch etwas hinzufügen?“, fragte er die beiden Männer. Diese verneinten. „Dann ist es Zeit, dass wir drei zusammen beten, bevor der Gottesdienst beginnt.“

Damit war Rachel entlassen.

*

Am nächsten Tag konnte Rachel an nichts anderes denken. Diese Demütigung, diese Ungerechtigkeit ... Sie saß an ihrem Schreibtisch und verrichtete mechanisch ihre Arbeit, während Hass ihr Denken und Fühlen bestimmte. Sie hasste Lovett, Reese, die Diakone, die ganze scheinheilige, verlogene Gemeinde ...

Wie lange sollte sie sich diesen Autoritäten noch beugen, während diese sie gleichzeitig wie eine Aussätzige behandelten?

Wenn die Kinder nicht gewesen wären ... Erst jetzt, nach sieben Monaten, begannen sie allmählich, sich an ihre neue Schule, den Kindergarten und ihr neues Umfeld zu gewöhnen. Konnte sie es verantworten, die Kleinen jetzt schon wieder aus der gewohnten Umgebung herauszunehmen und in andere Schulen und Kindereinrichtungen zu stecken?

Sie konnte sich nicht mehr auf ihre Arbeit konzentrieren, nahm ihre Handtasche und ging zur Toilette.

Um der Kinder willen musste sie in der *North Metro* bleiben und sich den dortigen Vorschriften unterwerfen. Sie konnte ihnen keine erneute Entwurzelung zumuten.

Wäre sie in der Lage gewesen, die Schulgebühren selbst zu bezahlen, hätte sie noch heute im Gemeindebüro angerufen, ihre Mitgliedschaft gekündigt und Pastor Lovett und seine Gemeinde hätten sie und die Kinder nie wieder gesehen.

Sie riss etwas Toilettenpapier ab, um sich die Nase zu putzen. Als sie noch in Schweden gewesen war, hätte sie nie gedacht, dass auf den ersten Alptraum ihres Lebens gleich ein zweiter folgen würde. Jede Hoffnung, die sie an ihre Rückkehr in die Gemeinde geknüpft hatte, war enttäuscht worden.

Sie öffnete ihre Handtasche. Vor kurzem hatte sie sich eine große Packung Kopfschmerztabletten gekauft, 100 Stück.

Auch Gott hatte ihr nicht geholfen. Sah er die Ungerechtigkeit nicht, die ihr und den Kindern widerfuhr? Immer wieder hatte sie Trost suchend sein Wort aufgeschlagen, aber nichts sprach sie mehr an. Es waren antike Texte, die mit ihrem Leben nichts mehr zu tun hatten.

Es war alles ein großer Trugschluss, Wunschdenken, mehr nicht. Das Schicksal des Einzelnen entwickelte sich, von Zufall und Willkür geleitet, kein Gott nahm darauf Einfluss. Wer gut lebte, konnte nicht darauf hoffen, Gutes zu erleben. Es gab keine Gerechtigkeit, die Welt war böse und gemein, und niemand unternahm etwas dagegen.

Sie schüttete die Tabletten in ihre hohle Hand. Nicht einmal ihr eigener Vater nahm auch nur im Geringsten Anteil an ihrer Situation.

Würden die Tabletten ausreichen?

„Gehst du morgen auch zu Amys Party?“, fragte eine Frauenstimme und die Tür schwang auf. Rachel erschrak.

„Ich habe erst gestern davon erfahren und bin für morgen schon mit Joyce verabredet“, antwortete eine zweite Stimme.

Rachel schüttete die Tabletten in ihre Handtasche, drückte auf die Toilettenspülung und flüchtete. Erst als sie wieder an ihrem Schreibtisch saß, spürte sie, wie verschwitzt sie war.

Summer, Holly und Justin sahen sie an, ihr Foto stand zwischen den Stapeln von Arbeit, die sie sich für heute vorgenommen hatte. Rachel traten die Tränen in die Augen. Traurig setzte sie ihren Computer wieder in Gang.

*

Grayson Cole hatte mit der Kollegin an Rachels Nebentisch etwas zu besprechen. Im Hinausgehen ruhte sein besorgter Blick auf Rachel.

Erst seit drei Wochen hatte er den Posten als stellvertretender Filialleiter inne, doch schon als er Rachel das erste Mal begrüßt hatte, hatte er sich vorgenommen, einmal unter vier Augen mit ihr zu reden. Aber da er in seiner neuen Position sehr viel zu tun hatte, war ihm dies bislang noch nicht gelungen.

Der Schmerz in ihren Augen, der ihm schon bei der ersten Begegnung mit ihr aufgefallen war, schien sich noch verstärkt zu haben. Er sah auf seine Uhr. Heute würde er es versuchen.

20

Die Mittagspause hatte gerade erst begonnen, da eilte Rachel auch schon zu ihrem Wagen. Sie stand weit genug von den Fahrzeugen der Kollegen entfernt. Bei laufendem Motor legte sie ihren Kopf auf das Lenkrad und gab sich ihren verzweifelten Gedanken und Gefühlen hin.

Ob dieser Schmerz jemals vorüber gehen würde?

Dann putzte sie sich die Nase. Irgendetwas hatte sie heute Mittag besorgen wollen, allerdings konnte sie sich im Moment nicht mehr daran erinnern. Es würde ihr wieder einfallen. Prüfend betrachtete sie ihr Gesicht im Rückspiegel. Ihre Augen waren blutunterlaufen, die Wangen eingefallen, das einst so schöne, lange Haar hatte sie sich kurz schneiden lassen. Nun hing es ihr in fettigen Strähnen ins Gesicht.

Ein Klopfen an der Fensterscheibe riss sie jäh aus ihren Gedanken. Erschrocken öffnete sie das Fahrerfenster. Was war los? Hatte sie etwas vergessen?

„Rachel, entschuldige bitte die Störung“, die junge Frau hatte keinen Mantel an und zitterte in der winterlichen Kälte. „Mr. Cole bittet dich, in sein Büro zu kommen, bevor du zum Essen fährst.“

Mr. Grayson Cole war aus einer anderen Bank in Savannah zu ihnen versetzt worden. Abgesehen von seiner ersten Vorstellung hatte sie bislang noch nichts mit ihm zu tun gehabt.

„Danke“, sagte Rachel und schaltete den Motor aus.

Was hatte sie jetzt schon wieder falsch gemacht? Vergeblich versuchte sie, sich selbst Mut zuzusprechen.

Mr. Cole winkte sie freundlich herein, telefonierte aber noch. Er bedeutete ihr mit einer Handbewegung, sich zu setzen, während er sein Gespräch zu Ende brachte. Sein Büro war hell und freundlich, besaß eine große Glasfront und moderne Kunstdrucke in Stahlrahmen.

„Bitte entschuldigen Sie, Rachel, dass ich Sie in Ihrer Pause störe“, eröffnete er wenige Augenblicke später das Gespräch, erhob sich und gab ihr die Hand. „Ich würde gerne einige Minuten mit Ihnen reden." Seine Stimme klang geschäftlich, sein volles Haar war kurz, seine Gestalt etwas untersetzt.

„Bitte", antwortete Rachel abwartend.

Grayson lehnte sich zurück. Seine hellen braunen Augen und seine klaren Gesichtszüge waren ernst. „Wie lange arbeiten Sie schon bei uns?"

„Erst seit sechs Monaten", antwortete sie unsicher.

Er sah sie nachdenklich an. „Mir ist aufgefallen, dass Ihr tägliches Arbeitspensum weit unter dem Ihrer Kolleginnen liegt. Ich frage mich, was wohl der Grund dafür ist."

Er hielt inne, um ihr Gelegenheit zu geben, sich dazu zu äußern, doch sie schwieg.

„Möchten Sie darüber reden? Ich halte Sie weder für faul noch für weniger intelligent als ihre Kolleginnen. Deshalb nehme ich an, dass es etwas gibt, das Ihre Konzentration beeinträchtigt."

Rachel erstarrte.

„Sie dürfen mich jetzt bitte nicht falsch verstehen. Ich mache Ihnen keine Vorwürfe, auch ist Ihre Anstellung bei uns nicht in Gefahr. Mir geht es ausschließlich darum, Ihnen zu helfen. Soweit es in meinen Möglichkeiten liegt, möchte ich Ihnen die Arbeit angenehmer machen und günstigere Arbeitsbedingungen für Sie schaffen. Vielleicht würde es Ihnen helfen, wenn wir die Sitzordnung ändern würden oder wenn Sie an Ihrem Arbeitsplatz besseres Licht hätten?"

Obwohl Grayson Cole versuchte, freundlich zu sein, fühlte sich Rachel doch angegriffen und getadelt. Gleichzeitig wusste sie, dass er Recht hatte. Sie hatte keinerlei Ehrgeiz. Von Anfang an hatte sie nie versucht, durch gute Leistungen aufzufallen. Doch bisher hatte das auch niemanden gestört. Warum machte dieser Mann jetzt plötzlich ein Problem daraus?

Sollte sie vielleicht ihr ganzes privates Elend jeden Morgen an der Garderobe abgeben und acht Stunden lang nur noch für die Arbeit leben? Sie war doch keine Maschine, die ihre Gedanken und Gefühle nach Belieben ein- und ausschalten konnte!

Ins Gesicht schreien wollte sie es ihm: Unter den gegenwärtigen Umständen war ihre Leistung ausgezeichnet!

Aber sie war auf dieses Einkommen dringend angewiesen. Sie konnte sich nicht einen Tag ohne Arbeit leisten, so knapp war ihr Budget kalkuliert.

Also versuchte sie, stark und beherrscht zu sein: „Ich … ich werde versuchen, mich besser zu konzentrieren."

Er sah sie zweifelnd an. „Wie kann ich Ihnen helfen?"

Rachel schüttelte leicht den Kopf: „Nein, es ist weder die Sitzordnung noch das Licht, das mich stört."

„Es gibt aber ein Problem?"

Rachel ließ den Kopf hängen. „Ja, mein Privatleben ist in letzter Zeit etwas aus den Fugen geraten."

Mr. Cole zögerte. „Werden Sie misshandelt, Rachel?"

Rachel stöhnte gequält: „Nein, ich … habe niemanden mehr, der mich …"

Mr. Cole wartete ruhig, bis sie die richtigen Worte fand.

Rachel brachte es nur mühsam heraus: „Mein Mann ist nicht mehr da. Vor neun Monaten, während wir im Ausland lebten, hat er mich und die Kinder verlassen – mit einer anderen Frau. Dadurch ist mein Leben sehr schwierig geworden. Das ist mein einziges Problem. Es fällt mir sehr schwer, mich gedanklich auf etwas anderes zu konzentrieren."

Es war das erste Mal überhaupt, dass sie das einem Fremden gegenüber eingestand.

„Sie haben bestimmt Freunde, die ihnen Rückhalt geben?", erkundigte sich Cole.

Rachels Stimme war jetzt nur noch ein Flüstern: „Um ehrlich zu sein, nein."

„Wollen Sie damit sagen, dass Sie ganz isoliert sind?"

„Ja, so könnte man es ausdrücken."

„Haben Ihre Freunde sich von Ihnen zurückgezogen?"

„Ich fürchte, ich habe keine Freunde mehr, zumindest nicht hier in Atlanta."

Cole sah sie ernst an: „Haben Sie in Erwägung gezogen, professionelle Hilfe in Anspruch zu nehmen?"

Plötzlich war ihr, als würde sie Pastor Lovetts Stimme hören, die immer und immer wieder vor Psychologen gewarnt hatte. *Auch wenn sie sich christlich nennen, Therapeuten sind nichts als Humanisten, die glauben, die Menschen könnten auch ohne Gottes Hilfe wieder gesund werden. Sie sind blinde Blindenführer, die alles nur noch schlimmer machen. Haltet euch von ihnen fern …*

Rachel rieb sich die Stirn: „Ich stamme aus einem christlichen Hintergrund, der solche Hilfe nicht gestattet."

Es war erst das zweite Mal, dass sie sich hier in der Bank zu ihrem Glauben bekannte. Sie redete ohnehin kaum mit ihren Kollegen. Niemand ahnte, dass sie einmal Missionarin gewesen war. Die anderen hielten sie für eine Einzelgängerin, was sie derzeit ja auch war.

Sie hörte Mr. Cole fragen: „Gehe ich recht in der Annahme, dass es eine Kirche war, die sich von Ihnen abgewandt hat?"

Rachel sah ihn erstaunt an: „Ja … so könnte man es nennen. Aber woher wissen Sie …?"

Mr. Cole sah auf die Uhr: „Ich würde Ihnen gerne etwas aus meinem Leben erzählen, das für Sie vielleicht tröstlich sein könnte, aber ich habe gleich einen Termin." Er sah in seinen Kalender. „Könnten wir morgen zusammen zu Mittag essen?"

Sie verabredeten sich in einem Restaurant in der Nähe, wo sie sich in der Mittagspause treffen wollten.

Während des restlichen Nachmittags überlegte Rachel immer wieder, was für eine Geschichte ihr Chef ihr wohl erzählen wollte. Er hatte sie nicht zurechtgewiesen oder gedemütigt; er wollte sie nur trösten. Er hatte ihre Notlage erkannt und wollte ihr helfen. Das war mehr Zuwendung, als ihr seit langem widerfahren war. Diese Gedanken halfen ihr über die Nachmittagsstunden hinweg, bis sie zu *North Metro* fuhr, um die Kinder abzuholen.

Im Eingangsbereich der Schule stand eine Erzieherin und wartete offensichtlich bereits auf Rachel. Summer starrte wütend zu Boden, die Erzieherin hielt ihr Handgelenk mit eisernem Griff umfasst. Summer hatte Kratzer und rote Flecken im Gesicht, ihre Oberlippe war geschwollen.

Rachel schloss die Augen und seufzte. *Nicht noch mehr Ärger …*

Mrs. Baker nickte mit ihrer Hochfrisur in Rachels Richtung: „Tut mir Leid, ich habe schlechte Nachrichten. Summer hat einen Mitschüler verprügelt, der daraufhin zurückgeschlagen hat."

Summer starrte zu Boden. Rachel ergriff ihre Hand.

„Beide mussten sich beim Schulleiter und beieinander entschuldigen und wurden für morgen von der Schule beurlaubt.

Kommt es in einem Schuljahr zu drei beurlaubten Tagen, wird die Gesamtnote um eine Note gesenkt, was eventuell die Versetzung gefährden kann. Falls Sie mit dem Schulleiter sprechen wollen, er ist bis sechs Uhr in seinem Büro."

Rachel hatte kein Interesse daran, sich jetzt auch noch die Moralpredigt des Schulleiters anhören zu müssen, zumal er einer der Leiter der *North Metro*-Gemeinde war. Sie hätte ihn ohnehin niemals von seiner Entscheidung abbringen können.

Also bedankte sie sich höflich und ging. Sie würde sich ein eigenes Urteil bilden, nachdem sie Summers Meinung gehört hatte. Hand in Hand gingen Rachel und Summer weiter, um Holly und Justin abzuholen.

Doch kaum waren sie außer Sichtweite von Mrs. Baker, da riss Summer sich auch schon los und rannte laut weinend davon.

„Ich hasse Amerika!", schrie sie, „Ich hasse diese Schule!"

Rachel rannte hinter ihr her.

„Ich will zurück nach Schweden und meinen Papa suchen!" Summers Stimme war im gesamten Gebäude zu hören.

Augenblicke später hielt Rachel ihr Mädchen in den Armen und tröstete sie: „Ich verstehe dich. Mir geht es genauso."

Summer drückte sich an ihre Mutter: „Matthew hat gesagt, mein Papa sei ein böser Mann, und er hat gesagt, dass Papa mich hasst und dich auch und Gott und alle anderen Leute. Und er hat gesagt, dass es Papa nur Recht geschieht, dass er in die Hölle kommt."

Rachel wusste, dass Matthew nur das widergab – soweit Summer ihn richtig zitiert hatte –, was er von seinen Eltern gehört hatte. Wut stieg in ihr auf, Wut auf diese Eltern und alle anderen Gemeindeglieder, die so dachten.

„Weißt du, Liebling, jeder hat das Recht, das zu denken, was er will. Da kann man leider nichts machen. Wichtig ist nur, dass wir selbst das Richtige denken."

„Ich hasse ihn", erklärte Summer mit Nachdruck, und Rachel wusste nicht, ob sie von Matthew oder von ihrem Vater sprach, hatte aber auch nicht den Mut, nachzufragen. Sie versuchte auch nicht, das Kind zu beschwichtigen. Stattdessen stand sie einfach aufrecht da und Summer klammerte sich fest an sie. Erst als beide wieder ruhig waren, gingen sie zu Holly und Justin.

*

Als Rachel an diesem Abend den Briefkasten leerte, fand sie zwischen all der Werbung einen Brief von Eric. Sehr oft erhielt sie aus Schweden solche Zeichen der Freundschaft. Wieder einmal bereute sie ihre Entscheidung, nach Amerika zurückgekehrt zu sein und in Skandinavien so viele gute, echte Freunde zurückgelassen zu haben.

Während sie den Brief öffnete, durften die Kinder fernsehen. Zwei getippte Seiten kamen ihr entgegen.

Liebe Rachel,

herzliche Grüße aus Stockholm von all deinen Brüdern und Schwestern, die viel an dich denken. Lena und einige andere Frauen aus der Gemeinde haben dir ja auch erst vor kurzem geschrieben, trotzdem dachte ich, es wäre an der Zeit, dass auch ich dir wieder einmal ein paar Zeilen schicke.
Wir sind alle so traurig, wenn wir daran denken, wie hart Pastor Lovett und die Leute aus seiner Gemeinde dich behandeln. Ich kann überhaupt nicht nachvollziehen, wie ein geistlicher Leiter sich so verhalten kann. Jetzt, wo du so große Probleme hast, wäre es doch seine Aufgabe, dir zu helfen und dich zu unterstützen. Eigentlich finde ich sein Verhalten ganz und gar unchristlich. Jedes Mal, wenn ich daran denke, werde ich wütend.
Wir beten, was das Zeug hält, dass dieser Mann zur Einsicht kommt. Aber wenn er sich nicht ändert, würde ich dir dringend raten, die Gemeinde zu wechseln. Es gibt bei euch bestimmt auch Gemeinden mit Menschen, die Gottes Liebe im Umgang miteinander in die Tat umsetzen. Dort könntest du neue Freunde finden. Mal ehrlich: Was verlierst du denn, wenn du North Metro *verlässt?*
Wir haben dich sehr lieb und beten wirklich jeden Tag für dich, dass Gott dir neue Kraft, Lebensmut und Hoffnung schenkt.
Keiner hat irgendein Lebenszeichen von Clay erhalten, weder wir noch die Polizei. Das belastet uns alle sehr. Trotz all unserer Bemühungen steht die Gemeinde immer noch unter Schock. Clays Verschwinden zu verarbeiten ist sehr viel schwieriger und schmerzhafter, als wir zunächst

angenommen hatten. Wie viel härter muss es für dich und die Kinder sein!
Wenn du kannst, bete bitte auch für uns.
Lena hat dir ja wohl schon geschrieben, dass die Stenlunds die Gemeinde verlassen haben. Sie sind die siebte Familie, die nach Clays Verschwinden nicht mehr in der Gemeinde bleiben wollte. Gleichzeitig kamen zwei neue Familien dazu. Ich schreibe dir das nur, damit du auf dem Laufenden bleibst, was die Entwicklung der Gemeinde betrifft.
Pastor Kendall, der hier Clays Platz eingenommen hat, ist humorlos, kalt und nicht in der Lage, uns geistlich zu ermutigen und weiterzubringen. Es gab schon mehrere offene Konflikte zwischen ihm und den Ältesten der Gemeinde. Im Moment denken wir ernsthaft darüber nach, ihn um die Niederlegung seines Amtes zu bitten. Vielleicht werden wir uns ganz von Amerika lösen. Es gibt zu viele unterschiedliche Lehrmeinungen zwischen der Missionsgesellschaft und unserer Gemeinde.
Aber eines musst du wissen: Alle, sowohl die Gemeindemitglieder, die geblieben sind, als auch diejenigen, die gegangen sind, alle achten und schätzen dich sehr. Du bist eine ganz besondere Frau. Das darfst du nie vergessen.
Viele liebe Grüße und Küsse an Summer, Holly und Justin. Sag ihnen, dass ich jeden Tag für sie bete.
Wir lieben euch sehr!
Möge Gott in seiner Liebe euch übernatürlich in seine Arme schließen, bis ihr euch wieder sicher und geborgen fühlen könnt.

Eric

Rachel las den Brief mehrere Male unter Tränen. Sie versuchte, so viel Kraft und Ermutigung wie irgend möglich aus Erics liebevollen, fürsorglichen Worten zu ziehen.

Ihr Hass auf *North Metro* flammte erneut auf, während sie den Brief immer wieder las. Wie gerne hätte sie den Kontakt zu dieser Gemeinde abgebrochen. Mehr noch, sie wollte mit keiner Kirche mehr etwas zu tun haben. So wie Clay sie verlassen hatte und Gott sich nicht um sie zu kümmern schien, so wollte sie auch mit den Christen nichts mehr zu tun haben.

Aber die Kinder ... Auch wenn Summer heute diesen Streit gehabt hatte, im Großen und Ganzen hatten sich die Kinder eingelebt und Freunde gefunden. Lieber wollte sie jede Demütigung ertragen, als den Kindern schon wieder eine so große Umstellung zuzumuten.

Nun brauchte sie noch jemanden, der Summer morgen betreute, während sie zur Arbeit ging. Es gab nur eine Person, die sie um Hilfe bitten konnte, Rita Holcomb. Rachel rief dort an und Rita sagte tatsächlich zu.

21

Rachel saß alleine im vereinbarten Restaurant und aß einen Thunfischsalat. Grayson war noch nicht aufgetaucht. Vielleicht hatte er gestern etwas zu spontan oder aus Mitleid diese Vereinbarung getroffen und den Termin sofort wieder vergessen?

Sie wollte gerade um die Rechnung bitten, als sie ihn kommen sah. Er trug einen langen Mantel über dem Anzug und kam eiligen Schrittes auf das Restaurant zu. Rasch hatte er sie entdeckt.

„Bitte entschuldigen Sie", sagte er mit aufrichtigem Bedauern, „ich hatte einen Termin, der leider länger dauerte als erwartet." Er gab ihr die Hand.

„Ich habe nur noch 20 Minuten Zeit, ehe ich wieder in der Bank sein muss", erklärte Rachel und Grayson entgegnete: „Dann werde ich jetzt meine Geschichte erzählen und erst anschließend essen."

Rachel nickte.

Grayson ordnete seine Gedanken, dann sah er Rachel an: „Ich weiß zwar nicht, was Sie derzeit im Einzelnen durchmachen, aber ich sehe Ihnen an, dass Sie verletzt sind. Nach dem Wenigen, das ich gestern von Ihnen hörte, glaube ich, mich gut in Ihre Lage hineinversetzen zu können."

Rachels Neugier wuchs.

„Vor etwas mehr als drei Jahren war ich engagierter Mitarbeiter einer kleinen Gemeinde am Stadtrand von Savannah. Die meisten meiner Freunde gehörten derselben Gemeinde an. Ich war verheiratet, meine Frau und ich hatten zwei Söhne. Doch nach 16 Ehejahren hielten uns nur noch die äußeren Bedingungen zusammen. Obwohl niemand dies auch nur ahnte, waren meine Frau und ich einander völlig gleichgültig geworden. Sie warf mir vor, zu viel zu arbeiten, und ich sah in ihr eine Perfektionistin, der ich nichts Recht machen konnte. Sie nörgelte ständig an mir herum und ich zog mich innerlich zurück. Nur um unserer Kinder willen hielten wir die Ehe aufrecht.

Aber dann konnte sie diesen Zustand nicht mehr ertragen und bat mich um die Scheidung. Ich wollte lieber eine Eheberatung aufsuchen, aber sie weigerte sich und erklärte, wenn ich nicht zum Anwalt ginge, würde sie es tun."

Eine Bedienung kam, Grayson bestellte für sich etwas zu trinken und erkundigte sich, ob Rachel noch einen Wunsch hätte.

„Vielleicht hätte ich noch abwarten sollen, doch ich beauftragte einen Anwalt und hoffte, damit eine günstigere Entscheidung für mein Besuchsrecht bei den Kindern erwirken zu können. Es dauerte nur wenige Tage, bis die ganze Gemeinde wusste, dass ich die Scheidung eingereicht hatte. Das Gerede begann, und bald hieß es, ich würde mich von meiner Frau trennen, weil ich eine Geliebte hätte. Die Leute aus der Gemeinde zogen sich von mir zurück, Menschen, mit denen ich jahrelang eng zusammengearbeitet hatte, kehrten mir den Rücken zu. Niemand hat mir jemals für meine ganze ehrenamtliche Arbeit gedankt. Dieser Prozess der Ausgrenzung griff rasch um sich, bis sich schließlich auch meine besten Freunde von mir abwandten. Plötzlich war ich völlig isoliert. In jenen Monaten hatte ich Angst, verrückt zu werden. Die Anwälte trieben die Scheidung voran, ich musste aus dem Haus ausziehen, und mir blieb kein einziger Mensch, mit dem ich reden konnte. Das Gefühl, völlig alleine auf der Welt zu sein, hätte mich fast umgebracht."

Grayson stockte und fragte zögernd: „Geht es Ihnen so ähnlich?"

Rachel war den Tränen nahe. Sie hätte nicht erwartet, in Grayson jemandem zu begegnen, der den gleichen Schmerz erlebt hatte, den sie jetzt gerade durchlitt. Sie seufzte: „Ja, ganz ähnlich."

Da hellte sich Graysons Gesicht auf. „Ich hatte mir schon …"

„Sind Sie in der Gemeinde geblieben?", unterbrach ihn Rachel mit der Frage, die sie zur Zeit am meisten beschäftigte.

„Ich ging. Die Mitglieder dieser Gemeinde hatten sich mir gegenüber unmöglich verhalten. Seither habe ich kein Interesse mehr, irgendeine Gemeinde aufzusuchen. Ich musste lernen, emotional alleine klarzukommen, und ich habe es gelernt. Ich brauche keine Gemeinde mehr. Das ist auch genau das, was ich Ihnen heute vermitteln will. Sie sind stark. Sie können aus dieser Krise herauskommen. Egal, wie viele Leute sich von ihnen abgewandt haben, egal, wie grausam man mit Ihnen verfährt, Sie werden das überwinden. Irgendwann wird die Erinnerung verblassen, der Schmerz wird nachlassen, und Sie werden sich ein anderes, neues Leben aufbauen."

Rachels Blick schweifte in die Ferne: „Früher hätte ich das geglaubt. Aber heute bin ich mir nicht mehr so sicher … Seit Clay weg ist, kann ich gar nichts mehr glauben …"

Grayson fragte zurück: „Wie lange waren Sie verheiratet?"

In dem Moment blickte Rachel auf die Uhr und erkannte, dass es für sie höchste Zeit war, aufzubrechen. Grayson bestand darauf, ihre Rechnung später zu bezahlen, und ließ sich auch kein Geld von Rachel geben.

Rachel zögerte. Ob sie dieses Gespräch wohl fortsetzen könnte? Grayson sprach ihre Gedanken aus: „Wenn Sie wollen, können wir uns gerne wieder treffen. Entweder Sie erzählen mir noch mehr von Ihrer Geschichte oder ich berichte Ihnen noch mehr von mir oder beides, ganz wie Sie wollen."

Rachel ging dankbar darauf ein. Es war das erste verständnisvolle, mitfühlende Gespräch seit ihrer Ankunft in Amerika. Diesen Austausch hatte sie bisher sehr vermisst. Endlich hörte sie von einem außenstehenden, vernünftigen Menschen, dass sie niederträchtig und gemein behandelt worden war. Nicht sie war die Verbrecherin, ihr Mann hatte sie betrogen, und ihr Pastor war ein kalter Diktator und Manipulant. Es war eine große Ermutigung, von jemandem, der etwas Ähnliches wie sie erlebt hatte, zu hören, dass diese Krise enden und das Leben weitergehen würde! Im Gegensatz zu ihren schwedischen Freunden, die selbst voller Trauer und Schmerz waren, hatte sie hier einen Menschen getroffen, der ihr Mut auf das Leben danach machen konnte.

Grayson studierte seinen Terminkalender und schlug vor, sich in der Mittagspause am darauf folgenden Freitag zu treffen. Rachel war enttäuscht – bis Freitag waren es noch drei Tage! Aber sie wollte nicht aufdringlich sein und willigte ein.

Auf dem Weg zurück zur Arbeit ging es ihr etwas besser. Zumindest gab es jetzt etwas, auf das sie sich in den kommenden Tagen würde freuen können.

*

Während Grayson sein Mittagessen bestellte, blickte er Rachel zufrieden nach. Seine Geschichte hatte eingeschlagen, sie würde sich wieder mit ihm treffen. Auch wenn sie müde und abgekämpft aussah, Rachel war die attraktivste Frau, der er seit langem begegnet war.

22

„13 Ehejahre, das ist eine lange Zeit." Grayson nahm das Gespräch an der Stelle wieder auf, an der sie es vor drei Tagen abbrechen mussten.

Das Restaurant war heute so voll, dass sie nur noch im hinteren Bereich eine kleine Nische gefunden hatten. Es war eng, aber eine gewisse Vertrautheit war trotz des geschäftigen Treibens um sie her gegeben.

Grayson erkundigte sich nach Rachels Kindern und sie griff das Thema dankbar auf. Wie lange hatte sie mit niemandem über ihre Kinder reden können …

„Ich habe zwei Mädchen und einen Jungen. Summer, die Älteste, ist neun Jahre alt, Holly ist sechs und Justin ist zwei Jahre alt." Sie hielt inne, ihr Gesicht war von Traurigkeit überschattet. „Wahrscheinlich werden sie diesen Schock niemals überwinden", seufzte sie leise. „Summer ist so voller Wut. Sie hat sich in sich selbst zurückgezogen und redet kaum noch. Holly hat aufgehört zu spielen, stattdessen versucht sie die ganze Zeit, mich zu trösten und mir eine Freude zu machen. Wenn ich nicht da bin, sitzt sie nur noch vor dem Fernseher. Und Justin ...", Rachel schluckte schwer, „Justin ist das unsicherste, eingeschüchtertste Kind, das Sie sich nur vorstellen können."

Rachel konnte ihre Tränen nur noch mühsam zurückhalten. „Es ist schwer, da noch optimistisch zu sein, oder?"

Grayson schob seine Arme vor und legte die Hände in die Mitte des Tisches, als wollte er Rachel tröstend berühren. „Das wird nicht immer so bleiben, auch wenn es jetzt so aussieht." Vorsichtig versuchte er, sie zu trösten. „Die Reaktion der Kinder auf den erlittenen Verlust ist ganz normal. Aber sie werden das überwinden, genau wie die meisten anderen Kinder auch, und sie werden zu ganz normalen Jugendlichen heranwachsen." Er zog seine Hände wieder zurück.

Rachel trocknete sich die Augen. „Wie geht es Ihren Jungs? Wie alt sind sie?"

„Sie sind 15 und 14 und leben beide bei ihrer Mutter. Mark ist der Ältere, er ist ein sehr guter Sportler. Alex ist ein aufgeschlossener, beliebter Junge, der sich hervorragend mit Computern auskennt. Auch sie waren am Anfang voller Wut, aber die ist längst wieder abgebaut. Heute sind sie seelisch ausgeglichene, aufgeschlossene Teenager." Wieder streckte Grayson die Arme aus, als wolle er Rachels Hand ergreifen. „Ihre Kinder werden sich mit der Situation auseinander setzen und darüber hinwegkommen. Sie sind stärker, als Sie sich das vielleicht vorstellen können."

„Ich bin mir da nicht so sicher", erwiderte Rachel zögernd, „Scheidungskinder haben zumindest klare Verhältnisse, mit denen sie sich arrangieren können. Sie wissen genau, dass die Beziehung ihrer Eltern unwiderruflich zerbrochen ist. Sie kennen die Wohnung ihrer Mutter und die Wohnung ihres Vaters. Sie wissen, welcher Elternteil für sie sorgt und an welchen Tagen der andere sie abholt. Damit haben die Kinder in gewisser Weise doch wieder geregelte Verhältnisse.

Bei uns ist das ganz anders, alles ist offen und unklar. Wir sind nicht geschieden. Wir wissen nicht, wo mein Mann sich aufhält oder mit wem er zusammen ist. Wir wissen nicht, ob er jemals zurückkommt. Seit neun Monaten haben wir nichts von ihm gehört. Unsere einzige Information stammt von zwei Zeugen, die sich auf eine Suchmeldung in den Zeitungen hin bei der Polizei gemeldet haben. So haben wir erfahren, dass es ihm gut geht und dass er mit einer jungen, reichen Frau zusammen die Stadt verlassen hat.

Wir wissen darüber hinaus nichts über seinen Verbleib; es gab keinen Abschied, kein letztes Wort, keine Leiche und kein Begräbnis. Nichts.

Jeden Tag fragen wir uns, wo er ist, warum er gegangen ist, ob er wiederkommt. Wir warten auf ein Lebenszeichen von ihm, warten und warten. Doch das Warten hat mich verbittert, hat mich mit Hass erfüllt und mir die Hoffnung geraubt. Oft träume ich davon, meinem Leben ein Ende zu setzen …

Wenn er gestorben wäre und wir ihn hätten begraben können, hätten wir den Verlust sicher besser verarbeiten können. Ich habe auch schon zu Gott gefleht und ihn gebeten, dass wir doch die Nachricht von seinem Tod erhalten würden. Dann wüssten wir wenigstens, was los ist, und könnten uns auf die Zukunft ohne ihn einstellen."

Grayson erschrak, als Rachel über ihre Selbstmordgedanken sprach. Aber er spürte auch die Ernsthaftigkeit ihres Bekenntnisses und wollte ihr nicht widersprechen. Aus diesem Grund entgegnete er: „Ich glaube Ihnen, dass Sie sich so fühlen. Gleichzeitig sollten Sie den Glauben an sich selbst und Ihre Kinder nicht aufgeben. Es gibt Hoffnung für Ihre Familie. Sie können weiterleben, sich mit der Situation arrangieren und ihre eigene innere Stärke kennen lernen. Es wird nicht einfach sein, aber es ist auf jeden Fall möglich.

Ich bin mir ganz sicher, dass Sie und Ihre Kinder das schaffen werden, weil die Menschheitsgeschichte voll ist von Schicksalen wie dem Ihren. Ich will gerne einräumen, dass Ihre Lage schwieriger ist, als meine es gewesen ist, aber es gab in der Geschichte immer wieder Frauen und Kinder, deren Männer verschwunden sind. Sie haben die Trauer besiegt und sich neue Sicherheiten geschaffen."

Graysons Verlangen nach Rachel wurde stärker als sein vernünftiges Abwägen, was jetzt richtig oder falsch war. Er legte seine Finger auf Rachels Handrücken und streichelte sie sanft. „Sie sind genauso stark wie die vielen Frauen vor Ihnen, die sich durch dieselbe Situation hindurchkämpfen mussten." Sanft drückte er ihre Hand. „Das dürfen Sie niemals vergessen."

Rachel schloss einen Moment lang die Augen. Als sie ihn wieder ansah, umspielte ein Lächeln ihre Mundwinkel: „Sie klingen wie ein Motivationsexperte."

Die Bedienung steuerte auf ihren Tisch zu und Grayson zog seine Hand zurück. Er erwiderte ihr Lächeln: „Ich glaube, Sie haben durchaus Anspruch auf ein bisschen Motivation."

„Ja, in den letzten Monaten wurde ich damit nicht gerade verwöhnt."

Sie bestellten etwas zu essen, dann erzählte Rachel von ihrer Zeit als Missionarin in Schweden, von Clay, der Gemeinde in Stockholm und von der *North Metro Church*. Sie schilderte auch ihre große Enttäuschung über Gott, den christlichen Glauben und die Christenheit im Allgemeinen. Grayson konnte vieles nachempfinden und ermutigte Rachel, sich von den Menschen bei *North Metro* nicht einschüchtern zu lassen. „Diese Leute sind nicht ganz normal, sie wissen es nur nicht."

Ihre gemeinsame Stunde verging wie im Flug. Grayson bezahlte für beide und zog eine Visitenkarte aus der Brieftasche. Dann schrieb er seine private Telefonnummer auf die Rückseite und gab sie Rachel: „Selbst wenn es Ihnen schwer fällt: Lassen Sie sich nicht noch tiefer in die Isolation ziehen. Sie können mich jederzeit anrufen, wenn Sie Ermutigung brauchen. Auch wenn Sie einfach nur etwas loswerden und erzählen wollen, können Sie das jederzeit bei mir tun. Ich möchte Ihnen gerne immer wieder Mut machen."

Rachel nahm die Karte und bedankte sich für seine Zeit und Anteilnahme, die ihr sehr viel bedeuteten. „Vielleicht rufe ich Sie wirklich einmal an", sagte sie dankbar und er nickte: „Das ist das Mindeste, was ich Ihnen anbieten kann."

*

„Wer seine Hand an den Pflug legt und schaut zurück, der ist nicht bestimmt für das Reich Gottes", rief Pastor Lovett ins Mikrofon und versuchte, die Geräusche des Gewitterregens zu übertönen, der seit ein paar Minuten auf das Gemeindedach prasselte.

Es war Sonntagabend und die Aufmerksamkeit der Gottesdienstbesucher ließ sehr zu wünschen übrig.

Rachel saß wie immer alleine in der elften Reihe von vorne, direkt an einem der Seitenausgänge. Anstatt der Predigt zuzuhören, beobachtete sie die anderen Leute, die sich kurze Blicke zuwarfen oder auf andere Weise wortlos miteinander kommunizierten.

Lovetts Stimme wurde noch lauter, doch die Menge blieb unruhig. Da wechselte er plötzlich das Thema: „Ich werde meine heutige Botschaft jetzt an einem sehr klaren Beispiel illustrieren. Ich werde einen Namen nennen, den Namen einer Person, die einmal Teil dieser Gemeinde war. Er ist das typische Beispiel eines Menschen, der seine Hand an den Pflug gelegt und zurückgeschaut hat. Ein Mann, der für das Reich Gottes nicht geeignet ist."

Lovett hielt kurz inne. Seine Taktik griff, er hatte wieder die volle Aufmerksamkeit der Versammelten. Alle Augen waren auf ihn gerichtet.

Rachel war bei den letzten Sätzen der Schweiß ausgebrochen. *Nein,* schrie sie tonlos, *bitte nicht, tue es nicht!*

„Ich spreche von einem Mann, der zur Leiterschaft dieser Gemeinde gehörte. Viele Gläubige haben ihm vertraut. Sie haben an ihn und seinen Dienst geglaubt und haben ihn mit ihrem sauer verdienten Geld Monat für Monat unterstützt. Er hat Gott und die Gemeinde betrogen. Von wem spreche ich?"

Rachel versuchte, hoch erhobenen Hauptes der öffentlichen Demütigung, zu der Lovett angesetzt hatte, zu trotzen. Sie war unbeschreiblich wütend, während sie darauf wartete, Clays Namen zu hören.

„Ich spreche von Reverend Jason Faircloth, meinem Vorgänger im Amt des Pastors dieser wunderbaren Gemeinde. Er …"

Rachel hörte nichts mehr. Sie war so sehr auf das öffentliche Ausschlachten ihres Schicksals eingestellt gewesen, dass sie zuerst wie betäubt dasaß, ehe übergroße Erleichterung sich in ihr breit machte. Wie gut, dass ihr das erspart geblieben war.

Aber dann wurde ihr etwas anderes bewusst: *Unsere Gemeindeleiter scheinen eine sadistische Freude an den Fehlern anderer zu haben …*

Wie naiv und gutmütig war sie lange Zeit gewesen. Clay hatte das Ganze schon viel länger durchschaut. Die Hirten in dieser Denomination hatten kein Mitgefühl für die inneren Kämpfe ihrer Schafe, sie erwarteten von den Verletzten und Gefallenen, dass sie sofort wieder heil würden, ansonsten wurden sie wie Heiden behandelt.

Während Lovett sich über Jason Faircloth ausließ, überlegte Rachel, was dieser Mann sich wohl zu Schulden hatte kommen lassen. Sein Name wurde nur selten erwähnt, und wenn, dann klang es immer so, als wäre er die Ausgeburt des Bösen schlechthin. Sie selbst war ihm nie begegnet. Sieben oder acht Monate bevor sie zum ersten Mal in die Gemeinde kam, war er gegangen. Zum ersten Mal kam ihr der Gedanke, dass ihm vielleicht ähnliches Unrecht durch die Gemeinde widerfahren war wie ihr. Hatte niemand versucht, ihm zu helfen? Hatte er keinen Freund in der Gemeinde? War er auch so abserviert worden wie sie selbst und wie Grayson Cole?

Rachel war froh, als der Gottesdienst zu Ende war. Verwirrt und wütend holte sie ihre Kinder ab und fuhr durch den strömenden Regen nach Hause. Auf regennasser Fahrbahn kam ein LKW vor ihr ins Schleudern und hätte sie um Haaresbreite den Abhang hinuntergefegt. Zu Hause wollte Holly dann noch wissen, warum Gott ihre Gebete für Papa nicht erhört hatte.

Als endlich alle drei Kinder in ihren Betten lagen, war Rachel am Ende ihrer Kraft angelangt. Sie musste mit jemandem reden. Lange überlegte sie, ob sie Grayson anrufen sollte oder nicht. Dann gab sie der Versuchung nach.

Zunächst fühlte sie sich sehr unwohl und entschuldigte sich wiederholt für ihr Bedürfnis, ihm die Ereignisse des Abends aufbürden zu wollen.

Grayson reagierte freundlich, hatte Zeit und gab ihr das Gefühl, willkommen zu sein. Schnell ließ ihre Nervosität nach.

Sie erzählte von dem Abendgottesdienst und er ging mit Anteilnahme und Interesse darauf ein. Schließlich ließ sie alle verwirrenden Gedanken und Gefühle des Abends heraus. Über eine Stunde lang hörte Grayson ihr mit gleich bleibender Geduld und Freundlichkeit zu.

Als Rachel bald darauf zu Bett ging, galten ihre letzten Gedanken diesem Mann, der so unerwartet in ihr Leben getreten war. Dankbar für diese kostbare, neue Freundschaft fiel Rachel in einen tiefen, ruhigen Schlaf.

23

Bald wurden die Treffen in der Mittagspause für Rachel und Grayson zu einer festen Einrichtung. Ein- bis zweimal pro Woche gönnten sie sich diese kostbare Stunde.

Grayson war ein guter Zuhörer; er verurteilte Rachel nicht und hatte immer ein Wort der Ermutigung für sie. Das Zusammensein mit ihm war Balsam für ihre verwundete Seele. Selbstmord war für sie bald keine Versuchung mehr. In Graysons Gesellschaft kehrte sogar ihr Lachen zurück, das sie in den letzten Monaten ganz verlernt zu haben schien. Auch er öffnete sich und gab ihr Einblick in seine verborgenen Gedanken und Gefühle. Eine tiefe Freundschaft entstand.

Nach einiger Zeit bemerkte Rachel, dass Grayson unter Christentum etwas anderes verstand als sie. Lebensübergabe und Gotteskindschaft waren in seiner früheren Gemeinde nicht thematisiert worden. Aber das störte sie nicht wirklich.

Auch die Tatsache, dass sie eine verheiratete Frau war und sich immer mehr mit einem geschiedenen Mann anfreundete, hätte ihr eigentlich nichts ausmachen müssen, seit sie nur noch der Form halber in *North Metro* ihre Termine absaß, innerlich aber mit Gott und dem Christentum gebrochen hatte. Trotzdem wurde sie immer wieder von Schuldgefühlen geplagt. War es ihr Ehefrauen-Gewissen, war es Gottes strenge Stimme oder war es einfach ihre konservative christliche Prägung? Was auch immer, sie wollte sich nicht darum kümmern.

Grayson war der einzige Mensch in Nordamerika, der freundlich auf sie zugegangen war. Selbst John und Rita Holcomb hatten bei aller Hilfsbereitschaft immer eine deutliche emotionale Distanz gewahrt. Es lag also nicht an ihr, dass ausgerechnet Grayson ihr einziger Freund war.

*

Rachels mittägliche Treffen mit Grayson blieben nicht unbemerkt. Eine Mitarbeiterin des Kinderdienstes der *North Metro*-Gemeinde arbeitete in der Nähe von Rachels Bank und ging mit ihren Kolleginnen gelegentlich im selben Lokal essen, in dem auch Rachel und Grayson sich immer trafen. Die junge Frau beobachtete Rachel, wie sie diesem Mann gegenübersaß – vertraut, lächelnd, sogar ihre Hände berührten sich gelegentlich. Sie sahen sich lange und tief in die Augen – der Fall war klar. Ob die Gemeindeleitung davon wusste?

Bei der nächsten Gelegenheit sprach die junge Frau mit Pastor Reese.

Dieser wiederum hielt es für seine Pflicht, Pastor Lovett zu informieren.

*

Während die Gespräche mit Grayson immer vertrauter wurden, erwachte in Rachel ein Gefühl, das sie verwirrte und erschreckte. Sie fühlte sich als Frau auch körperlich von ihm angezogen und genoss seine Nähe mehr, als ihr lieb war.

Gleichzeitig konnte sie sich nicht vorstellen, auf den Kontakt mit ihm zu verzichten. Ohne seinen Zuspruch und seine Ermutigung hätte sie ihren Alltag nicht bewältigen können. So beruhigte sie sich damit, dass die Freundschaft rein platonisch war und ganz gewiss auch bleiben würde. Sie unterschätzte die Dynamik, die sich bereits zwischen ihnen entwickelt hatte, und wusste nichts von den leidenschaftlichen Gefühlen, die Grayson für sie empfand.

Am Freitag vor Pfingsten kam Grayson wie zufällig an ihrem Arbeitsplatz vorbei und ließ im Vorbeigehen einen kleinen Umschlag auf ihrem Tisch liegen. Verwundert blickte sie ihm nach und griff aufgeregt nach dem Kuvert, das einen handschriftlichen Brief enthielt. Sie lehnte sich zurück und las ihn:

Liebe Rachel,

wie ich dir schon sagte, werde ich über die Feiertage nach Savannah fahren und meine Söhne treffen. Montagabend will ich wieder in Atlanta sein, weil ich um 19 Uhr das Konzert im Fox Theater *besuchen möchte. Ein französischer Pianist, einer meiner Lieblingspianisten, wird spielen.*
Ich weiß, dass ich damit deiner Entscheidung vorgegriffen habe, aber ich habe gestern in der Hoffnung, dass du mich begleitest, zwei Karten gekauft. Ich wäre sehr glücklich, wenn du mitkommen würdest. Wir könnten uns einen schönen Abend machen, nach dem Konzert würde ich dich gerne noch zum Essen einladen.
Überlege dir in Ruhe, ob du das möchtest. Du hast das ganze Wochenende Zeit, darüber nachzudenken. Falls du mitkommen willst, so sprich mir doch am Montag eine Nachricht auf Band, dann erwarte ich dich gegen 18:30 Uhr am Kartenschalter des Theaters. Falls du dich dagegen entscheidest, hast du mein vollstes Verständnis. Wirklich. Ich werde es dann einfach ein anderes Mal wieder probieren!

Grayson

Am Ende des letzten Satzes hatte er ein Smiley-Gesicht gemalt.

Rachel ließ den Brief sinken und schloss die Augen. Ein Teil von ihr wollte sofort zu Grayson laufen und ihm erklären: *Ja, ich komme gerne mit, ich freue mich!* Der vernünftigere Teil ihrer Person wollte das Angebot lieber noch einmal in Ruhe überschlafen. Auf die Arbeit konnte sie sich bis auf weiteres jedenfalls nicht konzentrieren.

Abgesehen von ihren mittäglichen Treffen waren sie nur

einmal außerhalb ihrer Arbeit zusammen gewesen. Das war vor drei Wochen. Ihr Auto musste zur Werkstatt, und sie hatte Grayson gebeten, sie zu den Holcombs zu fahren, deren Wagen sie vorübergehend ausleihen konnte. Auf dem Weg dorthin hatte Grayson sie gefragt, ob er später am Abend, wenn die Kinder im Bett waren, noch ein bisschen mit ihr draußen vor ihrem Haus sitzen könnte. Es war ein herrlicher, warmer Frühlingstag und versprach, eine laue Nacht zu werden. Die Kinder würden nichts merken und entsprechend keine Fragen stellen. Rachel stellte sich diesen Ausklang eines anstrengenden Tages sehr schön vor, konnte nichts Schlechtes daran erkennen und willigte ein.

So saßen sie an jenem Frühlingsabend drei Stunden auf der Wiese vor Rachels Haus, aßen Pizza und verbrachten eine sehr entspannte Zeit zusammen. Rachel war phasenweise richtig ausgelassen vor Freude.

Nur beim Abschied, als Grayson ihr sagte, dass seine Zuneigung zu ihr ständig zunähme, und sie zärtlich auf die Wange küsste, da regte sich in ihr ein Unbehagen, das mit Unsicherheit und einem schlechten Gewissen gepaart war. Gleichzeitig bestätigte es sie jedoch auch als Frau, von diesem Mann geliebt und begehrt zu werden.

Was sollte sie tun? Nachdenklich steckte sie den Brief in ihre Handtasche. Sie wollte den Abend mit ihm verbringen, wollte seine Gesellschaft, das Gespräch mit ihm, seine Akzeptanz, die Mut machenden Worte, sein Lachen und seinen Optimismus und auch seine attraktive Männlichkeit.

Gleichzeitig sah sie in aller Deutlichkeit den Unterschied zwischen ihren Treffen in der Mittagspause, zeitlich und räumlich begrenzt, nahe am Arbeitsplatz – diese waren im Gegensatz zu einem Rendezvous im Theater mit offenem Ende ein risikoarmer Schauplatz.

Wollte sie in dieser Beziehung wirklich weitergehen? Sollte, durfte sie es? Würde sie stark genug sein, die Grenzen zu verteidigen, die ihr wichtig waren?

Sie wollte eigentlich das Richtige tun. Wahrscheinlich wäre es richtig gewesen, ihre Begegnungen auf die Mittagspausen zu beschränken, die Einladung abzulehnen und ihn zu bitten, auch in Zukunft keine solchen Verabredungen mehr vorzuschlagen.

Aber das war nicht die Entscheidung, die sie – wenn sie ehrlich war – fällen wollte. Sie lebte schon seit einem Jahr allein, Monate voller Schmerz und Verzweiflung lagen hinter ihr. Ihr tat diese Freundschaft so gut! Sie sehnte sich nach Graysons Gesellschaft.

*

An diesem Freitagabend ging es ihrem unsicheren, schüchternen Dreijährigen nicht gut. Weinerlich und mit fieberheißer Stirn wollte Justin nur auf ihrem Arm sein. Sie gab ihm Fieberzäpfchen und brachte ihn zu Bett, legte sich zu ihm und sang ihm Lieder vor. Eine halbe Stunde später war er eingeschlafen. Kaum war sie wieder aufgestanden und hatte begonnen, die Küche aufzuräumen, da hörte sie, wie Justin sich erbrach. Weinend saß er in seinem Bett, alles war mit Erbrochenem übersät.

Sie trug ihn zur Dusche, zog ihm den schmutzigen Schlafanzug aus und wusch ihn vorsichtig mit warmem Wasser. „Ich bleibe bei dir und helfe dir", tröstete sie ihn, zog ihm frische Sachen an und brachte ihn in ihr eigenes Bett. Sie holte einen Eimer und erklärte ihm, dass er sich das nächste Mal in den Eimer übergeben sollte. Eine Stunde später war es wieder so weit.

In jener Nacht übergab sich der Kleine noch vier weitere Male. Rachel schlief kaum. Gegen Morgen war sie erschöpft und todmüde, doch sie pflegte ihr krankes Kind den ganzen Samstag über und versuchte dazu auch noch, für die beiden Großen da zu sein und ihre Hausarbeit zu erledigen. Gegen Abend hatte sie zunächst den Eindruck, es ginge Justin besser, doch dann stieg das Fieber wieder. In der Nacht zum Sonntag musste er sich zweimal übergeben. Am nächsten Morgen war das Fieber endlich verschwunden und Justin lebte wieder auf.

Beim Frühstück am Sonntagmorgen erklärte Rachel, dass sie heute nicht zur Gemeinde gehen müssten, weil Justin krank gewesen war und sie sich alle ein bisschen erholen wollten. Doch ihre Töchter protestierten: „Heute kommen doch die Clowns zu allen Kindern. Auf die haben wir uns schon so gefreut!"

Eine halbe Stunde lang ging es zwischen der übermüdeten Rachel und ihren Mädchen hin und her. Dann war Rachel mürbe. Sie brachte Justin zu ihrem Vater und Summer und Holly zum Kindergottesdienst. Kaum saß Rachel in der Kirchenbank, kam die Erschöpfung der letzten zwei Nächte zum Tragen und sie schlief ein.

*

Von seinem Platz auf dem Podium aus hörte Pastor Reese Lovetts leidenschaftlicher Predigt zu. Das heutige Thema waren die hohen Geldbeträge, die für den neuen Parkplatz und für einen neuen Bodenbelag im Hauptraum aufzubringen waren. Plötzlich fiel sein Blick auf Rachel, die fest zu schlafen schien.

Verärgert beobachtete er sie. Dachte sie, nur weil sie arm war, wäre diese Predigt nicht für sie bestimmt? Waren ihr die Nöte ihrer Gemeinde so gleichgültig?

Immer wieder sah er zu ihr hin. Rachel schlief ungeniert. Wahrscheinlich hatte sie sich die Nacht mit ihrem neuen Liebhaber um die Ohren geschlagen! *Wenn ich ihr das nachweisen könnte* … Angewidert betrachtete er sie.

Das werde ich ihr nicht durchgehen lassen, beschloss er bei sich selbst.

*

Verschlafen holte Rachel ihre Töchter ab und ging zum Auto. Sie hatte nur noch einen Gedanken: das Mittagessen schnell hinter sich zu bringen und sich dann hinzulegen.

Sie wollte gerade losfahren, als Ronnie Johnson auf ihren Wagen zugelaufen kam. Er klopfte an ihr Fenster.

„Was ist los?“, fragte sie und spürte sofort, wie ihr Adrenalinspiegel stieg. Hatte sie wieder gegen eine Regel verstoßen, wieder etwas falsch gemacht?

Wahrscheinlich denken sie immer noch, dass ich heimlich trinke.

„Pastor Reese bat mich, dir das zu geben“, erklärte Johnson und schob einen zusammengefalteten Zettel durch den Fensterspalt.

Widerwillig nahm sie das Blatt Papier entgegen, nickte Johnson zu und fuhr rückwärts aus der Parklücke.

„Was war das?“, wollte Summer wissen.

„Eine Nachricht von Pastor Reese", antwortete Rachel und schob den Zettel in ihre Handtasche. Schnell fuhr sie zu ihrem Vater, um Justin abzuholen.

Rachel machte Mittagessen und räumte anschließend die Küche wieder auf. Dann schaltete sie den Kindern den Fernseher ein, ging in ihr Schlafzimmer, stellte sich den Wecker so, dass sie in einer Stunde geweckt werden würde, und kramte den Zettel aus ihrer Tasche.

Auf ihrem Bett sitzend las sie:

Ich weiß nicht, was du in den Nächten treibst, dass du so einen Schlafmangel hast, aber der Gottesdienst ist der falsche Ort, um dich auszuschlafen. Den ganzen Vormittag über musste ich mitansehen, wie du geschlafen hast, und das, obwohl Pastor Lovett heute eine sehr wichtige Botschaft für jeden von uns hatte. Ist dir denn alles so gleichgültig? Ich sehe bei dir überhaupt keinen Fortschritt. Dein Starrsinn ist eine Beleidigung für die Sache Gottes. Ich muss mich allen Ernstes fragen, Rachel, bist du überhaupt eine Christin?

Pastor Reese

Reeses Anschuldigungen trafen sie wie Peitschenhiebe. Sie lag zusammengekrümmt auf ihrem Bett und stöhnte vor Schmerz. Alles, was sie fühlen konnte, waren Hass und Wut. Wäre Reese im Raum gewesen, sie wäre auf ihn losgegangen.

Eines war sofort klar: Sie würde dieser Beleidigung nicht die Ehre einer Antwort erweisen. Sollte er doch in seiner selbstgerechten Blindheit krepieren!

Leidend wie ein verwundetes Tier sah sie zur Zimmerdecke und schrie zu Gott: „Und du auch!"

Minuten später rief sie ihren Vater an und sagte ihm, dass er die Kinder von Montag auf Dienstag nehmen müsse. Sie erklärte ihm nicht, warum, und ließ ihm auch keine Möglichkeit, nein zu sagen.

Dann rief sie Grayson an und hinterließ eine Nachricht auf seinem Anrufbeantworter. „Hier ist Rachel", sagte sie, „meine Antwort lautet: Ja. Ich bin um 18:30 Uhr am Kartenschalter im ‚Fox Theater'. Ich freue mich darauf."

24

Langsam aß Clay McCain ein Stück Melone, spuckte die Kerne in den Sand und blickte über das weite, grünblaue Meer der Karibik. Kein Wölkchen war am Horizont zu sehen.

Hinter dem Sandstrand gingen die riesigen Palmen schnell in den dichten Regenwald über, der so typisch für Costa Ricas Vegetation war. Bunte Vögel wohnten in den Baumwipfeln, in der Nacht hörte man das laute Schwatzen der Affen. Die Luft war erfüllt vom Geruch feuchter, fruchtbarer Erde.

Sehr im Gegensatz zu der üppigen Schönheit der Natur waren Clays Gedanken düster und schwer. Anstatt mit Anika Wiberg von Mallorca nach Costa Rica überzusiedeln, hätte er lieber zu seiner Familie nach Stockholm zurückkehren sollen. Warum hatte er es nicht getan? Warum tat er es jetzt nicht? Immer wieder kehrten seine Gedanken nach Stockholm zurück – zu Rachel, Summer, Holly und Justin.

Ein Jahr war vergangen, seit er sich so radikal gegen seine Familie entschieden hatte. *Es muss ein furchtbares Jahr für Rachel und die Kinder gewesen sein.*

Er selbst hatte sich in diesem Jahr so verändert, dass er sich kaum noch vorstellen konnte, einmal Pastor gewesen zu sein. Anika hatte ihm den Weg in ein ganz anderes Leben gewiesen; sie waren reich und schwelgten in einem lustvollen Taumel nie enden wollender Vergnügungen.

Auf Mallorca hatten sie sich die Zeit mit Tauchen, Wasserskifahren und Fallschirmspringen vertrieben. Hier hatten sie die vergangenen drei Monate mit Kajakfahren, Motorradtouren, Vulkanbesteigungen und Angeln verbracht.

Das riesige Erbe, das Anikas Vater seiner Tochter hinterlassen hatte, schloss unter anderem ein Traumhaus in San José, der Hauptstadt Costa Ricas, samt einem topgepflegten Oldtimer ein, was sie beides jetzt nutzten.

Doch die Krönung ihres gegenwärtigen Lebens mit allen sportlichen Aktivitäten, den rauschenden Festen, zu denen sie regelmäßig eingeladen wurden, dem ganzen materiellen Luxus, den Reisen und der grenzenlosen Freiheit war eine tabulose, wilde und unersättliche Sexualität, die zu jedem Experiment bereit war und auch vor gelegentlichen Orgien nicht Halt machte.

Sein Leben war ein einziges, rauschendes Fest der Sinne – und doch blieb er innerlich leer und unerfüllt. Aber obwohl ein Teil von ihm den gegenwärtigen Lebensstil ablehnte und sich nach Frau und Kindern, nach Vergebung und Heilung sehnte, er konnte nicht zurück. Ein anderer Teil von ihm hatte die Herrschaft übernommen. Er war nicht mehr frei in seinen Entscheidungen, er war ein Abhängiger, süchtig nach Vergnügen, Partys, nach Reichtum und Sex. Obwohl das Paradies, in dem er lebte, nur eine Sinnestäuschung war, obwohl tiefe Hoffnungslosigkeit ihn erfüllte, konnte er dem Ganzen nicht mehr entfliehen.

Er war süchtig nach Anika. Sie betörte alle seine Sinne. Es war immer wieder wie ein Rausch, sie zu sehen, zu fühlen, zu riechen und zu schmecken. Mit ihren 28 Jahren erschien sie ihm wie eine Göttin; er konnte nicht von ihr lassen. Sie besaß den aufregendsten Körper, den ein Mann sich vorstellen konnte, war außergewöhnlich intelligent, hatte eine selbstbewusste Führernatur und wurde von einem unersättlichen Verlangen nach „Mehr vom Leben" getrieben. Auch nach über einem Jahr war jedes Zusammensein mit dieser Frau für Clay eine unbeschreibliche Lust.

Aus diesem Grund war er ihr nach Costa Rica gefolgt. Anika hatte früher hier mit ihren Eltern gelebt, die sich aus klimatischen und steuerlichen Gründen auf dieser Insel einen Alterssitz eingerichtet hatten. Auf Costa Rica verbanden sich die Segnungen der modernen Zivilisation mit dem bäuerlichen Lebensstil vergangener Jahrhunderte und der ausnahmslosen Freundlichkeit seiner Bewohner. Landschaftlich bot die Insel neben modernen Städten auch Kaffee- und Bananenplantagen, Urwälder, Höhlen, Vulkane und riesige wilde Meeresschildkröten. Anika liebte dieses Land.

Auch Clay gefiel es gut, aber er konnte sich nicht so unbeschwert freuen wie seine Gefährtin. Noch in Stockholm hatte er ihr von seiner Frau, den Kindern und seinem Beruf erzählt. Sie hatte aufmerksam zugehört, aber nie wieder ein Wort darüber verloren, genauso wenig wie er selbst.

Auch seine innere Bedrückung hatte er bisher vor ihr verborgen. Aber allmählich, während er sich immer tiefer in Schuld und Verzweiflung verwickelte, begann er zu überlegen, ob er sie nicht doch ins Vertrauen ziehen sollte. Er würde die innere Leere nicht überwinden können, genauso wenig wie er die Erinnerung an seine Familie abschütteln konnte.

Ob Rachel, Summer, Holly und Justin jetzt in den Staaten waren? Wahrscheinlich. Am liebsten hätte er für sie gebetet. Aber was für eine Anmaßung, was für ein Hohn wäre das gewesen! Er, der Gott einst geliebt und gedient hatte, hatte so bewusst jede erdenkliche Sünde begangen, dass er dem allmächtigen, heiligen und gerechten Gott nie wieder unter die Augen würde treten können. Wie könnte er es wagen, Gott um Hilfe für seine Familie zu bitten, wo er doch die Ursache ihres Unglückes war? Musste er nicht sogar damit rechnen, dass Gottes Zorn ihn spürbar treffen würde?

So wie er sich bewusst gegen seine Frau und seine Kinder entschieden und sich von ihnen abgewandt hatte, genauso hatte Gott sich auch von ihm zurückgezogen – darin war er sich sicher. Für ihn konnte es keine Gnade mehr geben.

Seine Fäuste krallten sich in den Sand. Es machte ihm Angst, ein Feind Gottes zu sein, des Gottes, dem er einst sein ganzes Leben zu Füßen hatte legen wollen. Die Vorstellung war zu schrecklich, als dass er noch länger darüber nachdenken konnte. „Vielleicht ist das hier schon die Hölle", flüsterte er mit panisch geweiteten Augen.

Tränen tropften von seinem Kinn, während er wieder über den Atlantik sah. Gut, dass sie heute wieder auf eine Party eingeladen waren. Dort konnte er in einem alten Heilmittel, das er auch früher als Jugendlicher schon entdeckt hatte, wieder Trost und Frieden finden – indem er sich maßlos betrank.

20 Minuten später brauste er in dem alten, stilvollen Cabriolet über die Insel, zurück zu Anikas Haus. So schnell er auch fuhr, der warme Fahrtwind konnte die Gedanken an seine Frau, seine beiden Töchter und seinen kleinen Sohn nicht hinwegfegen.

25

Pünktlich um 18:30 Uhr betrat Rachel das *Fox Theater*. Sie trug ein dezent elegantes, weinrotes Kleid, das ihr hervorragend stand.

Rasch hatte sie Grayson entdeckt. Er hielt eine langstielige rote Rose in der Hand. Ihr Herz begann, aufgeregt zu klopfen: Hier war ein Mensch, dem sie etwas bedeutete.

Sie lächelten sich zu und gingen einander entgegen. Grayson strahlte. Er hatte nur Augen für sie. Als sie sich erreicht hatten, nahm er ihre Hand, trat näher und gab ihr einen sanften Kuss auf die Wange.

Sofort meldete sich Rachels Gewissen. Aber ihre Haut verlangte nach Berührung, mehr als jemals zuvor in ihrem Leben.

„Ich bin überglücklich, dass du gekommen bist", waren Graysons erste überschwängliche Worte. Er ließ ihre Hand los und überreichte ihr die Rose: „Es ist mir bewusst, dass dies nicht das allerpraktischste Geschenk für den heutigen Abend ist, aber manchmal ist eine Rose einfach der beste Beweis für die Ernsthaftigkeit eines Mannes, der einer Frau in die Augen sieht und erklärt: Du bist wunderbar und bedeutest mir sehr viel."

Rachel nahm die Rose entgegen und versuchte, ihre aufwallenden Gefühle unter Kontrolle zu bringen. „Danke", flüsterte sie, „ich freue mich … über die Blume und über die Worte … mehr als du dir vorstellen kannst." Sie schnupperte an der Rose und lächelte: „Ich werde sie gerne bei mir tragen."

Grayson wirkte erleichtert. „Hab vielen, vielen Dank, danke, dass du mich heute Abend begleitest."

Schweigend sahen sie einander in die Augen.

Dann reichte er ihr seinen Arm: „Wollen wir hineingehen?" Rachel hakte sich unter und ließ sich von ihrem Freund in die hell erleuchtete festliche Konzerthalle führen.

Das Konzert übertraf Rachels Erwartungen bei weitem. Der Pianist war hervorragend, das Orchester ebenso, die Zusammenstellung der Stücke war gelungen, alles unterstrichen durch verschiedene Effekte – es war ein unvergessliches Ereignis und Balsam für Rachels ausgelaugte Seele.

Nach dem Ende der Veranstaltung führte Grayson sie in ein nahe gelegenes Restaurant. Die ersten 30 Minuten tauschten sie sich ausschließlich über das Konzert aus. Während sie redeten, schob Grayson die Blumenvase von der Mitte des Tisches an den Rand, streckte seine Arme aus und ergriff Rachels Hände. Gleichzeitig spürte Rachel, wie ihre Beine sich berührten. Sie sah in sein freundliches, offenes Gesicht und versuchte, ihre schnell anschwellenden Gefühle zu ignorieren.

Sie wollte gerade zum dritten Mal den französischen Pianisten loben, als Grayson sie unterbrach und abrupt fragte: „Was wäre, wenn Clay nie wieder auftauchen würde?"

Rachel war überrascht: „Wie bitte? Was hast du gesagt?"

Grayson wiederholte seine Frage und fügte noch hinzu: „Wie lange willst du auf ihn warten?" Es klang so selbstverständlich, als hätten sie die letzte Stunde über nichts anderes geredet. „Wann wirst du die Scheidung einreichen?"

Rachel hustete gekünstelt, versuchte, etwas zu sagen, und schwieg. Dann versuchte sie noch einmal zu antworten, aber Grayson kam ihr zuvor: „Tut mir Leid, das war nicht gerade taktvoll von mir. Ich habe nur ... Ach, am besten, wir vergessen, was ich gesagt habe."

Aber keiner von ihnen konnte dies.

Grayson wechselte das Thema und erkundigte sich, ob sie nach Ablauf des Schuljahres *North Metro* verlassen wolle. Im weiteren Verlauf des Abends streiften sie unterschiedliche Themen, doch Grayson wirkte die meiste Zeit etwas abwesend. Nach dem Essen fuhren sie in Graysons Wagen zu dem etwas weiter entfernten Parkhaus, in dem Rachels Wagen stand. Er bot an, sie noch bis zu ihrem Auto zu bringen, worin Rachel gerne einwilligte.

„Du musst wissen, dass dieser Abend für mich etwas ganz Besonderes ist", sagte Grayson ernst. „Ich werde mich sehr gerne daran erinnern."

Rachel schwieg und betrachtete sein Gesicht.

Während sie Hand in Hand durch das dunkle, fast leere Parkhaus gingen, setzte Grayson wieder an: „Das Herausragende dieses Abends war weniger die Musik oder das Essen, es war die

Gesellschaft, in der ich ihn verbringen durfte." Grayson blieb stehen und stellte sich vor sie. Er griff auch nach ihrer anderen Hand und sah ihr in die Augen: „Das Besondere an diesem Abend bist du, Rachel, deine Schönheit, deine Intelligenz, deine Persönlichkeit, deine Stärke und deine Zartheit. Alles an dir ist faszinierend. Seit ich dich das erste Mal sah, bewundere ich dich. Niemals hat mich eine Frau so fasziniert wie du." Er wartete und sah sie ernst an. Dann fuhr er fort: „Was ich zu sagen versuche, ist: Ich mag dich sehr, Rachel. Du bedeutest mir sehr viel. Ich ... liebe dich."

Rachel schloss unwillkürlich die Augen, versuchte, das Gehörte in sich aufzunehmen und irgendwie vernünftig darauf zu reagieren. Ihre Seele saugte Graysons Worte mit der Sehnsucht und ängstlichen Freude eines einsamen Kindes auf, das endlich in liebevolle Arme geschlossen wird. Ihr Verstand reagierte mit Alarm. Dann öffnete sie wieder die Augen und studierte Graysons Gesicht. Wie sollte das mit ihnen weitergehen? War sie nicht immer noch eine verheiratete Frau?

Ehe sie noch weiter nachdenken konnte, zog Grayson sie in seine Arme und küsste sie auf den Mund. Spontan umfasste Rachel seinen Körper und erwiderte den Kuss, hungrig und leidenschaftlich.

Dann verlor Rachel jedes Gefühl für Raum und Zeit. Das Nächste, was sie wahrnahm, waren die Tränen, die ihr übers Gesicht strömten.

*

In den folgenden Tagen sahen Grayson und Rachel sich häufig und kamen sich auch körperlich immer näher, was zwar von Grayson initiiert, aber Rachel auch nicht unlieb war.

Rachels Gewissen, ihre Schuldgefühle und ihre Vorstellungen von Richtig und Falsch wurden laut von ihrer Sehnsucht nach Liebe und Bestätigung übertönt. Sie wollte wieder zu jemandem gehören und Grayson begehrte sie leidenschaftlich.

Aber je länger und intensiver sie sich trafen, desto mehr nahmen die Verwirrung und Unsicherheit in Rachels Herzen zu.

26

„Wohin sind die beiden gegangen?", fragte Pastor Lovett ungläubig.

Die junge Frau sah, dass der Pastor seinen Mund vor Wut und Abscheu fest zusammenpresste. Warum hatte sie sich nur auf das Ganze eingelassen? Sie fühlte sich sehr unwohl und spürte, wie ihr Nacken und ihre Schultern sich versteiften. Aber Pastor Reese hatte sie für ihre ersten Beobachtungen sehr gelobt. Er hatte sie nicht nur ermutigt, sondern sogar aufgefordert, die beiden weiter zu beobachten. Das hatte sie getan – *um Christi Willen und für die Reinheit der Gemeinde*, versuchte sie sich zu beruhigen. Sie tat doch nur, was ihr Pastor ihr gesagt hatte.

„Gestern bin ich sehr früh zum Mittagessen gegangen. Ich wollte gerade wieder zur Arbeit fahren, als ich Rachel mit diesem Mann aus dem Restaurant kommen sah. Vor einiger Zeit hatte ich Pastor Reese schon davon erzählt …"

Lovett nickte ungeduldig. Er erinnerte sich noch sehr gut an diese Geschichte.

„Jedes Mal, wenn ich die beiden zusammen sehe, halten sie Händchen, er küsst sie manchmal, sie verhalten sich wie ein Liebespaar. Dafür, dass sie eine gläubige, verheiratete Frau ist … Ich meine, ihr Mann könnte doch jeden Tag zurückkommen, oder?"

Lovett nickte.

„Nun, jedenfalls stiegen die beiden in das Auto des Mannes und fuhren direkt vor mir aus dem Parkplatz. Sie fuhren in die gleiche Richtung wie ich. Es waren nur ein oder zwei Fahrzeuge zwischen uns. Ich konnte sehen, wie Rachel ihren Kopf an seine Schulter legte. Sie fuhren nicht zu ihrer Bank zurück wie sonst, aber ich dachte: Vielleicht haben sie ja irgendwo eine Besprechung oder einen anderen Termin.

Plötzlich hatte ich das Gefühl, ich sollte ihnen folgen. Vielleicht war es ja Gott, der mir diesen Gedanken eingab? Einige Straßen weiter bogen sie ab und fuhren auf den Parkplatz eines großen Hotels. Sie parkten direkt vor dem Eingang."

Pastor Lovett hatte den Ausdruck eines Richters angenommen, saß hoch aufgerichtet in seinem schwarzen Lederdrehstuhl und fragte streng: „Heißt das, du hast gesehen, wie die beiden zusammen in ein Hotelzimmer gingen?"

Die junge Frau sah verunsichert aus. „Nicht direkt. Ich konnte beobachten, dass der Mann alleine hineinging. Bald darauf kam er wieder heraus und fuhr zur Rückseite des Hotels. Ich war furchtbar aufgeregt, hatte aber gleichzeitig das Gefühl, das Richtige zu tun. Nach ein paar Minuten fuhr ich auch um das Hotel herum und sah dort ihren Wagen stehen, direkt neben dem Hintereingang. Die beiden waren nicht mehr zu sehen. Damit hatte ich genug gesehen und ich fuhr zurück zu meiner Arbeit."

„Bist du dir ganz sicher, dass dieses Auto, das auf der Rückseite des Hotels parkte, auch wirklich das Auto dieses Mannes war?"

„Absolut, es ist ein hellgrüner Jeep, der wirklich auffällt."

„Wie sicher bist du dir, dass es wirklich Rachel McCain war, die du in diesem Wagen gesehen hast?"

„100 Prozent sicher."

Lovett schwieg und dachte nach. Dann fragte er schließlich: „Wem hast du davon erzählt?"

Schuldbewusst errötete die junge Frau: „Ich habe es einer gläubigen Kollegin von mir erzählt, die aber in eine andere Gemeinde geht. Sie kennt Rachel gar nicht. Es war nur, ich musste …"

„Wem noch?", unterbrach Lovett sie.

Sie sah etwas ängstlich aus: „Niemandem", flüsterte sie.

Lovett beugte sich über seinen Tisch und sah sie eindringlich an: „Es ist gut, dass du mir von deiner Beobachtung erzählt hast. Aber von jetzt an möchte ich, dass du mit niemandem mehr darüber redest, weder mit einer Person aus der Gemeinde noch aus deinem Freundeskreis, und auch nicht mit deiner Familie. Ich möchte selbst entscheiden, was ich mit dieser Information anfange und welche Schritte ich unternehme, bevor Rachel vorgewarnt ist und die halbe Gemeinde schon Bescheid weiß. Einverstanden?"

Die Steifheit von Nacken und Schultern hatte sich über den ganzen Oberkörper samt ihren Armen und Händen ausgebreitet.

Sie fühlte sich sehr unwohl, nickte, sah auf ihre Uhr und wollte aufbrechen.

Lovett hielt sie auf: „Eine Frage habe ich noch: Wie viel Uhr war es, als die beiden ins Hotel gegangen sind?"

Die Frau überlegte: „Es war 12:30 Uhr."

Pastor Lovett dankte ihr und entließ sie, allerdings nicht ohne die erneute Ermahnung, mit niemandem über diese Geschichte zu sprechen.

*

Die junge Frau hatte das Gebäude noch nicht verlassen, als Lovett bereits mit dem besagten Hotel telefonierte.

„Guten Tag, ich möchte wissen, ob gestern zwischen 12 und 16 Uhr in Ihrem Hotel irgendwelche Seminare, Konferenzen oder geschäftliche Treffen stattfanden."

„Einen Augenblick bitte."

„Von neun bis elf Uhr gab es ein Treffen der Kriegsveteranen, abgesehen davon waren die Seminarräume gestern nicht belegt."

„Sie sind sich ganz sicher, dass es ansonsten keine geschäftlichen Veranstaltungen gab?"

„Gestern nicht."

„Vielen Dank."

Lovett lehnte sich zurück. Es gab also keinen beruflichen Grund für Rachel und ihren Begleiter, sich in diesem Hotel aufzuhalten. Damit war klar, was sie dort wollten. Je länger er darüber nachdachte, desto mehr widerte ihn das Ganze an.

Es dauerte nicht lange, bis sein Schlachtplan perfekt war. Er wusste, was er zu tun hatte.

27

Der Saal füllte sich schnell. Es blieben noch zehn Minuten bis zum Beginn des Gottesdienstes. Auf der Bühne waren die Mitglieder zweier Gospelchöre emsig damit beschäftigt, die letzten Vorbereitungen zu treffen. Mikrofone wurden platziert, Kabel zur Seite geschoben, Instrumente zurechtgelegt. Es war Mittwochabend und die Besucher freuten sich auf ein entspanntes, fröhliches Programm.

Dann betrat Pastor Lovett den Saal. Die Bibel unter dem Arm, schritt er den Mittelgang hinunter. Ihm folgten die 19 Diakone der Gemeinde, die zu einer Dringlichkeitssitzung einbestellt worden waren. Sie nahmen ihre Plätze in der ersten Reihe ein, Pastor Lovett stieg auf die Bühne und erkundigte sich bei den beiden Chorleitern, ob sie startklar wären. Die beiden Männer sahen ihn mit diensteifrigen Gesichtern an und bestätigten, dass sie in zwei bis drei Minuten anfangen könnten.

Lovett erklärte ihnen den Ablauf des Abends. Er würde die Versammlung mit Gebet eröffnen, einige Ansagen machen, mit der Gemeinde ein paar Chorusse singen und dann wären sie an der Reihe.

„Am Ende des Gottesdienstes werde ich einen Altaraufruf machen“, fuhr er fort, „und dann müssen wir noch in einem besonderen Fall die öffentliche Gemeindezucht ausüben. Dabei soll es möglichst keine Ablenkung geben. Deshalb bleibt ihr bitte so lange auf der Bühne stehen, bis ich fertig bin.“ Die beiden nickten beflissen.

Lovett setzte sich auf seinen Platz auf dem Podium, legte die Bibel auf seine Knie und ließ seine Augen über die Menge schweifen. Ungefähr 1 000 Leute waren gekommen, sehr erfreulich für einen Werktagabend. Dann entdeckte er Rachel.

Er seufzte. 18 Jahre war er schon Leiter dieser Gemeinde, Jahre, die gekennzeichnet waren von Ruhe, Ordnung und Stabilität. Als er die Gemeinde übernommen hatte, war sie in einem desolaten Zustand gewesen, verwirrt und dezimiert durch die Krise ihres früheren Pastors, Jason Faircloth, der von einem Tag auf den anderen alles hingeschmissen hatte.

Von Anfang an war es Lovett ein Anliegen gewesen, den guten Ruf der Gemeinde wieder herzustellen. Er wollte die biblischen Wahrheiten kompromisslos und unverwässert verkündigen. Die Mitglieder der Gemeinde sollten in der Stadt für ihren guten Lebenswandel bekannt sein, und es war ihm wichtig, dass alle Gemeindeglieder ihrem Pastor bedingungslos vertrauten. Durch Gottes Gnade hatte er diese Ziele bald erreichen und über die Jahre bewahren können.

Die meisten Menschen hier waren ihm zutiefst verbunden und er sorgte gut für alle. Er traute ihre Ehen, unterrichtete ihre Kinder, Woche für Woche predigte er ihnen das Wort Gottes, oft war er bei Einzelnen zum Essen eingeladen, er besuchte die Kranken und begrub die Toten. Er war ganz für seine Gemeinde da. Treu und zuverlässig füllte er sein Amt als geistlicher Leiter aus.

Über die Jahre hatte es aber auch immer wieder Einzelne gegeben, die so blind oder hartherzig waren, dass sie nicht bereit gewesen waren, sich seiner Leiterschaft, seiner Erfahrung und Autorität anzuvertrauen. Sie hatten die Gemeinde verlassen und waren meist auch im übrigen Leben gescheitert.

Ausgerechnet Rachel würde nun ebenfalls zu dieser unglücklichen Schar zählen, sie, die ehemalige Missionarsgattin, eine der angesehensten Frauen der Gemeinde. Hatte er nicht alles versucht, um ihr zu helfen? Er hatte ein Team nach Stockholm geschickt, ihre Kinder kostenlos betreut, hatte mit ihr geredet, sie ermahnt und ihr mehrmals pro Woche gepredigt.

Aber nichts hatte bei ihr gefruchtet. Sie blieb widerspenstig und verstockt. Trotz aller Warnungen hatte sie massiv gegen die biblischen Gebote verstoßen und sich nicht an die Gemeindeordnung gehalten.

Noch ein letztes Mal überdachte er seine Entscheidung. Doch, sein Vorhaben war richtig und gerechtfertigt. Er verspürte eine große innere Sicherheit. Außerdem ließ Rachel ihm tatsächlich keine andere Wahl.

Es war Zeit. Er nahm seine Bibel, erhob sich und ging zum Rednerpult.

*

Rachel saß im hinteren Teil des Raumes und wartete mit geschlossenen Augen auf den Beginn des Konzerts. Die Ablenkung und Entspannung würden ihr sicherlich gut tun. So sehr sie sonst auch diese Kirchenbänke fürchtete, heute war sie dankbar, bei anregender Musik und ohne Predigt einfach nur dasitzen und zuhören zu können, ohne als Mutter, Angestellte oder Partnerin gefordert zu sein.

Sie musste unbedingt abschalten. In den letzten Tagen war ihr Leben doch tatsächlich noch chaotischer und komplizierter geworden, als es ohnehin schon der Fall war. Es gelang ihr einfach nicht, ihr eigenes Verhalten zu erklären und zu beurteilen. War es richtig, war es falsch? Was sollte sie gegen ihr schlechtes Gewissen tun? Es als Teil ihrer verkehrten geistlichen Erziehung ignorieren? Wie sollte das alles weitergehen?

Lovetts Stimme unterbrach ihre Gedankengänge. Er freute sich über das zahlreiche Erscheinen, lobte alle Anwesenden dafür, dass sie sich nach einem langen Arbeitstag noch einmal auf den Weg in die Gemeinde gemacht hatten, hieß alle Gäste herzlich willkommen und wies auf die Kinderbetreuung hin. In diesem Moment begann im hinteren Teil des Saales ein Baby zu weinen. Pastor Lovett bat die Mutter aus Rücksicht auf alle anderen, ihr Baby doch in die Betreuung zu geben. Rachel beobachtete, wie eine vor Verlegenheit hochrote Frau sich ihr heftig protestierendes Baby unter den Arm klemmte, Wickeltasche, Handtasche und Spielsachen einsammelte und, zwei weitere Kinder vor sich herschiebend, über Knie und Füße der Leute in ihrer Reihe kletterte, um zum Ausgang zu kommen. Der Ordner, bullig wie ein Türsteher, begleitete sie und ihre Kinder zur Tür. Rachel schämte sich sehr für die Art und Weise, wie diese junge Mutter öffentlich in Verlegenheit gebracht worden war.

Unterdessen sprach Pastor Lovett ein Gebet und machte eine letzte Ansage. „Wie ihr wahrscheinlich durch die massive Werbung erfahren habt, ist der frühere Pastor dieser Gemeinde, Jason Faircloth, als Gastsprecher für ein paar Tage hier in der Gegend. Falls jemand unter uns ist, der insgeheim vorhatte, einmal dorthin zu gehen, der sei gewarnt: Als geistlicher Leiter dieser Gemeinde rate ich euch dringend davon ab.

Vor zwei Tagen hat Faircloth mich angerufen. Er sagte, er wolle sich vor der Gemeinde für seine Fehler von damals entschuldigen und euch berichten, was Gott seither in seinem Leben getan hat. Geschwister, ich habe zum ersten Mal mit diesem Mann gesprochen, aber ich habe sofort erkannt, wes Geistes Kind er ist. Gott hat mir nicht nur die Gabe des Predigens, sondern auch die Gabe der Geisterunterscheidung gegeben, und in diesem Fall war mir sofort klar, dass er ein geistlicher Verräter ist, ein Anhänger von Ökumene und falscher Toleranz, ein Abgefallener, der sich von der biblischen Lehre abgewandt hat und den Leuten predigt, was sie hören wollen.

Ich habe es ihm gesagt und sage es auch euch: Um der Sache Christi willen wäre es besser, er würde nicht von sich behaupten, dass er das wahre Evangelium predigt. Faircloth ist eine Gefahr für die Christenheit. Er hat dieser Gemeinde schon einmal geschadet. Ich werde nicht zulassen, dass ihm das ein zweites Mal gelingt. Er wird hier nicht sprechen.

Sollte mir zu Ohren kommen, dass ein Mitglied dieser Gemeinde zu den Veranstaltungen mit Faircloth geht, die in einer gottlosen, liberalen Gemeinde hier in der Nachbarschaft abgehalten werden, dann werde ich den Betreffenden zu einem Gespräch in mein Büro bestellen."

Lovett lächelte die Gemeinde an: „Darauf könnt ihr euch verlassen."

Rachel fand ihn wieder einmal unerträglich. Gleichzeitig war sie neugierig geworden. Was hatte Faircloth getan, dass er sich nicht einmal vor der Gemeinde entschuldigen durfte?

Endlich leitete Lovett zu dem eigentlichen Thema des Abends über, begrüßte die Sänger und Musiker und ging von der Bühne.

Tosender Applaus begrüßte die beiden Gruppen, die auf die Bühne eilten und, ohne weitere Worte zu verlieren, ein altes Evangeliumslied anstimmten. Herrliche Stimmen jubelten die vertraute Weise in den Saal. Das Publikum ging begeistert mit. Dann wechselten sich die beiden Gruppen ab, jede zeigte eine halbe Stunde lang ihre stimmgewaltigen und rhythmischen

Fähigkeiten. Die Stimmung im Saal war euphorisch und Rachel ließ sich gerne mitreißen. Es war der schönste Gottesdienst, den sie seit ihrer Rückkehr aus Stockholm erlebt hatte. Nicht nur, dass sie von ihren eigenen, ratlosen und verzweifelten Gedanken abgelenkt war, auch das Lob Gottes, das so anziehend verpackt dargeboten wurde, tat ihr gut. Wie viel Kraft und wie viel Hoffnung lagen doch in diesen alten, leiderprobten Texten!

Auf den überwältigenden Applaus, zu dem sich die ganze Gemeinde erhoben hatte, folgten mehrere Zugaben. Zuletzt gingen noch einmal alle Sänger und Musiker gemeinsam für das große Finale auf die Bühne.

Dann kehrte Pastor Lovett ans Mikrofon zurück: „Preis sei dem Herrn! Das war wie ein Stück Himmel auf Erden. Eines ist sicher: Wer heute nicht gesegnet wurde, der kann wohl durch gar nichts gesegnet werden."

Er wandte sich den Sängern und Musikern zu, die, wie angeordnet, noch auf der Bühne standen, und bedankte sich überschwänglich bei ihnen, bekräftigt von einem weiteren Applaus der Gemeinde.

Dann rief er die Ordner nach vorne und kündigte ein Opfer und einen Altaraufruf an. Während Pianist und Organist leise Melodien unterlegten, sprach Lovett ein Dankgebet und gab seinem Wunsch Ausdruck, das Opfer möge so groß werden, dass er als Pastor stolz darauf sein könne.

Während die Ordner noch mit den Körben durch die Reihen gingen, sprach Lovett weiter: „Jeder, der den Wunsch nach einem Gespräch und Gebet hat, kann jetzt nach vorne kommen. Die Seelsorgehelfer stehen für dich bereit. Wenn Gott heute Abend zu dir geredet hat, dann zögere nicht und gib ihm eine Antwort. Lass diese Gelegenheit nicht ungenützt verstreichen."

Alle erhoben sich, Klavier und Orgelimprovisationen schwollen leise an, Lovett nahm das Mikrofon in die Hand, ging die Treppe hinunter und stellte sich zu den Seelsorgehelfern vor die Bühne.

Rachel hatte gerade ihr Portemonnaie geöffnet. Heute wollte sie ausnahmsweise auch ein Opfer geben. Der Abend hatte ihr so gut getan. Da hörte sie plötzlich ihren Namen über den Lautsprecher.

„Rachel McCain, würdest du bitte zu mir hier nach vorne kommen?"

Rachel erstarrte. Dann sah sie auf. Hatte sie sich verhört? Ihr Herz begann zu rasen.

Sie trat etwas zur Seite, um Pastor Lovetts Gesicht sehen zu können. Er sah sie an und wiederholte: „Rachel, komm bitte nach vorne und stelle dich hier neben mich."

*

Trotz der großen Entfernung sah Lovett den Schreck auf Rachels Gesicht. Er beobachtete, wie sie sich zögernd ihren Weg nach vorne bahnte. Ihre Nervosität war nicht zu übersehen. Natürlich war sie aufgeregt, sie musste ja auch ein schlechtes Gewissen haben! Heute würde sie erfahren, dass Gott sich nicht spotten ließ! Lovett überkam ein Gefühl der Feindseligkeit, das ihn selbst überraschte. Als sie ihm mit ihren fragenden Augen und dem aufgeregten Keuchen gegenüberstand, war auch der letzte Rest von Mitgefühl oder Barmherzigkeit aus ihm gewichen.

Er wandte sich dem Publikum zu. „Während Klavier und Orgel weiterspielen, ermutige ich jeden, der Gebet möchte, jetzt nach vorne zu kommen. Zögert nicht. Gebt Gott die Möglichkeit, heute in eurem Leben etwas Neues zu bewirken."

Eine alte Frau und ein junger Mann, beide mit sehr bedrückten Gesichtern, machten sich auf den weiten Weg zum Altar.

Dann ließ er das Mikrofon sinken und sah Rachel an. „Stell dich hier rechts von mir", sagte er kurz angebunden und nickte einem Diakon zu, der sich, wie vorher abgesprochen, auf Rachels anderer Seite aufbaute.

Lovett sah in Rachels panischem Blick, dass sie versuchte, den Gedanken an die tausend Menschen auszublenden, die sie jetzt alle anstarrten. Schweißperlen bildeten sich auf ihrem vor Verlegenheit glühenden Gesicht. Kurz bevor Rachel etwas fragen konnte, begann er zu sprechen.

„Rachel, was fällt dir zu folgenden Stichwörtern ein: Montag vor zwei Tagen, 4. Juni, 12:30 Uhr in einem Hotel?"

Entsetzen blitzte in Rachels Gesicht auf. Der Diakon war angewiesen, sie unauffällig festzuhalten, sollte sie versuchen zu fliehen.

Lovett fuhr fort: „Hellgrüner Jeep und ein Mann, mit dem du nicht verheiratet bist. Rachel, du hast dich versündigt, du hast eine Affäre. Habe ich Recht?"

Lovett wartete auf eine Antwort. Rachel presste die Augen zusammen, Tränen quollen unter ihren Lidern hervor. Ihre Schultern zitterten, ein Stöhnen entrang sich ihrer Brust.

Lovett setzte nach: „Rachel, lebst du im Ehebruch?"

Er sah, wie sie nach Atem rang. Sekunden vergingen. Dann riss sie ihre Augen auf und ein Blick traf ihn, auf den er nicht vorbereitet war. Rachel schleuderte ihm so massive Verachtung entgegen, dass er zusammenzuckte. Er hasste sich dafür und fasste sich schnell wieder. „Dein Schweigen verrät dich, Rachel." Er sah auf sie herab. „Du bist eine Schande für die Gemeinde, eine Entehrung alles Heiligen, du machst das Christentum zum Gespött. Vor Beginn dieses Gottesdienstes hatten wir eine Sitzung mit der Gemeindeleitung und haben einstimmig beschlossen, dir mit sofortiger Wirkung die Mitgliedschaft in dieser Gemeinde zu entziehen. Auch deine Kinder sind ab heute von unserer Schule entlassen. Von daher bitte ich dich …"

„Nein!", rief Rachel und ein Schluchzen lag in ihrer Stimme. „Du bittest mich überhaupt nichts! Du und deine …"

Lovetts Muskeln spannten sich, kampflustig richtete er sich auf. Der Diakon an Rachels Seite griff nach ihrem Arm.

Sie stieß seine Hand weg und schrie: „Lasst mich und meine Familie in Ruhe! Ihr …"

Lovett nickte einigen weiteren Diakonen zu, die mithelfen sollten, Rachel festzuhalten. Gleichzeitig streifte sein Blick die erschrockenen Gesichter in den ersten Reihen. Rachel stieß zusammenhanglose Worte hervor, von lautem Weinen unterbrochen. Zwei weitere Diakone eilten hinzu, einer umfasste ihre Schultern und wollte ihr beruhigend ins Ohr flüstern.

Rachel wehrte sich heftig gegen die Berührung. „Finger weg!", keuchte sie. „Lasst mich los, ihr alle!" Bevor Pastor Lovett und seine Diakone etwas dagegen tun konnten, hatte sie sich von ihnen losgewunden und rannte den Gang entlang zum Ausgang.

„Ihr habt alle keine Ahnung, keine Ahnung habt ihr!", schluchzte sie laut.

Organist und Pianist brachen ihre musikalische Untermalung ab und starrten verunsichert hinter Rachel her.

Tausend Augenpaare folgten Rachel. Ein Diakon wollte hinter ihr herrennen, doch Lovett hielt ihn auf: „Lass sie laufen!", befahl er, „Sieh nur zu, dass sie und ihre Kinder unser Gelände verlassen."

Der Diakon setzte sich in Bewegung.

„Ach, noch etwas", rief Lovett hinter dem Diakon her. „Achte darauf, dass die Kinder ihre Sachen aus den Klassenzimmern mitnehmen." Der Diakon nickte und lief weiter.

Lovett ging die Stufen zum Rednerpult hinauf. Ohne den Musikern und Sängern Beachtung zu schenken, ging er ans Mikrofon. Er versuchte, den Eindruck zu vermitteln, dass nichts Peinliches oder Ungewöhnliches geschehen war.

„Es ist alles in Ordnung", sagte er und lächelte, „alles okay." Die Worte, die er sich längst zurechtgelegt hatte, kamen flüssig über seine Lippen: „Wie die meisten von euch wissen, haben wir uns als Gemeinde besonders um Rachel McCain und ihre Kinder gekümmert. Wir haben sie finanziell unterstützt, sie beraten und moralisch gestärkt. Wir haben wirklich alles versucht, um sie auf den richtigen Weg zu bringen.

Aber immer wieder hat sie sich gegen die biblisch fundierte Gemeindeordnung aufgelehnt. Also haben die Diakone und ich heute Abend einstimmig festgestellt, dass wir auf ihr jüngstes Verhalten mit dem Gemeindeausschluss reagieren müssen. Darüber hinaus haben wir beschlossen, die Kinder von der Schule zu verweisen, auch wenn das Schuljahr nur noch zwei Tage dauert.

Wir empfinden großes Bedauern darüber, dass es so weit kommen musste. Aber wenn eine Person sich fortgesetzt an Gott und seiner Gemeinde versündigt und alle Warnungen in den Wind schlägt, dann kann die Gemeindeleitung nicht unbegrenzt lange zusehen.

Als Pastor bin ich verpflichtet, die Gemeinde zu schützen. Ich werde keine Angriffe auf diese Gemeinde dulden, gleichgültig, von welcher Seite und in welcher Form sie kommen."

Lovett bat die Gemeinde noch einmal, im Anschluss an den Gottesdienst alle Gäste herzlich willkommen zu heißen. Dann sprach er das Schlussgebet und den Segen. Zufrieden bescheinigte er sich selbst, dass der ganze Abend ein großer Erfolg gewesen war.

28

Woher hatte Lovett das gewusst? Wie hatte er erfahren, dass sie mit Grayson im Hotel gewesen war? Rachel keuchte wie im Fieber. Sie stolperte in ihre Wohnung und warf die Tür hinter sich ins Schloss. Zweimal drehte sie den Schlüssel herum. Endlich allein. Hass, Wut, Demütigung und Hoffnungslosigkeit drohten sie zu ersticken.

Ihre Fäuste hämmerten gegen die Tür, während die Tränen unablässig aus ihren brennenden Augen strömten. Hätte sie doch heute Abend die Kraft gehabt, es allen ins Gesicht zu schreien: Grayson hatte nicht mit ihr geschlafen! Sie hatte keinen Ehebruch begangen! Sie waren im Hotelzimmer gewesen, als Rachel plötzlich unsicher geworden war. Grayson hatte ihr Zögern gesehen und es respektiert. „Deine Freundschaft ist mir zu wertvoll, als dass ich dich jetzt zu etwas drängen würde, das du nicht wirklich willst", das waren Graysons Worte gewesen, ehe sie kurz darauf das Zimmer verließen. Doch das würde ihr niemand glauben.

Sie würde nie wieder jemandem vertrauen, nie wieder! Keinem Mann, keiner Frau, keiner Gemeinde, auch nicht Gott – falls es diesen überhaupt gab, was ihr immer unwahrscheinlicher erschien.

Handtasche und Schlüsselbund landeten in einer Ecke, Rachel warf sich aufs Sofa, vergrub ihr Gesicht im Kissen und schrie.

Plötzlich standen ihr Summer, Holly und Justin vor Augen, die sie kurzerhand bei ihrem Vater abgesetzt hatte. Die Kinder hatten sehr geweint, wollten bei ihr bleiben und mit ihr nach Hause fahren. Rachel hatte sich nicht von ihnen verabschiedet. Möglicherweise würden sie sich nie wieder sehen.

Als Nächstes sah sie das Gesicht von Clay vor ihrem inneren Auge.

„Ich hasse dich!“, schrie sie mit aller Kraft. „Ich hasse dich!“ Immer wieder. Dann verfluchte sie ihn. Zur Hölle mit ihm!

Sie kämpfte wie besessen gegen Erinnerungen, Gedanken und Gefühle, schrie, weinte, schwitzte, durchlitt eine Finsternis nach der anderen. Irgendwann gegen Morgen fiel sie vor Erschöpfung in einen unruhigen Schlaf.

Als sie wieder erwachte, lag sie auf ihrem Bett. Das Licht der aufgehenden Sonne drang durch die zugezogenen Vorhänge und beleuchtete das Blumenmuster des Stoffes. Während ihre Augen den Umrissen der Blumen folgten, überlegte sie in aller Ruhe, ob es für sie noch einen Grund gab weiterzuleben.

Die Kinder? Ihre eigene Seele war doch so zerstört, wie konnte sie ihnen da noch eine gute Mutter sein? Sie konnte nicht mehr.

Clay? Sie wollte ihn nie, nie wieder sehen.

Grayson? Auch er war nur freundlich zu ihr gewesen, weil er etwas von ihr wollte. Von Anfang an hatte er sie begehrt; sein ganzes Interesse, ihr zu helfen, war vorgetäuscht. Er wollte sie als Frau, er begehrte ihren Körper, obwohl sie noch verheiratet war, mehr nicht.

Gott, ihr Glaube? Der konnte ihr gestohlen bleiben! Hätte sie nie etwas mit dem Christentum zu tun gehabt, würde es ihr heute mit Sicherheit besser gehen.

Es gab keinen Grund mehr.

Über die Methode musste sie nicht lange nachdenken: Ihre Wahl fiel auf Borsäure.

Erst wenige Wochen war es her, dass der Kammerjäger bei ihrem Vater gewesen war und diesen vor dem weißen Pulver gewarnt hatte, das er unter der Spüle und im Speiseschrank ausgestreut hatte.

„Ich übertreibe nicht: Ein Teelöffel davon bringt einen ausgewachsenen Mann um“, hatte sie ihn sagen hören. Das hatte Rachel sich gemerkt. In jeder Drogerie konnte man das Pulver kaufen, dosenweise. Sie würde es in einem Glas Saft auflösen und innerhalb von Sekunden hätte sie es getrunken. So einfach würde es gehen!

Ganz ruhig lag sie auf ihrem Bett und ließ die Erinnerungen an die letzten zwölf Monate noch einmal an sich vorüberziehen. Irgendwann klingelte das Telefon, doch sie kümmerte sich nicht darum. Wahrscheinlich war es ihr Vater.

Endlich stand sie auf, zog sich an, sammelte Handtasche und Schlüssel ein, ging zum Auto und fuhr zu einem großen Einkaufszentrum. Sie fühlte nichts mehr – bis sie daran dachte, dass sie ihren Kindern einen Abschiedsbrief hinterlassen musste. Nun flossen die Tränen wieder. Ärgerlich wischte sie mit dem Ärmel über ihr Gesicht, aber sie konnte nicht mehr aufhören zu weinen. Ihre Kinder …

Auf dem großen Parkplatz saß sie noch ziemlich lange im Wagen, ehe sie sich so weit unter Kontrolle hatte, dass sie sich ohne aufzufallen unter Menschen bewegen konnte.

In dem Einkaufszentrum herrschte das geschäftige Treiben eines ganz normalen Morgens. Leute lächelten sie an, schoben volle Einkaufswagen zum Parkplatz, in der Bäckerei hing ein großes Werbeplakat für Geburtstagstorten. Neben der Torte war das Gesicht eines strahlenden kleinen Jungen abgebildet – er sah aus wie Justin. Kindergeburtstag! Erinnerungen an ein normales, glückliches Familienleben standen ihr wieder vor Augen. Sie wollte nicht daran denken und ging eilig weiter, aber die Bilder, die jetzt auf sie einstürmten, ließen sich nicht mehr unterdrücken.

Justin, Holly und Summer – sie hatte ihnen schöne Geburtstagstorten gebacken! Wie sehr hatten sie sich gefreut! Überhaupt hatten die Kinder viel gelacht. Und wie lustig waren ihre Autofahrten oft gewesen. Rachel erinnerte sich an das Geräusch der kleinen Füßchen, die auf Socken durchs Haus rannten, das Gekreische, wenn sie sich gegenseitig kitzelten, die Freude beim Ballspiel hinter dem Haus, erbitterte Ringkämpfe im Flur; sie hatte mit den Kindern die vielen kleinen Freuden des Alltags intensiv erlebt und von Herzen genossen.

Sie weinte wieder.

Mittlerweile ging sie ziellos an den Regalen vorbei. Sie wusste nicht, wo sie nach Borsäure suchen sollte, auch konnte sie sich kaum auf etwas konzentrieren, so stark waren die Erinnerungen. Schulfeste. Ostereiersuchen. Heiligabende. Geburtstagsfeste. Urlaube. Zahnarztbesuche.

Mitten in einem der langen Gänge blieb sie stehen.

Was mache ich bloß? Die Frage hämmerte in ihrem Kopf, immer wieder. Langsam ging sie weiter. *Wie sollen die Kinder das verkraften? Das Leben liegt noch vor ihnen. Können sie jemals gesunde Persönlichkeiten werden, werden sie jemals glücklich werden?*

Sie starrte auf die Artikel in den Regalen, konnte aber nichts erkennen. Plötzlich wurde ihr flau im Magen. Sie hielt sich an einem Regal fest, bis das Schwindelgefühl vorüber war.

Ich muss es hinter mich bringen!, schrie es in ihrem Kopf. Sie versuchte, sich auf den Grund ihres Einkaufs zu konzentrieren. *Säure. Borsäure. Deshalb bin ich hier. Ich muss Borsäure finden. Damit ich es tun kann.*

Sie zwang sich, weiterzugehen und sich auf ihre Suche zu konzentrieren. Dieser Laden war unendlich groß. Regal für Regal durchschritt sie das Geschäft, bis sie endlich unter den Reinigungsmitteln fündig wurde: reine Borsäure in einem zylinderförmigen Plastikbehälter für knapp fünf Dollar.

Zwei weitere Kunden waren in ihrer Nähe. Mit gesenktem Blick griff sie nach der Dose, als würde gleichzeitig über die Lautsprecheranlage bekannt gegeben, was sie im Begriff war zu tun. Auf der Rückseite der Dose stand die Giftwarnung: Bei Verschlucken Lebensgefahr.

Zufrieden hielt sie die Dose fest und ging zur Kasse.

Zurück in ihrem Wagen, legte sie das Gift auf den Beifahrersitz und krallte sich am Lenkrad fest.

Gott, wo bist du? Sie knirschte mit den Zähnen und weinte. *Wo sind deine Leute? Sie sollten einander doch lieben und* … Ihre Stirn lag auf dem Lenkrad. *Das ist doch alles total verkehrt!*

Sie ließ den Motor an.

„Betrüger“, flüsterte sie unter Tränen und ihre Lippen zitterten, „du und dein Volk, ihr seid nichts als Lügner und Betrüger!“

Als sie aus dem Parkplatz in die verkehrsreiche Straße biegen wollte, musste sie warten, bis der Verkehrsstrom abriss. Ihr Blick fiel auf das Gebäude auf der anderen Straßenseite, eine Bank. Da wurde ihr bewusst, dass sie jetzt gerade eigentlich arbeiten müsste. Doch das störte sie kaum. Etwas beunruhigender war der Gedanke an Grayson. Sie hätte seinem hungrigen Drängen nach Zärtlichkeit nicht nachgeben dürfen. Trotzdem war er ihr ein guter Freund gewesen. Es tat ihr Leid, dass sie ihn traurig machen würde.

Das Hupen ihres Hintermannes machte sie darauf aufmerksam, dass sie längst hätte fahren können. Unsicher scherte sie in den dichten Verkehr ein, bis sie vor einer roten Ampel wieder zum Stehen kam. Was sah sie denn da? „JASON FAIRCLOTH" stand in großen, schwarzen Buchstaben auf einem Transparent an einer Kirche. Das musste die Veranstaltung sein, vor der Pastor Lovett gewarnt hatte.

Konferenz vom 6. bis 10. Juni
Gastredner: Jason Faircloth
Thema: Geistlicher Missbrauch
Zeit: Mittwoch, Donnerstag und Freitag 10:00–12:00 Uhr
Samstag 11:00 Uhr
Mittwoch bis Samstag 19:30 Uhr
Ort: Cross Link Community Church
Pastor Wray Montgomery

Rachel hatte nicht auf das Thema der Konferenz geachtet. Es war allein der Name des Redners, dem ihre Neugier galt. Dann sah sie noch die Uhrzeit – und kurz entschlossen bog sie nach rechts auf den Parkplatz der gastgebenden Gemeinde ab.

29

„Du bist mir nicht egal!", schrie Anika und ihre schrille Stimme verriet den Alkoholgehalt ihres Blutes. Am Horizont ging die Sonne auf. Beide waren übernächtigt, bei Clay machten sich erste Anzeichen eines Katers bemerkbar.

Er saß am Steuer ihres teuren Oldtimers und hatte Mühe, der kurvenreichen Straße zu folgen.

„Warum lässt du mich schon seit über einer Woche nicht mehr ran? Wenn ich mit dir zusammen sein will, hast du immer eine Ausrede. Aber bei Miguel, oder wie auch immer dieser Kerl heißt, warst du plötzlich gar nicht mehr so unlustig."

Anika drehte sich zu ihm herum, dabei rutschte ihr roter Minirock noch höher: „Wir haben eine offene Beziehung! Du hattest viele Frauen und ich hatte viele Männer. Was fängst du jetzt plötzlich für ein Eifersuchtsdrama an?!"

„Weil du bisher immer auch Lust auf mich hattest, deshalb!"

Anika schwankte in ihrem Sitz: „Wie viele Männer außer dir wohnen in meinem Haus? Wer außer dir schläft in meinem Schlafzimmer? Du bist der einzige, den ich freihalte!"

„Ach so, weil du mich freihältst, meinst du, du kannst mich ranlassen und wegstoßen, wie es dir gerade passt? Du bezahlst mich, deshalb spielen meine Gefühle keine Rolle, ja? Ist das so?"

„Mach dich nicht lächerlich!"

Er fluchte. „Wegen dir habe ich meine Frau und meine drei Kinder verlassen, wenn du das lächerlich findest –"

Er atmete tief durch und fuhr leise fort: „Tut mir Leid, dass ich dich angeschrien habe. Aber ich will nicht dein Spielzeug sein, das du manchmal hervorholst und dann wieder in die Ecke wirfst, wie es dir gerade in den Sinn kommt. Wir sind schon zu weit miteinander gegangen, als dass wir so miteinander umgehen könnten. Verstehst du das?" Er streichelte ihr volles Haar.

Sie sah weiter starr gerade aus.

„Ich brauche dich mehr, als du dir vorstellen kannst. Ich will dich und ich brauche dich!"

Anika hatte die Hände über der Brust verschränkt und antwortete knapp: „Du bist müde und betrunken."

Clay nahm ihr Kinn in die Hand und drehte ihren Kopf zu sich: „Anika, ich brauche dich!" Er ließ ihren Kopf los und legte seine Hand auf ihr nacktes Bein. „Ich will mit dir zusammen sein, jetzt, heute Morgen will ich mit dir schlafen."

Anika starrte ihn eiskalt an, sekundenlang. Zu lange.

Clay fuhr an den Straßenrand, sprang aus dem Wagen und knallte die Tür zu. Zu Fuß ging er weiter. Nach 100 Metern hielt der Oldtimer neben ihm. Clay hatte den Blick gesenkt und ging weiter.

Anika fuhr neben ihm her. „Steigst du jetzt ein oder willst du den ganzen Weg zu Fuß gehen?“

„Lass mich in Ruhe!“

„Es sind noch über 20 Kilometer!“

„Na, und?“

„Hör mal zu, es tut mir Leid…“

Mit einer wütenden Handbewegung schnitt er ihr das Wort ab: „Vergiss es! Mach, was du willst!“

Zögernd gab sie Gas und ließ ihn zurück.

*

Zweieinhalb Stunden später kam er an eine Tankstelle mit Telefonzelle. Heute würde er es wagen. Er war schon in einem Vorort von San José, nur noch ein paar Kilometer von Anikas Haus entfernt. Obwohl es immer noch früh am Morgen war, klebte sein T-Shirt an seinem Körper. Die Regenzeit hatte begonnen. Jeden Mittag gab es heftige Niederschläge, die heiße Luft war von Feuchtigkeit gesättigt.

Er begann vor Aufregung zu zittern. Seit Anika begonnen hatte, sich von ihm zurückzuziehen, konnte er die Leere und Bedrückung seines Herzens nicht mehr überspielen. Er musste anrufen.

Aber was sollte er sagen? Gab es irgendeinen Satz, der in dieser Situation angemessen gewesen wäre? Gab es irgendetwas, das er versprechen konnte? Würde es nützen, etwas zu versprechen? Vielleicht würde es schon genügen, ihre Stimmen zu hören?

Er saß im Schneidersitz vor der Telefonzelle, in tiefe, verzweifelte Gedanken versunken, bis ihm bewusst wurde, dass ein alter, zahnloser Mann ihn beobachtete. Er saß in einem verbeulten Taxi und schien auf einen Passagier zu hoffen.

Mühsam stand Clay auf und holte die Telefonkarte aus seiner Brieftasche.

So gerne er sie auch vergessen hätte, die Telefonnummer war ihm immer präsent gewesen. Mit zitternden Fingern rief er die Auslandsvermittlung an und gab die Nummer durch, die einmal seine eigene gewesen war.

Was würde er sagen?

Es klingelte. Seine Kehle wurde staubtrocken.

Es ist unmöglich!, schrie er sich selbst in tonloser Panik an.

Sein Herz raste. Mit geschlossenen Augen versuchte er, sich an die vier Gesichter zu erinnern, doch im Laufe der Monate waren die Erinnerungen immer verschwommener geworden.

Er wollte gerade auflegen, als am anderen Ende jemand abhob.

„Hallo?", hörte er eine Männerstimme sagen, „hier ist die Wohnung von Familie Kendall, ich bin Pastor Harlan."

Clay hatte aufgehört zu atmen.

„Ja, bitte?"

Schweigen.

„Kann ich Ihnen helfen?"

Der Mann wartete noch einige Sekunden, ehe er die Verbindung unterbrach.

Clay wurde übel. Zitternd wankte er aus der Zelle, atmete aus, ging in die Knie und übergab sich.

Sie waren nicht mehr da. Er hätte sich das eigentlich denken können. Vielleicht waren sie gar nicht mehr in Schweden.

Er wischte sein Gesicht trocken und richtete sich mühsam wieder auf. Mit hängenden Schultern ging er zurück zur Straße und setzte seinen Weg fort.

30

Erst als Rachel auf dem Parkplatz der *Cross-Link Community Church* stand, wurde ihr bewusst, was sie zu tun im Begriff war. Ihr letzter Wunsch in diesem Leben war offensichtlich, den Mann zu sehen, der von seiner Gemeinde und Denomination geächtet wurde. Sie wollte wissen, was an ihm so gefährlich war. Vielleicht würde sie Parallelen zu ihrem eigenen Schicksal entdecken?

Der Parkplatz war fast leer. Die Morgenveranstaltung würde erst in einer halben Stunde beginnen.

Es irritierte sie, dass sie sich so leicht von ihrem Plan hatte abbringen lassen. Eigentlich hatte sie mit der Borsäure direkt nach Hause fahren und ihre Entscheidung in die Tat umsetzen wollen. Stattdessen stand sie nun hier auf dem Parkplatz. Sie beruhigte sich selbst damit, dass sie nur für einige Minuten hineingehen und sich ein Bild von dem Mann machen wollte, ehe sie weiterfahren würde. Ihr Ende würde sich höchstens um eine Stunde verzögern.

Trotzdem startete sie in den nächsten Minuten mehrmals ihren Wagen, stoppte aber jedes Mal wieder. Ihre Gedanken und Gefühle wirbelten wild durcheinander. Dann holte sie aus dem Handschuhfach Papier und Stift und versuchte zu schreiben.

Liebe Summer, liebe Holly, lieber Justin,

ihr müsst wissen, dass ihr die wunderbarsten Kinder seid, die man als Eltern überhaupt haben kann. Ihr seid unendlich kostbar und liebenswerter als alles …

Ihre Hand begann so heftig zu zittern, dass die nächsten Worte nicht mehr zu entziffern waren. Ärgerlich legte sie Papier und Stift auf den Beifahrersitz und setzte den Wagen in Gang. Sie musste jetzt nach Hause. Da sah sie eine kleine Gruppe von Menschen auf die Kirche zugehen und im Eingang verschwinden. Mit laufendem Motor blickte sie minutenlang hinter den Leuten her. Endlich schaltete sie den Motor aus, verließ ihren Wagen und ging ebenfalls in das Gebäude.

In ihren 18 Jahren als Christ war dies erst das zweite Mal, dass sie den Gottesdienst einer anderen Kirche besuchte. Das erste Mal war sie in Schweden mit Clay zusammen bei dem Weihnachtskonzert der Staatskirche gewesen. Diesen Besuch mussten sie der Missionsgesellschaft gegenüber verschweigen, die es ihren Missionaren nicht gestattete, andere Kirchen zu besuchen.

Sie betrat einen hellen, fächerförmig geschnittenen Raum, dessen Sitzplätze im hinteren Drittel abgesperrt waren. Rachel setzte sich in die letzte mögliche Reihe, direkt vor der Absperrung und gleich am Mittelgang, um problemlos wieder gehen zu können. Sie schloss die Augen, als würde sie beten, da sie auf keinen Fall angesprochen werden wollte.

Etwa fünf Minuten später drang eine tiefe, satte Männerstimme an ihr Ohr: „Guten Morgen, herzlich willkommen in der ‚Cross-Link Community Church'."

Rachel öffnete die Augen und sah den Sprecher an.

„Ich bin Pastor Wray Montgomery und ich darf Sie alle ganz herzlich willkommen heißen. Heute werden wir uns wieder mit dem Thema des geistlichen Missbrauchs beschäftigen. Ich sehe einige neue Gesichter, über die ich mich ganz besonders freue. Möge Gott heute Morgen zu Ihnen allen sprechen.

Das Thema, dem wir diese Konferenz gewidmet haben, ist leider sehr aktuell. Es wird wohl kaum eine Denomination geben, in der nicht zumindest einige geistliche Leiter ihre Position missbrauchen und die ihnen Anvertrauten verletzen und manipulieren …"

Rachel schweifte ab. Sie hatte den Ausdruck „Geistlicher Missbrauch" noch nie gehört. Konnte es sein, dass damit auch das gemeint war, was sie unter Lovett erlitten hatte? Nun war sie mehr als gespannt auf das, was gleich kommen würde.

„Ich kenne niemanden, den ich lieber zu diesem Thema hören würde als Jason Faircloth", hörte sie Montgomery wieder. „Er wird uns an seinem ungewöhnlich reichen Erfahrungsschatz teilhaben lassen. Ich achte und bewundere ihn sehr. In vielen geistlichen und alltäglichen Dingen ist er mein Lehrer und Ratgeber. Ich bin so froh, dass er sich unseretwegen von seinem Gemeindedienst in New York freigenommen hat." Er nickte einem Mann in der ersten Reihe zu.

Faircloth erhob sich und ging zum Mikrofon. Einige der Zuhörer standen ebenfalls auf und applaudierten. Rachel streckte sich, um den Mann besser sehen zu können, vor dem in der einen Gemeinde gewarnt wurde, während er hier so gut angesehen war.

Sein Äußeres überraschte sie. Er war groß und sportlich, etwa Ende 50, trug beigefarbene Jeans und ein braunes T-Shirt. Die Haut an seinen nackten Armen war sonnengebräunt. Er hatte weiße Bartstoppeln im Gesicht und trug seine schulterlangen, weißen Haare im Nacken als Zopf. Nie im Leben hätte Rachel hinter dieser Erscheinung einen Pastor vermutet.

Lovett hatte nur mit ihm telefoniert. Was hätte er erst gesagt, wenn er ihn in dieser Aufmachung auf der Bühne gesehen hätte?

Schon allein aus Opposition gegen Lovett mochte sie diesen Mann.

Die nächste Überraschung war die Art und Weise, wie der Mann nach vorne ging. Es war, als würde er sich schwach fühlen. Schwäche war eine Eigenschaft, die sie bislang nie mit einem Pastor in Verbindung gebracht hatte, doch sie fand diese Ausstrahlung deutlich ansprechender als die pastorale Überlegenheit, die sie sonst von Predigern kannte.

Er stellte sich hinter das Mikrofon, senkte den Kopf und schwieg. Eine eigentümliche Ruhe legte sich auf die Anwesenden. Kraft schien von dem Mann auszugehen.

Überlegte er, wie er anfangen sollte? Versuchte er die Aufmerksamkeit der Leute auf sich zu lenken? Oder betete er?

Endlich sah er auf. Er holte tief Luft. Dann begann er: „Ich bin nie von einem Gericht verurteilt worden und war nie in einem Gefängnis, dennoch bin ich des Mordes an meiner Frau und meiner Tochter schuldig. Über Jahre hinweg habe ich meine Frau wiederholt und vorsätzlich missbraucht." Er atmete schwer. „Auch meine Tochter, mein einziges Kind, habe ich jahrelang missbraucht. Sie starb, als sie noch ein Teenager war; wenige Tage später starb auch meine Frau."

Jetzt herrschte im ganzen Saal atemlose Stille.

„Beide sind hier ganz in der Nähe begraben", fuhr er fort. „Ich habe sie getötet – nicht durch körperlichen Missbrauch, aber durch *geistlichen* Missbrauch." Er schwieg, um die Worte auf die Zuhörer wirken zu lassen.

„Mein Verhalten ist doppelt tragisch, weil ich zu jener Zeit Pastor war."

Rachel war sprachlos. Nicht nur das Bekenntnis des Mannes war unglaublich, auch die spürbare Verzweiflung über sein Tun war höchst erstaunlich. Seine Stimme klang gebrochen und in seinen Augen brannte der Schmerz.

Nie war ihr bei einem Pastor eine solche Zerbrochenheit begegnet. Dieses Maß an Ehrlichkeit und Verletzlichkeit war ihr fremd. Alles zusammen berührte sie sehr tief und sie konnte sich der Anziehungskraft dieses Mannes nicht entziehen.

„Warum erzähle ich euch das heute? Weil es auf der ganzen Welt eine unzählbar große Schar von Pastoren, Evangelisten, Missionaren, Lehrern, Diakonen und Jugendleitern gibt, die die Menschen, die ihnen vertrauen, durch geistlichen Missbrauch verletzen. Sie vergehen sich auf eine Art und Weise an den ihnen Anvertrauten, genau wie ich mich an meiner Familie versündigt habe. Viele tun es unwissentlich, aber dadurch wird der Schaden, den sie anrichten, leider nicht gemindert.

Woran erkennen wir diesen Typ Leiter?

Um noch einmal den gestrigen Vortrag zusammenzufassen: Sie behaupten von sich, dass sie alles wissen, und niemand darf ihre Autorität in Frage stellen. Sie treten so auf – einige mehr frontal, andere eher unterschwellig –, als hätten *nur sie* etwas zu sagen und *nur sie* wüssten, wie man die Bibel richtig auslegt. Jeder, der eine andere Meinung vertritt, sei er ein Mitglied der Gemeindeleitung oder ein einfaches Gemeindeglied, ist blind, unwissend und im Unrecht."

Rachel hörte staunend zu.

„Ein weiteres Kennzeichen solcher Leiter – und das ist der Punkt, auf den ich heute Morgen näher eingehen möchte – ist die vehemente Verteidigung ihrer Machtposition. Sie sind überzeugt, dass niemand außer ihnen selbst von Gott die Weisheit bekommen habe, die Gemeinde zu leiten, und sie kämpfen mit großer Entschlossenheit für ihre Position. Wer mit einer abweichenden eigenen Meinung ihre Autorität in Frage stellt, wird unterdrückt, zurechtgewiesen, öffentlich angeklagt, zum Schweigen gebracht, bestraft oder aus der Gemeinde gedrängt. Diese Leiter sind überzeugt, dass sie immer alles unter Kontrolle behalten müssen. ‚Tut, was ich euch sage, und glaubt, was ich glaube, sonst bekommt ihr Ärger mit mir', das ist die Grundeinstellung, mit der sie ihre Gemeindemitglieder behandeln."

Während der nächsten 10 bis 15 Minuten sprach er über die beiden Machtinstrumente Angst und Schuld. Wer nicht kooperieren wolle, werde mit Hilfe der Angst vor Gottes Strafgericht in die richtige Richtung gedrängt oder ihm würden ewige Verdammnis, Schuldgefühle und eigene Wertlosigkeit gepredigt.

„Dieser Führungsstil birgt große Gefahren in sich", fuhr Faircloth fort. „Die Leute ziehen sich innerlich zurück, schweigen und gehorchen. Sie verlieren ihre natürliche Neugier und die Lust, etwas zu lernen. Sie hören auf, zu hinterfragen, abweichende Gedanken zu denken und zu diskutieren. Die Leute verlernen, ihre wahren Gedanken über Gott und die Welt, über das Leben und sich selbst zu äußern.

Menschen, die so zum Schweigen gebracht wurden, sind leichte Angriffsziele Satans. Sein Ziel besteht darin, zu morden, zu stehlen, zu rauben und zu zerstören. Wenn Gott es verhindert, dass er eine Person körperlich zerstören kann, so versucht Satan, die Persönlichkeit, die Gedanken, Gefühle, Beziehungen und das geistliche Leben zu vernichten.

Sein Hauptinstrument ist die Lüge. Jesus hat gesagt: Der Teufel ist der Vater der Lüge. Er ist Quelle und Ursprung jeder Lüge."

Faircloth hielt inne. Rachel sah die Leidenschaft in seinen Augen. Er hatte selbst erlebt, wovon er sprach.

Er legte beide Hände aufs Pult und fuhr fort: „Sowohl aus der Bibel als auch aus der Erfahrung lernen wir, dass die Lügen Satans dann ihre zerstörerische Kraft entfalten, wenn es ihm gelingt, eine Person räumlich, sozial, emotional, mental oder religiös zu isolieren, sodass diese Person die Wahrheit nicht mehr hören kann.

Schon bei Eva können wir das beobachten. Sie war allein im Garten, als die Schlange zu ihr kam. Wir lesen von Johannes dem Täufer, der unsicher wurde, als er allein im Gefängnis saß." Faircloth las die entsprechenden Stellen aus Genesis 3 und Matthäus 11.

„Wenn jemand zu einer Gemeinde gehört, in der es nicht gestattet ist, die eigenen Gedanken und Gefühle auszudrücken, wenn der Einzelne durch seinen Leiter in einem Gefängnis des Schweigens festgehalten wird, dann wird diese Person in eine gefährliche innere Isolation geraten, auch wenn sie mitten zwischen Hunderten oder Tausenden von anderen Christen lebt. Diese Person steht dem Teufel mit seinen Lügen allein gegenüber. So kann es geschehen, dass viele Christen unter solcher Leiterschaft über Jahre hinweg den Lügen des Teufels Glauben schenken. Obwohl sie Christen sind, viele Predigten hören und in der Bibel lesen, glauben sie dem, was Satan ihnen über sie selbst, das Leben, das Christentum und über Gottes Wesen sagt.

Autoritäre Leiter, die ihre Gemeindemitglieder ins Schweigen und in die Isolation treiben, arbeiten Satan direkt in die Hände. Oft wird das Ganze noch dadurch verstärkt, dass die Leiter selbst ebenfalls den Lügen Satans glauben und diese auch noch als einzig richtige Lehre weitergeben."

Faircloth schwieg. Man sah ihm an, wie unerfreulich die Erfahrungen waren, an die er sich jetzt erinnerte.

„Ich möchte das Ganze mit einem Beispiel aus meinem Leben illustrieren", kündigte er den Zuhörern an. „In den 1960er Jahren war es in meiner Denomination üblich, menschliche, kulturelle und gemeindetypische Regeln als Gottes Gebote zu lehren. Es gab eine Liste typischer Ge- und Verbote, die wir Pastoren der Bibel hinzufügten und intensiv verkündigten. Mit Eifer suchten wir nach Bibelstellen, um diese Lehren biblisch zu untermauern. Wir hatten vergessen, dass wir die Vorstellungen unserer Gemeinde oder unserer Kultur verkündigten, sondern wir glaubten, es handle sich um *Gottes Gebote.*

Lasst mich einige Beispiele nennen: Männer mussten die Haare kurz schneiden und durften keinen Bart tragen. Frauen sollten mindestens knielange Röcke oder Kleider anziehen, Hosen waren für Frauen verboten. Christen durften niemals ins Kino gehen, nicht Karten spielen und keine moderne Musik hören. Sie durften den Pastor nicht hinterfragen und mussten mindestens drei Gottesdienste pro Woche besuchen: sonntagmorgens, sonntagabends und mittwochabends. Ein Pastor musste grundsätzlich Anzug und Krawatte tragen. Die einzigen erlaubten Instrumente im Gottesdienst waren Klavier, Orgel und Blasinstrumente, keine Gitarren und kein Schlagzeug."

Rachel verspürte einen großen Widerwillen gegen diese allzu vertraute Aufzählung. Es war überdeutlich, dass sie und Faircloth aus der gleichen Denomination stammten. Aufmerksam verfolgte sie seine weiteren Ausführungen.

„Ich habe mich als Prediger schließlich immer mehr darauf konzentriert, diese Regeln zu predigen und auf ihre Einhaltung zu achten. Sie waren für mich der Maßstab, an dem ich die geistliche Reife einer Person ablas. An diesen Gesetzen schieden sich nach meinem Verständnis die Gerechten von den Ungerechten, die guten Christen von den schlechten.

Diese menschlichen Gesetze waren bald viel wichtiger als die in der Bibel beschriebenen Früchte des Geistes. Wer sich an meine Gebote hielt, war für mich gerecht. Ich kümmerte mich nicht darum, ob er so von Ängsten geplagt wurde, dass er nur mit Hilfe von Tabletten schlafen konnte, ob er ständig an anderen herumkritisierte, andere verachtete, rassistisch war oder mit seinem aufbrausenden Wesen seine Familienmitglieder, Freunde und Fremde verletzte.

Auf der anderen Seite verurteilte ich jeden, der diese Liste nicht einhielt, auch wenn er ansonsten gute, göttliche Eigenschaften hatte. Er befand sich nach meinem Verständnis außerhalb von Gottes Willen und war eine Schande für den christlichen Glauben."

Faircloth hielt kurz inne, um das Mikrofon aus dem Ständer zu nehmen und sich neben das Pult zu stellen.

Rachel hatte alles um sich herum vergessen. Ihre uneingeschränkte Aufmerksamkeit galt Faircloths Worten. Er fasste alles zusammen, was sie in den letzten Jahren über Gesetzlichkeit gedacht und gefühlt hatte; alle ihre unzusammenhängenden Gedanken ergaben plötzlich ein großes, logisches Gesamtbild. Warum hörte sie das erst jetzt, in ihren letzten Stunden, zu spät, um ihr noch helfen zu können?

„Ich war ein Leiter, der seine Untergebenen missbraucht hat." Seine Stimme war sanft, aber voller Leid. „Im Namen Gottes habe ich Lügen gepredigt und meine Gemeinde so unter Druck gesetzt, dass die Leute sich mir schweigend untergeordnet haben. Ich werde nie wissen, wie viel geistlichen, seelischen und mentalen Schaden ich in meiner Gemeinde tatsächlich angerichtet habe.

Aber ich weiß, wie viel Leid und Unrecht ich meiner Familie zugefügt habe. In meiner diktatorischen Art gab ich meinem Kind nie die Möglichkeit, meine Überzeugungen zu hinterfragen. Tag für Tag, Monat für Monat, Jahr für Jahr habe ich meiner Tochter meine Meinung aufgezwungen. Wenn sie mit mir reden wollte, schnitt ich ihr das Wort ab. Weil sie immer wieder mit mir über ihre Fragen sprechen wollte, hielt ich ihr vor, sie sei eine Schande für ihren Vater."

Faircloth ließ den Kopf hängen. „Hannah war 16, als sie von

zu Hause weglief. Ich hatte sie dazu getrieben. Eineinhalb Jahre lang wussten meine Frau und ich nichts über ihren Verbleib, dann erfuhren wir von ihrem Tod. Sie war in Miami gestorben, 1 000 Kilometer von zu Hause entfernt, während sie ein kleines Mädchen zur Welt brachte.

Meine Frau starb … wenige Tage danach."

Zornig ballten Rachels Hände sich zu Fäusten. War es die Geschichte dieses Pastors oder ihre eigene Familientragödie, die sie so wütend machte?

„Hannah, mein einziges Kind, hasste mich so sehr, dass sich ihre Gefühle auch auf ihren Partner übertrugen. Obwohl er mich nie gesehen hatte, setzte der junge Mann alles daran, dass ich meine Enkeltochter nie zu Gesicht bekommen würde. Dafür zog er sogar nach Europa. Jahrelang bestand mein einziges Lebensziel darin, die beiden zu finden, doch es gelang mir nicht.

Erst vor sieben Monaten traf ich meine Enkeltochter Daytona. Sie war gerade 18 Jahre alt geworden und eine heroinabhängige Prostituierte, die nach einem Selbstmordversuch in einer New Yorker Klinik lag. Ihren Vater sah ich nur einmal, unmittelbar bevor er im Alter von 43 Jahren an den Folgen von Alkoholismus starb. Daytona und ich sind die einzigen Überlebenden unserer Familie.

Ich spreche heute als Schuldiger zu euch: Geistliche Leiter, die sich für vollkommen und allwissend halten und von Lügen geleitet werden, machen sich *schuldig*.

Das Traurige ist, dass es *Tausende* von ihnen gibt, in unserem Land und weltweit. Unzählige Christen leiden unter ihnen, werden verletzt und enttäuscht."

Dieser Mann war also der Vorgänger von Pastor Lovett. Seine Wandlung war beachtlich. Aber warum mussten erst seine Frau und seine Tochter sterben, bevor er zur Einsicht kam? Weniger Leid und Zerstörung reichten wohl nicht aus, um solche Diktatoren zu erschüttern?

Rachel verzog ihr Gesicht zu einer Grimasse.

Ob Pastor Lovett, Pastor Reese und ihre Diakone samt der ganzen Gemeinde auch zur Einsicht kämen, wenn sie von Rachels Tod hörten? Vielleicht würde ihnen auch klar werden, wie kalt und grausam sie ihr gegenüber gewesen waren?

Vielleicht würden sie verstehen, dass sie Rachels ganze Familie entmenschlicht hatten?

Vielleicht – aber vielleicht auch nicht. Wahrscheinlich nicht.

Wahrscheinlich hatte sie ihr Schicksal verdient. Sie krümmte sich zusammen und presste die Fäuste gegen die Schläfen.

Inzwischen sprach Faircloth über eine weitere Gefahr, die von geistlichem Missbrauch ausging. „Die Vielfalt wird unterdrückt, damit läuft eine Gruppe Gefahr, die Ausgewogenheit zu verlieren und sich in Extremen zu verlieren."

Die nächste halbe Stunde sprach er über diesen Aspekt, dann kam er zum Abschluss.

Mit großväterlicher Freude sprach er über seine Enkeltochter, bat sie aufzustehen und kündigte ihr Lebenszeugnis für den Abendgottesdienst an. Rachel spürte, wie sehr sich der ältere Mann und das junge Mädchen liebten. Die beiden waren sichtlich stolz aufeinander.

Dann kündigte er die Themen des nächsten Vortrages an: „Anstatt gemeinsam mit ihrer Gemeinde Jesus zu dienen, bringen die autoritären Leiter ihre Leute dazu, *ihnen* zu dienen, *ihre* Programme zu unterstützen, *ihre* Ideen umzusetzen und *ihre* Visionen zu teilen. Darüber werde ich morgen sprechen. Außerdem werde ich Ihnen erzählen, wie ein weiser, alter Pastor einer internationalen Gemeinde in Oslo in Norwegen mir half, als ich vor den Trümmern meines Lebens stand."

Oslo, Norwegen? Hatte sie sich verhört?

Hatte er etwa in Oslo *gelebt*, nur einige Autostunden von ihnen entfernt? Wann das wohl gewesen war? Ob er lange dort gewesen war?

Sie kamen also nicht nur aus der gleichen Gemeinde, es hatte sie auch beide ausgerechnet nach Skandinavien verschlagen. Dort hatten sie beide mit den gesetzlichen Lehren ihrer Gemeinde gebrochen.

Trotz eines heftigen inneren Widerstreits beschloss Rachel, nach dem Gottesdienst dazubleiben und noch kurz mit Jason Faircloth zu sprechen.

31

Zwei Fragen wollte Rachel an Faircloth richten: „Woran ist Ihre Frau gestorben?“ und „Wann waren Sie in Norwegen?“ Über sich selbst wollte sie zwei Dinge preisgeben: „Ich war 18 Jahre lang Mitglied der ‚North Metro Church‘“ und „Ich war als Missionarin in Stockholm“. Dann wollte sie ihm noch sagen, dass er nie aufhören sollte, seine Botschaft über die Gefahr der geistlichen Tyrannei zu verbreiten. Danach würde sie direkt in ihre Wohnung gehen, um ihre letzten Minuten allein zu verbringen.

Seit 20 Minuten stand sie nun schon hier und wartete darauf, an die Reihe zu kommen. Acht oder neun Leute waren vor ihr in der Schlange gewesen. Jetzt sprach die letzte Person mit Faircloth; gleich würde sie dran sein.

Sie hielt den Kopf gesenkt und versuchte, nichts zu denken oder zu fühlen, nur zu warten.

Als sie aufsah, ruhte sein Blick auf ihr. Die andere Person war gegangen. Endlich hatte er Zeit. Nun sah sie dem Mann in die Augen, vor dem sie seit 18 Jahren gewarnt worden war, weil er eine Gefahr für den christlichen Glauben darstellte.

Er drehte sich um, ging zum Podium und holte seine Bibel. Einen Moment lang dachte Rachel, er werde sie jetzt einfach stehen lassen und gehen. Aber dann kam er auf sie zu und setzte sich in eine der Reihen.

„Bitte, setzen Sie sich doch“, sagte er und zeigte auf den Platz neben sich. „Sie sehen müde aus.“

Rachel sah ihn erstaunt an. War er so aufmerksam oder sah sie so fertig aus? Unsicher fuhr sie sich mit den Fingern durch die Haare und setzte sich zu ihm.

„Ich bin froh, dass Sie gewartet haben“, sagte Faircloth ernst, „gut, dass Sie nicht gegangen sind, bevor Sie eine Möglichkeit zum Gespräch hatten.“

Rachel war jetzt ganz aus dem Konzept gebracht. Der Mann kannte sie doch gar nicht. Warum sagte er das? Fragend sah sie ihn an. Dann hörte sie sich stottern: „Ich glaube, Sie verwechseln mich ... Wir kennen uns nicht ..." Ihre Stimme versagte.

Faircloth sah sie unentwegt an. Sein Blick schien sie zu durchdringen, als ob er in ihrem Innersten lesen würde. „Ich sehe, wie verletzt Sie sind. Schon als Sie nach vorne kamen, sah ich, dass Sie Schmerzen haben, die man alleine nicht ertragen kann."

Rachels Augen weiteten sich. *Woher ...?* Fast hätte sie angefangen zu weinen. Sie fasste sich aber wieder und seufzte zustimmend: „Ja ... ich bin die ... war die Frau eines Pastors ..." Ihre Stimme war nur noch ein Flüstern. „Ich möchte Sie fragen, woran Ihre Frau gestorben ist und ob irgendjemand von ihrem inneren Leid wusste, ob es jemanden gab, der für sie da war?"

Faircloths Blick blieb offen, und doch blitzte für den Bruchteil einer Sekunde etwas wie Verständnis darin auf, als hätte er aus ihren Worten schon viel über sie erfahren. „Wie heißen Sie?", fragte er.

„Rachel."

Er drückte vorsichtig ihre Hand. Mit Unbehagen gestand Rachel sich ein, dass sie sich schon allein durch seine Gegenwart getröstet fühlte.

„Ich war ein sehr rücksichtsloser Ehepartner, Rachel", begann er auf ihre Frage zu antworten. „Nicht nur als Pastor, auch als Ehemann war ich ein Diktator. Über die Jahre habe ich die Persönlichkeit meiner Frau mit Kritik, hohen Anforderungen und wenig Zuwendung zerstört. Als unsere Tochter uns verließ, war meine Frau kaum mehr als eine äußere Hülle. Ihr einziger Lebensinhalt waren ihre Aufgaben als Mutter. Als wir von Hannahs Tod erfuhren, verlor meine Frau ihren Lebenswillen. Sie fiel in einen schockartigen Zustand und alle medizinischen Maßnahmen blieben wirkungslos. Wenige Tage später starb sie."

Er wiederholte Rachels Frage: „Gab es jemanden, der wusste, wie es ihr wirklich geht?" Er schwieg nachdenklich. „Wahrscheinlich nicht. Wie Sie wohl selbst wissen, haben die Ehefrauen von Pastoren nicht die Freiheit, über die Schattenseiten ihrer Ehe und ihres Lebens zu reden, weil sie damit dem Ansehen ihres Mannes schaden würden. Sie stehen unter dem immensen Druck, der Außenwelt immer das Bild eines vorbildlichen Ehemannes und Vaters zu präsentieren. Sie werden sehr geschickt darin, ihre inneren Kämpfe vor der Öffentlichkeit, vor den Kindern und oft auch vor dem Partner selbst zu verbergen.

So kommt es, dass Ehefrauen von Pastoren zu den verschlossensten und einsamsten Menschen in der ganzen Christenheit zählen. Wenn ein Mann in einem Büro oder in einer Fabrik arbeitet, kann die Frau über ihre Enttäuschungen und Verletzungen und die charakterlichen Schwächen ihres Mannes reden, mit wem sie will, ohne dass sie damit seiner beruflichen Laufbahn schadet.

Aber die unglücklich verheiratete Pastorenfrau kann das nicht. Wenn sie offen redet, verliert ihr Mann das Vertrauen seiner Gemeinde, seine Stelle und damit sein Einkommen. Wer einmal als Pastor von einer Gemeinde abgesetzt wurde, findet nur sehr schwer eine andere Pastorenstelle. Würde die Frau also über ihre Probleme reden, hätte sie sich damit um die wirtschaftliche Sicherheit ihrer Familie gebracht und hätte nicht einmal Aussicht auf Unterhalt, falls es zur Scheidung käme.

So ist die Pastorenfrau gezwungen, ihre Gefühle in ihrem Inneren zu verbergen, wo sie ihr zerstörerisches Werk ungehindert tun können. Die Außenwelt ahnt oft so lange nichts, bis die Frau zerbricht, bis sie eine Affäre hat, bis sie ihren Alltag nicht mehr bewältigen kann und medizinische oder psychiatrische Hilfe braucht, bis sie zu einem Scheidungsanwalt läuft oder versucht, sich das Leben zu nehmen."

Wie erstarrt saß Rachel neben ihm. Es gab also zumindest einen Menschen, der ihre Situation wirklich kannte und verstand. Sie nahm seine Worte auf, als hinge ihr Leben davon ab. Mühsam versuchte sie, etwas zu sagen, aber ihre Zunge ließ sich nicht bewegen.

Da verließ Faircloth die Ebene des distanzierten Gesprächs zwischen Fremden und sah sie väterlich-warmherzig an: „Rachel, wie weit bist du von diesem inneren Zusammenbruch entfernt?"

Mit dieser Frage und seiner barmherzigen Ausstrahlung hatte er ihre mühsam aufgerichtete Beherrschung niedergerissen. Sie krümmte sich zusammen, schluchzte laut auf und dachte an die Dose mit Borsäure, die auf dem Beifahrersitz ihres Wagens lag.

„Ich bin schon viel länger an diesem Punkt, als sich das irgendjemand vorstellen kann“, bekannte sie unter Tränen. Und dann brach alles aus ihr heraus.

Sie erzählte, unter welchen Umständen sie in diese Veranstaltung geraten war. Über eine Stunde lang entfaltete sie ihre gesamte tragische Geschichte vor diesem Mann, ausgehend von ihrer Bekehrung bei Pastor Lovett vor 18 Jahren bis hin zu ihrer Beziehung zu Grayson und dem öffentlichen Gemeindeausschluss am vorangegangenen Abend.

„Ich bin so voller Bitterkeit, Depression und Schuld, dass ich wirklich nur noch diesen einen Weg vor mir sehe.“ Sie trocknete sich das Gesicht mit Faircloths Taschentuch und bekannte ihm, was sie nach diesem Gespräch tun würde.

Dann wurde sie ruhig. Sie hatte alles erzählt, ihr ganzes Herz hatte sie diesem Fremden ausgeschüttet. Faircloth hatte ihr mit ungeteilter Aufmerksamkeit zugehört, er hatte auf jedes Wort geachtet, alles in sich aufgenommen, auch den Schmerz hatte er mit ihr zusammen gefühlt.

Er fragte: „Wo sind deine Kinder?“

Rachel erzählte von ihrem Vater, der sich konsequent aus allem herausgehalten hatte, aber ab und an, mehr oder weniger freiwillig, die Kinder übernahm.

Faircloth schloss die Augen. Nach ein paar Augenblicken sah er Rachel wieder an: „Ich möchte dir meine Freundschaft und meine Hilfe anbieten, Rachel. Nimmst du sie an?“

Rachel schrak zusammen. Dieser Mann war wirklich sehr liebevoll und feinfühlig und hatte all die Eigenschaften, die Lovett fehlten. Aber wie wollte er ihr jetzt noch helfen? Er kam zu spät. Ihre Gedanken waren wirr. „Ich glaube nicht, ich habe keine Kraft mehr …“

„Ich möchte deine Kraft sein.“

Rachel verstand ihn nicht. Fragend schaute sie ihn an. Faircloths Ausdruck war selbstlos, beruhigend und verständnisvoll. Noch nie hatte ein Mensch sie so angesehen. „Es bekümmert mich sehr, dass ich dieses System mitaufgebaut habe, das dein Leben zerstört hat. Von daher wäre es mir eine Ehre und eine Freude, wenn ich dich mit der gleichen Gnade aufnehmen dürfte, mit der ich damals aufgefangen wurde.“ In kurzen Worten erzählte er von seinem Leben, als er auf der vergeblichen Suche nach seiner Enkeltochter in Norwegen gestrandet war, ein verlorener Sohn ohne Glauben. Damals hatte Gott einen weisen alten Mann aus Burma samt dessen internationaler Gemeinde gebraucht, um sein Leben zu retten. „Ich war am Tiefpunkt meines Lebens angekommen, als diese Leute zu meiner Kraft wurden. Wie ging das? Sie haben mich angenommen, mir zugehört, mir Essen und Arbeit gegeben und mir ihre Zeit und ihre Freundschaft angeboten. Damit haben sie mich aus der gefährlichen Isolation herausgeholt, in der ich mich befand. Ich bin ihnen unendlich dankbar und versuche seither, anderen auf die gleiche Weise zu helfen."

Rachel war sich nicht ganz sicher, ob sie Faircloth richtig verstanden hatte. Was er sagte, war so abstrakt. Aber es war auch sehr konkret. Auf jeden Fall klang es unrealistisch. Trotzdem stürzte sich ihre Seele mit neu aufkeimender Hoffnung auf diese lebensrettende Maßnahme.

Aber es war zu spät. Sie wollte, dass es zu spät war. Sie wollte nach Hause gehen und für immer die Augen schließen. Sie hatte keine Lust, keine Kraft, keinen Willen mehr. Sie wollte gehen, für immer.

Da hörte sie Faircloths Stimme: „Kannst du mir bitte die Telefonnummern deines Vaters und deines Arbeitgebers geben?"

Es war alles so unrealistisch. Gleich würde sie mit ihrer alten Verzweiflung und Ausweglosigkeit erwachen und feststellen, dass dies alles nur ein Traum war. Sie hörte sich selbst antworten und die Zahlenreihen aufsagen.

*

Während der folgenden Stunden hatte Rachel den Eindruck, dass sie träumte.

Faircloth machte sie mit Pastor Montgomery bekannt und erzählte diesem in wenigen, kurzen Sätzen, um was es ging. Dann sagte er seine Nachmittagstermine ab und zeigte Rachel die Gästewohnung der *Cross-Link*-Gemeinde, wo sie für die nächsten paar Tage mit den Kindern wohnen konnte.

Als Nächstes fuhren sie zu Rachels Vater, um die Kinder abzuholen, Daytona schloss sich ihnen an. Während der Fahrt machten Rachel und Daytona sich miteinander bekannt. Das junge Mädchen schien viel von dem Schmerz zu ahnen, der in Rachels Seele wütete, und ging behutsam auf sie ein. Dabei hatte sie eine ähnliche geistliche Ausstrahlung wie ihr Großvater, worum Rachel die beiden beneidete.

Rachel musste sich von ihrem Vater viele Vorwürfe anhören. Er hatte ihretwegen einen wichtigen LKW-Transport absagen müssen. Auch die Kinder waren aufgebracht, weil sie die Schule verpasst hatten.

Wieder in der Gemeinde, trafen sie auf ein paar freundliche ältere Damen, die Pastor Montgomery gebeten hatte zu kommen, um den Gästen zu helfen und sich um die Kinder zu kümmern. Sie hatten Hamburger, Pommes und Limonade besorgt, worüber sich die Kinder sehr freuten.

Rachel hatte keinen Appetit. Sie ging mit Faircloth zum Gemeindebüro, wo sie ungestört in der Bank anrufen konnten. Faircloth sprach zuerst. Er stellte sich Grayson vor, erzählte diesem kurz, was Rachel seit dem vorangegangenen Abend erlebt hatte, und teilte ihm mit, dass Rachel und die Kinder jetzt in der Obhut der *Cross-Link*-Gemeinde seien, wo sie rund um die Uhr versorgt und betreut würden.

Grayson sagte nicht viel. Als Faircloth geendet hatte, bedankte er sich höflich distanziert und verlangte, Rachel zu sprechen, die sich unter Tränen bei ihm für das Chaos und die Sorge entschuldigte, die sie in sein Leben gebracht hatte. Er fragte, ob sie wirklich in dieser Gemeinde sein wollte, in der sie jetzt war, ansonsten hätte er sie sofort zu sich genommen. Rachel konnte vor Weinen nicht viel sagen. Sie vereinbarten dann, dass er sie nach Feierabend besuchen würde, um sich selbst ein Bild zu machen. Faircloth gab ihm die Adresse und beschrieb ihm den Weg.

Dann sah Faircloth Rachel nachdenklich an. Sie zitterte und weinte und sah sehr zerbrechlich aus. „Möchtest du ein bisschen mit mir spazieren gehen?“, fragte er freundlich. „Wir könnten uns noch weiter unterhalten …“

Sie hatte ihr Misstrauen ihm gegenüber aufgegeben. Er verstand sie so gut, war so aufrichtig um sie besorgt und hatte eine so starke geistliche Ausstrahlung, dass ihr das Zusammensein mit ihm einfach nur gut tat. Hinzu kam noch die Tatsache, dass sie beide aus der *North Metro Church* kamen – sie willigte dankbar ein, gerne wollte sie noch mit ihm reden, wenn er Zeit für sie hatte.

„Warum tust du das alles für mich?", fragte sie, als sie draußen waren.

Jason sah sie freundlich an. „In den Jahren nach dem Tod meiner Frau und meiner Tochter habe ich verzweifelt gegen Enttäuschung, Verwirrung und Wut angekämpft.

Ich war so aalglatt und arrogant. Der durchschnittliche Christ hätte mir nie angesehen, dass ich innerlich nach Gott schrie. Die meisten Leute urteilen nach dem, was sie äußerlich sehen können. Aber was spielt sich im Inneren der Person ab? Diese Frage stellen die wenigsten.

Die Leute, die dich wegen der Affäre mit Grayson verurteilt haben, sahen nur dein äußeres Verhalten. Aber sie haben nicht bedacht, dass in dir viele Kämpfe abgelaufen sind. Stunden, Tage, Wochen und Monate, in denen du der Versuchung widerstanden hast. Sie haben deine Angst nicht gesehen, deine Hilferufe nicht gehört, die Unruhe und die Schuldgefühle nicht beachtet.

Ich hatte das Glück, in Norwegen einem Mann zu begegnen, der hinter meiner steinharten Fassade ein verwundetes Herz sehen konnte, das verzweifelt nach Hilfe suchte. Er urteilte nicht nur nach meinem Äußeren, sondern bezog auch mein Inneres in sein Bild über mich mit ein. In ihm ist mir die Liebe Jesu begegnet. Er hat mir so viel geholfen, mich so viel gelehrt, dass ich ihm mein Leben lang Dank schulde.

Warum mische ich mich jetzt in dein Leben ein und biete dir Annahme, Freundschaft und Hilfe? Weil ich dein Herz sehen und spüren kann, ein verwirrtes, einsames Herz, das sich nach Liebe sehnt und das Richtige tun möchte. Ich will dir helfen. Du bist mir wichtig."

Sie schleppte sich neben Jason die Straße entlang und sah ihn lange an. „Ich höre das, was du sagst … aber ich habe Angst."

Faircloth sah sie an, wartete aber, ob sie noch mehr sagen würde.

„Ich habe Angst, wieder jemandem zu vertrauen. Ich habe Angst, wieder zu hoffen. Du kannst mir jetzt ein paar Tage lang helfen, aber dann bist du wieder in New York. Was dann? Ich schaffe es einfach nicht mehr. Es … es nützt nichts." Ihre Kehle schnürte sich schmerzhaft zusammen. Sie hustete, um Luft zu bekommen.

Jason dachte längere Zeit nach, bevor er antwortete: „Vor sechs Monaten war ich im Begriff, nach zwei Jahren Gemeindearbeit in New York für immer nach Norwegen zurückzukehren. Wenige Stunden vor meinem Abflug fand ich Daytona.

Weil sie gerade in akuten Schwierigkeiten steckte, änderte ich meine Pläne und blieb in New York. Ich kaufte ein Haus mit drei Wohnungen. Eine davon teile ich mir mit Daytona, die beiden anderen sollten Leuten zur Verfügung stehen, die in Not sind. In der einen Wohnung lebt jetzt ein junges Ehepaar. Ihr Haus ist letztes Jahr an Weihnachten abgebrannt, ihre beiden kleinen Kinder sind in den Flammen gestorben, und sie haben ihr ganzes Hab und Gut verloren. Die andere Wohnung steht leer. Es ist eine Dreizimmerwohnung. Daytona und ich haben zusammen dafür gebetet, dass Gott uns Menschen über den Weg schickt, für die diese Wohnung wirklich eine Hilfe wäre, jemanden, der in großen Schwierigkeiten steckt, der nicht mehr weiter weiß und neben materieller Unterstützung auch dringend Freundschaft und Ermutigung bräuchte.

Ich kann gut verstehen, dass es dir schwer fällt, jemandem zu vertrauen, Rachel. Ich war selbst an diesem Punkt, Daytona auch. Aber ich meine es ganz ernst: Du und deine Kinder, ihr seid herzlich eingeladen, mit uns nach New York zu kommen und in unserem Haus zu wohnen."

Rachel vergrub ihr Gesicht in den Händen.

„Du brauchst weder Miete noch Nebenkosten zu bezahlen", fuhr Faircloth fort. „Außerdem werde ich für die nächsten, sagen wir mal, vier Monate deine Kosten für Essen, Kleidung und Transport übernehmen. So brauchst du nicht zu arbeiten und hast erst einmal Zeit für deine Kinder und für dich selbst. Ihr könnt euch den Sommer über Zeit lassen, zur Ruhe zu kommen und innerlich gesund werden."

Rachel wusste nicht, was sie sagen sollte. Sie konnte nicht fassen, was sie da hörte.

Jason spürte, wie die Last der Entscheidung Rachel in neue

Unruhe versetzte. Leise fügte er hinzu: „Du bist jetzt zu müde, um das zu entscheiden. Aber du kannst in den nächsten drei Tagen immer wieder mit mir und Daytona darüber sprechen."

Jetzt verlor Rachel endgültig ihre Fassung. Sie lehnte sich an seine Schulter und weinte.

32

Gegen 17:30 Uhr kam Grayson auf dem Gelände der *Cross-Link Community Church* an. Er war äußerst erzürnt über das unverantwortliche Verhalten von Pastor Lovett und seinen Mitarbeitern, die seine Geliebte fast in den Tod getrieben hätten. Ob diese Kirche, in die Rachel sich jetzt geflüchtet hatte, besser war als *North Metro*, das musste sich erst noch zeigen. Entsprechend kurz angebunden war er gegenüber Jason, Daytona und allen anderen, denen er vorgestellt wurde. Wutschnaubend konfrontierte er Faircloth mit seinen Fragen. Wer war er? Warum hatte er Rachel in die Gemeinde eingeladen? Wie wollte er Rachel helfen?

Faircloth antwortete offen und ohne sich einschüchtern zu lassen. Was Grayson schließlich beruhigte, war die Information, dass Faircloth aus der gleichen Gemeinde kam wie Rachel und sich auch aus der dort praktizierten gesetzlichen Enge freigekämpft hatte. Das erklärte zumindest teilweise, warum Rachel ihm so schnell vertraut hatte.

Trotzdem war er immer noch misstrauisch. Er fragte weiter nach Faircloths Arbeit in New York, der Struktur seiner Gemeinde und seiner dortigen Position. Grayson erfuhr, dass unter der Leitung von Faircloth 15 mittelgroße *Liberty International City*-Gemeinden über ganz New York verteilt entstanden waren, die jeweils von zwei Pastoren geleitet wurden, denen Faircloth beratend vorstand.

Als Nächstes ließ er sich von Rachel berichten, wie Faircloth ihr während der vergangenen zehn Stunden geholfen hatte. Mit seinem in der Bankbranche trainierten Gespür für echte und falsche Motive konnte er bei Faircloth nichts Negatives feststellen. Dieser schien integer und vertrauenswürdig zu sein. Trotzdem gefiel es ihm nicht, dass Rachel und die Kinder drei Tage bei ihm bleiben würden.

Dann bestand er darauf, mit Rachel allein zu sprechen. In den Kindergottesdiensträumen konnten sie ungestört sein. Auf kleinen Kinderstühlchen saßen sie einander schließlich gegenüber. Grayson streckte seine Hand aus, um Rachel zu berühren, doch er ließ sie wieder sinken, als Rachel zunächst keine Reaktion zeigte und dann sogar zurückwich. Erst jetzt fiel ihm auf, wie schlecht sie aussah. Ihre Haare hingen ihr in fettigen Strähnen ins Gesicht, ihre Augen waren blutunterlaufen und tief eingesunken, die Haut war grau.

„Ich wollte mit dir allein sein, um mich bei dir zu entschuldigen", begann er ihr vorzutragen, was er sich vorgenommen hatte. „Es tut mir Leid, dass ich dich in diese Situation gebracht habe. Ich hätte damit rechnen müssen, dass unsere Beziehung dir Schwierigkeiten bringen würde. Gleichzeitig musst du aber auch wissen, dass ich dich sehr liebe und mit dir leide. Am liebsten würde ich …"

„Er hat mich und die Kinder eingeladen, bei ihm in New York zu wohnen", sagte Rachel leise, ohne ihn anzusehen.

In Grayson stieg sofort wieder Ärger auf. „Wer hat dich wohin eingeladen?"

„Faircloth hat mir angeboten, mit ihm nach New York zu kommen. Er besitzt einige Wohnungen, von denen eine leer steht. Wir müssen nichts bezahlen. Er, seine Enkeltochter und seine Gemeinde wollen für alle unsere Lebenshaltungskosten aufkommen."

Graysons Stimmung sank. „Warum um alles in der Welt …"

„Ich glaube, das ist genau das, was die Kinder und ich jetzt brauchen: ein neuer Anfang an einem neuen Ort." Sie sah ihn nachdenklich an: „Du sagt, du liebst mich. Ich glaube dir. Aber ich weiß nicht, was *ich* fühle. Im Moment weiß ich gar nichts mehr. Vielleicht habe ich dich nur gebraucht, um über meinen Schmerz reden zu können … Ich bin mir nicht mehr sicher."

In Grayson schrie alles: *Ich weiß, dass du viel durchgemacht hast, aber deshalb läuft man doch nicht mit einem Fremden davon. Wie kannst du nur so kalt und gefühllos sein? Komm erst einmal zur Ruhe, dann wirst du auch wieder wissen, dass du mich liebst. Du kannst sofort mit den Kindern in meinem Haus einziehen. Ich werde für dich sorgen und mich um dich und die Kinder kümmern. Sehr gerne sogar!*

Laut sagte er: „Triff jetzt keine überstürzten Entscheidungen, ja? Meinetwegen kannst du nächste Woche frei haben. Dann denkst du noch einmal über alles in Ruhe nach. Schlaf dich erst einmal aus und erhole dich von allem. Wenn du nicht alleine wohnen willst, dann komm doch zu mir. Ich habe ein großes Haus, da ist genug Platz für dich und die Kinder."

Rachel antwortete schnell: „Nein, das will ich nicht."

Grayson wechselte das Thema: „Willst du mir nicht selbst erzählen, was gestern Abend los war?"

Nur ungern wiederholte Rachel die demütigenden und dramatischen Ereignisse. Graysons Wut kannte keine Grenzen: „Woher hat dieser widerliche Kerl von unserem Besuch im Hotel erfahren? Hat er uns etwa ausspionieren lassen? Ich werde heute noch zu ihm gehen und Klartext mit ihm reden. Diesem Menschen muss endlich einmal jemand sagen …"

„Ich möchte jetzt nicht mehr darüber reden", unterbrach Rachel ihn leise. Das war alles mehr, als sie derzeit verkraften konnte. Zitternd vor neuerlicher Aufregung entschuldigte sie sich. Sie wollte zu den Kindern, um diesen zu sagen, dass sie die nächsten drei Tage hier blieben würden.

Graysons Ärger nahm zu. Er suchte Jason Faircloth auf und stellte ihn wegen der Einladung nach New York zur Rede. Waren die zu befürchtenden Risiken eines solchen Umzugs nicht viel höher als die ungewissen Vorteile der Aktion? Was wäre, wenn Rachel dort keine Arbeit finden würde? Würden die Kinder in dem rauen Großstadtklima nicht auf viel mehr Widerstand stoßen und viel mehr Gefahren ausgesetzt sein als hier? Wie würden Rachel und die Kinder die neuerliche Umstellung emotional verkraften? Würde Faircloth sein Versprechen einhalten können, ausreichend lange für die gesamten Kosten aufkommen und genügend Freunde und Bekannte zu Rachels Unterstützung mobilisieren zu können? Was, wenn die Gemeinde in New York Rachel doch nicht so warmherzig aufnehmen würde, wie er sich das jetzt vorstellte? Wenn Rachel diesen Schritt wagte und dabei wieder scheitern würde, wie würde man sie dann auffangen?

Faircloth nahm alle Fragen ernst und ging auf alle Argumente ein. Er leugnete die bestehenden Risiken nicht, sah aber auch die Vorteile des Umzugs: Rachel hätte Abstand zu den Mitgliedern der *North Metro*-Gemeinde, denen sie hier immer wieder über den Weg laufen würde und die zum Teil auch Kunden der Bank waren, in der Rachel und Grayson arbeiteten. Da sie nicht arbeiten müsste und auch keine Zeit für die Beziehung mit Grayson bräuchte, könnte sie ihre gesamte Zeit in die Heilung ihrer eigenen Seele und die Heilung ihrer Kinder investieren. Sie würde mit Menschen zusammenleben, die ihren Schmerz verstehen und ihr die emotionale, geistliche, mentale und materielle Hilfe bieten könnten, die sie zu ihrer persönlichen Wiederherstellung benötigte.

Faircloth zögerte auch nicht, Grayson zu sagen, dass dieser jetzt nicht die richtige Person sei, um Rachel zu helfen. Freundlich, aber offen, erklärte er Grayson, dass dieser ein Teil von Rachels Problemen sei, von denen sie Abstand gewinnen müsse. Dabei hatte Faircloth eine so väterlich souveräne Art, dass Grayson seine Wut hinunterschluckte.

„Könnten Sie sich vorstellen, Rachels Stelle auf der Bank für den Fall freizuhalten, dass sie nach kurzer Zeit wieder zurückkehren möchte?"

Grayson nickte. Er war wütend, spürte aber instinktiv, dass er gegen diesen sanften, starken alten Mann nichts ausrichten konnte.

*

„An meinem 16. Geburtstag hat mein Vater mich vergewaltigt", erzählte Daytona mit deutlicher Nervosität. Sie stand auf dem Podium der *Cross-Link*-Gemeinde, die sich zum Abendgottesdienst eingefunden hatte. „Gehasst habe ich ihn schon immer, weil er mich, seit ich mich erinnern kann, geschlagen hat. Aber in jener Nacht wollte ich ihn umbringen."

Grayson saß auch unter den Zuhörern, allerdings nicht neben Rachel. Sie hatte darauf bestanden, alleine zu sitzen. Das hatte ihn gekränkt, aber er blieb trotzdem, um mehr über diesen Faircloth und seine Enkeltochter zu erfahren.

„Ich habe ihn nicht umgebracht", fuhr Daytona fort, „aber ich bin weggelaufen. In jener Nacht habe ich mich auf den Weg nach New York gemacht." Sie erzählte, wie sie von da an auf der Straße gelebt hatte, immer mehr in die Drogenabhängigkeit gerutscht war und ihr Leid häufig in Alkohol ertränkt hatte. „Ich verfiel immer mehr. Mein Zuhälter hat mich schließlich geschlagen, vergewaltigt und rausgeworfen, weil ich nicht mehr genug verdienen konnte. Also versuchte ich mich als Ladendiebin." Während sie weitersprach, gewann sie an Sicherheit. Die Anwesenden hingen gebannt an ihren Lippen, und sie erzählte mit großer Eindringlichkeit, wie sie in jener Zeit herausfand, dass sie schwanger war.

„Ich wusste nicht, wer der Vater war, aber der Gedanke an das kleine Wesen in mir gab mir neuen Lebensmut." Doch dann wurde sie unfreiwillig Augenzeuge eines Mordes unter rivalisierenden Drogendealern, die sie verfolgten, bis sie sich mit einem Sprung über eine Mauer rettete und auf der anderen Seite bewusstlos liegen blieb. Als sie wieder zu sich gekommen war, hatte sie das Baby, das noch nicht lebensfähig war, allein in einer Ecke voller Müll im Hafen von New York zur Welt gebracht. Nach dieser Erfahrung wollte sie nicht mehr leben. Sie hatte sich vor ein Taxi geworfen, doch dies hatte ihr nicht den ersehnten Tod gebracht, sondern nur eine Menge Verletzungen und einen Krankenhausaufenthalt.

Während sie im Krankenhaus gelegen hatte und allmählich von ihren äußeren Verletzungen genesen war, hatte Jason sie entdeckt, der einen Freund im gleichen Krankenhaus besucht hatte. Nicht ahnend, dass sie seine lange gesuchte Enkelin war, hatte er sich um ihre Freundschaft bemüht. „Warum? Weil er meinte, ich sähe so aus, als hätte ich auf der ganzen Welt keinen einzigen Menschen, der sich um mich kümmerte." Er hatte begonnen, sie täglich zu besuchen, war ihr Freund geworden und hatte ihr von der Liebe Jesu erzählt, der gestorben war, um sie von allen Bindungen zu erlösen.

Die Botschaft hatte sie getroffen, und sie hatte Gott gebeten, ihr ein neues Leben zu schenken.

Bald darauf hatte sie ihren Vater besucht, um diesem persönlich zu sagen, dass sie ihm alles vergeben hätte. Sie hatte ihn im Krankenhaus angetroffen, wo er mit Leberzirrhose im Sterben lag. Sie hatte ihm von ihrem neuen Leben mit Jesus und von Jason Faircloth erzählt. Er hatte ihr staunend zugehört und ihr erklärt, dass sie in Jason ihren Großvater kennen gelernt habe. Als sie Jason diese Nachricht überbracht hatte, war die Freude groß gewesen. Er hatte dann ein Haus in New York gekauft, wo er mit ihr zusammen wohnte, und hatte ihr seither geholfen, ihr Leben wieder neu aufzubauen. Jetzt holte sie gerade ihr Abitur nach.

„Weil er bereit war, sich um ein ihm ganz fremdes Mädchen zu kümmern, hat sich mein Leben vollkommen verändert. Eines Tages möchte ich anderen auch so helfen, wie er mir geholfen hat."

Daytona hatte aufgehört zu reden, aber niemand im Saal rührte sich. Ihre Worte waren tief in die Herzen gedrungen. Einige Frauen trockneten ihre Tränen. Auch Grayson war sichtlich bewegt. Am Ende dieses Berichtes musste man wirklich glauben, dass ein guter Gott seine Hand im Spiel gehabt hatte. Daytonas Bericht half Grayson, Faircloth mit den Augen seiner Enkeltochter zu sehen. Ihm wurde bewusst, dass Rachel jetzt vielleicht schon tot wäre, wenn dieser Fremde sich nicht mit dem gleichen Engagement um sie gekümmert hätte, mit dem er sich damals für diesen verletzten Teenager eingesetzt hatte. *Ich muss ihm zumindest noch dafür danken, dass er Rachel davon abgehalten hat, Selbstmord zu begehen*, beschloss er.

Trotzdem sah er nicht ein, warum Rachel mit ihren Kindern sofort nach New York ziehen sollte. Sie würde es tun. So wie sie sich heute ihm gegenüber verhalten hatte, schien ihr Interesse an ihm nicht mehr sehr groß zu sein. Und er würde hier auf ihre Rückkehr warten … Das waren keine angenehmen Aussichten. Aber auch wenn sie hier bliebe, müsste er seine Gefühle für sie ordnen und sein Verhalten neu überdenken. Liebte er sie wirklich? Dann müsste er den Weg, den sie wählte, mit ihr gehen und ihr der Freund sein, den sie sich wünschte, den sie brauchte und der gut für sie war. Wollte er das?

*

Gegen Mitternacht streckte Rachel sich in der frischen, kühlen Bettwäsche des Gästehauses aus. Zum ersten Mal seit Wochen konnte sie in ihrem Inneren einen wunderbaren, sanften Frieden spüren. Justin schlief neben ihr, die Mädchen hörte sie im Nebenraum tief atmen, die Tür zu ihnen stand offen.

In einem weiteren Zimmer auf der anderen Seite des Flures schliefen Daytona und eine Frau aus der Gemeinde. Beide waren abrufbereit und standen Rachel zur Verfügung, sollte es ihr nicht gut gehen oder sollten sie oder die Kinder Hilfe brauchen.

Daytona hatte nach dem Gottesdienst zu ihr gesagt: „Ich bin zwar noch ein Teenager, aber ich möchte gerne deine Freundin sein. Ich mag dich so, wie du bist, egal, was du tust. Wenn du nicht mit uns nach New York kommen kannst, werde ich trotzdem mit dir in Kontakt bleiben, dich anrufen und dir schreiben."

Plötzlich war sie umgeben von lieben, hilfsbereiten, vertrauenswürdigen Menschen: Jason, Daytona, Pastor Montgomery und die zahlreichen Frauen aus der Gemeinde. Niemand hatte ihr irgendeinen Vorwurf gemacht; alle versuchten nur, die Lasten mit ihr zusammen zu tragen. Das war die Hilfe, die sie seit Schweden so vermisst hatte. Endlich, endlich …

33

Clay McCain saß an der Bar eines Luxushotels in San José. Er trug teure Sportkleidung und sah gelangweilt vor sich hin. Eigentlich hatte er hier in dem Spezialitätenrestaurant einen Tisch bestellt, um mit Anika essen zu gehen, aber sie hatte keine Lust. Sie sei müde von der Party letzte Nacht und wolle früh schlafen gehen, hatte sie zu Clays Ärger erklärt. Er nippte an seinem Cocktail und versuchte, nicht mehr an Anika zu denken. Aber ihre zunehmenden Konflikte belasteten ihn mehr, als ihm lieb war.

„Ist der Platz noch frei?"

Ein großer, dunkelhaariger Mann in Anzug und Krawatte wartete auf eine Antwort. Clay hatte kein Interesse an Smalltalk und machte nicht mehr als eine Handbewegung, die so viel heißen sollte wie: Es ist alles frei. Dann starrte er wieder in sein Glas und wollte seinen Gedanken nachhängen.

Doch der Fremde setzte sich direkt neben Clay, bestellte sich einen Martini und wandte sich Clay zu: „Ich weiß überhaupt nicht mehr, was ich hier eigentlich soll. Ich bin erst seit drei Tagen auf Costa Rica und langweile mich jetzt schon zu Tode."

Clay sah ihn stirnrunzelnd an. Er wollte sich nicht unterhalten.

Der Mann ließ sich nicht irritieren: „Ich heiße Klaus Leitner", stellte er sich vor. „Ich bin aus Deutschland." Dann reichte er ihm die Hand.

So kurz wie möglich erwiderte Clay den Händedruck, dann drehte er sich sofort wieder um.

„Ich bin Arzt", setzte Leitner wieder an, „Orthopäde."

Clay schwieg beharrlich.

„Ich habe mehr Geld, als ich ausgeben kann." Nun sah Clay ihn zum ersten Mal an. Sein Gegenüber trug eine moderne, teure Brille. Seine Züge waren teils kantig, teils sanft, nur wenige Falten umgaben seine Augen. Er sah aus wie ein Mann aus der Fernsehwerbung.

„Ich bin 38 Jahre alt und ledig", fuhr der Mann fort, „und ich habe alles, was ein Mann sich nur wünschen kann: ein teures Appartement in der Berliner Innenstadt, ein altes, renoviertes Bauernhaus in den Alpen, einen Porsche 911. Aber das langweilt mich alles. Also reise ich, sechs Wochen jedes Jahr. Ich bin schon eineinhalb Mal um die Welt gereist und war auf allen Kontinenten." Er schüttelte ratlos den Kopf. „Aber Reisen ist es auch nicht. Nach einer gewissen Zeit ist es immer wieder das Gleiche."

Clay befand sich zum ersten Mal, seit er sein Pastorenamt verlassen hatte, wieder in der Situation, dass ihm jemand sein Herz ausschüttete. Mit wachsendem Interesse hörte er zu.

„Dann gibt es natürlich noch die Frauen", fuhr Leitner fort. „Ich hatte über die Jahre so viele Frauen, dass ich sie schon nicht mehr zählen kann – blonde, rote, dunkelhaarige … Einige waren wunderschön und so sexy, wie man sie sich nicht aufregender vorstellen kann. Manche Beziehungen dauerten ein oder zwei

Monate, einmal ging es sogar ein Jahr. Aber meistens waren wir ein paar Tage oder auch nur eine Nacht zusammen."

Seine Stimme wurde nachdenklich, als würde er zu sich selbst reden. „Wahrscheinlich habe ich alles probiert, was das Leben zu bieten hat. Aber nichts hat mich wirklich befriedigt. Ich glaube, es gibt nur eine einzige sinnvolle Art zu leben, nur einen Weg, um zur Ruhe zu kommen."

Jetzt hatte der Mann Clays ganze Aufmerksamkeit. Worauf wollte er hinaus? „Ich glaube, ich könnte zufrieden sein, wenn ich eine Frau finden würde, die ich von Herzen lieben könnte, ein ganzes Leben lang, eine Frau, die auch mich als den einzigen Mann ihres Lebens wirklich lieben würde. Wir hätten zusammen Kinder, die wir gemeinsam lieben würden, und alle zusammen würden wir älter werden – das klingt jetzt sehr altmodisch, aber ich glaube, eine ganz altmodische Familie wäre mir mehr wert als alles Geld der Welt, alle Häuser, Autos, Reisen und Frauen zusammen."

Klaus sprach weiter, aber Clay hörte nicht mehr zu. Die Worte waren wie ein Schwert in seine Seele gedrungen. Er drehte sich um und stand auf.

Endlich hörte der Deutsche auf zu reden.

Clay zögerte noch ein paar Sekunden, dann ging er hinaus in die Nacht. Er wusste nur zu gut, dass der Mann Recht hatte mit dem, was er gesagt hatte.

Warum hatte er ihm dies erzählt? Woher wusste er, dass Clay Englisch sprach? Clay hatte in der Gegenwart des Fremden kein einziges Wort gesagt.

Clay ging ziellos über den Parkplatz. Am Ende des beleuchteten Bereiches starrte er in den dunklen Nachthimmel. Hatte ein himmlischer Engel zu ihm geredet, um sein schlechtes Gewissen und seine Schuldgefühle noch zu steigern? Oder war der Mann ein höllischer Dämon, der ihn in den Wahnsinn treiben wollte? Vielleicht war das Ganze aber auch nur ein unglaublicher Zufall?

Am liebsten hätte Clay gebetet. Aber das konnte er nicht mehr. Er ließ den Kopf hängen und beklagte sein Schicksal.

34

„Wird Omi wieder mit uns schwimmen gehen?“, fragte Holly aufgeregt und ihre Stimme übertönte mühelos das laute Fahrgeräusch.

Rachel wollte gerade antworten, als sie plötzlich das große, grüne Schild entdeckte, das die Grenze von Florida ankündigte.

„Schaut mal alle“, rief sie, „gleich sind wir in Florida, und zwar … … … JETZT!“

Die Kinder jubelten.

„Nur noch dreieinhalb Stunden“, appellierte Rachel an die Geduld der Kleinen.

Mitten in allem Schmerz kam doch ein bisschen Heiterkeit auf. Ein zaghaftes Lächeln lag auf Rachels Gesicht.

„Und, Mami, kommt Omi mit zum Schwimmen?“, hakte Holly nach.

„Sie hatte doch eine kranke Hüfte, Spatz, ich kann mir nicht vorstellen, dass sie baden gehen kann“, musste Rachel die Vorfreude etwas dämpfen.

Sie legte eine Lieblingskassette der Kinder in den Rekorder und alle stimmten in die fröhlichen Lieder mit ein.

Rachel drehte die Lüftung etwas weiter auf und dachte wieder darüber nach, dass sie nun bald nach New York ziehen würden. War es die richtige Entscheidung gewesen?

Vor zwei Tagen, am Sonntagnachmittag, hatte sie ein längeres Gespräch mit Grayson geführt, in dessen Verlauf ihre Entscheidung endgültig gefallen war. Sie hatte ihm von dem Morgengottesdienst erzählt, den er verpasst hatte. Jason hatte eine farbige Familie zum Gottesdienst eingeladen, die er damals, als er noch Pastor von *North Metro* gewesen war, sehr verletzt hatte. Sie hatten sich damals von ihm taufen lassen wollen, und er hatte mit der Begründung abgelehnt, ihre Hautfarbe könne die Einheit der Gemeinde gefährden. Heute hatte er sie dafür öffentlich um Vergebung gebeten. Er hätte damals gottlos und nicht christlich gehandelt und er bedaure von Herzen, ihnen damit wehgetan zu haben. Er entschuldigte sich für die Verletzung, Enttäuschung und Demütigung, die er ihnen durch sein Verhalten zugefügt hatte. Sie nahmen die Entschuldigung dankbar an und umarmten sich vor den Augen der bewegten Gemeinde.

Rachel erklärte Grayson an diesem Beispiel, dass Faircloth nicht nur ihr und den Kindern gegenüber so ungewöhnlich freundlich, verständnisvoll und hilfsbereit wäre, sondern dies sei einfach die Art, wie er mit Menschen umginge.

Jason hatte ihr auch versprochen, den Rückflug zu bezahlen, falls sie wieder nach Atlanta zurück wolle. Hinzu kam, dass Summer und Holly sofort von der Idee begeistert gewesen waren, Atlanta zu verlassen und in einer anderen Stadt neu anzufangen.

Grayson hörte das, was sie ihm erzählte, nur ungern. Er betonte seine Liebe zu ihr und sprach von seiner Furcht, sie zu verlieren. Er versuchte, darauf zu vertrauen, dass sie eine gute Entscheidung getroffen hatte. Aber falls nicht – so versprach er ihr – in der Bank werde es immer eine Stelle für sie geben. Dieses Versprechen gab Rachel den letzten Rest Mut, den sie für ihren großen Schritt noch benötigt hatte.

Eine Stunde später informierte sie Faircloth über ihre Entscheidung, sagte ihm aber auch, dass sie zuerst noch ein paar Tage mit ihren Schwiegereltern in Florida verbringen wollte, ehe sie von Atlanta aus nach New York fliegen würden.

Am Vortag hatte Jason ihr nun vier Rückflugtickets nach New York überreicht. Der Hinflug war für den 21. Juni gebucht – in neun Tagen –, der Rückflug konnte zu einem beliebigen Zeitpunkt im Verlauf der nächsten zwölf Monate angetreten werden.

Gestern hatte sie noch die Miete für Juli bezahlt und ihr restliches Geld – 160 Dollar – von der Bank abgehoben.

Während sie in New York waren, würde Grayson auf ihre Wohnung und ihr Auto aufpassen. Nach ihrer Rückkehr aus Florida würde sie ihm die Schlüssel von beidem übergeben.

Draußen säumten Palmen die Straße. Doch, sie hatte die richtige Entscheidung getroffen.

„Ich muss mal Pipi machen", erklang Justins Stimmchen und Rachel ging vom Gas. Am nächsten Parkplatz hielten sie an.

Teil 3

Fünf Jahre später
1995–1997

35

Die Übelkeit riss ihn aus einem fiebrigen Dämmerzustand. Wo war der Eimer?

Wieder musste er sich übergeben.

Seit zwei Wochen lag Clay nun schon in seiner Hütte und konnte nichts mehr bei sich behalten. Erbrechen, Durchfall und Fieber wollten einfach nicht nachlassen. Ein Arztbesuch wäre mühsam und teuer gewesen, also nahm er Aspirin und hoffte, das Ganze würde bald vorüber sein.

Stöhnend ließ er sich wieder auf die Matratze zurücksinken. Was war nur los mit ihm? Er hatte hier keine Waage, aber seinem Aussehen und seiner lose herunterhängenden Kleidung nach zu urteilen, hatte er mindestens zehn Kilo abgenommen. Er dachte zuerst, es handle sich um eine Lebensmittelvergiftung, aber mittlerweile konnte das eigentlich nicht mehr der Fall sein.

Dieses unbequeme Bett! Er drehte sich auf die andere Seite. Dabei fiel sein Blick auf das einzige Foto, das er besaß. Er hatte es mit einem Nagel an der Wand befestigt: Tauchlehrer Clay McCain mit seinen ersten eigenen Schülern – 15 Personen, alle in Taucheranzügen, auf dem Schiff der Tauchschule, zehn Kilometer vor der Küste von Costa Rica.

Doch das war auch schon wieder Vergangenheit.

Vor etwas mehr als drei Jahren hatte Anika sich von ihm getrennt und war nach Europa zurückgekehrt. Er hatte sich nicht vorstellen können, dass seine Familie ihn wieder aufnehmen würde, und war deshalb auf Costa Rica geblieben. Zunächst hatte er sich einen Job als Kellner in einem Nachtlokal gesucht, während er tagsüber eine Ausbildung zum Tauchlehrer gemacht hatte. Als er den Schein besaß, hatte er die Kellnerstelle aufgegeben und ganztags in der Tauchschule gearbeitet.

Das Foto war ihm einmal wichtig gewesen. Er ging seinen eigenen Weg, auch ohne Anika, realisierte seine Träume und tat, wozu er Lust hatte. Stark, selbstständig und völlig unabhängig von allen bürgerlichen Erwartungen lebte er ein Leben in grenzenloser Freiheit. Dafür stand dieses Bild.

Doch sein Gewissen redete eine andere Sprache. Er hatte als Ehemann und Vater versagt, als Pastor und Christ, als Freund, als Sohn und als Mann, auch als Anikas Liebhaber und neuerlich sogar als Angestellter im Tauchklub. Knapp zwei Jahre hatte er in diesem Beruf arbeiten können. Dann hatten sich die Warnungen seines Chefs gehäuft. Clay trank zu viel. Eines Morgens sollte er eine Gruppe von Tauchschülern auf eine Expedition mitnehmen. Doch er war so betrunken, dass es ihm nicht gelungen war, in seinen Taucheranzug zu steigen. An diesem Morgen hatte sein Chef ihm den letzten Scheck in die Hand gedrückt und ihn fristlos entlassen. Er sei ein hoffnungsloser Alkoholiker, hatte sein Chef ihm erklärt, und er hatte Recht damit.

Clay war 44 Jahre alt, vollkommen allein, lebte in einer einfachen Holzhütte in einem abgelegenen Teil von Costa Rica und war bettelarm.

Er fand keine Arbeit mehr. Wer beschäftigte schon einen Trinker? Der Fußboden in seiner Hütte war von leeren Bierdosen übersät.

Er schloss die Augen und versuchte, das Foto samt allen Gedanken auszublenden. Obwohl es noch Vormittag war, klebten seine Haare schon wieder in nassen Strähnen an seinem Kopf. Die Sonne brannte erbarmungslos auf das Wellblechdach seiner kleinen Hütte und das Fieber tat ein Übriges.

Er trat die Decke weg und drehte sich hin und her, bis er eine halbwegs erträgliche Position gefunden hatte. Schlafen, nur schlafen, an nichts mehr denken, das war das Beste, was er tun konnte.

36

Rachel strich den Brief glatt und seufzte. Wie lange lag die schwere Zeit schon zurück, aus der dieser Brief stammte! Und wie schön hatte sie es jetzt. Sie ließ ihren Blick durch das vorweihnachtlich dekorierte Zimmer schweifen, das sie gemeinsam mit den Kindern geschmückt hatte. Der Adventskalender stammte noch aus Schweden. Wie jedes Jahr enthielt er in jedem der 24 Säckchen drei kleine Geschenke.

Draußen hatte es zu schneien begonnen. Das Mondlicht spiegelte sich in dem zarten Weiß, das sich auf jedes Ästchen gelegt und alles fein überzogen hatte. Es war so unglaublich schön hier!

Die dicken Holzscheite im Kamin knackten. Ein paar Funken flogen auf. Es war fast 22 Uhr. Justin, ihr mittlerweile Achtjähriger, schlief oben in seinem Zimmer, während die 15-jährige Summer und ihre zwölfjährige Schwester bei Freunden übernachteten.

Rachel fühlte sich unter den Menschen hier in Queens sehr zu Hause, was vor allem daran lag, dass sie in der *Liberty International City Church* so viele Freunde gefunden hatte. Auch ihre Hausbesitzerin, Mrs. Tempie Hunter, war Mitglied der Gemeinde und hatte Rachel diese Wohnung zu einem sehr günstigen Preis vermietet. Sie war eine schon etwas ältere Witwe und wohnte selbst im anderen Teil des Doppelhauses. Für Rachels Kinder hatte „Tante Tempie“ immer Zeit und wurde allmählich zu einer Ersatz-Oma.

Rachel blätterte durch das Fotoalbum, das die Bilder der vergangenen fünf Jahre enthielt, die sie im Wechsel mit den Kopien ihrer handschriftlichen Briefe aus jener Zeit eingeklebt hatte. Sie seufzte dankbar. Das Leben hatte es gut mit ihr gemeint.

Wieder strich sie über den Brief, den sie gleich lesen wollte. Es war einer ihrer ersten Briefe an Grayson, den sie ihm kurz nach ihrem Umzug nach New York geschrieben hatte. Jason Faircloth hatte ihr damals geraten, alle Briefe zu kopieren, um ihren Heilungsprozess bewusster verfolgen zu können. Ein Rat, der sich bewährt hatte.

An diesem Tag hatte sie sich diese Sammlung von Fotos und Briefen vorgenommen, weil sie morgen Abend vor der gesamten Gemeinde von ihrer inneren Heilung berichten sollte. Morgen fand der vierteljährliche Gottesdienst statt, an dem alle 21 *Liberty*-Gemeinden New Yorks zusammenkamen. Es war mit 4000 bis 5 000 Besuchern zu rechnen.

Obwohl sie nun schon seit einiger Zeit wieder als Lehrerin arbeitete – erfreulicherweise an der gleichen Schule, die auch Summer und Holly besuchten –, hatte sie doch erhebliches Lampenfieber, wenn sie an die große Menschenmenge dachte, vor der sie stehen würde.

Vor drei einzelnen *Liberty*-Gemeinden hatte sie ihre Geschichte bereits geschildert. Das Feedback war jedes Mal so positiv gewesen, dass Jason sie schließlich gebeten hatte, vor die Gesamtgemeinde zu treten. Einerseits freute sie sich über diese Möglichkeit, andere zu ermutigen, die vielleicht in ähnlich verzweifelten Situationen steckten wie sie einst. Aber sie war auch sehr nervös, nicht nur beim Gedanken an die vielen Menschen, sondern auch, weil Grayson schon am Vortag extra nach New York geflogen war und sich in einem Hotel einquartiert hatte, um sie zu hören.

Seit sie aus Atlanta weggezogen war, hatte sie nur sehr sporadischen Kontakt mit Grayson gepflegt. Sie brauchte den Abstand, um sich ganz auf sich und ihre Kinder konzentrieren zu können. Grayson, der immer wieder betonte, wie sehr er sie liebte, hatte sich ihren Wünschen gefügt und sie zu nichts gedrängt. Im ersten Jahr hatten sie nur wenige Briefe ausgetauscht und sehr selten telefoniert. In letzter Zeit hatte ihr Kontakt wieder etwas zugenommen; sie schrieben sich jetzt etwa einmal monatlich einen Brief. Sein Besuch war aber erst die dritte Begegnung in der gesamten Zeit ihrer Trennung.

Das alles entsprach nicht Graysons Wünschen, aber er achtete Rachel genug, um ihr den Freiraum zu geben, den sie sich wünschte. Dafür war sie ihm sehr dankbar. Für sie war das der größte Beweis seiner Liebe.

Heute ging es ihr wieder so gut, dass sie Grayson nicht mehr brauchte. Sie hätte den Kontakt mit ihm für immer beenden und ihr Leben mit den Kindern, den Freunden und der Gemeinde leben können. Andererseits war ihr auch bewusst, dass dieser Mann nun schon seit fünf Jahren seine Sehnsucht nach ihrer Nähe hinter seine Bedürfnisse zurückstellte und geduldig darauf wartete, dass sie sich wieder für mehr Nähe öffnete.

Nachdenklich las sie ihren ersten Brief an Grayson.

Lieber Grayson,

wo soll ich anfangen? In den Wochen, seit wir hier sind, wurde mir erst bewusst, wie sehr ich diese Ruhe brauche, die ich jetzt gefunden habe. Die Kinder und ich haben keine Termine oder Verpflichtungen. Wir schlafen morgens lange aus, dann sitzen wir in der Küche und reden über unsere Gedanken und Gefühle. Wir erkunden unsere neue Nachbarschaft und gehen in die umliegenden Parks. Zum ersten Mal seit über einem Jahr kommen wir zur Ruhe. Das tut uns unendlich gut. Wir lachen auch wieder zusammen, und mir ist, als wäre eine tonnenschwere Last von meinen Schultern genommen worden.

Ich weiß noch nicht, wie lange wir hier bleiben werden, aber wir sind sehr, sehr froh, jetzt hier zu sein. Es war die richtige Entscheidung.

Wir haben endlich Zeit füreinander. Unsere Vorratskammer ist voller Lebensmittel, und wir werden von den freundlichsten Menschen besucht und eingeladen, die ich jemals in Amerika kennen gelernt habe. Sie gehören alle zur Liberty International City Church. *Dreimal hat uns schon jemand zum Essen zu sich nach Hause eingeladen. Endlich können wir wieder sagen, dass wir irgendwo dazugehören.*

Die Güte, mit der Jason Faircloth uns behandelt, ist unbeschreiblich. Er ist wirklich so, wie man sich Jesus vorstellen würde. Obwohl er hier sehr viele Verpflichtungen hat, verbringt er immer wieder Zeit mit Justin. Einmal hatten die beiden sogar einen „Männertag" im Zoo, denn Jason meint, Justin müsste auch manchmal männliche Gesellschaft haben. Der Kleine sagt schon „Opa" zu ihm.

Das Ganze hier ist wie ein Traum, und ich fürchte mich schon vor dem Moment, wenn er wieder vorüber ist. Ich darf gar nicht daran denken.

So versuche ich einfach, dankbar jeden Augenblick zu genießen, der uns hier geschenkt wird. Es ist jetzt schon viel mehr, als ich jemals zu träumen gewagt hätte.
Übrigens gehe ich auch wieder zum Gottesdienst. Ich wundere mich selbst darüber – du bestimmt auch! Die Gemeinde hier ist ganz anders als alles, was ich bisher gekannt habe. Die Leute sind so wie Jason – liebevoll, nachsichtig und voller Güte im Umgang miteinander. Ohne diese Vergebungsbereitschaft, die ich von Jason und von seiner Gemeinde erlebe, könnte ich mir mein Leben gar nicht mehr vorstellen.
Ich spreche natürlich von der Liberty International City Church, *die Jason Faircloth gemeinsam mit anderen leitet. Schon von der Struktur her unterscheidet sie sich von allen anderen Gemeinden, die ich bislang kennen gelernt habe. Sie hat etwa 1 500 Mitglieder, die sich in 15 Gruppen aufgeteilt haben. Sobald eine Gruppe etwa 120 regelmäßige Gottesdienstbesucher hat, wird sie geteilt.*
Ich gehöre zu einer Gruppe mit etwa 70 Leuten. Pastor ist ein 28-jähriger Mann namens Dan Shaw. Er ist noch in Ausbildung, Jason ist sein Lehrer und Mentor.
Vor einigen Wochen hat Dan darüber gepredigt, dass wir den Armen helfen sollen. Nach einer kurzen Predigt haben wir dann den Versammlungsraum – ein ehemaliges chinesisches Restaurant – verlassen und das Geld, das wir eigentlich an diesem Morgen der Gemeinde spenden wollten, einem bedürftig wirkenden Menschen persönlich übergeben. Nach einer Dreiviertelstunde sollten wir uns alle wieder treffen. Daytona, die zur gleichen Gemeindegruppe gehört wie wir, begleitete mich. Nach 20 Minuten trafen wir einen alten Mann in einem Rollstuhl. Er hatte keine Beine mehr und wir haben ihn zum Essen eingeladen. Seine Freude kannte keine Grenzen.
Ich glaube, für Daytona war das Ganze nicht neu, aber für mich war es das erste Mal, dass ich einem Armen persönlich etwas gegeben habe. Im Anschluss daran tauschten wir unsere Erfahrungen aus und waren alle begeistert von dem, was wir erlebt hatten.
Du weißt, dass ich mit dem Christentum eigentlich abgeschlossen hatte. Aber was ich hier erlebe, lässt mich alles noch einmal neu überdenken.
Jason begann letzten Sonntag eine Predigtreihe über das Wort „einander", das sehr oft im Neuen Testament vorkommt. An diesem speziellen Tag sprach er über einen Bibelvers, in dem es darum

geht, dass wir füreinander beten sollen. Anschließend wurden Stühle in die Mitte gestellt und reihum durften sich die Leute darauf setzen. Die anderen stellten sich um die Stühle herum und beteten namentlich und sehr persönlich für die Person, die in der Mitte saß. Als ich an der Reihe war und acht oder neun Leute anfingen, intensiv für mich zu beten, brach ich weinend zusammen. In North Metro *hat nie jemand so für mich gebetet, obwohl mich dort alle kannten und alle wussten, dass mein Mann mich verlassen hatte. Nächsten Sonntag will Jason darüber reden, dass wir einander trösten sollen. Ich bin jetzt schon gespannt auf den praktischen Teil dieser Botschaft.*

Ich wiederhole mich bestimmt, aber Jason ist der verständnisvollste, mitfühlendste Mensch, den ich je getroffen habe. Ohne ihn hätte ich mein Vertrauen in die Menschheit und den Glauben an Gott für immer verloren. Ich habe ihn schon ein paar Mal gefragt, warum er so vielen Menschen so viel gibt. Seine Antwort lautete jedes Mal, er würde allen Menschen etwas schulden. Es geht eine Kraft von ihm aus, die göttlich sein muss. Von sich aus kann ein Mensch nicht so gütig sein. Ich bin unendlich dankbar, dass die Kinder und ich in den Genuss seiner Güte gekommen sind.

Nun habe ich aber genug geschrieben. Ich weiß gar nicht, ob ich den Brief überhaupt abschicken soll. Du sagst, du liebst mich, und das glaube ich dir auch, trotzdem denke ich, dass es für uns derzeit nicht gut wäre, regelmäßigen Kontakt zu haben. Ich brauche Abstand, um meine Gedanken und Gefühle neu zu sortieren. Das wird bestimmt auch ziemlich lange dauern, was mich betrifft. Ich brauche den Abstand zu dir nicht, weil du mich verletzt hättest, sondern weil ich selbst so verwirrt bin. Ich möchte jetzt emotional und beziehungsmäßig möglichst unbeschwert sein, um mein eigenes Leben wieder auf die Reihe zu kriegen.

Danke für dein Verständnis und für dein Zuhören im letzten halben Jahr. Danke für deine Liebe. Ich stehe tief in deiner Schuld.

Deine etwas komplizierte Freundin
Rachel

P.S.: Bitte vergib mir, dass ich dein Leben so durcheinander gewirbelt habe, indem ich zuerst die intime Nähe mit dir zugelassen habe –

ich denke heute, dass das falsch war – und jetzt wieder auf Distanz gehe.

P.P.S.: Danke, dass du im September die Miete für meine Wohnung in Atlanta bezahlt hast. Ich werde dir sobald wie möglich das Geld zurückgeben.

Rachel legte den Brief zur Seite. Grayson hatte nicht nur die Septembermiete bezahlt, sondern auch die Monate Oktober und November übernommen und war bereit gewesen, die folgenden Monate ebenfalls zu bezahlen. Aber sie hatte dann entschieden, die Wohnung aufzugeben und für unbefristete Zeit in New York zu bleiben.

Dann hatte sie wieder angefangen zu arbeiten, zuerst stundenweise, später mit einer vollen Stelle als Lehrerin. Damals hatte sie Grayson das Geld zurückgeben wollen, doch er hatte es nicht angenommen.

Nun wohnte er allein in einem Hotel in der Nachbarschaft. Wie viele Männer hätten fünf Jahre lang so geduldig gewartet und so sehr die Wünsche des anderen nach Distanz respektiert? Er hatte sie in der ganzen Zeit nie bedrängt, nicht öfter geschrieben und nicht häufiger angerufen, als sie das wollte. Auch ihre wiederholt zum Ausdruck gebrachte kritische Sicht ihrer ersten Intimität hatte er immer akzeptiert, obwohl sie wusste, dass er ganz anders darüber dachte.

Aber war es wirklich richtig, diesem Mann ihre Freiheit und ihr Leben samt dem Leben ihrer Kinder anzuvertrauen, nur weil er sich so integer verhalten hatte? Sie hatte schon zu viel durchgemacht und ihre Heilung war zu mühsam gewesen, als dass sie jetzt alles wieder aufs Spiel setzen wollte, zumal sie endlich wieder die Kraft hatte, allein zu leben. Hinzu kam, dass sie in den vergangenen fünf Jahren auch ihr geistliches Leben „wiederentdeckt" hatte, von dem sie zu Recht bezweifelte, dass Grayson es mit ihr würde teilen können. Gott war wieder ihre Lebensmitte, was Grayson so nicht von sich sagen konnte. Andererseits hatte er ihr mit seinem geduldigen Warten so viel Liebe bewiesen, dass sie ihm auf keinen Fall wehtun oder ihn kalt abservieren konnte.

Summer, Holly und Justin wussten zwar seit langem von Grayson, hatten ihn aber an diesem Tag zum ersten Mal gesehen, als sie einen gemeinsamen Ausflug nach *Ellis Island* unternommen hatten.

„Mami, ich mag ihn. Wirst du ihn heiraten?“, hatte Justin grinsend gefragt, als sie wieder zu Hause waren.

Rachel dachte über Justins Frage nach und lächelte. Nachdenklich legte sie den Brief zurück ins Album und blätterte um. Sie musste sich noch ein Konzept für morgen zurechtlegen.

37

„Neulich fragte mich jemand, ob ich noch an Clay denke.“ Rachel war mit ihrem Bericht fast zu Ende.

Grayson saß in der dritten Reihe von vorne und hing an ihren Lippen. Er konnte sehen, wie sie sich etwas näher ans Mikrofon beugte und kurz die Augen schloss.

„Ich denke fast jeden Tag an ihn“, sagte Rachel, „aber es tut mir nicht mehr weh. Mit Gottes Hilfe, der Hilfe von Jason Faircloth und der Unterstützung dieser Gemeinde ist es mir in den letzten Jahren gelungen, ihn loszulassen. Ich habe ihm vergeben. Die innere Heilung, die mit Gottes Hilfe und auf dem Weg der Vergebung möglich ist, kann sehr weit gehen. Man kann so heil werden, dass man weiterleben kann, als wäre das Schreckliche nie passiert. Von diesem Punkt bin ich nicht mehr weit entfernt. Heute kann ich hoffnungsvoll in die Zukunft blicken, anstatt über die Katastrophen der Vergangenheit nachzugrübeln. Mein restliches Leben will ich …“

Grayson hatte Tränen in den Augen. Er war so stolz auf Rachel. Auch wenn sie in den vergangenen fünf Jahren wenig Kontakt miteinander hatten, konnte er ihre stetige Veränderung doch auch über die Distanz deutlich beobachten. Er wusste, dass sie nicht nur Clay vergeben hatte, sondern auch Pastor Lovett, Bill Reese, der gesamten *North Metro*-Gemeinde, auch Dr. Ed Brighton und den Leitern der Missionsgesellschaft. Diese Vergebung war über die Jahre hinweg in ihrem Herzen gewachsen.

Während er sich über Rachels Entwicklung freute, musste er sich eingestehen, dass in seinem eigenen Leben so manches noch nicht bereinigt war. Bis zu diesem Tag war es ihm noch nicht gelungen, seiner Ex-Frau und seiner ehemaligen Gemeinde zu vergeben. Er war immer noch wütend über die Art und Weise, wie sie damals über ihn gelogen und sein Ansehen und sein ganzes Leben zerstört hatten. Die Bitterkeit über das erfahrene Unrecht saß tief. Aus diesem Grund wollte er schon seit über zehn Jahren nichts mehr mit dem Christentum zu tun haben.

Andererseits hatte er nie – auch nicht als ehemals aktives Gemeindemitglied – diese enge Beziehung zu Gott gehabt, wie er sie bei Jason, Daytona und jetzt auch bei Rachel erlebte. Seine Form der Religion war immer viel oberflächlicher gewesen.

Angesichts der geistlichen Tiefe, die er neuerdings bei Rachel spürte, kam er sich innerlich leer und bedürftig vor. Er sehnte sich danach, auch so in Gottes Nähe zu leben wie sie. Vor einigen Wochen hatte er diesen Wunsch auch Gott gegenüber zum Ausdruck gebracht. Es war sein erstes Gebet seit Jahren gewesen.

Bewundernd hörte er Rachels abschließende Worte: „Ich habe gelernt und lerne immer noch, dass Schmerz auch etwas Positives hervorbringen kann. Mit Gottes Hilfe und der Hilfe anderer Menschen ist es möglich, den Schmerz zu verstehen und aus ihm zu lernen, anstatt mit Selbstmitleid und Bitterkeit über die Vergangenheit zu trauern. Aus Schmerz kann Barmherzigkeit werden, und wir können lernen, andere zu verstehen, die so leiden, wie wir gelitten haben. Mein Leben hat sich durch das erfahrene Leid für immer verändert. Ich glaube, dass durch Gottes Gnade viel Gutes daraus hervorgehen wird.

Bitte betet weiter für mich und besonders auch für meine beiden Töchter Summer und Holly und für meinen Sohn Justin. Auch wenn man ihnen heute nicht mehr ansieht, dass sie vor sechs Jahren von ihrem Vater verlassen wurden, so haben sie doch tief in ihren Herzen eine schreckliche Wunde und viele unbeantwortete Fragen. Immer wieder kommt dieser Schmerz an die Oberfläche, dann weinen sie, werden wütend oder geben ihrer

Hoffnung Ausdruck, dass ihr Vater doch irgendwann wieder zurückkommt. Bitte betet dafür, dass auch in ihren Herzen die Heilung fortschreitet und dass auch sie aus ihrem eigenen Schmerz lernen, mit besonderem Verständnis auf andere Menschen zuzugehen, die Ähnliches durchmachen wie sie."

Mit freundlichen, warmherzigen Augen sah sie in die Menge, demütig und dankbar für diese Gelegenheit, so vielen Menschen aus ihrem Leben erzählen zu dürfen: „Ich danke Ihnen und euch allen."

Während sie an ihren Platz zurückging, begannen einige zu klatschen. Der Applaus schwoll an, bis sich schließlich die ganze Gemeinde erhoben hatte, um Rachel und ihrem Gott zu danken.

Am lautesten klatschte Grayson. Er spürte die Gegenwart Gottes, die den ganzen Raum erfüllte.

Während das Publikum immer noch seiner Begeisterung Ausdruck verlieh, trat eine kleine Asiatin hinter das Mikrofon und blieb ruhig wartend dort stehen. Als der Applaus abgeebbt war, nickte sie dem Dirigenten des Orchesters zu. Nach einer kurzen musikalischen Einleitung begann sie zu singen. Das Lied war wie eine Zusammenfassung dessen, was Rachel geschildert hatte. Es pries Gottes Güte, der allen, die nach ihm fragen, Zukunft und Hoffnung gibt.

Grayson schloss die Augen. Auch er wollte mit dieser lebensverändernden Kraft in Berührung kommen, die er durch Rachel kennen gelernt hatte. *Ich brauche dich … Ich brauche dich … wirklich!*

Nachdem das Lied verklungen war, kam Jason Faircloth auf die Bühne. „Ich bitte alle 21 Pastoren auf die Bühne. Bitte stellt euch in einer Reihe vor mir auf." Überall im Saal standen Männer verschiedener Nationalität und Hautfarbe auf und machten sich auf den Weg nach vorne. Jason wartete geduldig.

Manche trugen Anzüge und Krawatten, andere Jeans und T-Shirts. Als alle Gemeindeleiter vorne standen, sprach Jason weiter: „Mich haben die Worte, die wir heute Abend gehört haben, sehr berührt. Ich vermute, dass es vielen von euch ebenso geht. Ich kann mir vorstellen, dass einige heute Abend hier sind, die gerne für sich beten lassen würden. Vielleicht wollen Sie kein Gebet, sehnen sich aber nach einem guten Rat oder einem ermutigenden Wort. Wir werden den Gottesdienst jetzt gleich mit einem abschließenden Gebet beenden. Anschließend kann jeder, der das möchte, nach vorne kommen und auf einen dieser Pastoren zugehen. Die Pastoren werden sich so viel Zeit zum Gespräch und Gebet nehmen, wie Sie es wünschen." Jason machte eine bedeutungsvolle Pause. „Vielleicht sind heute Abend auch Menschen hier, die diese enge Beziehung zu Jesus noch gar nicht kennen. Ihnen darf ich heute sagen: Genauso, wie Gott seine Liebe und Fürsorge in Rachel McCains Leben gezeigt hat, genauso möchte er das auch bei Ihnen tun. Er liebt Sie nicht weniger als Rachel. Er möchte Ihnen nahe sein und möchte Sie Ihr ganzes Leben hindurch begleiten. Er ließ sich ans Kreuz schlagen, um die Strafe auf sich zu nehmen, die ich und Sie verdient hätten. Indem er danach von den Toten auferstand, hat er Ihre Erlösung möglich gemacht.

Wenn Sie Fragen dazu haben oder gemeinsam mit jemand anderem die Entscheidung für Jesus Christus festmachen wollen, dann sind auch Sie herzlich eingeladen, mit einem dieser Männer zu sprechen. Kommen Sie einfach auch im Anschluss an den Gottesdienst nach vorne.

Jetzt bitte ich Diana Sosby, unsere neuernannte Leiterin der Arbeit unter Obdachlosen, das Abschlussgebet zu sprechen."

Den Rest hörte Grayson nicht mehr. Sein Herz klopfte aufgeregt, sein Atem ging schnell. Er wusste, was er zu tun hatte.

Als das Gebet vorüber war und die Leute durch die Seitengänge nach hinten strömten, holte er tief Luft und ging langsam, aber entschlossen nach vorne.

Er musste mit einem der Pastoren reden, am liebsten mit Jason Faircloth.

38

„Daddy?“, rief der kleine Junge.

Justin!

„Daddy!“

Mühsam versuchte Clay, die Augen zu öffnen. Ein drittes Mal hörte er Justin rufen. Das helle Sonnenlicht blendete ihn. Warum lag er hier neben dieser Betonwand? Er wollte aufspringen, seinen Sohn sehen, ihm mit weit ausgebreiteten Armen entgegenlaufen, ihn hochheben und an sich drücken. Aber er konnte sich nicht umdrehen. Verzweifelt starrte er an die Wand. Dieser verdammte Kater …

Endlich hatte er es geschafft. Er saß halbaufgerichtet und sah den kleinen Jungen über den Platz rennen.

„Justin!“, wollte er rufen, aber es kam nur ein Flüstern aus seiner Kehle. Speichel rann über sein unrasiertes Kinn. „Justin?“, flüsterte er erneut.

„Bloß weil ich ein paar Schritte weiter bin als du, musst du doch nicht gleich Angst haben. Ich lass dich schon nicht alleine, Bryan!“, war eine männliche Stimme zu hören.

Der kleine Junge hatte den Mann erreicht und griff erleichtert nach der ausgestreckten Hand seines Vaters. Hand in Hand gingen die beiden davon.

Clay ließ den Kopf sinken und zog eine Grimasse. Er brauchte noch mehrere Minuten, um sich über die näheren Umstände seiner Situation klar zu werden. Neben ihm befanden sich eine Palme und ein Blumenbeet, hinter ihm die Mauer. Er lag am Rand einer öffentlichen Grünanlage.

„Amerikanische Touristen“, murmelte er und verharrte noch ein wenig in der Erinnerung an die soeben erlebte Szene.

Wie war er hierher gekommen? Gestern Morgen hatte er eine Entscheidung getroffen. Er war so aufgeregt gewesen, dass er, noch bevor er den Bus nach San José hatte besteigen können, erst einen Zwischenstopp in einer Kneipe hatte einlegen müssen. Dabei hatte er sich zwar fest vorgenommen, gleich nach dem ersten kleinen Tequila zum Bus zu gehen, aber seine Sucht hatte ihm wieder einmal einen Strich durch die Rechnung gemacht.

Offensichtlich war er dann hier an dieser Stelle eingeschlafen. Er ließ sich wieder zurückfallen und dachte über seine Entscheidung vom Vortag nach. Obwohl alles dagegen sprach und er es eigentlich überhaupt nicht wollte, er hatte keine andere Wahl. Es war seine einzige Überlebenschance.

Noch einmal ging er alle Stationen durch. Als Erstes würde er mit dem Bus in die Hauptstadt fahren, dort würde er zu dem amerikanischen Pastor der englischsprachigen Gemeinde gehen, von der er vor Jahren einmal gehört hatte. Er wusste, wo das Gebäude lag. Der Amerikaner würde ihn mit seinem kulturellen und religiösen Hintergrund besser verstehen als ein einheimischer Pastor. Er würde dem Mann alles beichten – von seinen ersten Kämpfen vor zehn Jahren bis heute. Er würde ihm sagen, wie verloren er jetzt war und wie sehr er sich danach sehnte, zu seiner Familie zurückzukehren. Dann würde er ihn um Rat fragen und vielleicht auch um Hilfe bitten. Mit großer Spannung würde er seine Antwort erwarten.

*

Im Gegensatz zu ihm sahen die anderen Reisenden so gepflegt aus, dass er sich zutiefst schämte. Sein Alkoholproblem konnte man riechen und an seinem Gesicht, seiner Haltung und seiner Kleidung ablesen. Obwohl er sich noch geduscht, rasiert und frisch angezogen hatte, war es nicht zu verbergen. Seine Haare waren zu lang, seine Kleidung zu weit. Seine gesamte Garderobe stammte noch aus der Zeit mit Anika, doch seither hatte er beträchtlich an Gewicht verloren, vor allem in den Wochen, als er so krank gewesen war.

Zum Glück war der Bus nicht voll, so war niemand gezwungen, neben ihm zu sitzen. Er starrte aus dem Fenster und tat so, als wäre er allein unterwegs.

Hoffentlich war der amerikanische Pastor überhaupt da, hoffentlich würde er Zeit für ihn haben. Seine Hände zitterten jetzt schon, nicht nur vor Aufregung. Er klemmte sie zwischen die Beine, weil er sie nicht stillhalten konnte.

War sein Plan zu verrückt? Aber welche Alternativen hatte er? Es war seine einzige Chance, seine letzte Hoffnung. Wenn dieser verzweifelte Versuch fehlschlug, würde er wahrscheinlich schon sehr bald zu Grunde gehen. Allein in den letzten Monaten war es mit ihm rapide bergab gegangen. Immer öfter hatte er irgendwo auf der Straße geschlafen. Gleichzeitig sah er auch gar keinen Grund, an seinem Verfall etwas zu ändern. Ohne Frau und Kinder wusste er nicht, warum er auch nur versuchen sollte, weiterzuleben.

Er wischte seine tropfende Nase mit dem Handrücken ab und starrte traurig auf sein eingefallenes Gesicht, das sich in der Fensterscheibe spiegelte. Wenn er wenigstens eine Flasche Tequila mitgenommen hätte …

*

Nervös wanderte sein Blick zu der großen Uhr, die an der Wand neben dem Eingang hing. Es war 16:15 Uhr.

Seit über einer Stunde saß er jetzt schon hier in dieser Kirchenbank und wartete auf den Pastor. Die ältere Dame, die in dem Büro arbeitete, hatte ihm versprochen, dass der Pastor zu ihm käme, sobald er Zeit hätte. Seither nahm das Zittern seines Körpers immer mehr zu. Er konnte kaum noch sitzen. Gleichzeitig hatte er Angst, dass er – sobald er auf und ab ging – direkt aus der Kirche hinaus- und in die nächste Bar hineinlaufen würde. Und das wollte er auf keinen Fall riskieren. Jetzt nicht mehr. Es hatte ihn schon zu viel Anstrengung gekostet, bis hierher zu kommen. Er zwang sich, sitzen zu bleiben und zu warten.

Die Dame blickte immer wieder unruhig in seine Richtung. Die Tür zu ihrem Büro stand offen, und er konnte sehen, wie sie die Tastatur ihres Computers bearbeitete.

Mit zusammengebissenen Zähnen begann er, die Betonblöcke zu zählen, die er an den Wänden ringsherum sehen konnte. Als er alle gezählt hatte, sah er wieder zur Uhr. Es waren erst zehn Minuten vergangen.

Zum dritten Mal in der letzten Stunde griff er nach dem Gemeindeblatt. Es ging darin um sinkende Mitgliederzahlen, der Jahresfinanzbericht war abgedruckt, dazu ein paar Witze.

Verzweifelt legte er die Broschüre wieder weg. Panik begann, nach ihm zu greifen. Da schien sich eine andere Tür, die er von seinem Sitzplatz nicht sehen konnte, zu dem Raum der Sekretärin zu öffnen. Eine Männerstimme war zu hören. Clay setzte sich gerade hin.

Sekunden später trat ein Mann aus dem Büro, kam auf ihn zu und stellte sich mit leichtem Südstaatenakzent vor: „Guten Abend, ich bin Pastor Joe Glenn."

Clay sprang auf und schüttelte die ausgestreckte Hand des Pastors: „Clay McCain."

„Es tut mir Leid, dass ich Sie so lange warten ließ, Mr. McCain", sagte der andere mit aufrichtigem Blick. „Ich war mitten in einem Telefongespräch, das ich einfach nicht abbrechen konnte."

Clay sah den Mann, der nur wenige Zentimeter kleiner war als er selbst, unsicher an. Er hatte kurz geschnittenes, rotes Haar, einen adretten Schnurrbart, trug einen braunen Anzug und Cowboystiefel und mochte etwa 50 Jahre alt sein. Sein Lächeln war so herzlich, dass Clay sich gleich etwas wohler fühlte.

„Aber jetzt habe ich Zeit. Kommen Sie doch mit in mein Büro und erzählen Sie mir alles, was Sie auf dem Herzen haben."

Clay nickte und folgte dem Mann in einen gemütlich eingerichteten Raum mit zahlreichen Grünpflanzen.

„Bitte, nehmen Sie doch Platz", sagte Glenn und deutete auf einen gepolsterten Stuhl. Er selbst setzte sich Clay gegenüber und wirkte ausgesprochen entspannt und offenherzig.

„Was kann ich für Sie tun?", fragte er freundlich.

Clay schlug die Beine übereinander. Er war völlig verkrampft. Sein ganzer Oberkörper zitterte. Es entging ihm nicht, dass Glenn betont darauf achtete, ihn nicht anzusehen, um ihn nicht in Verlegenheit zu bringen.

Clay versuchte zu sprechen: „Ich ... ich habe ein Alkoholproblem", fing er unsicher an. „Ich habe seit gestern nichts getrunken ... Deshalb zittere ich so."

Glenn sah ihn bekümmert an und nickte andeutungsweise.

Clay räusperte sich. „Aber deshalb bin ich eigentlich gar nicht hier. Ich bin zu Ihnen gekommen, weil ..." Sein Hals war wie zugeschnürt. Er machte einen erneuten Anlauf: „Ich bin hier, weil ich einen Rat brauche." Es war das erste Mal in über fünf Jahren, dass er zugab, dass er etwas brauchte. Genauso lange hatte er auch keinen Geistlichen mehr gesehen oder eine Kirche betreten. Als er nun jedoch Joe Glenn, einem Pastor, Symbol der Reinheit und Heiligkeit Gottes, gegenübersaß, bekam er wieder ernsthafte Zweifel an seinem Vorhaben. Er konnte den Gedanken an sein eigenes Fehlverhalten kaum ertragen. Musste er nicht damit rechnen, dass Gott ihn in seinem Zorn auf der Stelle vernichten und seine Seele in die Hölle werfen würde? Das Zittern nahm zu. Er begann zu husten, um den Kloß aus seinem Hals zu entfernen. Unbewusst rieb er seine Hände aneinander. „Ich … äh, ich …"

Tränen lösten sich aus seinen Augenwinkeln. „Ich bin ein sehr schlechter Mensch, Pastor Glenn. Ich … ich habe eigentlich gar kein Recht, hier zu sein."

Glenn zögerte nur kurz. „Erlauben Sie mir, Ihnen zu widersprechen, Mr. McCain. Sie sind hier an dem einzig richtigen Platz überhaupt."

Clay schüttelte verneinend den Kopf. „Nein, Sie können das nicht wissen, aber für mich gibt es keine Vergebung mehr. Es gibt … ich habe …" Seine Worte gingen in einem Schluchzen unter.

Glenn rückte etwas näher und berührte ihn an der Schulter. „Weinen Sie ruhig. Manchmal ist das ein guter Weg, um den Schmerz zu lindern. Aber eines müssen Sie wissen: Egal, was Sie getan haben, Gottes Vergebung ist größer. Er ist ein gnädiger Gott, sein Wesen ist Barmherzigkeit."

Clay konnte die alte Botschaft nicht mehr glauben, obwohl er sie selbst so oft gepredigt hatte. Wie sehr sehnte er sich danach, dass es wahr wäre, aber es konnte nicht sein, nicht in seinem Fall, das war unmöglich. Er erhob sich. Es war Zeit zu gehen.

Pastor Glenn blieb sitzen. „Gott hat angefangen, zu Ihnen zu reden. Hören Sie auf das, was er Ihnen zu sagen versucht, Mr. McCain."

Die Worte trafen Clay unvorbereitet. Gott versuchte, zu ihm zu reden? Der ewige, heilige, allmächtige Gott, Schöpfer des Himmels und der Erde, konnte sich doch nicht in die Niederungen der Sünde begeben, in denen er, Clay McCain, sich suhlte? Natürlich war Gott ein Gott der Vergebung und der Gnade, aber was Clay getan hatte, im vollen Bewusstsein von Gerechtigkeit,

Sünde und Gericht, das war so, als hätte er Gott verspottet, als hätte er Jesus noch einmal gekreuzigt.

„Nun haben Sie über eine Stunde auf dieses Gespräch gewartet – setzen Sie sich doch wieder hin!"

Erst jetzt fiel Clay auf, dass er stand. Er war so in seinen Gedanken gewesen … Mühsam konzentrierte er sich wieder auf den Pastor.

Glenn sah ihn ernst, aber wohlwollend an. „Sie wollten mich um Rat fragen. Nun erzählen Sie mir doch einfach, was Sie auf dem Herzen haben. Wir sind hier ungestört und haben viel Zeit …"

Er deutete auf Clays leeren Stuhl.

Dieser sah zuerst den Stuhl an, dann die Tür … Er schloss die Augen, öffnete sie wieder, blinzelte …

„Fangen Sie doch einfach ganz vorne an", drängte Glenn. „Nachdem Sie alles erzählt haben, kann ich Ihnen vielleicht einen Rat geben."

Clay setzte sich. Mit schwacher, trockener Stimme sagte er leise: „Gut, ich erzähle, die ganze Geschichte."

Das tat er, fast eine ganze Stunde lang. Er begann mit seiner ersten Begegnung mit dem Christentum, als er 20 Jahre gewesen war; berichtete von seiner großen Hingabe an den neugefundenen Weg, berichtete von Bibelschule, Hochzeit, Pastorenamt und schließlich von seiner Aussendung als Missionar. Auch die drei Kinder, die schwedische Gemeinde und seine theologische Entwicklung schilderte er. Dann kam er auf Anna Gessle zu sprechen.

„Im Nachhinein wurde mir klar", erklärte Clay, „dass ich zu dieser Zeit als Ehemann, Vater und Pastor so erfolgreich war, dass diese Rollen mir keine Herausforderung mehr boten. Es fiel mir so leicht, meine Aufgaben zu erfüllen, dass sich Stolz und Langeweile einschlichen. Ohne es zu merken, war ich blind geworden …"

Clay hielt inne. Er versuchte, die Zusammenhänge genau zu erfassen.

„Anna ist eine Frau, von der jeder Mann träumt. Da mich mein übriges Leben anödete, gestattete ich mir zum ersten Mal, seit ich Christ war, an Sex mit einer anderen Frau zu denken. Die Fantasien waren aufregend und verjagten die Langeweile. Je mehr Zeit ich mit Anna im Fitness-Center verbrachte, desto mehr Stoff hatten meine Gedanken. Dabei fühlte ich mich recht sicher. Niemand aus meiner Gemeinde besuchte das Studio, ich war 5 000 Kilometer von meinen Vorgesetzten und Geldgebern entfernt. Anna war eine verheiratete Frau und Mutter. Ich fühlte mich stark und hielt meine Gedanken für ungefährlich.

Aber dann begannen wir zu flirten. Zunächst sah alles immer noch sehr harmlos aus. Wir redeten über ihren Körper, den Sport, ihre Schönheit … Doch unsere Gespräche wurde immer anzüglicher."

Clay erklärte, wie es zu ersten Berührungen gekommen war, die immer mehr zunahmen, bis einer Affäre scheinbar nichts mehr im Wege stand. „Zwei oder drei Monate konnte ich der Versuchung noch widerstehen. Ich wollte meine Frau nicht betrügen. Aber schließlich war es zu viel. Ich war von der ganzen erotisch aufgeladenen Atmosphäre so außer Kontrolle, dass ich es geschehen ließ.

Von da an waren Anna und ich zwei bis drei Mal pro Monat zusammen. Unsere Affäre ging über drei Jahre, ohne dass unsere Familien davon wussten. Zunächst hatte ich ein unerträglich schlechtes Gewissen. Aber es wurde immer leiser und verstummte schließlich ganz. Ich kam an den Punkt, an dem es mich schließlich gar nicht mehr interessierte, dass ich mich falsch verhielt. Und hier beginnt erst die eigentliche Geschichte."

Clay hielt inne, um zu sehen, wie Glenn reagierte. Dieser saß reglos da.

Clay befeuchtete sich nervös die Lippen. Dann ging es weiter. Er erzählte, wie er Anika kennen gelernt hatte, beschrieb seine leidenschaftliche Liebe zu ihr, seine zunehmende Distanz zu seiner Familie und Gemeinde und sprach von Anikas Verlangen, mit ihm zusammen ins Ausland zu gehen.

„Es ist kaum zu glauben, aber …" Zum ersten Mal, seit er zu reden begonnen hatte, konnte Clay seine Gefühle nicht mehr kontrollieren. Die Tränen stürzten ihm förmlich aus den Augen. „Ich war wie irre, 13 Ehejahre, gute, glückliche Jahre … bedeuteten plötzlich nichts mehr …" Sein Schluchzen wurde heftiger. „Ich habe alles, was ich als gut und richtig erkannt hatte, mit

Füßen getreten und habe meine Frau, meine drei Kinder und die Gemeinde verlassen. Eines Morgens bin ich einfach aus ihrem Leben verschwunden. Sie ... sie haben nie wieder etwas von mir gehört."

Er weinte laut, schluckte und sprach weiter. Nun beschrieb er seine Reise über Mallorca nach Costa Rica, sprach von Anikas geerbtem Haus, ihrem Reichtum und ihrem dekadenten Lebensstil.

„Ich ließ kein Vergnügen aus und machte alles mit, was sich mir bot. Aber ich habe in den sieben Jahren jeden Tag an meine Frau und meine Kinder gedacht. Es vergeht kein Tag ..."

Clay verbarg sein schmerzverzerrtes Gesicht in den Händen. Eine Zeit lang konnte er nicht weitersprechen. Als er sich wieder etwas beruhigt hatte, erzählte er von der Trennung von Anika, seinem sich verschlimmernden Alkoholproblem und seiner schrecklichen inneren Leere.

Seine Stimme war kaum mehr als ein Flüstern. Müde schloss er die Augen. Die nächsten Sätze klangen, als hätte er sie schon Tausende Male hergesagt: „Ich habe nur noch den einen Wunsch: Ich möchte meine Frau und meine Kinder sehen und ihnen sagen, dass ... es mir Leid tut. Ich möchte wieder mit ihnen zusammenleben." Er hielt die Augen geschlossen, den Kopf gesenkt. Reglos verharrte er so, nur sein heftiges Atmen verriet die innere Erregung. Minuten verstrichen.

„Und?", fragte Glenn und Traurigkeit lag in seiner Stimme.

Clay blickte auf, fragend sah er Glenn an.

„Sie sagten zu Beginn, Sie seien hergekommen, weil Sie einen Rat bräuchten. Was ist nun Ihre Frage?"

Schmerz stand in Clays Gesicht. „Soll ich sie suchen", seine Stimme war nur noch ein Murmeln, „meine Frau und meine Kinder?"

Glenn setzte sich zurück. „Sie fragen mich, ob Sie nach all den Jahren Ihre Familie suchen und wieder in deren Leben treten sollen?"

Clay nickte.

„Weiß Ihre Familie, wo Sie sich aufhalten und dass Sie noch leben?"

Clay schüttelte den Kopf.

„Sie haben mir eine schwere, komplizierte Geschichte erzählt, Mr. McCain. Sie leiden schwer unter den Folgen Ihrer eigenen Entscheidungen. Es ist nicht einfach, Ihnen einen Rat zu geben. Sie haben vielen Menschen Leid und Schaden zugefügt."

Glenn schwieg nachdenklich. „Als meine Frau elf Jahre alt war, hat ihr Vater sich von ihrer Mutter scheiden lassen und ist aus ihrem Leben verschwunden. Bis heute hofft sie, dass er doch wieder auftaucht. Es kann sein, dass auch Ihre Frau und Ihre Kinder jeden Tag auf Ihre Rückkehr warten.

Es kann aber auch sein, dass Ihre Frau erfahren hat, wie lange Sie schon fremdgegangen sind. Vielleicht ist sie voller Hass und wünscht Ihnen den Tod. Ich kann nicht einschätzen, in welcher Verfassung Ihre Frau ist. Aber ich würde vermuten, dass sie sich inzwischen daran gewöhnt hat, ohne Sie zu leben. Wahrscheinlich hat sie den Schmerz verarbeitet und sich ihr Leben neu eingerichtet. Es ist mir wirklich nicht möglich, Ihnen einen Rat zu geben.

Einerseits würde ich Ihnen am liebsten sagen: Gehen Sie so schnell wie möglich zum Flughafen und fliegen Sie zu Ihrer Frau. Andererseits: Angesichts der vielen Jahre, die verstrichen sind, wäre es auch vernünftig zu sagen: Finden Sie sich mit den Tatsachen ab und hören Sie auf zu träumen." Glenn schwieg, um seine Worte auf sein Gegenüber wirken zu lassen. Dann sprach er sachlich weiter: „Mr. McCain, Sie sind Alkoholiker. Nach allem, was ich weiß, bedeutet das, Sie werden *immer* ein Alkoholiker sein. Wenn Sie als Trinker in Ihre Familie zurückkehren, werden Sie dort weiteres Leid verursachen." Glenn sprach langsam weiter, um seinen Worten Gewicht zu verleihen. „Das wollen Sie doch nicht, oder? Um Ihrer Familie willen ..."

Clay reagierte, als habe ihm Glenn einen schweren Schlag zugefügt. Seine Augen verdrehten sich vor Schmerz. Er hörte, dass Glenn immer noch redete, verstand aber nichts mehr. Leise sprach er vor sich hin: „Ich würde weiteres Leid verursachen. Das will ich nicht." Tief in seinem Inneren glaubte er, dass sein Gegenüber Recht hatte. Seine Hoffnungen und Träume waren zunichte.

Mühsam richtete er sich auf. Er wollte so schnell wie möglich weg von hier.

Glenn versuchte, höflich zu sein, erhob sich ebenfalls, legte seinen Arm um Clays Schulter und begann ein wortreiches Gebet. Dann sagte er abschließend: „Gott bietet Ihnen immer noch seine Vergebung an, Mr. McCain. Ihre Sünde ist nicht größer als seine Gnade. Vergessen Sie das nie!"

Clay strebte nach draußen. Er würde es nie vergessen.

*

Die nächsten drei Tage verbrachte Clay in seiner Hütte und betrank sich bis zur Besinnungslosigkeit.

Am Morgen des vierten Tages wurde er plötzlich wieder nüchtern. Während langsam die Sonne am Horizont aufstieg, traf er seine Entscheidung.

Mit aller Willens- und Körperkraft, die ihm noch zur Verfügung stand, schwor er sich selbst, dass er seine Frau und seine Kinder wieder sehen würde. Egal, wie viel Scham und Schande er auf sich gehäuft hatte, auch wenn die ganze verdammte Welt ihm davon abriet – er würde seine Familie finden.

Er *würde* sie wieder sehen.

39

Eines Samstagmorgens saß Rachel am Küchentisch und brütete über einem 17-seitigen Fragebogen. „Wann hatten Sie zuletzt brieflichen, telefonischen oder sonstigen Kontakt mit Ihrem Ehepartner?" Rachel spielte mit ihrem Kugelschreiber und blickte vor sich hin.

Es war vor sieben Jahren und drei Wochen gewesen, 1989 in Stockholm, als sie zum letzten Mal neben Clay geschlafen hatte. Seit er an jenem Morgen aus ihrem Leben verschwunden war, hatte sie nie wieder ein Lebenszeichen von ihm erhalten.

Endlich erfüllte sie die Voraussetzungen, die für eine Scheidung in Abwesenheit des Partners nötig war. Sie lebte seit zwei Jahren im Staat New York und hatte dem Gericht durch umfangreiche Suche im Militärregister, bei den Strom-, Gas- und Wasserwerken des Landes, bei der Zulassungsstelle und den Telefongesellschaften nachgewiesen, dass der Aufenthaltsort ihres Mannes unbekannt war.

Am Montag wollte sie die Formulare bei Gericht abgeben. Dies war für sie nur ein weiterer Schritt, um die Vergangenheit mit Clay McCain endgültig abzuschließen. Sie rechnete damit, schon bald die Scheidungsurkunde in den Händen zu halten.

Während sie auf das Formular starrte, musste sie die trüben Gedanken abwehren, die dem früheren Leben nachtrauern wollten.

„Stimmt was nicht?", war plötzlich Summers Stimme zu hören. „Du guckst so komisch."

Rachel hob den Blick und beobachtete ihre Große, die sich ein Brot schmierte. „Danke, es ist alles in Ordnung. Ich habe gerade nur noch mal über die Vergangenheit nachgedacht."

„Ich habe nur eine einzige Erinnerung an diesen Mann", erklärte Summer, „und das ist die, dass er uns allen sehr wehgetan hat." Sie redete so ungezwungen, als sei sie mit einer Schulkameradin zusammen. „Er hat es nicht verdient, dass du noch länger auf ihn wartest. Meiner Meinung nach ist er es auch nicht wert, dass du dich überhaupt an ihn erinnerst." Mit diesen Worten verschwand sie wieder im Wohnzimmer.

Rachel konnte ihre Tochter verstehen. Auch wenn sie noch immer lieblos und hart über ihren Vater sprach, so klang dies heute doch schon viel weniger destruktiv als noch vor wenigen Jahren. Aber auch wenn Summers Wut deutlich nachgelassen hatte, hegte sie dennoch von allen drei Kindern immer noch den größten Groll gegen Clay.

Am vorangegangenen Abend hatte Rachel sich nach dem Essen mit den Kindern zusammengesetzt und ihnen mitgeteilt, dass sie am Montag die Scheidung einreichen würde. Summer hatte mit lautem Jubel reagiert, während Holly eher unsicher wirkte. „Wenn du meinst, dass er nie wieder zurückkommt, dann ist das wohl das Beste", hatte sie zögernd eingeräumt.

Justin, der sich nicht an seinen Vater erinnern konnte, hatte nur die Achseln gezuckt. „Von mir aus", war seine kindliche Reaktion gewesen.

Rachel blätterte seufzend durch die Seiten des Fragebogens. Auch wenn sie jetzt wieder von wehmütigen Erinnerungen eingeholt wurde, war sie sich doch sicher, dass sie die richtige Entscheidung traf. Vor dem Hintergrund dieser Gewissheit konnte sie mit großem Vertrauen für ihre Kinder beten. Sie wünschte sich, dass Gott die Scheidung dazu gebrauchen würde, ihren Kindern noch mehr Sicherheit und Klarheit zu geben, ihre Vergangenheit zu überwinden und möglichst unbeeinträchtigt in die Zukunft zu gehen.

Dann betete sie für sich selbst. Sie war so dankbar für all die Hilfe, die sie in den vergangenen Jahren erfahren hatte, für die fortschreitende Heilung ihrer eigenen Seele und für die Kraft und Möglichkeit, jetzt diesen klärenden Schritt gehen zu können. Weiter betete sie dafür, dass Gott ihr in Bezug auf Grayson seinen Willen zeigen würde. Seit Monaten betete sie schon dafür. Sie wollte mit Gottes Hilfe die richtige Entscheidung treffen.

Seit drei Monaten flog Grayson alle 14 Tage übers Wochenende nach New York, um mit ihr und den Kinder zusammen zu sein. Sie hatte diesen Besuchen zugestimmt, weil sie sehen konnte, dass sich seit seiner Entscheidung für Jesus im vergangenen Dezember vieles verändert hatte. Er hatte begonnen, die Welt mit anderen Augen zu sehen. „In all den Jahren, in denen ich mein eigener Herr war, konnte ich meine Bitterkeit nicht überwinden", erklärte er mit Bedauern und war froh, jetzt endlich den Schlüssel zur Bereinigung seiner Vergangenheit gefunden zu haben.

Seit er Jesus zum Herrn seines Lebens erklärt hatte, hatte er sich auch geistlich so sehr verändert, dass Rachel ihn auch in dieser Hinsicht bewunderte, während sie bisher vor allem Respekt und Achtung für ihn empfunden hatte. Trotzdem schritt sie in der Beziehung zu ihm immer noch sehr behutsam voran. Ihr Verstand sollte das Tempo vorgeben, nicht ihr Herz. Glücklicherweise hielt sich Grayson bis heute daran, sie zu nichts zu drängen, und berücksichtige ihren Wunsch nach Nähe *und* Distanz sorgfältig.

Summer und Justin waren weniger zurückhaltend als Rachel. Sie waren von Grayson restlos begeistert und hofften schon seit einer ganzen Weile, dass Rachel und Grayson bald heiraten würden.

Im letzten Sonntagmorgengottesdienst war es ein schöner Anblick gewesen, als Justin während der Predigt auf Graysons Schoß eingeschlafen war, den Kopf auf dessen Schulter liegend, sein Ärmchen um Graysons Hals, mit einem Lächeln im Gesicht. Sie sah ihren schlafenden Sohn an. Wie sicher und geborgen er sich bei Grayson fühlte! Als sie später zum Mittagessen in ein Restaurant fuhren, erklärte Justin: „Dies war der beste Gottesdienst seit langem."

Seufzend wandte sie sich wieder ihrem Fragebogen zu. „Wann war der Zeitpunkt des letzten Kontaktes?"

Energisch schob sie die Erinnerungen an die Vergangenheit samt den Gedanken an die Zukunft zur Seite und ging den Fragebogen Punkt für Punkt durch. Am nächsten Morgen, auf dem Weg zur Schule, warf sie ihn in den Briefkasten des Gerichts.

40

„Sind Sie sicher, dass Sie heute schon den vollen Betrag bezahlen wollen?", fragte die Dame im Reisebüro erstaunt.

„Ja, das bin ich."

Sie sah Clay in seinen abgewetzten Jeans und dem schmutzigen T-Shirt skeptisch an.

„Es sind aber noch vier Monate bis zum geplanten Abflugtermin."

Clay erwiderte in seinem besten Spanisch: „Ich bin mir darüber im Klaren, dass heute der 28. August ist. Bis zu meinem Flug am 26. Dezember sind es zwei Tage weniger als vier Monate. Ich werde jetzt den gesamten Betrag in bar bezahlen."

„Wie Sie wünschen." Endlich stellte sie ihm das Ticket aus und machte die Rechnung fertig. Es war ein One-Way-Ticket von San José nach Atlanta, Georgia. Seit Anfang Juni hatte er dafür gearbeitet. Nie in seinem Leben hatte er so hart arbeiten müssen. 102 Tage lang war er ununterbrochen nüchtern geblieben. Tagsüber hatte er Rasen gemäht, abends Geschirr abgewaschen und Toiletten geputzt.

Stolz zählte er der Dame die Scheine vor.

Dieses Geld zu verdienen war ihm auch körperlich sehr, sehr schwer gefallen, nicht nur wegen des Alkoholentzuges, auch seine Gesundheit war nicht immer die beste gewesen. Immer wieder hatte es Tage gegeben, an denen er mit Übelkeit zu kämpfen gehabt hatte, und er hatte immer weiter an Gewicht verloren. Die körperliche Arbeit war ihm extrem schwer gefallen. Er hatte sich oft sehr schwach gefühlt und nur langsam arbeiten können.

Aber er hatte es geschafft. Während er sein Ticket bezahlte, standen ihm Tränen der Dankbarkeit in den Augen. Er hatte solche Angst gehabt, dass es ihm nie gelingen würde, diesen Betrag zusammenzusparen, oder dass er wieder rückfällig werden würde. Aber jetzt hatte er es geschafft. Jetzt konnte er das Geld nicht mehr in Alkohol umsetzen; das Ticket war bezahlt.

Nun kam die zweite Etappe seiner großen Anstrengung. Bis Dezember wollte er weiterhin so viel wie möglich arbeiten, um mit einem kleinen Startkapital in den Staaten anzukommen. Er würde sich ein altes Auto kaufen müssen und Benzin, Essen und ein paar Kleidungsstücke mussten bezahlt werden. Doch abgesehen von dem materiellen Aspekt wollte er die nächsten vier Monate auch nutzen, um weiterhin „trocken" zu bleiben. Er musste sich selbst beweisen, dass er die Abhängigkeit überwunden hatte. Mit jeder Faser, die in ihm war, hatte er sich geschworen, nie wieder in die Sucht zu geraten.

Nach seiner Ankunft auf amerikanischem Boden würde er zuerst Kontakt mit seinem Schwiegervater in Atlanta aufnehmen und von ihm in Erfahrung bringen, wo Rachel und die Kinder wohnten. Dann würde er seine Eltern in Florida besuchen und hoffentlich bei ihnen wohnen können, um von dort aus die weiteren Schritte unternehmen zu können. Dabei machte er sich keine Illusionen: Weder sein Schwiegervater noch seine Eltern würden ihn mit offenen Armen empfangen. Dazu hatte er in allen Rollen zu sehr versagt.

Auf dem Weg zu seiner Arbeitsstelle rollten ihm wieder einmal Tränen über die hohlen Wangen. Wie sehr sehnte er sich nach Gottes Vergebung. Wie gerne wollte er Pastor Glenns Worten Glauben schenken und für sich in Anspruch nehmen, dass Gottes Güte größer wäre als seine Schuld. Aber die Angst lähmte ihn. Was, wenn auf sein Gebet nur Schweigen folgen würde?

Entschlossen stieß Rachel die schweren eisenbeschlagenen Portale des alten Gerichtsgebäudes auf und stieg die breiten Stufen zum dritten Stockwerk hinauf. Vor dem Zimmer, in dem sie sich einfinden sollte, saßen bereits mehrere Personen und warteten. Sie setzte sich dazu.

Vor zwei Tagen hatte sie die schriftliche Benachrichtigung erhalten, dass über ihren Scheidungsantrag entschieden worden sei und man ihr die Urkunde nur persönlich gegen Vorlage eines gültigen Ausweises aushändigen würde. Sie hatte daraufhin heute die letzte Schulstunde frei genommen, um rechtzeitig vor Schalterschluss hier sein zu können.

Warum war sie bloß so nervös? War es die strenge Erhabenheit des Gerichtsgebäudes, in dem jeden Tag so viele schwer wiegende Entscheidungen gefällt wurden? Hatte sie Zweifel, ob ihrem Antrag stattgegeben worden war? War es Bedauern über den Gegenstand ihres Antrags – die Scheidung von Clay? Sie konnte ihre Gefühle nicht einordnen.

Tief in ihrem Inneren hatte sie die Hoffnung auf Clays Rückkehr nie ganz aufgegeben. Auch die Liebe zu ihm war noch nicht ganz erloschen. Wahrscheinlich würde sie mit einem Teil ihres Herzens nie aufhören, ihn zu lieben. Während sie dort im Gericht darauf wartete, dass sie an die Reihe kam, betete sie leise für Clay, wie sie es in den vergangenen Jahren immer wieder getan hatte. Wo er auch sein mochte, was er auch tat, mit wem er auch zusammen war – sie betete, dass Gottes bedingungslose Gnade sein Leben berühren, erlösen und heilen würde.

Dann war sie endlich an der Reihe.

Sie legte die Benachrichtigung samt Ausweis vor, und nach wenigen Fragen, einigen Unterschriften und Entrichtung einer geringen Gebühr hielt sie das Dokument samt amtlich beglaubigten Kopien in Händen. Erst als sie den Raum verlassen hatte, fiel ihr auf, dass sie den Inhalt des Papiers noch gar nicht gelesen hatte. War sie jetzt geschieden? Sie setzte sich auf eine der leeren Bänke im Flur des Gerichtsgebäudes, atmete tief durch und holte das Schriftstück noch einmal aus dem Kuvert.

Die Ehe von Clay Alexander McCain und Rachel Ilene Ward, geschlossen in Marietta, Georgia, am 26. Juni 1976, wird heute, am 22. August 1996, offiziell in Abwesenheit des Mannes geschieden.

Unterschrieben hatte ein Richter namens Joseph Pallock.

Mit einem Seufzer legte sie das Blatt zur Seite. Sie wäre überrascht und verärgert gewesen, wenn ihr Antrag abgelehnt worden wäre, zumal sie im Vorfeld schon eine Menge bürokratischer Hürden hatte nehmen und viele Unterlagen hatte zusammentragen müssen. Was sie eher überraschte, war die Traurigkeit, die sich auf sie legte, während sie die knappen Sätze las. Die Scheidung war doch ein endgültiger, unwiderruflicher Schritt, der schwer wog und ein langes Kapitel ihres Lebens beendete.

Sie saß einige Minuten reglos da, vergaß ihre Umgebung und dachte über das endgültige Ende ihrer zunächst so glücklichen Ehe nach.

Wieder zu Hause, erzählte sie den Kinder von der Scheidung und zeigte ihnen die Urkunde. Erst am Abend, als die Kinder schon schliefen, schloss sie die Schlafzimmertür, legte ihre Lieblings-CD in die Stereoanlage, zog ihren Ehering aus und legte ihn zuunterst in die Schmuckdose, zu den wertvollen Gegenständen, die sie selten oder nie trug. Dann saß sie etwa eine halbe Stunde lang ganz still da und dachte an Clay, an all das Gute und Schöne, das sie mit ihm erlebt hatte.

Anschließend rief sie Grayson an. Mit feierlicher Stimme machte sie ihm die Mitteilung: „Jetzt ist es offiziell vorbei. Ich bin eine geschiedene Frau.“

Sie hörte sich Graysons Antwort an, dann erwiderte sie ernst: „Ja, Mr. Cole, ich bin jetzt wieder frei. Selbstverständlich dürfen Sie mich am kommenden Wochenende zum Essen ausführen."

Dankbar hörte sie zu, wie Grayson sich freute und ihr wieder erklärte, wie sehr er sie liebe.

„Ich liebe dich auch, Grayson", sagte sie dann. Es war das erste Mal, dass Grayson diese Worte von ihr hörte. Jetzt endlich konnte Rachel sie aus tiefstem Herzen sagen.

Ihr Herzschlag setzte für einen Moment aus, als sie hörte, wie Grayson vor Freude zu weinen begann.

41

Clay saß auf der Bank einer Bushaltestelle, blickte gedankenverloren auf den Verkehr, der sich langsam an ihm vorbeiwälzte, und aß einen Hamburger.

Er hatte noch eine Stunde, bis er sich wieder zum Geschirrspülen in der Hotelküche einzufinden hatte, in der er seit Monaten jeden Abend arbeitete. Heute war ein guter Tag: Außer seiner Gärtnerarbeit am Vormittag hatte er am Nachmittag noch in einem Privathaus einige Malerarbeiten durchführen und zusätzliches Geld verdienen können.

Während er sein Abendbrot verzehrte und sich ein bisschen zu erholen versuchte, tauchte ein LKW auf, der eine riesengroße Werbung an seiner Seitenwand trug. Direkt vor Clays Augen rollte das Bild vorbei: Ein gut gekleideter Mann im besten Alter saß mit seiner Familie und einigen Freunden vor dem reich gedeckten Tisch im festlich geschmückten Weihnachtszimmer. Er konnte seiner Familie und seinen Freunde in der Weihnachtszeit die köstlichsten Leckereien bieten, die er selbstverständlich nur bei der Ladenkette kaufte, von der diese Werbung stammte.

Die Erinnerungen an vergangene Weihnachtsfeste tauchten vor Clays innerem Auge auf. Früher war er ein solcher Mann gewesen, der gut für seine Familie gesorgt hatte. Darüber hinaus hatte er viele fröhliche Gemeindeweihnachtsfeste organisiert, hatte in vollen Kirchen die Weihnachtsbotschaft verkündigt und viele Zeichen der Dankbarkeit von seinen Gemeindemitgliedern erhalten. Damals hatte er gewusst, wozu er auf dieser Welt lebte, er war vielen Menschen ein Vorbild gewesen, ein angesehener, vertrauenswürdiger Mann. Sein Leben war durch seine Frau und ihre drei Kinder erfüllt und es war in einem Kreis von Freunden, Unterstützern, Mitarbeitern und Kollegen fest verankert.

Er sah auf seine zerschlissene, von Farbe bekleckerte Jeans. Heute hatte sein Leben keinen Sinn und keine Aufgabe mehr und er hatte keine Freunde. Selbst die Leute, die ihn durch die Arbeit kannten, mieden ihn in ihrer Freizeit. Es gab in seinem Leben nur noch ein Ziel, das ihn aufrecht hielt und ihm die Kraft gab, zu arbeiten, dem Alkohol zu widerstehen und weiterzuleben: Er träumte davon, wieder mit seiner Frau und den Kindern vereint zu sein.

Clay hob den Blick – wohin er auch sah, fiel ihm plötzlich Weihnachtsdekoration auf. Schaufenster, Wohnungen, Werbeplakate, Straßenbeleuchtung – alles wies auf das herannahende Fest hin. Ihm war, als sei er der einsamste und freudloseste Mensch in ganz Costa Rica.

Er aß den letzten Hamburger-Bissen, knüllte das Papier zusammen und stand auf. Noch zwei Wochen, dann würde er für immer in die Staaten fliegen. Das Ticket trug er in seiner Brieftasche immer bei sich, ebenso wie sein Erspartes, das für die hiesigen Verhältnisse schon ganz ordentlich war.

*

Sie kamen von einer Weihnachtsfeier der Gemeinde und standen auf dem verschneiten Gehweg, der zum Parkplatz führte. Rachel sah lange auf ihre Hand. An ihrem Finger steckte ein zierlicher Ring, der ihr soeben von Grayson überreicht worden war. Im matten Mondlicht funkelte ein kleiner Diamant. Prüfend sah sie Grayson an. Die Worte klangen ihr noch in den Ohren: „Willst du mich heiraten?“

Sie hatte diese Frage schon seit einigen Wochen erwartet. In der letzten Zeit hatten sich ihre Gespräche immer mehr um eine mögliche gemeinsame Zukunft gedreht. Sie hatten über ihre gegenseitigen Erwartungen an die Ehe gesprochen, über ihre charakterlichen Unterschiede, über den richtigen Umgang mit unterschiedlichen Standpunkten und richtiges Streiten, über ihren Glauben, Zukunftsträume, Umgang mit Geld, Karrierepläne, Erziehungsprinzipien, über eventuelle gemeinsame Kinder und den zukünftigen Wohnort.

Rachel hatte große Angst davor gehabt, bei dieser wichtigen Entscheidung einen Fehler zu begehen. Doch auch aus den Gesprächen mit Jason hatte sie keine Warnung heraushören können. In den sechseinhalb Jahren, die sie Jason nun schon kannte, hatte sie ihn oft um Rat gefragt und stets von seiner zurückhaltenden, aus großer Lebenserfahrung gewonnenen Weisheit profitiert.

Grayson sah sie gespannt an, aber Rachel ließ sich Zeit. Ihre Gedanken drehten sich um ihre wiedergewonnene Fähigkeit, andere Menschen zu lieben, trotz des Risikos, verletzt, enttäuscht oder verlassen zu werden. Auch das war ein Ergebnis von Jasons Investition in ihr Leben. Sie hatte in letzter Zeit immer öfter gewagt, sich auf Freundschaften einzulassen, und war bis jetzt zum Glück nicht enttäuscht worden. Sollte sie nun den großen Schritt gehen und eine Ehe riskieren? Ja, sie hatte sich lange und sorgfältig darauf vorbereitet. Es sprach nichts mehr dagegen.

„Grayson", kam endlich ihre Antwort, „du hast mir über die Jahre wirklich bewiesen, wie sehr du mich liebst. Deine Geduld mit mir hat mich sehr beeindruckt. Du hast dich um mich bemüht, ohne mich zu bedrängen." Dann umarmte sie ihn und flüsterte ihm den nächsten Satz ins Ohr: „Ich habe dich als Freund lieben gelernt, und jetzt, ja, jetzt will ich dich als Ehemann lieben lernen."

Einige Atemzüge lang umarmten sie sich reglos und so fest, wie es die dicken Wintermäntel zuließen. Dann explodierte bei Grayson die Freude. Endlich, endlich … das Warten hatte sich gelohnt! Er hob Rachel auf seine Arme und tanzte mit ihr durch den Schnee. Rachel hielt sich lachend an ihm fest. Als er sie wieder absetzte, küssten sie sich lange und innig.

Plötzlich war es Rachel, als hörte sie Beifall. Sie wollte das Geräusch ignorieren, doch es schwoll an. Die beiden lösten sich voneinander und sahen, dass die halbe Gemeinde unter dem Vordach des Gebäudes stand, aus dem sie eben gekommen waren. Alle winkten und klatschten, manche pfiffen und grölten. Jason war unter ihnen, Daytona und viele andere gute Freunde. Rachel errötete bis unter ihre Mütze, Grayson legte die Hände um den Mund und rief: „Habt ihr das gehört? Sie hat Ja gesagt! Sie wird mich heiraten!"

„So etwas Ähnliches hatten wir uns schon gedacht", antwortete Jason und wieder applaudierten alle. Rachel winkte ihnen zu, dann führte Grayson sie zu seinem Wagen. Auf der Rückbank lag ein großer Strauß dunkelroter, langstieliger Rosen.

„Den hättest du auf jeden Fall heute bekommen, egal, was du gesagt hättest", grinste er und überreichte ihr die Blumen. Rachel war um eine Antwort verlegen und stotterte einen Dank, doch Grayson erklärte fröhlich: „Du hast schon genug gesagt. Mehr will ich heute gar nicht von dir hören."

Lachend begleitete er sie zu ihrem Wagen. „Wollen wir es deinen Kindern erzählen?", fragte er und bat sie, noch mitkommen zu dürfen.

So standen sie wenig später in Rachels Wohnung, riefen die Kinder zusammen und erzählten ihnen die Neuigkeit. Summer und Justin freuten sich erwartungsgemäß sehr, während Holly etwas zurückhaltend, aber auch freundlich reagierte. Summer holte die größte Vase aus dem Schrank und stellte die Rosen ins Wohnzimmer.

In den nächsten Tagen wurden eifrig Pläne geschmiedet. Es gab nun viel zu entscheiden und zu organisieren. Grayson würde Atlanta verlassen und nach New York ziehen. Beruflich stellte dies für ihn kein Problem dar; er konnte sich dorthin versetzen lassen. Seine Kinder waren inzwischen schon aus Atlanta weggezogen; der Ältere war zur Armee gegangen und in Kalifornien stationiert, der Jüngere hatte angefangen, an einer Universität in Indiana zu studieren. Es gab für Grayson keinen Grund mehr, in Atlanta zu bleiben.

Als Termin legten sie den 8. März 1997 fest, was ihnen noch mehr als zwei Monate Zeit ließ für die Vorbereitungen. Und auch über den Ort bestand kein Zweifel: Sie würden in der *Liberty International Church* in New York heiraten.

42

Clay McCain stieg aus dem Flugzeug, ging durch die kurze Unterführung und stand dann im *Hartsfield International*-Flughafen von Atlanta. Es war der 26. Dezember. Er trug nagelneue Kleidung, hatte die Haare kurz geschnitten und war sorgfältig rasiert. Trotzdem war ihm nicht wohl in seiner Haut und er atmete in kurzen, keuchenden Stößen. Nach über elf Jahren stand er zum ersten Mal wieder auf amerikanischem Boden.

Langsam folgte er dem markierten Weg. Sein Gepäck bestand nur aus einer leichten Sporttasche, die er mühelos tragen konnte. Trotzdem breitete sich ein Zittern über seinen Körper aus, das ihm das Gehen fast unmöglich machte. Er hielt inne, lehnte sich gegen die Wand und ließ die anderen Passagiere vorbeigehen. Mit der Tasche zwischen den Füßen sah er sich um.

Ja, das war der Flughafen von Atlanta. Er war in Atlanta! Hier war er zu Hause, das war seine Heimat.

Er versuchte, normal weiterzuatmen, doch eine Flut von Gedanken, Gefühlen und Erinnerungen wollte ihn unter sich begraben. Hier war er Kind gewesen, hatte als Achtjähriger an Seifenkistenrennen teilgenommen, mit elf Jahren hatte er als Pfadfinder zum ersten Mal im Freien übernachtet und an einem Lagerfeuer am Fuße der *Stone Mountains* Würstchen gebraten. Mit zwölf Jahren war er zum ersten Mal im Kino gewesen. Er erinnerte sich vor allem an das leckere Popcorn. Die Pfannkuchen-Wettessen, die seine Mutter für ihn und seine Freunde veranstaltete, gewann er immer.

Dann die Schulzeit. Pickel wurden zu einem quälenden Problem, Sport nahm eine wichtige Rolle ein. Mit 17 nahm ihn sein Vater zum ersten Mal ins Footballstadion mit. Dann übte er mit dem alten Wagen seiner Eltern auf leeren Parkplätzen Autofahren. Auf den erfolgreichen Schulabschluss folgten die Jahre als junger Erwachsener. Zwei Jahre studierte er am technischen Institut in Atlanta, dann wurde er Christ und sein bisheriges Denken wurde völlig auf den Kopf gestellt. Er schloss sich der *North Metro Church* an und wurde unter Pastor Lovetts Leitung zum Pastor ausgebildet. Gleichzeitig lernte er Rachel Ilene Ward kennen.

Rachel Ilene Ward.

Hier, in dieser Stadt, hatte er das alles erlebt.

Mittlerweile breitete sich das Zittern auch über Hals und Schultern aus. Er zwang sich, seine Tasche zu nehmen, weiterzugehen und die Erinnerungen zurückzudrängen. Er versuchte, sich mit den Dingen abzulenken, die jetzt in sein Blickfeld kamen: die großen Werbetafeln, die riesige Glasfront, draußen die monumentalen Bauwerke. Alles erschien ihm groß, protzig und sehr wohlhabend. Er verstand die Vorurteile, die man in anderen Ländern gegenüber Amerika hegte.

Bloß nicht stehen bleiben, den Gefühlen nicht mehr nachgeben – er folgte dem Strom der Passagiere, ging durch den Zoll und schob sich durch die Menge der sich bereits begrüßenden Menschen. Blumen, Geschenke, Umarmungen und Tränen der Wiedersehensfreude – nicht für ihn.

Ohne noch einmal stehen zu bleiben, fuhr er die Rolltreppe zur elektronisch gesteuerten Flughafenbahn hinunter. Er war in Halle E angekommen und wollte zum Hauptausgang. Während er sich unter die anderen Wartenden mischte, fiel ihm auf, dass es früher nur die Hallen A bis D gegeben hatte. Offensichtlich war der Flughafen erweitert worden. Ob er immer noch der größte Flughafen der Welt war?

Eine automatische Ansage kündigte den nächsten Zug an. Sekunden später glitt dieser heran, bremste und öffnete seine Türen. Clay stieg ein und suchte nach einer Stange zum Festhalten. Eingeklemmt zwischen den Körpern der anderen Passagiere, fiel ihm auf, dass die Amerikaner nicht nur reicher waren als der überwiegende Rest der Welt, sie waren auch lauter und dicker. Widerlich dick waren sie.

Während der Zug anfuhr und schnell an Geschwindigkeit gewann, schämte er sich gleich wieder für seine Gedanken. Ausgerechnet er mit seinem erbärmlichen Untergewicht wollte über die anderen ein Urteil fällen? Wahrscheinlich lebten sie alle in Familien und kümmerten sich gewissenhaft um ihre Angehörigen.

Sie fuhren durch die Hallen D, C, B und A und es wurde

immer voller in dem Wagen. Clay versuchte, sich auf seine nächsten Schritte zu konzentrieren. Als Erstes würde er einen Bankschalter suchen und sein Erspartes in Dollar umtauschen. Dann würde er für einen Tag den billigsten Wagen mieten, den er würde finden können, nur um damit die Gebrauchtwagenhändler abklappern und ein günstiges Auto kaufen zu können.

Die elektronische Ansage kündigte die letzte Halle mit der Gepäckausgabe und dem Ausgang an. Clay griff nach seiner Tasche und ließ sich in der Menge über die Rolltreppe nach oben schieben. Ein riesiges, grünes Banner war über der Treppe gespannt: „Bürgermeister Bill Campbell heißt Sie in Atlanta, dem Gastgeber der Olympischen Spiele 1996, herzlich willkommen". Kaum war Clay unter dem Banner hindurchgegangen, sah er schon die Bankschalter und Mietwagenhändler. Er legte sein Erspartes vor. Vier Monate lang hatte er täglich 12 bis 14 Stunden gearbeitet, nüchtern, ehrlich und fleißig. Dafür erhielt er jetzt etwas mehr als 1 000 Dollar.

Das war kein großer Reichtum, aber für den Anfang würde es reichen. Zufrieden verstaute er die Scheine.

Dann ging er zu dem am billigsten aussehenden Mietwagenhändler. Die Angestellten waren alle beschäftigt, also wartete er. Auf den Werbetafeln war als Minimum ein Tagespreis von 34 Dollar angegeben. Wie viel wäre das, wenn er Steuern, Benzin und Versicherung hinzurechnete?

„Guten Tag, mein Herr, womit kann ich Ihnen dienen?", unterbrach eine freundliche Dame seine Gedanken. Er trat näher und erklärte, was er wollte: das billigste verfügbare Auto für weniger als 24 Stunden.

Sie nickte, griff nach einem Formular und meinte beiläufig: „Dann brauche ich Ihre Kreditkarte und den Führerschein."

„Ich zahle in bar", erklärte Clay und legte seinen neu erworbenen internationalen Führerschein vor.

„Tut mir Leid, Sie können bei uns nur mit Kreditkarte bezahlen."

„Sie nehmen kein Bargeld?", fragte Clay zurück und vermutete, er hätte die junge Frau falsch verstanden.

„Nein, nur Kreditkarten. Das ist in unserer Branche grundsätzlich so. Sehen Sie, wir überlassen Leuten, die wir überhaupt nicht kennen, Fahrzeuge im Wert von einigen 10 000 Dollar. Wenn wir sehen, dass der Betreffende eine gültige Kreditkarte besitzt, dann wissen wir zumindest, dass er kreditwürdig ist. Aus Sicherheitsgründen ist das für uns sehr wichtig."

„Aber was ist mit Leuten wie mir, die keine Kreditkarte besitzen?"

Seine letzte Karte hatte er in Schweden zurückgelassen, damit Rachel über ihr Konto verfügen konnte. Die Karte von Anika, die er dann hatte benutzen dürfen, hatte diese natürlich bei ihrer Trennung wieder an sich genommen.

„Tut mir Leid", erklärte die Dame trocken.

„Und was ist mit den anderem Firmen?"

„Nun, da es sich um eine staatliche Vorschrift handelt, gilt sie für alle Mietwagenhändler im ganzen Land."

Clay war mehr als frustriert. Sollten seine Pläne schon gleich am Anfang scheitern? Sicherheitshalber ging er noch zu zwei weiteren Schaltern und erkundigte sich, ob er mit Bargeld einen Wagen mieten könnte. Doch es stimmte, was die junge Frau ihm erzählt hatte. Er bekam kein Auto.

Was nun? Ratlos schlenderte er an einem Souvenirladen, einem Zeitungskiosk und einem sehr schön dekorierten Blumenladen vorbei. Die Sache mit der Kreditkarte war ihm peinlich. Wenn es schon so anfing, musste er da nicht mit einer Menge weiterer Hindernisse rechnen? Es blieb ihm nichts anderes übrig, als einen Schritt nach dem anderen zu nehmen und Geduld mit sich zu haben. Natürlich passte er auf Anhieb nicht mehr in diese Gesellschaft. Er hatte ja auch lange im Ausland gelebt. Er versuchte, ruhig und gelassen zu bleiben, und ging nach draußen, wo ihm eine feuchte Hitze entgegenschlug und ihm die Luft zum Atmen nahm.

Rasch stieg er in das nächste Taxi ein.

„Bitte bringen Sie mich in eine Gegend, von wo aus ich zu Fuß mehrere Gebrauchtwagenhändler erreichen kann", erklärte er dem Taxifahrer.

Dieser überlegte einen Moment: „Da ist der Forest Park vielleicht ganz gut. In der Forest Parkway sind im Umkreis von etwa zwei Kilometern mindestens fünf Gebrauchtwagenhändler, vielleicht auch noch mehr."

Eine Viertelstunde später war Clay dort. Die Fahrt hatte seine ersten 22 Dollar aufgebraucht. Ein paar Stunden später hatte er sechs Gebrauchtwagenhändler abgeklappert und ging wieder zurück zum Ersten. Für 700 Dollar bekam er einen alten Wagen, der schon über 200 000 Kilometer gefahren war und dessen Windschutzscheibe auf der Beifahrerseite einen dicken Sprung hatte. Der Bezug des Fahrersitzes war so zerschlissen, dass die Füllung herausquoll, die Stoßstange war an einer Seite verbeult und zwei der vier Reifen hatten kein Profil mehr. Aber zwei Probefahrten ergaben, dass der Motor ohne Probleme ansprang, dass die Gänge sich leicht einlegen ließen und die Bremsen gut griffen.

Der Händler machte den Kaufvertrag fertig und erinnerte Clay daran, dass es verboten war, ohne Versicherung zu fahren. Clay hatte dem Mann aber schon erklärt, dass er vorübergehend nicht in der Lage war, eine Versicherung abzuschließen.

Dann bestätigte er dem Händler mit einer Unterschrift, dass dieser ihn auf dieses Gesetz hingewiesen hatte, und unterschrieb den Kaufvertrag.

„Nun brauche ich nur noch Ihre Adresse, um den Wagen anmelden zu können", meinte der Händler und Clay gab die Anschrift seines Schwiegervaters in Marietta an. Er hoffte, dass er sich richtig erinnerte.

„Gut, dann kann ich den Wagen auf Ihren Namen zulassen. Ich werde Ihnen die Papiere zusenden oder Sie können sie hier in sechs Tagen abholen."

„Ich hole sie ab", erklärte Clay schnell. Dann erhielt er die Schlüssel und wurde noch einmal daran erinnert, dass er die Kennzeichen bis Mai aktualisiert haben musste.

Endlich saß Clay hinter dem Steuer. Er fuhr als Erstes eine Tankstelle an und war angenehm überrascht, dass die Benzinpreise sich in den letzten Jahren kaum verändert hatten. Er tankte, füllte Öl nach und prüfte den Reifendruck.

Augenblicke später war er auf der Autobahn Richtung Norden unterwegs. Er würde bis nach Marietta durchfahren. Hoffentlich würde sein Schwiegervater ihm verraten, wie es Rachel und den Kindern ging.

43

Es war bereits dunkel, als Clay am Olympiastadion vorbei durch Atlanta fuhr. Er staunte, wie sehr sich die Stadt in den vergangenen elf Jahren verändert hatte. Die Häuser waren höher, die Straßen breiter geworden und die City hatte eine deutlich größere Ausdehnung.

Hier war in Beton gegossen, wie lang elf Jahre waren und wie viel in dieser Zeit geschehen konnte. Der Gedanke traf ihn hart.

Ob sich Rachel und die Kinder in den siebeneinhalb Jahren, seit er sie nicht mehr gesehen hatte, ähnlich deutlich verändert hatten? War sein Wunsch nach Versöhnung mit ihnen nach dieser langen Zeit nicht abwegig? War seine Hoffnung nichts weiter als ein verrückter Traum? Er schob die Gedanken entschlossen zur Seite und konzentrierte sich auf den Verkehr.

Endlich kam die Abfahrt nach Marietta. Er verließ sich auf sein Gedächtnis und konnte sich von Kreuzung zu Kreuzung wieder an den einstmals vertrauten Weg erinnern.

An einer neu gebauten Unterführung und einigen Gebäuden, die ihm fremd waren, hätte er fast die Orientierung verloren. Aber bald stimmte alles wieder und er fuhr zielsicher bis vor die Tür seines Schwiegervaters.

Plötzlich bekam er Angst vor dem Wiedersehen. Er parkte ein paar Häuser entfernt und zögerte. Der vertraute Anblick des Hauses weckte eine Flut von Erinnerungen. Hier hatte Rachel als junges Mädchen gewohnt. Vor dieser Tür hatten sie sich bei ihren ersten Verabredungen verabschiedet. Wieder musste er sich energisch zur Disziplin rufen. Er hatte einen Grund, warum er hier war. Falls Billy Allen Ward zu Hause war, würde er vermutlich vor dem Fernseher sitzen.

Dann entdeckte Clay einen Kleinwagen in der Einfahrt, der gar nicht zu Billy passte. Auch der verwahrloste Garten mit dem hohen Gras war ganz untypisch für seinen Schwiegervater. Billy hatte immer sehr viel Wert auf einen akkurat getrimmten Rasen und korrekt geschnittene Sträucher gelegt.

Verunsichert ging Clay auf das Haus zu und klingelte. Es war Anfang Dezember und empfindlich kalt. Ohne Jacke stand er zitternd vor der Tür.

Clay zuckte zusammen, als plötzlich die Tür aufgerissen wurde und er im gleißenden Lichtkegel der hell erleuchteten Wohnung stand. Der Mann, der sich vor ihm aufgebaut hatte, war ... auf jeden Fall nicht Billy Allen Ward.

„Weeer sind Siiieee und waaas wollen Siiieee?"

Clay sah in das aufgedunsene Gesicht eines behinderten Mannes. Ehe er etwas sagen konnte, hörte man aus dem Inneren des Hauses eine Frauenstimme.

„Mickey Joe, ich habe dir schon hundert Mal gesagt, dass du die Tür nicht öffnen sollst, solange wir nicht wissen, wer draußen steht!" Eine ältere Dame erschien in der Diele und befahl streng: „Du gehst jetzt sofort in die Küche, hörst du?"

Der Mann drehte sich schwerfällig um und erhob die Hand, als wolle er die Frau schlagen. Dann murmelte er ein paar unverständliche Worte und schlurfte mit steifen Schritten davon.

„Also, wer sind Sie und was wollen Sie?", wandte die Frau sich jetzt an Clay. Ihr Tonfall passte zu ihren kalten Augen. Sie war groß, hatte graue Haare, schlechte Zähne und Kautabak in der Wangentasche.

„Bitte entschuldigen Sie die Störung", begann Clay vorsichtig, „ich suche Mr. Billy Allen Ward. Er ist mein Schwiegervater und hat über 30 Jahre in diesem Haus gelebt."

„Jetzt nicht mehr."

„Wie bitte?"

„Der Mann wohnt hier nicht mehr. Verstehen Sie denn kein Englisch?"

„Wann ist er ausgezogen?"

„Vor drei Jahren." Sie sah ihn ungeduldig an.

„Können Sie mir zufällig sagen, wo er jetzt wohnt oder wie ich seinen gegenwärtigen Wohnsitz ermitteln kann?"

„Ich weiß nichts über den Mann, außer dass er weggezogen ist. Keine Ahnung, ob er noch lebt. Sie verlassen mein Grundstück jetzt, ansonsten habe ich hinter der Tür meine Pistole liegen, um mir Leute wie Sie vom Hals zu schaffen!"

Willkommen in Amerika!

Clay hob die Hände, um seine friedlichen Absichten zu demonstrieren. „Gnädige Frau, ich will Sie nicht bedrohen. Ich suche lediglich den Vater meiner Frau. Bitte versuchen Sie sich doch zu erinnern, ob er irgendeine Straße oder einen Stadtteil erwähnt hat, wohin er ziehen wollte. Oder vielleicht hat er auch gesagt, dass er in einen anderen Bezirk umziehen würde?"

„Sie scheinen wirklich kein Englisch zu verstehen, Mister! Ich sage es Ihnen jetzt noch einmal, und dann zähle ich bis fünf … Also: Ich weiß nichts über den Mann."

Clay sah, dass die Frau hinter sich griff. Dann hörte er das metallene Klicken eines Hahns, der gespannt wurde. Sie sah ihn an und begann zu zählen …

Wütend fuhr Clay zur nächsten Tankstelle, ließ sich ein Telefonbuch geben und suchte nach Billy Allen Ward. Nichts. Dann suchte er, zitternd vor Aufregung, nach Rachel. Auch sie schien nicht mehr in Atlanta zu wohnen, jedenfalls stand sie nicht im Telefonbuch.

Er ging zur Telefonzelle und rief die Auskunft an, um nach den beiden Namen zu fragen. Es gab eine Menge Wards, aber alle hatten andere Vornamen. Auch über Rachels Aufenthaltsort konnte er nichts in Erfahrung bringen.

Wen könnte er nach Billys neuer Adresse fragen? Der Mann hatte keine Geschwister und Rachel war sein einziges Kind. Natürlich hatte er Freunde und Bekannte, aber Clay konnte sich an keinen vollständigen Namen erinnern.

Endlich fiel ihm der Name der Firma ein, bei der Billy als LKW-Fahrer angestellt gewesen war. Über die Auskunft erfuhr er die Nummer der Firma und rief dort an, doch es war bereits Feierabend. „Morgen früh ab acht Uhr sind wir wieder für Sie da", ertönte die Stimme des Anrufbeantworters.

Clay beschloss, am nächsten Morgen persönlich in der Firma vorzusprechen. Nachdenklich beobachtete er den Verkehr, der an seiner Telefonzelle vorbeirollte. Wenn es ihm hier nicht gelingen würde, Rachels Adresse ausfindig zu machen, dann würde er schon bald nach St. Petersburg fahren und seine Eltern besuchen. Sie würden ihn vermutlich nicht mit offenen Armen empfangen, aber zumindest würden sie ihm Rachels Adresse verraten. Er würde seine Eltern aber erst anrufen, wenn er in ihrer Nähe war, beschloss er und ging zu seinem Wagen zurück.

Als Nächstes steuerte er ein riesiges Warenhaus an, um sich einen Wintermantel zu kaufen. Nach elf Jahren im Ausland kam ihm das Sortiment dieses Ladens riesig vor. In einem Gang gab es, so weit das Auge reichte, nichts anderes als verschiedene Sorten von Cornflakes und Müslis fürs Frühstück, darunter die ausgefallensten Kreationen und Kombinationen; dann gab es in mehreren Gängen die unterschiedlichsten Sorten von Hunde- und Katzenfutter. Essen für Tiere! Wie verrückt angesichts der Millionen von Kindern, die rund um den Globus verhungerten! Seine eigene Armut hatte seinen Blick verändert. Diese amerikanische Konsumgesellschaft widerte ihn an. So schnell er konnte, strebte er in die Herrenbekleidungsabteilung, suchte sich den billigsten Mantel aus und ging wieder.

Um Geld zu sparen, verzichtete er in dieser ersten Nacht auf ein Zimmer. Er suchte sich einen geeigneten Parkplatz, wickelte sich in seinen neuen Mantel und versuchte, auf dem Rücksitz zu schlafen.

*

„Vor drei Jahren in den Ruhestand gegangen?“, fragte Clay ungläubig. Er sprach mit dem Personalleiter der Transportfirma.

„Ja, auch der alte Billy hatte irgendwann die Nase voll“, nickte der Mann und nahm einen Schluck aus seiner Kaffeetasse. „Er sagte, er hätte das Land jetzt 30 Jahre lang vom Fahrersitz aus an sich vorbeiziehen sehen, es sei jetzt Zeit, mal alles in Ruhe anzuschauen, zum Beispiel mit einer Angel in der Hand.“

Clays Gesichtsmuskeln waren so angespannt, dass er kaum reden konnte. „Was denken Sie, wo ich ihn finden kann?“

„Ich weiß nur, dass er vorhatte, ein Wohnmobil zu kaufen und damit herumzufahren.“

„Kann es sein, dass er hier in Atlanta noch einen Wohnsitz hat?“

Der Mann überlegte. „Ich weiß es nicht, aber vielleicht kann ich das für Sie herausfinden.“ Er ging zu einem Telefon, wählte eine Nummer und sprach mit jemandem. Dankbar beobachtete

Clay, wie der Mann beim Telefonieren etwas notierte. Dann legte dieser wieder auf. „Nun, seine Rente bekommt er per Scheck an ein Postfach geschickt“, teilte der Mann mit. „Hier ist die Adresse. So können Sie ihm zumindest einen Brief schreiben.“

Wieder in seinem Wagen, überlegte Clay, wie er diese Information nutzen konnte. Sollte er sich vor der Post aufhalten, bis Billy Ward auftauchen würde? Aber das könnte Wochen oder Monate dauern.

Wie sollte er ihn finden? Es war unmöglich. Er beschloss, sein Augenmerk auf seine Eltern zu richten. Sollten sie ihm nicht helfen können, könnte er Billy Ward immer noch einen Brief an sein Postfach schicken.

Er kaufte sich einen Beutel Äpfel und eine Straßenkarte, um nach Florida zu fahren. Doch kurz bevor er Atlanta verließ, legte er noch einen kleinen Umweg ein und fuhr zur *North Metro Church of the Bible.* Langsam rollte er an dem vertrauten Gebäude entlang. Der überdimensionale Schaukasten verriet, dass Frank Lovett immer noch Pastor der Gemeinde war. Sofort hatte Clay das Bild des Mannes vor Augen, wie er hinter dem Rednerpult stand – groß, aufrecht und in der stolzen Gewissheit, den Willen Gottes und Gottes Gebote am besten zu kennen und genau zu verkündigen. Auch wenn Clay sich selbst in den vergangenen Jahren sehr über Gottes Gebote hinweggesetzt hatte und überhaupt nicht in der Position war, einen anderen zu verurteilen, so war er sich dennoch sicher, dass auch die Art, wie Lovett Gottes Wort verstand und lehrte, auf gefährliche Weise am Ziel vorbeiführte.

Im Weiterfahren überlegte er, ob Frank Lovett vielleicht über die Jahre von einem diktatorischen, gesetzlichen Menschen zu einem moderaten, toleranten geworden sein könnte. Aber das konnte Clay sich eigentlich nicht vorstellen. Leute wie Lovett wurden mit der Zeit nur noch härter. Er hatte nie erlebt, dass sie sich änderten.

Ob Rachel wohl noch Mitglied dieser Gemeinde war? Wenn ja, dann würde sie wahrscheinlich hier irgendwo wohnen. Doch selbst wenn sie aus irgendwelchen Gründen nicht mehr Mitglied der Gemeinde war, konnte Clay sich doch sehr gut vorstellen, dass Lovett wusste, wo sie sich aufhielt. Er hatte seine Quellen und war über alles informiert; das war Teil seines Selbstverständnisses und seiner Macht. Aber für Clay war es die denkbar schrecklichste Vorstellung überhaupt, als vom Glauben abgefallener Missionar vor seinen Pastor treten zu müssen. Selbst wenn er ihn nur aufsuchen würde, um nach seiner Frau zu fragen – diese Demütigung hoffte er, sich ersparen zu können.

Viel lieber wollte er sich vor seinen Eltern demütigen. Lovett würde er nur fragen, wenn es überhaupt keinen anderen Weg mehr gab.

Er fuhr auf die Autobahn nach St. Petersburg. Hoffentlich würden die dünnen Reifen durchhalten.

44

Clay stand neben seinem Wagen und wartete, während der Pförtner versuchte, Lloyd und Hester McCain ausfindig zu machen. Das schmiedeeiserne Tor der riesigen Seniorenwohnanlage blieb so lange verschlossen, bis die Bewohner dem Pförtner erlaubten, den Gast einzulassen.

Zuvor hatte Clay schon selbst versucht, seine Eltern anzurufen, aber es war immer besetzt gewesen. 20 Minuten lang hatte er es versucht, dann war er einfach weitergefahren. Nun würde er ihnen eben ohne Vorankündigung gegenübertreten.

Doch jetzt stand er hier und wurde nicht auf das Gelände gelassen. Er sah, wie der Pförtner durch ein dickes Buch blätterte. Clays Nerven lagen blank. Er hatte unterwegs eine Menge Ärger mit dem altersschwachen Motor seines Fahrzeugs gehabt und sich zuletzt über eine Stunde lang durch den Berufsverkehr gequält. Er wollte jetzt endlich seine Eltern sehen und etwas über Rachels Verbleib erfahren.

Auch bei ihnen hatte er sich seit siebeneinhalb Jahren nicht mehr gemeldet. Vor elf Jahren hatte er sie zuletzt gesehen. Jetzt, wo er nur noch wenige Meter von ihnen entfernt war, wäre er lieber zu ihrer Tür gekrochen, als aufrecht zu gehen. Vielleicht würde er seinen Eltern einen größeren Gefallen tun, wenn er einfach wieder verschwinden würde? Aber er hoffte so sehr …

„Entschuldigen Sie bitte, würden Sie mir den Namen noch einmal buchstabieren?“, unterbrach der Pförtner seinen Gedankengang und schüttelte ratlos den Kopf. „Diesen Namen gibt's hier nicht. Sie müssen eine falsche Adresse haben.“

Obwohl Clay selbst noch nie hier gewesen war, hatte er die ersten Jahre nach ihrem Umzug doch oft mit seinen Eltern telefoniert. Von daher war er sich ganz sicher, am richtigen Ort zu sein, ihre Beschreibungen stimmten genau. Auch die Telefonnummer war garantiert richtig. Sein Vater hatte sich damals darüber gefreut, dass die neue Telefonnummer stark an die Nummer erinnerte, die Clay einmal als Basketballspieler getragen hatte. Damals hatte seine Mannschaft sogar ziemlich viel Erfolg gehabt. Zweimal nacheinander die Spielernummer ergab die Telefonnummer – Clay konnte sich nicht irren.

„Gibt es hier unter dem gleichen Namen eine andere Seniorenwohnanlage?“, fragte Clay ratlos.

„Nein, das halte ich für ausgeschlossen.“

„Und Sie haben jeden Bewohner in Ihrer Liste?“

„Ja, ich habe jeden Einzelnen hier aufgeführt. Zweimal im Monat wird die Liste aktualisiert, bei Bedarf auch öfter.“

Natürlich!, dämmerte es Clay plötzlich, *sie waren umgezogen! Genau wie Billy Allen Ward auch!* Amerikaner versuchten immer, sich zu verbessern, eine bessere Wohnlage, ein größeres Haus oder ein moderneres Auto zu bekommen. Seine Verwandten machten da offensichtlich keine Ausnahme.

Clay versuchte, Vertrauen erweckend zu wirken und seine Verzweiflung nicht durchscheinen zu lassen, während er dem Pförtner seine Lage erklärte. Als einziges Kind von Lloyd und Hester McCain hatte er nach elf Jahren im Ausland den Kontakt zu seinen Eltern verloren. Sie hatten vor einigen Jahren ganz sicher hier gewohnt, waren aber offensichtlich umgezogen. Ob es wohl möglich wäre, mit dem Leiter dieser Wohnanlage zu sprechen und herauszufinden, wann seine Eltern wohin gezogen wären?

Der Pförtner hörte aufmerksam zu, rief dann den Zuständigen an und erklärte ihm Clays Situation. Das Tor wurde geöffnet, der Pförtner wies ihm die Richtung, und Clay fuhr auf das Gelände.

Eine Viertelstunde später, während die untergehende Sonne den Himmel in tausend Pastelltöne tauchte, saß Clay im Büro des Managers.

„Sie behaupten also, der Sohn von Lloyd und Hester McCain zu sein?“, fragte der ältere Mann, nachdem er sich Clays Geschichte angehört hatte.

Clay nickte und überlegte gleichzeitig, wie viel seine Eltern diesem Mann wohl über ihr vermisstes Kind erzählt hatten.

„Können Sie mir das irgendwie beweisen?“

Clay legte Führerschein und Reisepass vor.

Der Mann sah sich die Dokumente nur oberflächlich an, bevor er zu reden begann: „Mr. McCain, es tut mir außerordentlich Leid, Ihnen das Folgende mitteilen zu müssen. Ich arbeite seit Mai vergangenen Jahres hier. Gleich an meinem ersten Arbeitstag starb eine hier wohnhafte Witwe, Mrs. Hester McCain, an einem Herzinfarkt. So weit ich das damals erfahren hatte, war ihr Mann schon ein Jahr zuvor verstorben.“

Clay erstarrte, dann atmete er tief aus. Er vergaß, dass er einem völlig Unbekannten gegenübersaß. Seine Augen waren fest zusammengekniffen und er hatte das Gefühl zu ersticken.

„Nein“, stieß er atemlos hervor, „nein, sie sind nicht tot ... Das ist nicht ... ich meine ... NEIN!“

Er lehnte sich zurück, seine Bauchdecke hob sich, um wieder Luft in die Lungen strömen zu lassen, während Bilder seiner Eltern an seinen geschlossenen Augen vorüberzogen. Sein Vater hatte es geschafft, frohgemut und heiter zu bleiben, obwohl er an einer fortschreitenden Nervenerkrankung litt. Er hatte seine zunehmende Behinderung nie zum Anlass genommen, um sich von anderen mehr als nötig helfen zu lassen. Er gebrauchte seinen Gehstock und später seinen Gehwagen so bewusst und sorgfältig, wie ein Handwerker sein Werkzeug einsetzte. Ein würdiger älterer Herr mit einem sanften Wesen, der es verdient hätte, in Alter und Krankheit von einem liebevollen Sohn umsorgt zu werden. Dann sah er seine Mutter, eine einfache, aber zähe Frau, deren Güte sie wie ein Schmuck umgab. Sie hatte ihn gestillt, seine Windeln gewechselt und auf den Armen gewiegt, als er ein Baby war. Sie hatte ihm bei den Schulaufgaben geholfen, ihn zur Schule gefahren und wieder abgeholt. Sie hatte nie einen Hehl daraus gemacht, wie stolz sie auf ihren Jungen war. Immer war sie ihm mit Liebe und Achtung begegnet.

Und jetzt waren beide, Mutter und Vater, tot?

„Hester und Lloyd McCain? Shell Drive 19 a? Das … das muss ein Irrtum sein!"

Bitte, bitte, lass es nicht wahr sein! Er wollte sich noch bei ihnen entschuldigen, sie um Vergebung bitten, ihnen irgendeine Wiedergutmachung anbieten, ein letztes Wort sagen, sich verabschieden. Sie mussten noch erfahren, dass er zur Einsicht gekommen war. Sie und alle anderen Leute waren im Recht und er war im Unrecht gewesen, das wusste er heute und das musste er ihnen sagen! Sie sollten unbedingt erfahren, dass er wieder da war und alles wieder gut machen wollte!

Aber der Mann bestätigte seine zuvor gemachte Aussage und fügte ernst hinzu: „Es tut mir Leid, Mr. McCain."

Clay beugte sich nach vorne, alle Muskeln zogen sich zusammen, die Haut schien zu schrumpfen, er konnte sich nicht mehr aufrichten.

Er versuchte mit weiteren Fragen, die Auskunft als Irrtum zu entlarven. Aber alles, was Clay auch versuchte, bestätigte die Nachricht nur noch. Der Manager erinnerte sich an den rosafarbenen Cadillac von Mrs. McCain, und er konnte auch bestätigen, dass die McCains ihr Haus 1987 erworben hatten. Ja, die Verstorbene war Ende 70.

Schließlich konnte Clay die Realität nicht mehr anzweifeln. Er verfiel in einen schockartigen Zustand und konnte sich später an die weitere Unterhaltung, die Verabschiedung und den Weg hinaus nicht mehr erinnern. Irgendwie hatte er zu seinem Auto zurückgefunden.

Dann suchte er das Haus, in dem seine Eltern zuletzt gelebt hatten. Ein anderer Name stand am Briefkasten, Licht brannte hinter den Fenstern. Andere Leute waren nachgerückt und hatten den Platz der Toten eingenommen. Mit unendlicher Sehnsucht starrte er auf die rötlichen Ziegelsteinmauern. Wie hatten ihre letzten Jahre wohl ausgesehen? Was hatten sie gemacht, worüber hatten sie geredet, welche Freuden, welche Schmerzen hatten sie erlebt? Wie hatten sie es verkraftet, dass ihr einziges Kind sie ihm Alter so im Stich gelassen hatte? Er hatte ihre Ehre verletzt, hatte sie ihrer Elternschaft beraubt, ihre Wünsche und Bedürfnisse hatten ihn nicht gekümmert. Wie Fremde hatte er sie behandelt.

Als Clay endlich die Seniorenwohnanlage verließ, war er durch und durch von quälendem Hass auf sich selbst erfüllt.

Er verbrachte die Nacht in einer billigen Kneipe, wo er stundenlang an einem der hinteren Tische saß und auf eine volle Flasche *Jack Daniels* starrte. Selbstmitleid und Selbstvorwürfe lösten einander ab. Der Morgen graute schon, als er die Flasche schließlich ergriff, auf die Straße trat und sie mit einer plötzlichen Bewegung auf seinem Autodach zerschmetterte. Der hochprozentige Inhalt ergoss sich über den Wagen, während Clay die sandige Straße auf und ab rannte, schrie und weinte.

Gegen neun Uhr, als die Geschäfte wieder öffneten, suchte sich Clay eine Telefonzelle und rief eine ganze Reihe von Friedhöfen an, bis er den richtigen gefunden hatte. Eine halbe Stunde später eilte er über den gepflegten Rasen des *Pinellas Memorial Cemetery* und suchte nach den Nummern, die man ihm genannt hatte. Hier waren alle Gräber gleich; keines trug einen Grabstein, nur flache, leicht schräg gestellte Bronzetafeln erinnerten daran, wer wo begraben war. Name, Geburts- und Sterbetag, ein kurzes Motto, das waren die üblichen Inschriften. Hinter jeder Tafel stand eine passende Blumenvase, die man in eine Rinne legen konnte, sodass der Rasenmäher ungehindert über sie hinwegfahren konnte. Im Sockel der Vasen waren die jeweiligen Grabnummern eingraviert.

Clay suchte die Nummer 49. Endlich entdeckte er sie und begann zu lesen:

Lloyd Alexander McCain
3. Januar 1914 – 27. Januar 1995
ewige Ruhe

Hester Johnson McCain
6. März 1917 – 15. Mai 1996
an stillen Wassern

Er wandte sich um und wollte gerade den Friedhof verlassen, als er plötzlich wie versteinert stehen blieb. Als hätte ihm jemand die Beine weggerissen, sackte er zu Boden. Er schlug mit den Fäusten auf sich ein, schlug sich ins Gesicht, gegen Rippen und Beine, bis er vor Erschöpfung auf dem Rasen liegen blieb.

Mit dem Gesicht zur Erde begann er, sich selbst und seinen Egoismus zu verfluchen. Wie hatte er zulassen können, dass seine Mutter ihre letzten Monate als Witwe völlig allein hier verbringen musste?

Schluchzend robbte er über das Gras, bis er neben den Gräbern seiner Eltern lag. „Vergebt mir", weinte er und starrte die Namenszüge auf den Grabsteinen an, „bitte ... ich wollte euch nicht weh tun ... ich ..."

Die Worte brachen aus ihm heraus, aber sie verschafften ihm keine Erleichterung. Er klagte sich an, am Tod seiner Eltern, die ihn immer geliebt hatten, mitschuldig geworden zu sein.

Seine Seele drohte zu zerreißen. Er krallte die Finger in die Erde und schrie. Dann sank sein Kopf wieder ins Gras und er blieb reglos liegen. Die Morgensonne wärmte ihn und er schlief endlich ein.

Das vertraute Gefühl der Übelkeit riss ihn aus dem leichten Schlaf. Er presste eine Hand gegen den Bauch, mit der anderen versuchte er, sich aufzurichten. Da ging es auch schon los. Mit großer Heftigkeit entleerte sich sein Magen. Minutenlang verharrte er auf Händen und Knien und würgte. Als die Krämpfe nachließen, sank er erschöpft zurück auf die Wiese. Er hatte hohes Fieber.

Die Symptome waren ihm mittlerweile vertraut. Er würde etliche Stunden lang, vielleicht auch Tage lang, erhebliche körperliche Qualen erleiden müssen. So schnell es ihm noch möglich war, fuhr er zur nächsten Apotheke und kaufte sich eine große Packung Aspirin. Er hatte das Geschäft noch nicht wieder verlassen, als er bereits an Schüttelfrost litt. Er wickelte sich in seinen Mantel und wollte gerade drei Tabletten nehmen, als er sich auch schon wieder übergeben musste.

Nach einiger Zeit ließ das Würgen nach. Er konnte die Tabletten einnehmen und zum Friedhof zurückfahren. Clay wollte noch bei seinen Eltern bleiben, wollte an ihren Gräbern knien und trauern. Sie sollten seine Reue sehen, sein Verlangen nach Vergebung, Versöhnung und Nähe. Er wollte sie von seiner Liebe überzeugen.

Doch kaum war er auf dem Friedhofsparkplatz angekommen, da wurden seine Kopfschmerzen erneut so heftig, dass er sich nur noch flach auf den Rücksitz legen konnte. So verbrachte er die nächsten 36 Stunden, teils im Wagen, teils an den Gräbern, sein Körper von Übelkeit, Schmerzen und Fieber gepeinigt, seine Seele von Schuldgefühlen und Verzweiflung gequält.

Es war Montagmorgen, als die Übelkeit endlich nachließ. Seine Kleider waren durchgeschwitzt und fleckig. Er war in der Lage, einen Apfel zu essen, dann schlief er wieder ein. Gegen Mittag fuhr er nach St. Petersburg und suchte sich eine billige Pension, in der er für 15 Dollar die Nacht bleiben konnte. Er brauchte eine Dusche und sehnte sich nach einem richtigen Bett.

Kaum war er in seinem Zimmer, zog er auch schon die verschmutzen Sachen aus und badete ausgiebig. Als er nach dem Bad durchs Zimmer ging, um sich frische Kleidung zu holen, blieb er erschrocken vor dem langen Spiegel stehen. Das war er? Seine Knochen waren überall zu sehen – Rippen, Hüfte –, er sah aus wie ein Skelett. Hatte er schon wieder so viel Gewicht verloren?

Was war nur mit seinem Körper los?

Seit 14 Monaten nahm er ständig ab. Es war Zeit, einen Arzt aufzusuchen, beschloss er bei sich selbst. Sobald er seinen ersten Job hatte und ein wenig Geld verdienen könnte, würde er sich einen Termin besorgen.

Erschöpft legte er sich in das frische Bett und räkelte sich wohlig unter der weichen Decke. Vier Nächte hatte er im Auto verbracht. Er lag noch einige Minuten wach und überlegte, wie es jetzt weitergehen sollte. Nun würde er doch Pastor Lovett anrufen müssen. Dieser war der Einzige, der ihm noch sagen konnte, wo Rachel wohnte. Mittlerweile fürchtete Clay auch die Demütigung nicht mehr, die Lovett ihm mit Sicherheit zufügen würde. Nach allem, was er in den letzten Stunden durchgemacht hatte, war auch der letzte Rest seines Stolzes gebrochen. Selbst die Tatsache, dass er nicht rückfällig geworden war und auch in jener Nacht in der Kneipe keinen Tropfen getrunken hatte, konnte ihn nicht mehr mit Stolz erfüllen. Es war das Mindeste, was seine Angehörigen jetzt noch von ihm erwarten konnten. Obwohl seine Abstinenz eine große Anstrengung und auch ein Erfolg seiner Willenskraft war, war sie unter den gegebenen Umständen nicht der Rede wert.

Müdigkeit machte sich in seinen Gliedern breit, aber er konnte nicht schlafen, da ihm viele Fragen durch den Kopf gingen: Auf welche Weise sollte er sich an Pastor Lovett wenden? Was war aus dem Besitz seiner Eltern geworden? Konnte es sein, dass Rachel wieder geheiratet hatte und unter einem anderen Namen in Atlanta wohnte?

Dann übermannte ihn schließlich doch der Schlaf und er schlief 16 Stunden am Stück.

Als er allmählich wieder zu sich kam, war es Dienstagmorgen, der 31. Dezember.

Langsam zog er sich an, ging zu seinem Wagen und fuhr zu einem Supermarkt. Er kaufte sich einen Laib Brot und fünf Bananen. Gleich auf dem Parkplatz aß er die ersten beiden Bananen und ein Drittel des Brotes. Dann machte er sich einen Plan für den nächsten Tag: Als Erstes würde er Pastor Frank Lovett anrufen und ihn um Rachels Adresse bitten. Sollte Lovett nicht erreichbar sein, würde er versuchen, die Auskunft über das Gemeindebüro zu erhalten. Würde ihm auch das nicht gelingen, müsste er Dr. Ed Brighton von der Missionsgesellschaft anrufen und versuchen, über ihn eine Information zu erhalten. Bevor er St. Petersburg verließ, müsste er dann noch versuchen, über einen Anwalt etwas über die Hinterlassenschaft seiner Eltern in Erfahrung zu bringen. Sollte er durch Atlanta kommen, würde er dort wie versprochen bei dem Autohändler vorbeifahren, um die Anmeldeformalitäten zu vervollständigen.

Gleich am nächsten Morgen würde er sich daranmachen, diese Liste abzuarbeiten. Aber der heutige Tag war noch einmal dem Gedenken an seine Eltern gewidmet. Er fuhr zu einem Blumenladen und holte sich zwei große Sträuße weißer Nelken und roter Rosen, mit Farn und Schleierkraut dezent ergänzt.

Während er die Blumen in den beiden Vasen neben den Tafeln arrangierte, dachte er mit Tränen in den Augen darüber nach, wie selten er seiner Mutter zu Lebzeiten Blumen geschenkt hatte. Die

Sonne wärmte seinen Rücken, er hockte vor den Gräbern im Gras und bekannte alle seine Vergehen. Als könnten die rötlich glänzenden Metallplatten ihn hören, berichtete er von den langen Jahren, in denen er keinen Kontakt zu seinen Eltern gehabt hatte, von seinem Verschwinden aus Stockholm, der Zeit auf Mallorca und den Jahren in Costa Rica. Unter Tränen entschuldigte er sich für sein gewissenloses Verhalten. Dann brachte er zum Ausdruck, wie sehr er seine Eltern vermisste, und verabschiedete sich von ihnen so, wie er es eigentlich an ihren Sterbebetten hätte tun sollen.

Er wusste nicht, wann er wieder hierher kommen würde, deshalb verbrachte er den restlichen Tag an den Gräbern. Während das alte Jahr zu Ende ging, saß Clay in stillem Gedenken an seine Mutter und seinen Vater auf dem Friedhof. Leise begann das Jahr 1997, und Clay versprach über den Gräbern seiner Eltern, dass er ab jetzt alles tun würde, was in seiner Macht stand, um dafür zu sorgen, dass es ihrer Schwiegertochter und ihren Enkelkindern gut ging.

45

Als Pastor Lovett am Morgen des ersten Januars aus dem Bad kam, schlug ihm ein wunderbarer Duft entgegen. Es roch nach frisch gebackenen Brötchen, nach Rührei mit Speck und nach Kaffee. Heute würde er nichts tun außer essen, schlafen und lesen. Er hatte sich bequeme Sachen angezogen und ging mit beschwingten Schritten ins Esszimmer, wo seine Frau gerade den Tisch deckte.

Sie sah die Zufriedenheit in seinen Augen und wusste, worüber sie jetzt mit ihm sprechen musste. „Du siehst so glücklich aus“, meinte sie freundlich, „liegt das an dem freien Tag oder ist das noch die Freude über die schöne Konferenz, die hinter uns liegt?“

„Beides", sagte er und lächelte zufrieden. „Ich bin so froh, dass wir zu den Gemeinden gehören, die den ganzen Willen Gottes verkündigen. Es hat so gut getan, mit so vielen Gleichgesinnten zusammen zu sein ..."

Er sprach das Tischgebet, dann unterhielten sie sich weiter über die Konferenz, die am Vortag zu Ende gegangen war. In diesem Jahr war das dreitägige Treffen in den Räumen von *North Metro* abgehalten worden. Wie in jedem Jahr trafen sich 400–500 besonders konservative Pastoren, Evangelisten und Missionare, um sich gegenseitig zu ermutigen und zu stärken. In diesem Jahr hatte die Konferenz unter dem Motto „Wir weichen nicht zurück, wir machen keine Kompromisse!" gestanden. Nie würde er vergessen, wie der Präsident der Denomination im Hauptgottesdienst am Sonntagmorgen ans Mikrofon getreten war, um ihn, Frank Lovett, zu ehren. Er hatte seine besonderen Verdienste und seine vorbildliche Treue hervorgehoben und ihn „einen großen Verfechters der reinen Lehre, einen der ganz großen Männer Gottes unserer Generation" genannt.

Lächelnd nickte er, als seine Frau genau diesen Part der Konferenz besonders hervorhob. Ja, seine Frau hatte allen Grund, stolz auf ihn zu sein.

Frank Lovett aß mit gesundem Appetit und hatte Freude an dem Gespräch. Als er satt war, stand er vom Tisch auf, verzog sich in seinen Schaukelstuhl und legte die Kassette vom Sonntagmorgen in seine Stereoanlage. Er setzte sich die Kopfhörer auf und spulte bis zu dem Part vor, an dem er gelobt wurde. Genüsslich hörte er sich noch einmal die Worte seines Vorgesetzten an.

Mit hochgelegten Beinen und leicht schaukelnd spulte er das Band bis zu der Stelle vor, an der die Predigt begann. Der Pastor einer besonders großen und angesehenen Gemeinde seiner Denomination war der Sprecher.

„Während das alte Jahr zu Ende geht", begann der Mann mit schneidender Stimme, „müssen wir uns eingestehen, dass die Mitgliederzahlen in vielen unserer Gemeinden rückläufig sind. Falls dich das betrifft, dann darf ich dir heute sagen: Lass dich nicht entmutigen. Wenn es Leute gibt, die aus deiner Gemeinde austreten, dann liegt das daran, dass du den Glauben bewahrt und die rechte Lehre hochgehalten hast. Du hast dich nicht dieser Welt angepasst und den Leuten nicht nach dem Mund geredet. Du machst nicht jeden Modetrend mit und passt deine Gottesdienste nicht den wechselnden Bedürfnissen eines gottlosen Geschlechtes an. Du hast Gottes ewig gültige Moral verkündigt. Wenn das der Grund ist, warum Leute gehen, dann sei ermutigt."

Spontaner Applaus und laute Amen-Rufe bekräftigten die kernigen Sätze des Redners.

„Was wir heute erleben, ist die Erfüllung der Bibelworte, wonach es in den letzten Tagen einen großen Abfall geben wird. Wir erleben heute, wie diejenigen, die dem Namen nach Christen sind, aber nicht das Wesen Christi besitzen, von dämonischen Lehrern verführt werden.

Trauere nicht um sie, wenn sie deine Gemeinde verlassen. Vielmehr hast du Grund, dich darüber zu freuen! Was wir erleben, ist der notwendige und erwünschte Reinigungsprozess, der uns für die Endzeit angekündigt worden ist. Ich möchte euch alle heute ermutigen: Wenn ihr in eure Gemeinden zurückgeht, dann predigt zum Schutz der reinen, treuen Gläubigen in euren Gemeinden noch entschiedener, noch klarer, noch strenger und noch kühner als bisher. So könnt ihr den Läuterungsprozess unter eurer Zuhörerschaft unterstützen. Vertreibt die Halbherzigen und Unentschiedenen.

Ja, ich will sogar noch einen Schritt weiter gehen: Wenn sie euch verlassen haben, dann trefft alle denkbaren Vorkehrungen, damit sie sich nicht wieder in eure Reihen einschleichen können. Denkt immer daran: Der geistliche Niedergang der großen Menge wurde uns von Jesus vorausgesagt. Gott hat sie jetzt ihrem Gewissen überantwortet. Sie können eine vom Heiligen Geist gesalbte Predigt nicht ertragen, sie sind taub für das Reden Gottes. Sie gehören nicht zur Herde und werden auch nie dazugehören …"

In diesem Moment sah Frank Lovett, dass seine Frau auf ihn zukam. Er konnte sie nicht hören, aber ihre Lippen formten das Wort „Telefon". In ihren Augen standen Abscheu und Unglauben, während sie ihm den schnurlosen Hörer reichte. Ihre Bewegungen signalisierten ihm, dass sie soeben unsanft aus ihrer frohen Feiertagsstimmung gerissen worden war.

Während er nach dem Hörer griff, hatte er den Eindruck, die Lippen seiner Frau formten den Namen „Clay McCain“.

*

Clay stand wartend in einer Telefonzelle, während Mrs. Lovett ihrem Mann das Telefon brachte. In seiner freien Hand hielt er eine große Menge Münzen parat. Er hatte das Gefühl, jede Faser seines Körpers sei zu Stein geworden, alle Gelenke fühlten sich unbeweglich und steif an.

Im Gemeindebüro der *North Metro Church of the Bible* hatte er soeben durch den Anrufbeantworter erfahren, dass heute ein Feiertag war. Das hatte er in seinem Eifer ganz vergessen. Über die Auskunft hatte er dann die Privatnummer von Familie Lovett erhalten.

Zu seinem Erstaunen hatte Mrs. Lovett keinerlei Gefühlsäußerung gezeigt, so, als ob es ganz normal und nichts Ungewöhnliches sei, dass er mit ihrem Mann sprach. Könnte es sein, dass sich die Empörung über ihn im Laufe der Zeit gelegt hatte? Vielleicht hätte er sich gar nicht so sehr vor diesem Anruf fürchten müssen? Mindestens eine Stunde war er heute Morgen schon vor dieser Telefonzelle auf und ab gegangen, bis er endlich den Mut aufgebracht hatte, Lovett anzurufen. Konnte er vielleicht sogar auf eine freundliche Reaktion hoffen?

„Hallo, hier spricht Pastor Frank Lovett“, dröhnte eine kalte Stimme an sein Ohr.

Als Clay wieder die Stimme hörte, die ihm vor Jahren so vertraut gewesen war, rollte eine neue Welle von Scham und Schuld über ihn hinweg, als sei er auf frischer Tat ertappt und jetzt seinem Richter vorgeführt worden. Es war das erste Mal, seit er seine Frau, seine Kinder und den Dienst verlassen hatte, dass er mit einem Menschen sprach, der Teil seines früheren Lebens war. Schon bei den ersten Worten war ihm eines klar: Egal, wie freundlich die Stimme von Lovetts Frau auch geklungen haben mochte – das Gespräch mit dem Pastor würde nicht angenehm werden.

Mit aller Kraft, zu der er fähig war, umklammerte er den Telefonhörer. „Guten Tag, Pastor Lovett“, begann er zögernd und zitterte vor Angst und Aufregung, „ich bin's, Clay … Clay McCain. Mein Anruf kommt für dich jetzt bestimmt ganz unerwartet. Es ist mir klar, dass ich nach all den Jahren, in denen ich nichts von mir hören ließ, nichts erwarten kann, nicht einmal, dass du mir zuhörst. Aber ich bin seit elf Jahren zum ersten Mal wieder zurück in den Staaten und ich … rufe an … weil ich … um etwas bitten möchte."

Ein langes Schweigen folgte.

„Du hast dich jahrelang nicht gemeldet, jetzt willst du mich um etwas bitten?", wiederholte Lovett mit unheimlicher, leiser Stimme. Dann schwoll seine Stimme an und nahm den Klang eines verärgerten Vaters an: „Bist du wieder bei deiner Familie, Clay?"

Clay hörte das Blut in seinen Adern rauschen, während er nach den richtigen Worten suchte: „Nein, ich bin noch nicht bei meiner Familie. Aber genau aus diesem Grund rufe ich an. Ich bin gerade in Florida und habe erfahren, dass meine Mutter und mein Vater in den vergangenen beiden Jahren gestorben sind. Ich hatte gehofft, von ihnen zu erfahren, wo Rachel und die Kinder jetzt leben. Aber …" Er räusperte sich und konnte ein Schluchzen nicht unterdrücken: „Ich bin verzweifelt, ich bin völlig am Ende, Pastor Lovett. Bitte, ich wollte nur …"

„Um Gottes Willen, Clay", unterbrach Pastor Lovett ihn streng, „machst du dir überhaupt eine Vorstellung darüber, wie viel Unheil und Zerstörung du angerichtet hast, als du in deine kleine perverse Welt geflüchtet bist? Hast du schon einmal darüber nachgedacht, wie viele Gemeinden, Familien, Männer, Frauen und Kinder du überall im ganzen Land mit deinem Verhalten verletzt und betrogen hast? Ist dir klar, wie tief dieser Schmerz bei den Leuten sitzt, die dich mit ihrem sauer verdienten Geld unterstützt haben und die zu dir als einem geistlichen Leiter aufgesehen haben? Was antwortest du mir auf diese Fragen? Sag mir in Gottes Namen, was du darauf zu antworten hast!"

Clay ließ den Kopf hängen, Tränen rannen ihm über sein Gesicht. „Das alles steht mir Tag und Nacht vor Augen, Pastor Lovett. Ich denke ständig an die Vielen, die ich durch mein Tun verletzt habe. Ich weiß, dass ich viel mehr Schaden angerichtet habe, als ich mir jemals werde vorstellen können." Clay zögerte.

Er hörte Lovetts wütenden Atem. „Es ist mir zutiefst bewusst, wie verkehrt mein Tun war“, erklärte Clay mit gebrochener Stimme. „Ich war blind, ein selbstsüchtiger Narr, und anders als die meisten wohl vermuten, habe ich mehr gelitten und leide immer noch mehr unter meiner Sünde, als sich irgendjemand vorstellen kann. Ich gehe jeden Tag durch die Hölle.“

„Ja, du warst ein Narr, Clay, und wenn du jetzt unter deiner Dummheit leidest, dann kann ich dir versichern, dass dir jeder, der dich von früher her kennt, das von Herzen wünschen wird, egal, welche Form von Leiden du auch erlebst. Du hast nichts anderes verdient, Clay.“

Der so Angesprochene zuckte unter diesen Worten zusammen. Offensichtlich traf ihn jetzt Lovetts wütender, in vielen Jahren aufgestauter Zorn.

„Du hast bestimmt Recht“, pflichtete Clay ihm bei. „Ganz bestimmt verdiene ich alles, was ich jetzt erleiden muss, und habe noch viel Schlimmeres verdient. Gleichzeitig versuche ich aber zur Zeit, meine Frau und meine Kinder zu finden. Ich rufe an, weil ich vermute, dass du weißt, wo sie sind. Wenn ja, dann möchte ich dich sehr bitten, es mir zu sagen.“

„Deine Frau hat sich als genauso treulos erwiesen wie du“, antwortete Lovett hart. „Die Diakone und ich sahen uns gezwungen, sie öffentlich aus der Gemeinde auszuschließen. Das war vor sechs Jahren. Seither habe ich nichts mehr von ihr gehört. Ich habe keine Ahnung, wo sie sein könnte oder was aus ihr geworden ist. Doch selbst wenn ich es wüsste, bin ich mir nicht sicher, ob ich es dir erzählen würde. Nach allem, was du angerichtet hast, wäre es vielleicht ganz angebracht, wenn du die Folgen deines Tuns noch ein wenig länger aushalten müsstest. Wenn es etwas gibt, das ich über Gott weiß, dann denke ich, dass du seiner Sache so massiv geschadet hast, dass sein Zorn dich bis ins Grab und darüber hinaus verfolgen wird.“

„Gibt es im christlichen Glauben nicht auch Vergebung und Wiederherstellung?“

„Nicht für Judas Ischariot und seinesgleichen. Tut mir Leid, Clay, es war alles deine Entscheidung. Beschwere dich jetzt nicht, wenn du die Konsequenzen deines Handelns tragen musst. Damit wirst du leben und sterben müssen.“

Clay versuchte noch einmal, das riesige Ausmaß seiner Sünde in Worte zu fassen und um Vergebung zu bitten, aber von Lovett kam eine weitere Salve Verdammnis, dann legte er auf, ohne dass Clay noch einmal zu Wort gekommen wäre. Eigentlich war sich Clay sicher gewesen, dass er keinerlei Stolz mehr besaß, doch dieses Gespräch hatte ihn eines Besseren belehrt. Soeben hatte er zum ersten Mal in seinem Leben erfahren, wie es sich anfühlte, wenn man von der Kirche wie ein Ausgestoßener, ein Verdammter behandelt wurde, für den es keine Vergebung mehr gab und dem es nicht einmal mehr vergönnt war, dem Pastor eine Frage zu stellen.

Natürlich hatte er nicht erwartet, dass Lovett, *North Metro* und seine gesamte ehemalige Denomination ihn ohne weiteres in ihren Reihen aufnehmen würden, wenn er nach jahrelanger Abwesenheit plötzlich wieder auftauchte. Aber er hatte nicht damit gerechnet, dass er nicht einmal seine Schuld würde *eingestehen* dürfen. Doch genau das hatte er soeben erfahren und es tat ihm entsetzlich weh.

Rasch versuchte er, sich klar zu machen, dass er auch diese Behandlung verdient hatte, genau wie alles andere Leid und alle Schmerzen, die er erleiden musste. Er erlebte die Folgen seines falschen Handelns, das war alles, versuchte er, sich selbst zu beschwichtigen.

Er stolperte aus der Telefonzelle, setzte sich an den Straßenrand und dachte über diese neue Stufe der Einsamkeit und des Ausgestoßenseins nach. Gleichzeitig tat ihm der Gedanke an Rachel weh. Was hatte Lovett gesagt? „... genau so treulos ... wir mussten sie öffentlich aus der Gemeinde ausschließen ... seither nichts von ihr gehört."

Diese beunruhigenden Sätze waren das Einzige, was er über Rachel wusste, seit er sie verlassen hatte. Es klang nicht gut. Clay hackte mit seinen Schuhen in den Asphalt. Die ganze Zeit hatte er sich vor allem mit seiner Schuld und seinem Versagen auseinander gesetzt. Er hatte immer vorausgesetzt, dass es Rachel gelungen sei, das Leben ohne ihn zu bewältigen. Doch nach dem, was Lovett eben gesagt hatte, stiegen Dutzende von Fragen in Clay auf, die ihm Angst machten. War sie mit den Kindern überfordert gewesen? Hatte die Gemeinde sie nicht unterstützt? Was hatte sie sich zu Schulden kommen lassen?

„Ich muss sie finden", flüsterte er mit neuer Entschlossenheit.

Ohne noch weiter nachzudenken, ging Clay zurück zur Telefonzelle, rief die Auskunft an und ließ sich die Privatnummer von Dr. Brighton geben. Er holte tief Luft und wählte die Nummer.

Während das Freizeichen ertönte, überlegte Clay, ob es besser wäre, etwas selbstsicherer aufzutreten und nicht so demonstrativ schuldbewusst zu sein wie bei Pastor Lovett. Er wusste nicht, was besser war. Niemand ging ans Telefon. Er wartete eine Viertelstunde und rief erneut an, wieder ohne Erfolg.

Verzweifelt blieb er auch die nächste Stunde in der Nähe der Telefonzelle und versuchte es immer wieder. Vergeblich. Wahrscheinlich waren die Brightons bei jemandem zu Besuch oder machten einen Ausflug. Vielleicht waren sie sogar verreist. Da er hier nichts erreichen konnte, hatte er Zeit, einer anderen Frage nachzugehen, die ihn seit gestern umtrieb.

Er ging zu seinem Wagen und fuhr zurück zur Seniorenwohnanlage, dem ehemaligen Wohnort seiner Eltern.

Inzwischen war ein anderer Pförtner im Dienst, sodass Clay erneut seine Geschichte erzählen musste. Er bat darum, noch einmal mit Mr. Aldrich, dem Leiter der Anlage, reden zu dürfen.

Der Pförtner rief bei Aldrich an und wandte sich dann an Clay: „Unser Manager ist zum Golfspiel verabredet, aber er kann sich noch ungefähr zehn Minuten Zeit nehmen, bevor er losfährt. Er erwartet Sie vor seinem Haus." Der Pförtner wies ihm den Weg zu Aldrichs Privathaus, und Clay beeilte sich, dorthin zu kommen.

Wie angekündigt hielt der Manager sich in seiner Einfahrt auf, und Clay sah im Heranfahren, dass er gerade eine Golftasche im Kofferraum seines Wagens verstaute. Clay parkte sein schrottreifes Fahrzeug am Straßenrand und stieg rasch aus.

„Haben Sie die Gräber Ihrer Eltern gefunden?", waren Mr. Aldrichs erste Worte, während er die Einfahrt entlang auf Clay zukam.

„Ja, danke, ich war dort", antwortete Clay. Er entschuldigte sich, dass er Mr. Aldrich an diesem Feiertag störte, und bedankte sich für die Zeit, die dieser ihm zur Verfügung stellte.

„Ich habe nur eine Frage: An dem Haus, in dem meine Eltern wohnten, stand der Name Houghton. Ist Frau Houghton eine attraktive dunkelblonde Frau mittleren Alters mit drei Kindern?"

Aldrich antwortete ohne Zögern: „Nun, ich möchte nicht behaupten, die Dame sei unattraktiv, aber sie ist eher Ende 60. Vielleicht hat sie Kinder, diese wohnen aber nicht hier. Warum fragen Sie das?"

Damit war Clays wichtigste Frage beantwortet: Die Leute, die jetzt in seinem ehemaligen Elternhaus wohnten, waren nicht Rachel und die Kinder mit einem neuen Mann und unter neuem Namen. Clay schüttelte den Kopf und antwortete ausweichend: „Ich war nur neugierig." Dann wechselte er das Thema: „Wenn die Houghtons nicht mit mir verwandt sind, wieso wohnen sie dann in dem Haus meiner Eltern? Wäre es nicht zu erwarten gewesen, dass das Haus an Verwandte gehen würde?"

„Nun, um diese Fragen zu beantworten, müssten Sie mit dem Testamentsvollstrecker Ihrer Eltern sprechen", erklärte Aldrich und spielte mit seinen Autoschlüsseln.

„Ich habe nie ein Testament gesehen und habe auch keine Ahnung, wer der zuständige Anwalt sein könnte. Wie kann ich das denn herausfinden?", fragte Clay, beschämt über seine Unwissenheit.

„Ich glaube, Sie brauchen einen Anwalt, der das für Sie klären kann, aber soweit ich weiß, liegen im Kreisgericht die Kopien aller Testamente, die hier im Gebiet gemacht wurden. Wenn Sie im Gericht um Einsicht in das Testament Ihrer Eltern bitten, werden Sie aus dem Testament ersehen können, wer der Vollstrecker ist. Außerdem werden Sie dann auch erfahren, wer was geerbt hat; auch der neue Besitzer des Hauses wird dort erwähnt sein."

„Ach so", sagte Clay leise und nickte nachdenklich, „haben Sie ganz herzlichen Dank, Mr. Aldrich, Sie ahnen gar nicht, wie sehr Sie mir damit geholfen haben."

Als er losfuhr, beschloss Clay, dem Hinweis von Mr. Aldrich nachzugehen und sich die Kopie des elterlichen Testamentes zeigen zu lassen. Gleich am nächsten Tag würde er zum Gericht fahren und dies erledigen.

Noch einmal zog es ihn zu dem ehemaligen Haus seiner Eltern. Er hielt in der Nähe des schönen Anwesens und versuchte, sich das Bild genau einzuprägen. Dabei erneuerte er seinen Entschluss, in Zukunft alles zu tun, was in seinen Möglichkeiten lag, um für Rachel und die Kinder zu sorgen. Sein restliches Leben wollte er, so gut er konnte, dafür sorgen, dass es seiner Familie gut ging.

Kaum hatte er die Wohnanlage verlassen, als er eine Telefonzelle entdeckte. Er hatte noch reichlich Kleingeld und versuchte wieder, Dr. Brighton anzurufen. Als sich der gewünschte Gesprächspartner erneut nicht meldete, fragte er bei der Auskunft nach, ob die Nummer wirklich korrekt sei. Doch an der Nummer lag es nicht – die Brightons waren offensichtlich einfach nicht zu Hause.

Nachdenklich saß Clay in seinem Auto. Es ging auf Mittag zu. Was sollte er jetzt tun? Eigentlich hatte er gehofft, bei seinen Eltern wohnen zu können und von hier aus seine Suche nach Rachel fortsetzen zu können. Wegen der Gerichtssache würde er noch bis morgen in St. Petersburg bleiben müssen. Also fuhr er zurück zu der Pension, in der er schon die beiden vergangenen Nächte verbracht hatte. Unterwegs hielt er bei einem Autohändler und besorgte sich Öl, einen Ölfilter und Zündkerzen.

Zurück im Motel, zählte er zunächst einmal sein restliches Geld: 178,45 Dollar waren ihm noch geblieben. Er beschloss, in Zukunft entweder in seinem Auto zu schlafen oder sich einen kostenlosen Schlafplatz in den Obdachlosenquartieren zu besorgen. Wenn er mehr Geld bräuchte, müsste er sich einfach eine Arbeitsstelle suchen. Er erinnerte sich an seine Zeit als Schüler. Damals hatte er in den Ferien für eine Baufirma gearbeitet, die über eine Zeitarbeitsfirma vermittelte Leute oft nur für einen Tag beschäftigte. Vielleicht könnte er so tageweise Arbeit finden.

Clay steckte sein Geld wieder in die Hosentasche, ging zu dem Mann an der Rezeption und bat um ein paar Schraubenschlüssel. Dann stellte er sein Auto in die Sonne und machte sich an die Arbeit. In dem Pensionsmülleimer fand er einen großen, leeren Plastikcontainer, den er so aufschnitt, dass er als Ölauffangwanne dienen konnte. In den nächsten Stunden nahm er den Ölwechsel vor, erneuerte den Ölfilter und die Zündkerzen, dann räumte er alles wieder auf, entsorgte das Öl, gab das Werkzeug zurück und nahm ein Bad.

Als er anschließend bei den Brightons wieder niemanden erreichen konnte, warf er wütend den Hörer auf die Gabel. Er wollte nur seine Frau und seine Kinder finden! Warum war das so schwierig? Hatte sich denn die ganze Welt gegen ihn verschworen?

Als er eine rasch zunehmende, schmerzhafte Spannung im Nacken bemerkte, legte er sich schnell hin und versuchte, sich zu entspannen. Mit geschlossenen Augen bemühte er sich, an die Gesichter seiner Kinder zu denken. Wie sahen die Augen, die Nase, der Mund und die Haare von Summer, von Holly und von Justin aus? Er konnte sich kaum noch erinnern. Dann stellte er sich vor, wie er jedes einzelne Kind auf dem Schoß hielt, es weinend umarmte und noch einmal ganz neu anfing, die Beziehung zu jedem von ihnen aufzubauen. In seiner Fantasie drückte er sie an sich, streichelte ihnen übers Haar und gab seiner Sehnsucht und seiner Schuld vorsichtig Ausdruck. Behutsam lernte er sie ganz neu kennen.

War dies nur ein irrealer Wunschtraum oder war es die unmittelbar bevorstehende Realität? Er wollte glauben, dass er dies schon bald erleben dürfte. Mit dieser Hoffnung, die Gesichter der Kinder vor Augen, schlief er ein. Ein leichtes Lächeln umspielte seine Mundwinkel.

Als er wieder zu sich kam, dämmerte bereits der Abend herauf. Clay brauchte einige Minuten, um wach zu werden, dann stand er auf, wusch sich das Gesicht mit kaltem Wasser und sah auf die Uhr. Es war 17:30 Uhr.

Zeit für einen neuen Versuch. Er setzte sich auf die Bettkante und wählte die Nummer, die er inzwischen auswendig kannte.

„Hallo." Beim zweiten Klingeln ertönte eine männliche Stimme.

Clay atmete erschrocken ein. „Spreche ich mit Dr. Brighton, dem Europäischen Direktor der PCCGE-Missionsgesellschaft?"

„Sie sprechen mit Dr. Brighton, dem *Internationalen* Direktor der PCCGE-Missionsgesellschaft."

Ohne diesen Hinweis auf Brightons Beförderung zu kommentieren, sprach Clay weiter. „Es wird Ihnen vielleicht schwer fallen, das zu glauben, aber ich bin Clay McCain, Ihr ehemaliger Missionar in Schweden. Ich rufe aus …"

„Ich habe Ihren Anruf erwartet", unterbrach Brighton ihn kalt. „Pastor Lovett hat mich bereits über Ihr Gespräch mit ihm in Kenntnis gesetzt. Wir sind beide sehr erstaunt darüber, dass Sie die Dreistigkeit besitzen, nach jahrelangem Schweigen plötzlich aufzutauchen und uns um Gefälligkeiten zu bitten. So läuft das nicht, Clay McCain.

Hören Sie mir jetzt genau zu. Wenn Sie Hilfe von uns oder von irgendeinem Ihrer ehemaligen Unterstützer und Freunde erwarten, dann müssen Sie sich an unsere Regeln halten. Ich werde Ihnen gleich ganz genau erklären, was ich damit meine.

Als Erstes: Wenn Sie mit uns reden wollen, dann bitte persönlich und nicht am Telefon. Sie werden uns auch nicht einzeln zu Gesicht bekommen, sondern wir werden ein Gespräch mit vielen Zeugen organisieren. Daran werden außer mir und Pastor Lovett auch die Diakone der ‚North Metro Church of the Bible' sowie einige weitere Leiter der Missionsgesellschaft teilnehmen. Vor diesen Zeugen werden Sie ein umfassendes Geständnis ablegen und alle Ihre Sünden offen legen, den Ehebruch, Ihr Verschwinden und alles andere, was Sie sich in der Zwischenzeit noch haben zu Schulden kommen lassen.

Dann werden Sie sich vor allen Anwesenden verpflichten, dass Sie sich unter die geistliche Leiterschaft von Pastor Lovett stellen. Sie werden über drei bis vier Monate intensive Seelsorge erhalten und Sie werden alle Gottesdienste in ‚North Metro' besuchen. Sie werden sich in der Gemeinde ruhig verhalten und dem pastoralen Team der Gemeinde über alle Details Ihres Alltags Rechenschaft ablegen. Wenn wir dann Grund haben, mit Ihren Fortschritten zufrieden zu sein, können Sie uns Ihre Fragen stellen.

Morgen werden wir alle ehemaligen Unterstützer Ihrer Arbeit anrufen, die Einzelpersonen und die Gemeinden. Wir werden allen mitteilen, dass Sie wieder aufgetaucht sind, und werden ihnen von dem Angebot berichten, das ich Ihnen hiermit unterbreitet habe. Anschließend werden wir alle ehemaligen Spender wissen lassen, wie Sie sich entschieden haben, ob Sie bereit waren, sich uns wieder unterzuordnen, oder ob Sie sich von Ihrem harten, unbeugsamen Wesen haben leiten lassen. Falls Sie sich nicht auf unser Angebot einlassen, werden wir Ihren ehemaligen Freundeskreis eindringlich davor warnen, Kontakt zu Ihnen aufzunehmen. Von da an werden für Sie alle Gemeinden verschlossen bleiben. Niemand wird Ihnen einen Gefallen tun, Sie werden ein Geächteter sein. Ein Schicksal, das Sie meines Erachtens voll und ganz verdient haben."

Clay hörte Brighton aufmerksam zu und kaute an seinen Fingernägeln. Doch, ganz sicher hatte er diese Behandlung verdient. Vielleicht war dieses Angebot wirklich gerecht und angemessen. Aber er wollte doch im Grunde nur wissen, wo seine Frau war. Er bat um eine Auskunft, die man ihm in 20 Sekunden hätte geben können.

„Ich bitte Sie lediglich, mir mitzuteilen, wo ich meine Frau und meine Kinder suchen soll", flehte Clay, „das ist alles ..."

„Clay, Sie haben meine Worte gehört. Ich denke, ich war deutlich genug."

Clay kniete auf dem Boden: „Bitte, meine Frau und meine Kinder ..."

„Clay, so lange Sie nicht durch diesen von uns vorgeschlagenen Prozess der Reinigung gegangen sind, ist uns das Risiko viel zu groß, Ihnen irgendeine Adresse zu geben. Wir fürchten vielmehr, dass Sie Ihrer Familie erneut Schaden zufügen. Sie sind eine Gefahr für jeden, der mit Ihnen in Kontakt kommt."

Clay hielt den Hörer krampfhaft fest. „Ich widerspreche Ihnen nicht, aber es ist sehr viel Zeit vergangen, seit ich meine Familie verlassen habe. Ich bin schon längst zur Einsicht gekommen, Dr. Brighton."

„Waren Sie in pastoraler Seelsorge, seit die Realität Sie wieder eingeholt hat, Clay? Haben Sie sich einem biblisch fundierten Leiter untergeordnet?"

„Nein, aber ..."

„Dann ist es an der Zeit, dass Sie dies tun. Das müssten Sie doch auch selbst einsehen. Was wir Ihnen heute anbieten, ist ein sehr großes Entgegenkommen unsererseits. Jetzt liegt es an Ihnen, wie Sie sich entscheiden. Meine Nummer haben Sie, ich bin den restlichen Abend zu Hause, für den Fall, dass Sie zurückrufen und auf unseren Vorschlag eingehen wollen." Mit ernster Stimme fügte Brighton noch hinzu: „Clay, vielleicht ist das die letzte

Chance, die Gott Ihnen gibt. Wenn ich an Ihrer Stelle wäre, würde ich mir sehr gut überlegen, wie ich darauf reagiere."

Auch als das Gespräch schon lange beendet war, blieb Clay neben seinem Bett auf seinen Knien sitzen.

Vielleicht hat er ja Recht, sagte er sich immer wieder, während Panik ihn erfüllte. *Ich bin mir nur nicht sicher, ob ich …*

Er schlug auf die Matratze ein. *Drei oder vier Monate!*

Nun war er endlich in den Staaten! Und er hatte gehört, dass Rachel aus der Gemeinde ausgeschlossen worden war. Er konnte einfach nicht noch mehr Monate verstreichen lassen. Er musste wissen, wie es ihr ging!

Während der folgenden zwei oder drei Stunden ging Clay in seinem Zimmer auf und ab und rang mit sich selbst. Mehrmals griff er nach dem Telefonhörer, um Dr. Brighton um einen Kompromiss, ein Einlenken oder zumindest ein Gespräch zu bitten. Aber wie er es auch drehte und wendete, er konnte sich nicht dazu durchringen, auf dieses Angebot einzugehen. Wem würde es nützen, wenn er weitere Monate abwartete? Wäre es wirklich gut für ihn, sich völlig von der Leiterschaft von *North Metro* abhängig zu machen, sich total kontrollieren und beherrschen zu lassen und darauf zu hoffen, dass sie ihn irgendwann begnadigen würden?

Lag es in ihrer Macht, solche Entscheidungen über ihn zu fällen? Wieder schlug er mit den Fäusten auf die Matratze ein; unmenschliche, qualvolle Laute drangen aus seinem Mund. War dies der einzige Weg, der ihm offen stand, damit er wieder mit seiner Frau und seinen Kindern zusammenkommen konnte?

Wollte er wirklich wieder dieser Gemeinde und Denomination angehören, zumal er jetzt auch wusste, dass sie seine Frau ausgeschlossen hatten? Hatte Pastor Lovett nicht zuvor erklärt, für Judas Ischariot gäbe es keinen Weg zurück in die Gemeinde?

Bestanden zwischen Lovetts spontanen Äußerungen und den Vorschlägen von Brighton nicht erhebliche Widersprüche? Hatte Lovett im Nachhinein seine Meinung geändert? Waren seine ersten Sätze am Telefon nur im Affekt gesprochen gewesen? War er jetzt wirklich so kompromissbereit, dass er Clay wieder rehabilitieren wollte? Oder würde er ihn nur monatelang hinhalten, ohne ihm jemals zu vergeben? Hatte er nicht gesagt, er wüsste gar nicht, wo Rachel war? Am Ende würde Clay nach qualvollen Monaten des Wartens nur erfahren, dass niemand wusste, wo sich seine Familie aufhielt?

Nach einer Weile wurde Clay von dem ganzen gedanklichen Hin und Her müde. Er würde nicht auf Brightons Vorschlag eingehen. Vielleicht war das ja der nächste furchtbare Fehler seines Lebens. Aber er konnte sich nicht darauf einlassen, drei oder vier weitere Monate zu warten, ehe er seine Familie sehen durfte. Auch wenn er damit riskierte, dass seine christlichen Freunde von einst ihn auf die schwarze Liste setzen und aus allen ihren Gemeinden verbannen würden.

Vielleicht würde es ja auch Rachel zu Ohren kommen, wenn in so vielen Gemeinden darüber berichtet würde, dass er wieder aufgetaucht war? Möglicherweise würde auch Rachels jetzige geistliche Umgebung vor ihm gewarnt werden, vorausgesetzt, sie pflegte noch Kontakt zu Christen? Wäre es nicht vorstellbar, dass Rachel auf den Gedanken käme, er suche nach ihr? Er hoffte, dass sie dann auch ihre Kanäle nutzen würde, um seinen Aufenthaltsort ausfindig zu machen. Nach all den bisherigen Fehlschlägen wäre das mehr Glück und Gnade, als er zu erwarten wagte, aber vielleicht würden sie sich auf diese Weise wiedertreffen?

Clay trat aus seinem Zimmer und ging zu den Automaten im Foyer, wo er sich zum Abendbrot ein Päckchen Erdnüsse zog. Gleichzeitig nahm er sich fest vor, seine Frau und seine Kinder auch ohne die Hilfe von Lovett und Brighton zu finden. Zumindest zwei Möglichkeiten fielen ihm auf Anhieb ein: Er konnte sich an die Polizei in Atlanta wenden und er konnte die Gemeinde in Stockholm um Hilfe bitten. Bengt Wennergren würde ihm sicher weiterhelfen.

In den kommenden zwei oder drei Tagen würde er wieder nach Atlanta fahren und sich als Erstes an die dortige Polizei wenden. Bengt konnte er eigentlich jetzt sofort anrufen, überlegte er weiter. Doch dann rechnete er die Zeit zurück. Nein, dort war es jetzt zwei Uhr morgens, um diese Zeit konnte man nicht mehr anrufen. Aber gleich morgen früh würde er es versuchen, noch bevor er zum Gericht ging.

46

„Hiermit ernenne ich, Hester Johnson McCain, mein einziges Kind, meinen Sohn Clay Alexander McCain, zum alleinigen Erben meines gesamten Besitzes. Von dem Erbe abzuziehen sind die Beerdigungskosten, Steuern und sonstige Verbindlichkeiten aller Art, die durch meinen Tod entstanden sind, vor meinem Tod bestanden haben oder nach meinem Tod entstehen sollten."

Clay schrak förmlich zusammen, als er an dieser Stelle seinen Namen las, den Namen eines undankbaren, lieblosen, verschollenen Sohnes, der sich nicht um seine Eltern gekümmert hatte. Seine Mutter hatte ihn zum Alleinerben eingesetzt. Clay saß im Bezirksgericht von St. Petersburg, auf dem Tisch vor ihm lag die Kopie eines zwölfseitigen Dokumentes. Sorgfältig las er einen Paragrafen nach dem anderen. Der Text war in schwer verständlicher juristischer Fachsprache abgefasst und Clay kam nur langsam voran.

Zwischendurch legte er sein tränennasses Gesicht auf die verschränkten Arme und konnte die Liebe, die seine Mutter ihm bis zuletzt erwiesen hatte, nicht fassen. Sie hatte ihn angenommen und geliebt, wie er war, bedingungslos!

Erst nach einiger Zeit durchzuckte ihn eine Frage: *Wie viel hat sie mir hinterlassen und wo ist das Erbe jetzt?* Sofort verwarf er diesen Gedanken wieder, als würde er das kostbare Andenken seiner Mutter damit entehren. Er sah sich um, beobachtete die anderen Leute, die geschäftig hin und her gingen und sich andere wichtige Dokumente aushändigen ließen. Dann las er weiter.

„Für den Fall, dass mein Sohn zum Zeitpunkt meines Todes nicht anwesend ist und nicht erreichbar sein wird, geht mein gesamter Besitz in treuhänderische Verwaltung über. Die treuhänderische Verwaltung im Namen meines Sohnes wird so lange aufrechterhalten, bis der Tod meines Sohnes nachgewiesen wurde oder bis meine älteste Enkeltochter Summer Leena McCain das 21. Lebensjahr erreicht hat. Im

Falle des nachweislichen Todes meines Sohnes Clay Alexander McCain oder im Falle der Erreichung des 21. Lebensjahres meiner ältesten Enkeltochter Summer Leena McCain soll mein gesamter Besitz zu gleichen Teilen auf alle Enkelkinder, die aus der Ehe zwischen meinem Sohn Clay Alexander McCain und Rachel Ilene Ward hervorgegangen sind, aufgeteilt werden.
Jedes Enkelkind soll seinen Anteil frühestens mit Erreichung des 21. Lebensjahres ausgezahlt bekommen."

Clay hielt inne. Er musste das Gelesene erst verarbeiten. Da hatte seine Mutter nicht nur ihrem treulosen Sohn bis zuletzt vertraut und ihm ihre Liebe bewiesen, sondern sie hatte auch in aller Nüchternheit den Fall einkalkuliert, dass ihr Sohn unter Umständen nicht wieder auftauchen würde. Gleichzeitig hatte sie Vorsorge für die Zukunft ihrer Enkelkinder getroffen, eine Pflicht, der er als Vater nicht nachgekommen war.

In den weiteren Abschnitten wurde in aller Ausführlichkeit festgelegt, in welcher Weise der Treuhänder welchen Teil des Besitzes verwalten sollte.

Erst einige Seiten später fand Clay die Information, die ihn am meisten interessierte. Seine Mutter hatte die Treuhandabteilung der *First State Bank* als Vermögensverwalter eingesetzt. Zwar konnte sich Clay unter der Treuhandabteilung einer Bank nichts Konkretes vorstellen, aber er wusste zumindest, an wen er sich wenden musste, um weitere Informationen über das Erbe seiner Eltern zu erhalten.

Es folgten noch zwei weitere Paragrafen, dann kam die Unterschrift seiner Mutter, zusammen mit den Unterschriften zweier weiterer Personen, die Clay nicht kannte. Im Anhang fand er die notariellen Beglaubigungen der Unterschriften und einige weitere wichtig aussehende Stempel und Siegel.

Clay ließ sich eine Kopie des Testamentes aushändigen, dann machte er sich auf den Weg, um mit der Person oder den Personen zu sprechen, die seine Mutter als Verwalter eingesetzt hatte.

Im Foyer des Gerichtsgebäudes kam er an einer Telefonzelle vorüber und erinnerte sich an seinen Plan, Bengt Wennergren in Schweden anzurufen. An diesem Morgen hatte er dort niemanden erreicht.

Er besaß immer noch genügend Münzen, und die Verbindung nach Schweden war auch schnell hergestellt, aber niemand hob ab. Also rief er die *First State Bank* an und ließ sich die Adresse der Treuhandabteilung geben.

Die Fahrt durch die Innenstadt dauerte eine halbe Stunde, dann war er im Bankenviertel von St. Petersburg und schließlich hatte er den Haupteingang der richtigen Bank gefunden.

Eine freundliche Dame am Informationsstand wies ihm den Weg in den dritten Stock. Im Eingangsbereich der Abteilung für Vermögensverwaltung stand er einer weiteren Dame gegenüber, die gerade vier verschiedene Kunden an mehreren Telefonen betreute und in die entsprechenden Büros weiterverband. Clay wartete, bis sie den letzten Hörer aufgelegt hatte, dann stellte er sich vor, zeigte die Kopie des Testamentes seiner Mutter und bat darum, mit dem Treuhänder sprechen zu dürfen.

„Bitte nehmen Sie Platz. Ich werde sehen, was ich für Sie tun kann“, erklärte die Dame und begann zu telefonieren.

Clay blätterte geistesabwesend durch eine Zeitschrift über Anlageberatung. Kurze Zeit später sah er eine große, schlanke Dame aus einer der Glastüren treten, kurz mit der Frau am Empfang sprechen und dann zu ihm kommen.

„Guten Morgen“, sagte sie, „mein Namen ist Gloria Dodson, ich gehöre zur Immobilien-Verwaltung innerhalb unserer Treuhandabteilung. Was kann ich für Sie tun?“

Clay erhob sich, gab ihr die Hand und erzählte noch einmal genau das Gleiche, was er der Dame am Informationsstand bereits mitgeteilt hatte. Als Alleinerbe seiner Eltern wollte er sich erkundigen, was aus dem Haus, dem Auto, den Grundstücken und dem Bargeld seiner Eltern geworden war.

Gloria Dodson bat darum, die Kopie des Testamentes sehen zu dürfen, und sah sich die Namen der Erben und des Treuhänders genau an.

„Gut“, sagte sie schließlich, „dann kommen Sie doch bitte mit, ich werde Sie zu dem Kollegen bringen, der für dieses Testament der zuständige Verwalter ist.“

Clay folgte der Dame zu ihrem Büro. Sie bot ihm einen eleganten, dunkelbraun gepolsterten Stuhl an, während sie sich zu ihrem schweren Eichenschreibtisch begab und sich an den Computer setzte. Nach kurzer Zeit schien sie fündig geworden zu sein. Den Blick auf den Bildschirm geheftet, erklärte sie: „Hier habe ich die Verwaltung des Erbes von Hester McCain. Ursprünglich war Mrs. Sally Hargrove die Verwalterin, doch sie arbeitet nicht mehr bei uns. Mr. Gerald Fields wurde an ihrer Stelle mit dieser Aufgabe betraut." Mrs. Dodson drehte sich um und sah Clay an. „Ich werde Sie also an Mr. Fields weiterleiten."

Sie griff nach dem Telefonhörer, wählte die Nummer des Sachbearbeiters und erklärte ihm kurz, worum es ging. Anschließend führte sie Clay an einigen Türen vorbei über den Flur bis zum Büro von Gerald Fields. Clay wurde zunächst einem jungen Praktikanten, Skye Willoughby, vorgestellt, der zurzeit als Assistent von Mr. Fields tätig war, dann kam Mr. Fields, und nach eine paar kurzen Sätzen verabschiedete sich Mrs. Dodson.

„Herzlich willkommen bei mir zu Hause", grinste Fields und sah ihn aus müden, überarbeiteten Augen an. Er war groß und kräftig, trug einen dunklen Anzug und eine Krawatte und sah intelligent aus.

„Bitte, die Herren, setzen Sie sich", wandte er sich freundlich an Clay und an seinen Assistenten.

Noch einmal trug Clay seine Anliegen vor. Fields sah sich die Kopie des Testaments an, dann ging er zu seinem Computer, und nach wenigen Sekunden hatte er die entsprechende Datei geöffnet. „Gut, Mr. McCain", sagte er dann, „jetzt müssen Sie sich noch ausweisen, bevor wir weitermachen können." Clay hatte mit dieser Frage gerechnet und legte seinen Reisepass, seinen Führerschein aus Costa Rica, den internationalen Führerschein und seinen alten, amerikanischen Führerschein vor, dazu noch seine alte Versicherungskarte und seine reichlich abgegriffene Geburtsurkunde.

Fields nahm den kleinen Stapel an sich, las sich alles aufmerksam durch und verglich auch die Fotos sorgfältig mit Clays Gesicht.

Ohne in die Einzelheiten zu gehen, erläuterte Clay kurz, dass er etliche Jahre im Ausland gelebt habe und sich aus diesem Grund erst jetzt um sein elterliches Erbe kümmern konnte.

Fields hörte genau zu, dann wandte er sich an seinen Assistenten. „Mr. Willoughby, würden Sie bitte alle diese Ausweise kopieren? Anschließend gehen Sie bitte in den Tresorraum und holen die Akte McCain. Vergleichen Sie bitte sorgfältig, ob es sich bei der von Mr. McCain vorgelegten Kopie des Testamentes um das gleiche Dokument handelt, das auch uns vorliegt."

Willoughby nahm Clays Dokumente an sich und verließ den Raum. Fields sah Clay an. „Vielleicht hat Mrs. Dodson Sie schon darüber in Kenntnis gesetzt, dass ich nicht der von Ihrer Mutter eingesetzte Verwalter bin. Mrs. Hargrove, die ursprüngliche Treuhänderin, war sehr wahrscheinlich mit Ihrer Mutter persönlich bekannt. Leider hatte Mrs. Hargrove im vergangenen Herbst einen schweren Verkehrsunfall, in dessen Verlauf sie sich massive Kopfverletzungen zuzog. Sie liegt seither im Koma. So wurde ich mit den Aufgaben von Mrs. Hargrove betraut. Allerdings kann ich Ihnen nur die formalen Dinge erläutern. All die persönlichen Dinge, die Sie vermutlich auch gerne gehört hätten, die Gedanken und Gefühle Ihrer Mutter, die nicht zu Papier gebracht wurden, hätte Ihnen nur Mrs. Hargrove weitergeben können. Es tut mir außerordentlich Leid, dass dies nun nicht mehr möglich ist."

Clay nickte.

„Sie werden sicher verstehen, dass ich aus Sicherheitsgründen jetzt zunächst eine Prüfung Ihrer Identität vornehmen lassen muss. Sollte sich dabei nichts Auffälliges ergeben, werde ich mich selbst erst einmal mit Einzelheiten Ihres Treuhandvermögens vertraut machen müssen. Dazu werde ich etwa ein bis zwei Stunden benötigen. Erst dann werde ich in der Lage sein, Ihre Fragen zufriedenstellend zu beantworten. Mr. Willoughby wird etwa ebenso lange brauchen, um seine Prüfung der Unterlagen durchzuführen. Sie können sich in der Zwischenzeit sehr gerne hier aufhalten, können aber auch etwas anderes erledigen und sich gegen 13:30 Uhr wieder bei uns einfinden. Bis dahin werden wir in der Lage sein, Ihnen alle treuhänderischen Vorgänge bezüglich des Vermögens von Hester McCain darzustellen."

Clay entschied sich, in der Zwischenzeit eine Kleinigkeit zu essen und später wieder zu kommen.

*

Skye Willoughby saß über der Akte McCain und suchte Antworten auf die folgenden Fragen:

Wann starb Hester McCain?

Wann hatte Hester McCain ihr Testament gemacht?

Name des rechtmäßigen Erben – Clay Alexander McCain.

Adresse des rechtmäßigen Erben?

Alle weiteren durch das Testament bedachten Erben – die Kinder aus der Ehe zwischen Clay Alexander McCain und Rachel Ilene Ward.

Adresse der weiteren Erben – hier angegeben mit Forest Hills Avenue, New York, auch Hausnummer und Telefonnummer waren erwähnt.

Während Skye die Adresse in New York las, schweiften seine Gedanken zurück zu seiner Reise nach New York. Erst sieben Monate war es her, seit er zum ersten Mal in Manhattan gewesen war. Eine Woche seines Sommerurlaubes hatte er dafür „geopfert", seinen besten Freund, mit dem er zu Studienzeiten ein Zimmer geteilt hatte, in seiner neuen Umgebung zu besuchen. Sein Freund hatte bei einer riesigen Maklerfirma in der Nähe der Wall Street eine Stelle bekommen.

Er war Junggeselle, genau wie Skye, und lebte in einer kleinen Dreizimmerwohnung. Doch zu Skyes Erstaunen musste er dafür, dass er nur drei Querstraßen vom Central Park entfernt wohnte, die Hälfte seines monatlichen Einkommens für Miete und Nebenkosten bezahlen. Skye wunderte sich, dass sein Freund bereit war, so viel Geld für die Miete einer kleinen und ziemlich schäbigen Wohnung auszugeben.

„Was ich bezahle, ist günstig für diese Lage", hatte der junge Mann ihm erklärt, „die meisten Menschen, die hier wohnen, zahlen mehr. Dafür lebt man mitten in einer der spannendsten Städte der Welt, wo Trends gesetzt werden und das Leben pulsiert."

Drei Tage später begann Skye zu verstehen, was sein Freund gemeint hatte. Auch ihn hatte die Faszination für diese Stadt gepackt. Zwar war alles so teuer, dass sein Reisebudget schon bald erschöpft war, aber Skye war ein begeisterter Verehrer New Yorks geworden und bedauerte sehr, nicht selbst dort wohnen zu können.

New York.

Seufzend schob Skye seine Gedanken zur Seite und begann, sich auf seine Arbeit zu konzentrieren.

*

„Ihre Ausweise wurden geprüft und wir sind jetzt von der Richtigkeit Ihrer Identität überzeugt“, eröffnete Fields das Gespräch, als die drei Männer sich gegen 13:40 Uhr wieder um den runden Konferenztisch versammelten. In der Mitte des Tisches lag ein Stapel Unterlagen. Fields reichte Clay das oberste Blatt, während Willoughby als Zeuge dabei saß und alles schweigend beobachtete.

„Als Erstes werde ich Ihnen berichten, was mit dem Eigentum Ihrer Mutter geschehen ist“, fuhr Fields fort. „Wie Sie dieser Kopie entnehmen können, hat der Vermögensverwalter die volle Verfügungsgewalt, jeden Teil des Erbes nach eigenem Ermessen Gewinn bringend zu verwalten, zu vermieten, zu verkaufen oder zu investieren.

Mrs. Hargrove, die bis vor kurzem die treuhänderische Verwaltung Ihres Erbes in Händen hielt, hat nach und nach den gesamten Besitz Ihrer Mutter veräußert: das Haus, die Grundstücke, den Wagen, ihren Schmuck, die Möbel und alle Haushaltsgegenstände, ihre Kleidung sowie alle persönlichen Gegenstände. Diese Verkäufe begannen knapp fünf Monate nach dem Tod Ihrer Mutter.

Sie können sich sicher vorstellen, dass wir als ein Finanzunternehmen nicht in der Lage sind, Dinge wie Fahrzeuge, Häuser und deren Einrichtungen auf lange Sicht zu erhalten und zu verwalten. Die Instandhaltung solcher Besitztümer würde zu viele Kosten aufwerfen und insofern zu große Anteile des Vermögens verbrauchen. Von daher ist es üblich, solche Dinge nach einer angemessenen Zeit zu veräußern, falls sich kein Erbe dafür interessiert.“

Fields reichte Clay fünf Blätter mit der Liste aller Gegenstände, die verkauft wurden, und mit Angaben über den jeweils erzielten Erlös.

„Ich darf Ihnen versichern, dass sämtliche Gegenstände über

einen Zeitraum von zwei Monaten verschiedenen Interessenten angeboten und schließlich an den Meistbietenden verkauft wurden. Die Gelder, die dadurch eingegangen sind, wurden in verschiedene Fonds angelegt. Derzeit haben wir den Gesamtbetrag über zwölf verschiedene Fonds verteilt."

Fields reichte Clay zwölf weitere Blätter. „Hier sind die Informationen über die Fonds. Auf jedem Blatt finden Sie den Namen des Fonds, den Betrag, den wir dort investiert haben, und den aktuellen Kurs."

Dann schob er ein weiteres Blatt Papier über den Tisch. „Hier sehen Sie die Summe aller Gelder. Unten rechts habe ich den Betrag rot markiert, der nach Abzug aller Kosten und Gebühren, Kursverluste und Steuern übrig ist. Das ist der Betrag, der Ihnen als rechtmäßigem Erben zur Zeit gehört."

Clay rutschte auf die Stuhlkante vor. Er beugte sich nach vorn und starrte Fields und Willoughby sekundenlang an, dann griff er langsam nach dem Blatt. Zögernd suchten seine Augen nach der rot markierten Zahl.

Er biss sich heftig auf die Unterlippe. Tränen der Scham standen in seinen Augen. Die Zahl, die ihm entgegenleuchtete, betrug 248 366,21 Dollar – fast eine viertel Million Dollar!

Fields fuhr fort: „Wir können Ihnen den Betrag sofort zur Verfügung stellen. Es sind noch einige Formalitäten zu erledigen, aber die erforderlichen Formulare habe ich bereits vorbereitet." Er wies auf einen weiteren Stapel von Papieren.

Nach langem Schweigen brachte Clay endlich ein paar stockende Silben hervor: „Kann ich … äh … darf ich … um ein paar Minuten Bedenkzeit bitten?

„Selbstverständlich", versicherte Fields freundlich. „Sie können sich so viele Minuten, Stunden oder Tage Zeit lassen, wie Sie wünschen. Selbstverständlich stehen wir Ihnen auch gerne zur Verfügung, sollten Sie einen Rat zur weiteren Anlage oder Verwendung des Geldes wünschen."

Erleichtert gab Clay zu, dass er für die große Verantwortung, die durch dieses unerwartete Erbe plötzlich auf ihm lastete, gerne mehr Bedenkzeit hätte, und verabredete sich mit Fields für den darauf folgenden Tag. Zurück in seiner Pension, begann er zu rechnen. Immer noch zutiefst berührt von der Liebe und Umsicht seiner Mutter begann er, mit den Zahlen zu jonglieren. Gegen 20 Uhr stand seine Entscheidung fest.

Kurz bevor die Bank am nächsten Morgen wieder ihre Türen für die Kundschaft öffnete, stand Clay bereits davor und wartete. Gerald Fields empfing ihn in seinem Büro und bot ihm Kaffee an. Clay nahm dankbar an. Auch Skye Willoughby war wieder anwesend.

„Nun, Mr. McCain, wollen wir uns an die Arbeit machen?“ Die Formulare, die zur Aushändigung des Erbes ausgefüllt werden mussten, lagen wieder auf dem Tisch.

Clay räusperte sich und versuchte, möglichst vernünftig auszusehen. „Ist es möglich, dass ich nur 8 366 Dollar erhalte und den Rest liegen lasse?“

Unsicher sah Fields ihn an. „Ich bin mir nicht sicher, ob ich Sie richtig verstanden habe. Sie wollen 240 000 Dollar in treuhänderischer Verwaltung belassen?“

Clay nickte.

„Heißt das, Sie wollen das Erbe ausschlagen?“, fragte Fields vorsichtig, griff nach einer Kopie des Testamentes und suchte nach dem Paragrafen, der in diesem Fall in Kraft treten würde. „Wenn ja, muss ich Sie bitten, dies in schriftlicher Form zu tun. So schreibt es Artikel 11 vor: Der Begünstigte kann einen Teil oder das ganze Erbe zurückweisen, vorausgesetzt, es liegt eine schriftliche Erklärung des Begünstigten vor.“

„Nein“, antwortete Clay, „ich will nichts ausschlagen. Aber ich möchte jetzt nur einen Teil des Betrages ausgezahlt bekommen. Vielleicht komme ich zu einem späteren Zeitpunkt und hole mir noch mehr davon. Ansonsten soll das Testament so vollzogen werden, wie meine Mutter es bestimmt hat und meine Töchter Summer Leena und Holly Fay sowie mein Sohn Justin Carl sollen später ihre Anteile erhalten.“

Fields war auf diese Entscheidung nicht vorbereitet gewesen. Er dachte nach, machte einige Einwände und versuchte vorsichtig, Clay von seinem Entschluss abzubringen.

Aber Clays Entscheidung war gefallen. Er wies jeden anderen Vorschlag zurück.

Schließlich entschuldigte sich Fields. Er musste sich zunächst mit einem Vorgesetzten beraten, wie in diesem Fall zu verfahren sei. Willoughby verließ den Raum zusammen mit Fields.

Clay legte seinen Kopf auf den Tisch und versuchte, sich zu entspannen. War seine Entscheidung richtig? Doch, er hatte sich am gestrigen Abend stundenlang den Kopf zerbrochen, was er mit seinem Erbe machen sollte, und nach langem, aufrichtigem Suchen hatte er diese Lösung gefunden. Es war der richtige Weg. Damit ehrte er seine Mutter und seine Kinder am meisten. Seine Gedanken schweiften weiter. Wie konnte er Bengt Wennergren endlich erreichen? Was würde er der Polizei in Atlanta erzählen? Erleichtert dachte er daran, dass er nun nicht nur seinen amerikanischen Führerschein erneuern konnte, er würde auch alle Formalitäten zur Anmeldung und Versicherung seines Wagens in Ordnung bringen und einige Reparaturen vornehmen lassen können. Ja, und er würde endlich zu einem Arzt gehen können. Auch an Lovett und Brighton musste er denken: Ob sie die Kunde von dem wieder aufgetauchten, vom Glauben abgefallenen, unbußfertigen Clay McCain schon überall verbreitet hatten? Ob die konservative Christenheit im ganzen Land schon vor der moralischen und geistlichen Gefahr gewarnt worden war, die von ihm ausging?

„Schön, Mr. McCain, es sieht so aus, als könnten wir Ihren Wünschen entsprechen“, erklärte Fields etwas kühl, als er 20 Minuten später wieder in sein Büro zurückkehrte. Willoughby schloss die Tür hinter ihm. „Wir werden Ihnen einen Scheck über 8 366 Dollar ausstellen. Gleichzeitig werden wir davon ausgehen, dass Sie in naher Zukunft wiederkommen werden, um über das restliche Vermögen zu verfügen. Sollten Sie das aus irgendwelchen Gründen nicht tun, wird mit dem Geld so verfahren werden, wie es im Testament vorgesehen ist, und zum festgesetzten Zeitpunkt wird es den Kindern aus Ihrer Ehe mit Rachel McCain ausgezahlt werden.“

Dann erklärte Fields ihm die erforderlichen Formalitäten. Willoughby würde Clay helfen, die notwendigen Formulare auszufüllen, um den gewünschten Betrag ausbezahlt zu bekommen. „Es wird etwa eine Stunde dauern, bis wir Ihnen den Scheck aushändigen können“, erklärte Fields. „Während Mr.

Willoughby mit Ihnen zusammen die Formulare ausfüllt, werde ich den Scheck vorbereiten."

Plötzlich wurde Clay bewusst, dass er ohne Konto vermutlich Schwierigkeiten bekommen würde, einen Scheck einzulösen, vor allem in dieser Höhe. Rasch wandte er sich noch einmal an Fields und bat ihn, das Geld in Travellerschecks auszuzahlen. Genauer gesagt wollte er 8 000 Dollar als Travellerschecks und die restlichen 366 Dollar in bar.

Fields zögerte erstaunt, dann nickte er seufzend auch zu dieser ungewöhnlichen Bitte. Ehe er ging, machte er Clay aber darauf aufmerksam, dass es etwas länger dauern würde, 8 000 Dollar in Travellerschecks auszustellen. Mit diesem Hinweis verließ er den Raum.

„Bin ich … mit meinen Wünschen … habe ich zu viel verlangt?", fragte Clay unsicher, weil er zuletzt das Gefühl hatte, Fields wirklich verärgert zu haben.

„Nein, nein, es ist alles in Ordnung", erklärte Willoughby freundlich und setzte sich neben Clay. „Das mit den Travellerschecks ist ein bisschen mehr Aufwand, aber das ist doch kein Problem. Sie können mit Ihrem Erbe schließlich machen, was Sie wollen. Ich habe zwar noch nie von jemandem gehört, der das so gemacht hätte wie Sie, aber wissen Sie, ich war auch schon in New York, ich habe selbst gesehen, wie teuer das Leben dort ist. Ihre Kinder werden über jeden Dollar froh sein, den sie bekommen. Ich finde, Ihre Kinder können froh sein, dass sie einen Vater haben, der so für sie sorgt. Ich finde es wirklich toll, dass Sie Ihren Kindern so viel Geld aufheben wollen."

Clay hatte die letzten Sätze nicht mehr gehört. *New York … Ihre Kinder werden über jeden Dollar froh sein* … Was hatte Willoughby gesagt? „New York", wiederholte er laut und versuchte, seine Überraschung zu verbergen, „woher …?"

Willoughby wurde rot und rückte seine Brille zurecht. „Entschuldigen Sie bitte, ich habe die Adresse gesehen, als ich Ihre Akte prüfen musste. Ich habe so schöne Erinnerungen an New York, deshalb …"

New York! Hatte Willoughby soeben gesagt, dass Rachel und die Kinder in New York wohnten? Fast hätte Clay spontan nachgefragt, doch er konnte sich gerade noch bremsen. Als junger Praktikant hatte

Willoughby soeben vermutlich eine Information weitergegeben, die er vertraulich hätte behandeln müssen. Clay wollte ihn auf keinen Fall in Schwierigkeiten bringen und beschwichtigte den jungen Mann schnell: „Schon in Ordnung." Er deutete auf den Stapel von Formularen, der vor ihnen lag. „Machen wir uns an die Arbeit."

Doch während sie sich durch die unzähligen Fragen hindurcharbeiteten, konnte Clay sich nur mit Mühe konzentrieren. Immer wieder dachte er über Willoughbys Satz nach. Warum um alles in der Welt sollten Rachel und die Kinder ausgerechnet in New York wohnen, so weit im Norden, in dem dichtesten Ballungszentrum des ganzen Landes? Vielleicht war Billy Ward nach New York gezogen und Rachel war ihm gefolgt, weil sie auf seine väterliche Hilfe und Unterstützung nicht verzichten konnte? Oder sie hatte in New York eine Arbeitsstelle gefunden? Die schlimmste Möglichkeit, die Clay in den Sinn kam: Sie hatte wieder geheiratet und war zu ihrem neuen Mann nach New York gezogen. Aber vielleicht war sie auch gar nicht in New York?

Clay musste so schnell wie möglich zu einer Telefonzelle. Mühsam beherrschte er seine Aufregung, bis das letzte Blatt unterschrieben war. Es wurde vereinbart, dass er etwa eine Stunde vor Feierabend zurückkommen würde, um seine Schecks und das Bargeld in Empfang zu nehmen.

Kaum war er wieder auf der Straße, beschleunigte sich sein Schritt. Es kostete ihn einige Mühe, nicht loszurennen. Er eilte zu seinem Wagen und fuhr so schnell es der Verkehr erlaubte, durch die Innenstadt, bis er direkt am Flussufer eine Telefonzelle an einem Parkplatz entdeckte.

Wieder einmal rief er die Auskunft an und fragte nach Rachel Ilene McCain. In Manhattan gab es einen solchen Eintrag nicht, aber – in Queens! Ob er die Nummer wissen wollte? Ja! Mit zitternder Hand hielt er den Stift fest und notierte die Zahlen auf den Rand seiner Landkarte.

„Können Sie mir auch die Straße sagen?" Die Telefonistin war freundlich und nannte ihm Straße und Hausnummer. Er bedankte sich und trat aus der Telefonzelle. Zitternd stierte er auf die Nummer, die er soeben auf seine Straßenkarte gekritzelt hatte. Schon vor Monaten hatte er sich zurechtgelegt, was er in dieser Situation tun würde. Er würde weder mit einem Telefongespräch noch mit einem Brief bei Rachel und den Kindern auftauchen. Die Sehnsucht, in seiner ehemaligen Familie wieder Aufnahme zu finden, war so unendlich groß, dass er jeden Fehler, alles Überstürzte und Impulsive vermeiden wollte. Nein, sein Plan war, persönlich dort anzuklopfen. Trotzdem musste er jetzt diese Nummer wählen, um sicherzugehen, dass es sich wirklich um seine Familie handelte.

Entschlossen ging er zurück in die Telefonzelle. Mühsam versuchte er, seine Gefühle unter Kontrolle zu bringen. Er warf eine Münze ein und wählte die Nummer. Es klingelte.

Stand der seit siebeneinhalb Jahren ersehnte Moment jetzt unmittelbar bevor? Gingen Jahre der Sehnsucht, der Reue und der seelischen Qualen jetzt zu Ende? Clay konzentrierte sich darauf, bei jedem Klingelton auszuatmen ... fünf, sechs, sieben ... Niemand zu Hause.

Während der nächsten zwei Stunden blieb er in der Nähe der Telefonzelle und versuchte es immer wieder erneut. Bis plötzlich jemand abhob.

„Hallo, hier ist Justin McCain“, vernahm er eine temperamentvolle, helle Jungenstimme.

Jede einzelne Faser seines Körpers zog sich zusammen.

„Wer ist denn da?“, hörte er die Stimme zum zweiten Mal.

Scham, Schuld, Reue und Sehnsucht brachen mit Macht über ihn herein. Clay hatte das Gefühl, innerlich zu zerreißen. Würde er jemals ermessen können, welches Leid er dieser Kinderseele zugefügt hatte? Wie viel Schmerz, wie viel Unsicherheit hatte er in dieses junge Leben gesät? Als er die Stimme seines Sohnes hörte, bewegten sich seine Lippen zu Worten, aber seine Stimmbänder waren wie tot.

Mitten in all dem inneren Aufruhr hörte er eine Frauenstimme, die sich dem Telefon näherte und den Jungen fragte: „Wer ist dran?“

„Keine Ahnung“, antwortete der Junge leichthin, „keiner sagt was.“

„Hallo? Hallo ... ist da jemand?“

Die vertraute Stimme, die aus dem Telefonhörer kam, durchdrang jede Zelle von Clays Körper. Das war Rachel, Rachel Ilene

McCain, die einzige Frau, mit der er jemals verheiratet gewesen war, die einzige Frau, die er jemals wirklich geliebt hatte. Unwillkürlich begann seine freie Hand, den Hörer zärtlich zu berühren. Zum ersten Mal in seinem Leben versuchte er, jemanden durch das Telefon hindurch anzufassen. Seine Lippen zuckten, seine Haut zog sich zusammen, Verzweiflung und Sehnsucht wurden schier unerträglich.

Dann hörte er ein kaltes, wortloses Klicken.

„Nein, bitte", flüsterte er unter Tränen, „bitte nicht auflegen. Bitte nicht, ich brauche dich, ich liebe dich, ich …" Er war kurz davor, seinen Kopf gegen die Wand der Telefonzelle zu rammen.

Minutenlang blieb er dort stehen und versuchte, seiner selbst wieder Herr zu werden. Endlich stolperte er zu seinem Wagen zurück und lehnte sich gegen den Kotflügel. Er blieb sehr lange dort und sah dem Wasser des Flusses hinterher, bis er sicher war, dass er wieder klar genug denken konnte, um sich hinter das Steuer zu setzen.

*

Ein paar Stunden später hatte Clay Travellerschecks und Bargeld in der Tasche und fuhr in Richtung Norden. Tränen liefen ihm übers Gesicht, während er über den Feierabendverkehr hinweg zum Horizont sah. Immer wieder hörte er die Stimmen von Justin und Rachel. „Danke, Skye Willoughby, danke, lieber Gott, vielen Dank!"

47

Schon kurz nachdem er St. Petersburg verlassen hatte, begann Clays Auto zu streiken. Mühsam und mit vielen Unterbrechungen schaffte er die Strecke nach Atlanta. Dort ließ er den Wagen von Samstagmorgen bis Montagabend in der Werkstatt und investierte 800 Dollar in eine Reparatur des Motors, in neue Bremsen, neue Reifen und neue Stoßdämpfer. Auch die Anmeldeformalitäten samt Versicherung konnte er abschließend regeln. Außerdem kaufte er sich neue Kleidung und einen wärmeren Mantel.

Als alles fertig war, fuhr er weiter Richtung Norden.

Am Mittwoch kam er in New York an. Kurz vor Mitternacht hatte er schließlich auch das Wohnhaus von Rachel und den Kindern gefunden.

*

Es war Freitagabend, als Clay, versteckt hinter dem Betonpfeiler eines Parkhauses, Rachel, Summer, Holly und Justin beobachtete, die soeben ihren Wagen geparkt hatten und jetzt in die Konzerthalle gingen, zu der das Parkhaus gehörte.

Justin war inzwischen neun Jahre alt, Holly war 13 und Summer war 16. Alle drei hatten sich in den vergangenen siebeneinhalb Jahren so stark verändert, dass Clay sie nicht erkannt hätte, wenn er sie nicht mit Rachel zusammen gesehen hätte.

Rachel war jetzt 42 Jahre alt. Ihre reife, feminine Ausstrahlung faszinierte ihn schon von weitem. Sie schien in den letzten Jahren noch schöner geworden zu sein. Wie hatte er für die Attraktivität dieser Frau jemals den Blick verlieren können?

Er presste seine Stirn gegen den kalten Beton.

Diese vier Menschen zu sehen war eine Freude, die größer war als jede Freude, die er jemals erlebt hatte, die ihn gleichzeitig aber fast wahnsinnig machte.

Als er sie am Morgen des Vortags zum ersten Mal gesehen hatte, waren Scham, Schuld und Selbstanklage so massiv über ihn hereingebrochen, dass er sich kaum noch hatte vorstellen können, an ihrer Tür zu klingeln. Aus seinem gegenüber ihrem Haus geparkten Wagen hatte er beobachtet, wie sie hinter ihren erleuchteten Fenstern hin und her gingen.

Diese vier Menschen, die hinter jenen Mauern lebten, würden ihm niemals vergeben können. Was konnte er tun, um sie gnädig zu stimmen? Es würde ihm leicht fallen, um dieser geliebten Menschen willen für den Rest seines Lebens auf jedes bisschen

Alkohol in jeder Form zu verzichten. Aber würde er nicht trotzdem – auch wenn er „trocken“ war – jede Menge Unruhe, vielleicht sogar neues Leid zusammen mit wiederauflebendem alten Schmerz in ihr jetzt so harmonisch wirkendes Leben hineinbringen? Fragen über Fragen bedrängten ihn, auf die er keine Antwort wusste. Sie machten ihm jede Entscheidung, jedes Handeln unmöglich.

Es war für ihn schon ein großes Wunder, einfach nur in der Nähe seiner Familie sein zu können. Nicht einen Augenblick lang wollte er sie wieder aus den Augen lassen. Er hatte sich an ihre Fersen geheftet, verfolgte und beobachtete sie und war gleichzeitig wie gelähmt vor Angst, von ihnen entdeckt zu werden.

Gestern Morgen, als er sie zum ersten Mal gesehen hatte, hatte er sich fast in Tränen aufgelöst – als hätte er in den letzten Wochen nicht schon genug geweint! Mit von Tränen durchnässtem Pulli hatte er sich dann an ihre Fersen geheftet, als sie alle zusammen in ihren Tag starteten.

Zuerst waren sie zur nahe gelegenen Tankstelle gefahren, wo Justin, ein großer, schlanker Junge, den Wagen voll tankte. Er sah Clay verblüffend ähnlich, von seinen Haaren über den Körperbau bis hin zu seinen Bewegungen. Clay hatte ihn fassungslos beobachtet und sich die Unterlippe zerbissen.

Als Nächstes waren sie zu einem großen Schulgebäude gefahren, wo Summer und Holly aus dem Wagen gestiegen waren. Sie hatten sich ihre Rucksäcke über die Schultern geworfen, ihre Mutter zum Abschied geküsst und dann den Vorplatz der Schulen überquert. Sie waren immer noch die beiden unterschiedlichen Temperamente, als die Clay sie in Erinnerung hatte. Summer schritt mit weitausholenden Schritten ungeduldig auf den Eingang zu, während Holly gedankenverloren und ohne ihre Umgebung wahrzunehmen, gemächlich vor sich hin ging.

Seine Töchter! Er wollte aus dem Auto springen und sich in ihr Leben stürzen, sie beschützen, ihre Einsamkeit vertreiben, sie in allen Entscheidungen gut beraten und sie vor schlechter Gesellschaft bewahren. Wie viel Böses, wie viel Verführung lauerte heute überall auf junge Mädchen! Er hatte so vieles kennen gelernt, von dem er hoffte, dass seine Töchter damit niemals in Berührung kommen würden.

Es war ihm schwer gefallen, die Mädchen dort zurückzulassen, um Rachel weiter folgen zu können. Als er seine Familie verlassen hatte, war Holly noch nicht zur Schule gegangen. Welch einen großen Teil ihres Lebens hatte er verpasst, Jahre, die sich nicht mehr zurückdrehen ließen!

Obwohl ihm diese schmerzlichen Gedanken die Luft zum Atmen rauben wollten, war es ihm gelungen, Rachels Auto in dem dichten Verkehr nicht aus den Augen zu verlieren, bis sie vor einer Grundschule gehalten hatte. Justin, schwer bepackt mit einer großen Schultasche, war in das Gebäude gerannt, Rachel war ihm gefolgt, gekleidet in einen knielangen Wintermantel, mit einer Handtasche über der Schulter und einer Aktentasche in der Hand.

Als er eineinhalb Stunden später immer noch vergeblich auf Rachels Rückkehr gewartet hatte, war ihm ein Verdacht gekommen. Er hatte sich den Namen der Schule eingeprägt und war wieder einmal zu einer Telefonzelle gefahren.

Dann hatte er im Büro der Schule angerufen und zu einer Lüge gegriffen: „Guten Tag, ich bin Joe Davidson", hatte er sich vorgestellt, „ich rufe an, weil ich die Postanschrift der Schule brauche. Meine Frau muss dieser Lehrerin, Mrs. McCain oder so ähnlich, einen Brief schicken."

„Sie können Ihren Brief an die Postfach-Nummer 6000 schicken", hatte die Sekretärin arglos geantwortet und auch die weiteren Angaben zur Anschrift der Schule durchgegeben.

„Könnten Sie mir noch sagen, welche Klasse Mrs. McCain im nächsten Schuljahr unterrichten wird?"

„Einen Augenblick bitte", hatte sich die junge Dame entschuldigt und war wenige Sekunden später wieder zurück gewesen. „Die vierte Klasse", hatte sie mit lustloser Stimme geantwortet.

Noch ehe Clay sich bedanken konnte, hatte sie schon aufgelegt.

Sein Verdacht hatte sich bestätigt. Es überraschte ihn nicht, dass Rachel jetzt als Lehrerin arbeitete. Sie war intelligent und besaß die Fähigkeit, einen komplexen Sachverhalt mit einfachen Worten präzise zu erklären. Davon hatte damals die Gemeinde in

Schweden profitiert, in der sie in verschiedenen Kinder- und Jugendgruppen unterrichtet hatte, und das hatte sie auch im Umgang mit ihren eigenen Kindern oft genug unter Beweis gestellt.

Aber warum war sie ausgerechnet nach New York gezogen? Als Lehrerin konnte man im ganzen Land arbeiten, Grundschullehrer wurden in jedem Dorf gebraucht.

Den restliche Morgen und einen Teil des Nachmittags hatte er in Sichtweite der Schule geparkt, in der er seine Frau und seinen Sohn wusste. Es war überaus tröstlich für ihn gewesen, den beiden so nahe zu sein. Einmal war Justin auf dem Hof zu sehen gewesen, als er mit seinen Altersgenossen Basketball spielte. Es war ein temperamentvolles Spiel mit hohem Tempo gewesen, etwas chaotisch, aber sehr fröhlich.

Wenn er nur gewusst hätte, dass Justin ihn annehmen würde und er in ihm keine alten Narben aufreißen oder neue seelische Wunden zufügen würde, er hätte die 8 000 Dollar gerne dafür gegeben, dass er nur fünf Minuten mit seinem Sohn hätte spielen dürfen.

Während er Justin voller Leben und Energie so nahe vor sich sah, fürchtete Clay, den Verstand zu verlieren. Da er sich nicht in der Lage sah, eine Entscheidung zu treffen, gingen seine Gefühle von einem Extrem zum anderen und schwankten zwischen himmlischer Freude und höllischen Qualen.

Das hatte sich auch im weiteren Verlauf des Abends nicht geändert, als er Rachel und Justin zum Supermarkt gefolgt war und dann die ganze Familie beim Abendbrot beobachtet hatte.

Am folgenden Tag hatte er sich vorgenommen, vor der Schule von Summer und Holly zu warten, um vielleicht etwas mehr über seine Töchter zu erfahren.

Hätte er gesehen, dass sie sich ungünstig entwickelten, schlechten Umgang hatten oder in irgendwelchen Gefahren waren, hätte er dies vielleicht als Legitimation nehmen können, um auf ihrer Türschwelle zu erscheinen.

Dabei war es ihm aber kaum möglich gewesen, überhaupt irgendetwas über die Mädchen herauszufinden. Alles, was er an diesem Tag gesehen hatte, waren die beiden, wie sie aus dem Wagen ihrer Mutter ausgestiegen und in die Schule gegangen waren, aus der sie am Nachmittag wieder aufgetaucht waren. Der

Schulbus hatte sie fast bis vor die Haustür gebracht, sie waren ausgestiegen und direkt nach Hause gegangen.

Sie waren nicht von zwielichtigen jungen Männern von der Schule abgeholt worden, ihre Haare waren weder pink noch blau, sie waren nicht kahlrasiert und schienen auch nicht zu rauchen.

Nach allem, was Clay gesehen hatte, bildeten die drei Kinder zusammen mit ihrer Mutter eine ganz normale Familie im klassischen Sinn. Sie lebten in enger Verbundenheit miteinander, und man merkte ihnen kaum an, dass ein Ehemann und Vater fehlte.

Diese Beobachtung verstärkte die Unentschlossenheit in Clay. Wütend schlug er mit der Faust gegen den Betonpfeiler des Parkhauses, während er immer noch hinter seiner Familie hersah. Diese Familie schien ihn nicht zu brauchen oder auf ihn zu warten.

„Du Feigling", schalt er sich selbst, „wozu bist du den ganzen Weg bis hierher gefahren? Nun zeig dich endlich! Riskiere es einfach!" Er blinzelte die Tränen aus den Augen und schlich vorsichtig hinter seiner Familie her.

Wenn er doch nur einen Verbündeten gehabt hätte, einen Freund, der verstehen konnte, was in ihm vorging, der ihm vergeben und ihn akzeptieren könnte. Es gab nicht einmal einen einzigen Menschen, der ihn stützend durch diese Finsternis begleitete. Niemand, der ihm zuhörte, der für ihn betete und ihm einen Rat gab.

Diese schreckliche Einsamkeit! Er ging vorsichtig die Treppe hinauf und achtete gleichzeitig darauf, Rachel und den Kindern nicht zu nahe zu kommen. Ein kurzer Korridor führte zu einer Tür und mündete in einen Vorraum der Konzerthalle. Zögernd betrat er den blauen Teppich und sah gerade noch, wie Holly um die nächste Ecke verschwand. Sie schienen tatsächlich in ein Konzert zu gehen.

Clay überlegte, ob er lieber zurückgehen und in seinem Wagen warten, oder ob er auch an dem Konzert teilnehmen sollte, das sich seine Familie heute Abend anhören würde. Würde er mit seiner alltäglichen Kleidung zwischen dem eleganten Publikum nicht unangenehm auffallen? Unter dem Mantel hatte er einen warmen Pulli und ein grobes Winterjacket an, während die beiden Männer, die soeben zielstrebig an ihm vorbeigegangen waren, Hemd und Krawatte getragen hatten.

Er bemühte sich, zumindest unauffällig zu schauen, während er schnell weiterging, um Rachel und die Kinder nicht aus dem Blick zu verlieren. Hinter der nächsten Ecke betrat er das hell erleuchtete Foyer. Hier drängten sich die Menschen vorwärts, sie kamen durch den Haupteingang von der Straße her und strebten zu den weit geöffneten Türen der Konzerthalle.

Clay stellte sich an die Wand und suchte unter den vielen sich vorwärts bewegenden Menschen nach den vertrauten Gesichtern. Aber sie schienen schon ins Innere der Halle gegangen zu sein, er konnte sie nirgends mehr entdecken.

Jetzt fiel Clay auch auf, dass viele der Besucher ganz einfach angezogen waren. Er würde keinesfalls aus dem Rahmen fallen. So beschloss er, an der Veranstaltung teilzunehmen, was auch immer auf dem Programm stand.

Noch einmal suchte er den Raum sorgfältig mit seinen Augen ab, um sicherzugehen, dass er nicht Rachel oder den Kindern über den Weg laufen würde, dann begab er sich zum Kartenschalter. Er hatte schon das Portemonnaie in der Hand, als ihm auffiel, dass alle Schalter geschlossen waren. Irritiert sah er zu den weit geöffneten Türen der Halle. Wurden dort die Karten ausgegeben? Oder war schon ausverkauft? Doch er konnte niemanden mit einer Eintrittskarte in der Hand sehen und niemand kontrollierte den Eingang. Die Leute gingen einfach durch die offenen Türen in den Saal und suchten sich Plätze.

Vorsichtig blieb Clay am Eingang des Saales stehen und vergewisserte sich, dass Rachel und die Kinder nicht in der Nähe waren. Keinesfalls sollte sich ihre erste Begegnung so zufällig ereignen. Er überquerte den breiten Gang und ging schnell die Stufen zur ersten seitlichen Empore hinauf. Von der hinteren Ecke des Balkons aus konnte er die zentrale Empore gut überblicken, ohne selbst gesehen zu werden. Platz für Platz wanderten seine Augen durch die Reihen, bis er ganz sicher war, dass Rachel und die Kinder nicht hier oben saßen. Dann ging er zu der großen Empore und setzte sich in der dritten Reihe von vorne an den linken Seitenrand. Von hier aus konnte er den größten Teil der Haupthalle sehen. Der Saal fasste Tausende von Menschen, trotzdem waren unten schon fast alle Plätze besetzt. Ob es wohl möglich sein würde, Rachel und die Kinder unter so vielen Menschen und auf so große Entfernung zu erkennen?

Er begann in der ersten Reihe links außen und ließ seinen Blick von einem Sitz zum nächsten wandern. Nach ein paar Minuten begannen seine Augen zu schmerzen und er musste eine Pause einlegen. Rasch füllte sich die Empore. Der Bühnenaufbau erstaunte ihn. Die geöffneten Vorhänge gaben freien Blick auf ein Gerüst, auf dem sich vermutlich ein Chor aufstellen würde. Seitlich davon waren verschiedene Instrumente positioniert, ein Keyboard, Schlagzeug, Trommeln, elektrische Gitarren, eine Bassgitarre und eine Geige. Daneben standen noch mehrere Mikrofonständer im vorderen Teil der Bühne, die meisten vor dem Platz für den Chor. Auf beiden Seiten der Bühne waren unter der Decke große Leinwände befestigt.

Clay schloss seine Augen, bevor er die Suche nach den vier Menschen fortsetzte, um die sich jetzt sein ganzes Leben drehte. Keine fünf Minuten später hatte er den dunkelblonden Schopf ausgemacht, der ihm einst so vertraut gewesen war. Rachel saß genau in der Mitte des mittleren Blockes in der zehnten Reihe von vorn. Sie beugte sich nach rechts, wo Justin saß, und schien mit ihm zu reden. Aber wo waren Summer und Holly? Er konnte sie nirgends entdecken. Vielleicht waren sie unter den Menschen, die jetzt nach oben strömten und an ihm vorbeigingen?

Würde er gleich entdeckt werden? Er rutschte tiefer in seinen Sitz. Andererseits: Würden Summer und Holly ihn überhaupt erkennen? Für sie war in den letzten Jahren so viel passiert, so vieles hatte sich verändert, vielleicht war über allem anderen die Erinnerung an sein Gesicht verblasst. Aber vielleicht hatte Rachel auch seine Fotos in der Wohnung aufgehängt, um das Andenken an ihn zu bewahren, und er würde den Mädchen sofort auffallen?

Wahrscheinlich würden seine Töchter ihn, falls sie überhaupt hier oben waren, am wenigsten bemerken, solange er sich einfach ruhig verhielt und nach vorne schaute. Er versuchte, sich entspannt hinzusetzen und Rachels und Justins Hinterköpfe zu betrachten. Während seine Augen die beiden weiter anstarrten, erlaubte er seiner Seele, sich über diesen Moment zu freuen. Wie sehr er sich über diese Gelegenheit freute! Endlich saß er mit ihnen in einem Raum. Wie lange hatte er sich das gewünscht, wie viele Mühen lagen hinter ihm, um das zu erreichen. Ein Glücksgefühl durchströmte seinen mageren Körper, wie er es seit Jahren nicht mehr gekannt hatte. Zum ersten Mal seit Jahren war er wieder dankbar für sein Leben.

Schon allein für diesen einen Augenblick des Glücks in der Nähe seiner Familie hatte sich alles gelohnt. Der Alkoholentzug, die harte Arbeit – er würde es alles sofort wieder tun, ja zehnmal so lange würde er alles ertragen.

Doch nachdem er sich mit so viel Entschlossenheit seinen Weg zurück erkämpft hatte, warum wagte er es jetzt nicht, ihnen unter die Augen zu treten und um Vergebung zu bitten? Während seine Augen auf Rachel ruhten, die sich immer noch mit Justin unterhielt, wusste er die Antwort auf seine letzte Frage: Er fürchtete die Zurückweisung. Darüber hinaus fürchtete er, seiner Familie wieder weh zu tun, sie erneut aus ihrer Lebensbahn zu werfen und neues Unheil über sie zu bringen, so wie der Pastor auf Costa Rica ihm angedroht hatte.

„Ich begrüße Sie alle ganz herzlich", sprach plötzlich eine männliche Stimme durch das in der Mitte der Bühne stehende Mikrofon. „Herzlich willkommen zum jährlichen Jugendfestgottesdienst der ‚Liberty International City Church'. Mein Name ist Dennis Cook. Ich bin einer der Jugendpastoren hier in der ‚Liberty Church'. Heute Abend habe ich die Ehre, Sie und euch durch das Programm zu führen. Wir haben uns schon lange auf diesen Abend gefreut, haben viel Werbung dafür gemacht und viel vorbereitet. Die Jugendlichen von 24 Gemeinden sind heute Abend hier zusammengekommen, um einander zu dienen und sich über all das Gute zu freuen, das Gott in ihrem Leben getan hat."

Begeisterter Applaus unterbrach ihn. Pfeifend und johlend drückte das Publikum seine freudige Zustimmung aus. Die meisten standen dazu auf.

Clay blieb sitzen. Er war in einem Gottesdienst! 24 Gemeinden! Er wurde in seinem Sitz immer kleiner, als würden ihm alle seine Vergangenheit ansehen, vergrub sein Gesicht in den Händen und wusste nicht, was er jetzt tun sollte.

Er musste gehen. Jeder, der Clays Geschichte kannte, hätte das von ihm verlangt.

„Bevor wir mit unserem Gottesdienst beginnen", fuhr Dennis Cook fort, „muss ich Ihnen noch mitteilen, dass eine kurzfristige Änderung in unserem Programm notwendig geworden ist. Curtis Hart, der Jugendpastor aus der ‚Williams Bridge'-Gemeinde, hätte heute Abend eigentlich die Predigt halten sollen. Aber leider hat er sich gestern bei einem Basketballspiel das Bein gebrochen." Ein überraschtes, erschrockenes Raunen ging durch den Saal. „Aus diesem Grund kann er heute nicht unter uns sein. Stattdessen ist ganz kurzfristig einer unserer allerliebsten 68-jährigen Männer eingesprungen. Ein Mann mit dem Herzen und dem Denken eines 30-Jährigen, Pastor aller Pastoren, ein Mann, der für viele von uns wie ein Vater ist, der einzige Mann, den ich kenne, der …"

Jemand sprach Clay an. Erschrocken fuhr er zusammen.

„Entschuldigen Sie bitte", hörte er die Stimme eines jungen Mädchens und dachte sofort, eine seiner Töchter hätte ihn entdeckt. Sein Kopf fuhr herum, und er starrte in das Gesicht einer jungen Frau, die auf die freien Plätze an seiner Seite deutete. Clay hatte sie und ihre beiden Freunde noch nie gesehen.

„Ist hier noch frei?", fragte sie und Clay antwortete verlegen: „Äh, nein …, ja … hier ist frei." Es dauerte einige Minuten, bis sein Pulsschlag sich wieder beruhigt hatte. Er setzte sich in seinem Stuhl zurecht und richtete seine Aufmerksamkeit wieder auf die Bühne.

Gerade wurde wieder geklatscht. Vermutlich galt der Applaus dem Redner, der für diesen Abend angekündigt worden war. Den Namen hatte er nun nicht mitbekommen, aber das spielte ja keine Rolle.

Als diese ihre Plätze auf der Bühne einnahmen, stellte Dennis Cook die Mitglieder der Band vor, die während der nächsten zwei Stunden für die Musik sorgen würden. Wieder wurde applaudiert. Die fünf jungen Männer schalteten ihre Instrumente ein, nickten einander zu und begannen, eine rhythmische Melodie zu spielen.

Unterdessen begrüßte Dennis Cook einen rund 50 Sänger umfassenden Chor, der gleichzeitig von zwei Seiten auf die

Bühne strömte und auf den Stufen Stellung bezog. Dann zog sich Dennis zurück.

Die Sänger trugen rot-schwarze Alltagskleidung und waren alle sehr jung. Schon während sie ihre Plätze einnahmen, begannen sie zu singen. Es waren eindeutig christliche Texte.

Clay hatte sich aufmerksam vorgebeugt, überlegte aber immer noch, ob er nicht lieber wieder gehen sollte. Die letzten Sängerinnen stellten sich zu dem Chor, als es Clay fast vom Stuhl fegte: Holly! Da stand seine jüngere Tochter Holly und sang aus Leibeskräften, ihr Gesicht leuchtete und sie war ganz bei der Sache. Seine Tochter Holly sang ein christliches Lied in einer christlichen Veranstaltung und war Teil eines christlichen Chores! Sie gehörte zu einer Gruppe von Christen, wahrscheinlich zu einer Gemeinde!

Holly hatte sich ihren kindlichen Glauben in die Teenagerzeit hinein bewahrt, obwohl sie in diesen Jahren von ihrem Vater verlassen worden war! Clay erinnerte sich noch genau daran, wie er mit der Fünfjährigen über Jesus gesprochen hatte. Auf ihren Wunsch hin hatte er mit ihr zusammen gebetet und sie hatte Jesus damals in ihr Herz und Leben eingeladen.

Als er sie jetzt auf der Bühne sah, glühte sein Gesicht vor Stolz. Am liebsten wäre er aufgesprungen, hätte geklatscht und gejubelt und ihr zugerufen, wie sehr er sich über sie freute. Alle sollten hören, dass sie große innere Stärke bewiesen und sich in sehr schweren Zeiten bewährt hatte. Mühsam unterdrückte er diesen Impuls und spürte gleichzeitig, wie ein Gefühl der Ehrfurcht seinen Körper durchströmte. Er begann zu zittern. Seine emotionale Belastbarkeitsgrenze war bald erreicht. Bewusst versuchte er, sich zu entspannen, still zu sitzen und sich weiterhin der Beobachtung seiner Familie und der Veranstaltung zu widmen.

Als der Chor sein Eröffnungslied beendet hatte, trat ein junger Sänger ans Mikrofon und führte die Anwesenden mit Begeisterung und mit entspannter Routine durch einige Lieder, die das Publikum zusammen mit dem Chor sang. Die Texte waren auf den beiden Leinwänden zu sehen. Rund 20 Minuten dauerte das Singen aus Tausenden von Kehlen.

Für Clay war dies die erste christliche Musik, die er seit siebeneinhalb Jahren hörte. Die kraftvolle geistliche Atmosphäre, die dabei entstand, berührte ihn ebenso wie die Worte der teils fröhlichen, teils besinnlichen Lieder.

Dann trat der Sänger zurück, Chor und Band wurden in Dunkelheit getaucht und zwei junge Männer trugen eine Parkbank in den Lichtkegel. Zwei Mädchen kamen aus dem hinteren Bereich der Bühne und setzten sich auf die Bank.

„Steve macht wieder Druck", erzählte die eine der anderen.

„Weil du nicht mehr mit ihm schläfst?", fragte die andere zurück.

Das erste Mädchen nickte empört: „Ich soll mit ihm schlafen, mit Party machen, mit ihm high werden, alles." Sie strich sich eine Haarsträhne aus dem Gesicht. „Ich habe Angst, Cindy."

Das Gespräch setzte sich über einige Minuten fort, in denen das erste Mädchen seine Ängste und Sorgen ausbreitete, während ihre Freundin ihr teilnahmsvoll zuhörte.

„Hast du schon einmal versucht, mit deinen Eltern über diese Dinge zu reden?", fragte die Zweite schließlich. „Vielleicht haben die eine Idee, was in diesem Fall das Beste wäre."

„Bist du verrückt? Ich rede doch nicht mit meinen Eltern."

„Was ist denn daran verrückt? Meine Eltern haben mir immer geholfen, wenn ich sie darum gebeten habe. Ohne sie wäre bei mir schon manches schief gelaufen. Das klingt jetzt uncool, aber fast alles, was sie mir geraten haben, hat sich im Nachhinein als richtig erwiesen. Glaub mir, durch sie ist mir eine Menge Stress erspart geblieben."

„Dann hast du da mehr Glück als ich. Meine Eltern reden eigentlich nie mit mir. Grundsätzlich nicht. Schon gar nicht über persönliche oder wichtige Sachen. Das war bei uns schon immer so. Eigentlich tun sie so, als würde ich gar nicht existieren." Sie schwieg lange. „Vielleicht gerate ich deshalb von einer Katastrophe in die nächste."

Der Scheinwerfer ging langsam aus.

Ein paar Sekunden lang war es absolut still in der Halle, dann erst brach der Applaus los. Die Botschaft war ernst und treffend vorgetragen worden.

Clay regte sich nicht; er konnte sich nicht bewegen.

Die Bank wurde wieder in den Hintergrund getragen und das Klatschen ließ allmählich nach. Es folgten zwei Chorlieder, die beide davon handelten, dass jeder Mensch sich nach Liebe sehnt.

Während die Band leise weiterspielte, betrat eine große Gruppe junger Leute die Bühne und stellte sich in drei langen Reihen auf. Dann wurde es ganz still. Dennis Cook kam wieder ans Mikrofon, deutete mit einer weitausladenden Bewegung auf die große Schar von Teenagern und erklärte: „Hier stehen 63 tolle junge Menschen. Die meisten von ihnen stammen aus kaputten Elternhäusern. Sie haben in den letzten zwölf Monaten durch die verschiedenen evangelistischen Einsätze unserer Jugendgruppen von der Liebe Gottes erfahren und Jesus als ihren Erlöser kennen gelernt. Um ihre Entscheidung für Jesus öffentlich zu machen, haben sie sich alle taufen lassen, einige im Atlantik, andere im East River, manche im Hudson River, einige in Swimmingpools und manche auch in richtigen kirchlichen Taufbecken. Aber egal, wo sie sich auch taufen ließen: Bei jedem von ihnen hat sich das Leben grundlegend verändert."

Das Publikum stand auf und gab einen weiteren donnernden Applaus.

Clay war so berührt von dieser Szene, dass ihm die Tränen übers Gesicht liefen. Dieses Mal hatte er sich auch erhoben. Eine unbeschreibliche Atmosphäre der Liebe, Annahme und Freude erfüllte den Raum. Das musste die Gegenwart Gottes sein, überlegte Clay, eine Gegenwart, die man nirgendwo sonst auf der Erde in dieser Art erleben konnte, eine Atmosphäre, die er seit Jahren so nicht mehr gespürt hatte. Auch jetzt durfte er das sicherlich nur erleben, weil er sich unter die Gläubigen gemischt hatte, bei denen Gott gerne war und die Gottes vertraute Nähe auch verdienten.

Dennis Cook wartete, bis die Menge sich wieder beruhigt hatte. Dann bat er die Leute, sich wieder zu setzen. „Jetzt werden zwei junge Männer und zwei Mädchen aus dieser Gruppe kommen und uns ihre ganz persönliche Geschichte erzählen."

Clay rutschte auf seinem Sitz nach vorne. Dabei kratzte sein Pulli an einer Stelle seines Nackens, als ob er dort wund wäre. Seine Finger entdeckten einen leicht erhöhten, etwa münzgroßen Knoten, der ziemlich druckempfindlich reagierte. Wahrscheinlich hatte ihn etwas gebissen oder es entstand gerade ein größerer Eiterpickel. Doch Augenblicke später war seine Aufmerksamkeit wieder ganz auf die Bühne gerichtet, als dort ein junger Mann zu sprechen begann.

„Hallo, ich bin Carlos. Früher war ich Mitglied einer Gang, wir haben gekämpft und Geschäfte ausgeräumt – aber nie war ich so aufgeregt wie jetzt!" Alle lachten.

Dann wurde Carlos Stellar sehr ernst. Er berichtete von seinem älteren Bruder, der vor zwei Jahren bei einem Bandenkrieg erstochen worden war. Carlos hatte versucht, seine Wut über den Mord an seinem Bruder irgendwie abzureagieren, rannte tage- und nächtelang durch den *Central Park* und spielte in den Hinterhöfen der Bronx Basketball.

„Jeff Lackey, einer der Jugendpastoren der ‚Liberty International City Church', spielte dort regelmäßig mit."

Carlos beschrieb, wie Jeff sich darum bemüht hatte, sich mit ihm anzufreunden. Eines Tages hatte er Jeff von seiner tiefen Wut über den Verlust seines Bruders erzählt. Er war ohne Vater aufgewachsen und sein älterer Bruder war für ihn immer ein Vaterersatz gewesen. Eines Tages erzählte Jeff ihm aber auch von Gott, der sich danach sehnte, der Vater aller Menschen zu sein, und der ihn, Carlos Stellar, als Sohn adoptieren wollte, für immer und ewig. In den nächsten Monaten beobachtete Carlos, wie Jeff seinen Glauben an diesen Gott im Alltag lebte. Eines Tages war er so weit, dass er diesen freundlichen Gott, den er durch Jeff kennen gelernt hatte, auch in seinem Leben haben wollte. Elf Monate war es her, seit er von neuem geboren und mit Wasser getauft worden war. Seither hatte sich alles in seinem Leben verändert. Er hatte seinen Lebensstil von damals aufgegeben, hatte einen festen Job angenommen und sah hoffnungsvoll in die Zukunft, geborgen in dem Wissen, dass er einen Vater im Himmel hatte, der ihn niemals verlassen würde.

Nach ihm kam ein junges Mädchen ans Mikrofon. Sie erzählte zunächst, wie sie schon vor langem beschlossen hatte, mit Religion nichts zu tun haben zu wollen.

Doch vor eineinhalb Jahren hatte sie die tief greifende Veränderung einer Freundin miterlebt. Es hatte sich nicht nur deren Wesen verändert, sogar ihr Äußeres war weicher und attraktiver geworden. Die Freundin hatte all die positiven Veränderungen ihres Lebens mit ihrer neuen Liebesbeziehung zu Jesus erklärt und sie im vergangenen Jahr zu dem großen Jugendgottesdienst mitgenommen. An diesem für sie unvergesslichen Abend hatte sie zum ersten Mal in ihrem Leben erkannt, dass Jesus eine real existierende Person war, der die Sehnsucht des Menschen nach einem Sinn im Leben, nach Liebe, Sicherheit und Geborgenheit stillen konnte.

Von da an begleitete sie ihre Freundin zu den Jugendgottesdiensten. Innerhalb der nächsten Wochen hatte sich ihr gesamtes Denken verändert und sie war auch zu einer Nachfolgerin Jesu geworden. Ihr restliches Leben sollte ihm gehören.

Während Clay zuhörte, spürte er die tiefe Überzeugung und die innige Leidenschaft, mit der die jungen Leute von dem sprachen, was Jesus ihnen bedeutete. Plötzlich erinnerte er sich an seine eigene lebensverändernde Begegnung mit Christus. Wie hatte er die Entschiedenheit von damals über die Jahre verlieren können? Was war aus seiner Liebe zu Gott und zur Wahrheit geworden?

Er betrachtete Rachel und Justin und konnte die Tränen nicht zurückhalten. Wenn er doch die vergangenen elf Jahre seines Lebens auslöschen und noch einmal leben könnte!

Im nächsten Moment zog sich sein Magen zusammen, und er spürte, wie Wellen der Übelkeit über ihn hinwegrollten.

Die dritte Person war eine farbige Amerikanerin, deren Gesicht, Hals und Schultern sehr entstellt waren und die einen leichten Sprachfehler hatte. Mit zwei Jahren hatte sie schwerste Verbrennungen erlitten, als einige Jugendliche eine Mülltonne in Brand gesetzt hatten und diese in die Luft gegangen war. Seither war ihr Leben eine einzige Aneinanderreihung von Ablehnung gewesen.

Vor sieben Monaten hatte sie zum ersten Mal einen Gottesdienst der *Liberty Church* besucht. Dort hörte sie, wie Jesus von seinen Halbbrüdern, seiner Nachbarschaft, von der Gesellschaft und sogar vom ganzen Volk abgelehnt worden war. Am Kreuz wurde er schließlich sogar von seinem Vater im Himmel verstoßen. Dadurch, dass er stellvertretend für die Menschen abgelehnt wurde, wurden diese von Gott angenommen und geliebt.

„Als ich erkannte, dass Jesus meine Situation genau verstand, weil es ihm auch so gegangen war wie mir, da rannte ich zu ihm – und er empfing mich mit offenen Armen. Durch seine Liebe und Annahme hat für mich ein ganz neues Leben begonnen."

Als Letzter kam ein junger Mann mit langen Haaren ans Mikrofon. Sein Name war Sid. Er war als verwöhntes Kind von Millionären aufgewachsen, erzählte er der großen Menschenmenge. Seit er sich erinnern konnte, fühlte er sich zu den übersinnlichen Dingen und dunklen Seiten des Lebens hingezogen. Mit 18 Jahren hatte er alles erlebt, was die Welt an Abartigem zu bieten hatte. Dann starb seine Freundin an einer Überdosis Heroin. Er hatte sie mit der Droge bekannt gemacht und ihr den tödlichen Schuss verabreicht. Durch den Tod seiner Freundin kam er zur Besinnung. Er suchte gezielt nach einer Kirche, um zu erfahren, ob es bei Gott Vergebung für seine Schuld am Tod des Mädchens geben würde.

„Ich war absolut begeistert, als mir Pastor Gossett von der ‚Liberty Church' in Long Island in der Bibel zeigte, dass Gott mir nicht nur vergeben *würde*, sondern dass er sogar vergeben *wollte*, und das ohne Gegenleistung meinerseits. Am achten Juli des vergangenen Jahres nahm ich diese Vergebung an. Am darauf folgenden Tag wurde ich getauft." Er senkte seinen Kopf. „Gott hat mir einen neuen Anfang geschenkt. Er hat mich von allem Schmutz befreit, den ich in meinem Leben angehäuft hatte. Die Reinheit, die er mir geschenkt hat, hätte ich mir mit dem ganzen Geld meiner Eltern niemals erkaufen können."

Während die Menge noch applaudierte, begann die Band wieder zu spielen, und die jungen Christen verließen zusammen mit dem Chor die Bühne. Das Licht wurde heruntergedreht und bei leiser Musik wurde ein großes Taufbecken in den vorderen Bereich der Bühne geschoben. Dann trat Dennis Cook wieder ans Mikrofon. Nachdem er den vier jungen Leuten gedankt und auch seiner Dankbarkeit Gott gegenüber Ausdruck verliehen hatte, der diesen vielen Teenagern mit einem neuen Anfang, Vergebung und unbeschreiblicher Liebe begegnet war, leitete er zum nächsten Programmpunkt über.

„Diese 63 jungen Leute wurden durch die Begegnung mit Jesus so radikal verändert, dass auch ihre Umgebung davon nicht unbeeinflusst blieb. Heute stehen hier ihre Brüder und Schwestern, manche Freunde und sogar eine Mutter und ein Vater, die sich in letzter Zeit auch für den Glauben an Jesus entschieden haben. Sie wollen ihre Entscheidung heute durch die Taufe öffentlich machen."

Während der nächsten halben Stunde beobachtete Clay, wie 14 Personen einzeln nacheinander ins Taufbecken stiegen, untergetaucht wurden und mit sichtbarer Freude im Gesicht am anderen Ende wieder herauskletterten, wo ihre Verwandten und Freunde sie strahlend und mit Handtüchern ausgerüstet erwarteten.

In Clay wurden sehr alte Erinnerungen wach. Am liebsten hätte er die Täuflinge eindringlich ermahnt, diese kostbare Beziehung zu Jesus wie einen Schatz zu hüten. Mit Jesus, ihrer Familie und ihren Freunden hatten sie jetzt das Beste, was es auf dieser Welt gab. Er wollte ihnen sagen, dass sie sich nie, niemals nach irgendetwas vermeintlich Besserem sehnen sollten, es gab nichts Schöneres.

Er atmete einige Male tief durch, um sich wieder zu beruhigen.

Dann verließen alle Leute außer der Band die Bühne, das Taufbecken wurde nach hinten geschoben und durch ein Sofa ersetzt. Clay stellte fest, dass sein Herz voller Dankbarkeit darüber war, dass seine Familie zu einer solch ungewöhnlichen, gesegneten Gemeinde gehörte.

Zwei Personen nahmen an den beiden Enden des Sofas Platz. Sie trugen Perücken und hatten sich als älteres Ehepaar verkleidet. Der Mann eröffnete die Unterhaltung.

„45 Ehejahre, das ist schon eine ganze Menge", nickte er und ergriff die Hand seiner Frau.

Unmittelbar bevor die Frau antworten konnte, erkannte Clay plötzlich, dass Summer dort oben saß. Die Perücke und das Make-up hatten sie stark verändert. Aber die Art, wie sie sich bewegte, war ihm in den letzten Tagen doch wieder sehr vertraut geworden.

„Ja, 45 Jahre sind eine lange Zeit", erwiderte sie stolz.

Zum ersten Mal seit Summer neun Jahre alt gewesen war, hörte Clay ihre Stimme. Der Schauspielpartner drückte Summers Hand. „Dazu noch unsere fünf gesunden Kinder …“

„… und neun wunderbaren Enkelkinder …“

Beide schwiegen und sahen sich lange an. „Wirklich, wir haben viel Grund, dankbar zu sein.“

„Würdest du es wieder so machen?“

„Absolut“, antwortete der Mann mit Überzeugung in der Stimme.

„Vermisst du die dreckigen Windeln?“

„Bitte?“

Summer lächelte und schüttelte den Kopf, als wollte sie ihre letzte Bemerkung zurücknehmen. Dann sah sie auf und blickte in die Menge: „Was denkst du, was wäre aus unseren Kinder geworden, wenn wir uns getrennt hätten, als wir Probleme hatten?“

Clays Magen, der schon seit einiger Zeit Übelkeit signalisierte, begann, sich zusammenzukrampfen. Schnell strebte er zum Ausgang und erreichte die Herrentoilette gerade noch rechtzeitig, bevor er sich übergeben musste. Mindestens fünf oder sechs Minuten kniete er vor einer Toilettenschüssel, bis sich sein Magen wieder beruhigt hatte. Er brauchte weitere fünf Minuten, um sich von den Krämpfen zu erholen und sich zu waschen.

Als er endlich zur Halle zurückkehren konnte, brandete ihm kräftiger Applaus entgegen. Wütend ballte er die Fäuste. Er hätte so gerne das Stück von Summer gesehen, auch wenn die Botschaft für seine Ohren nicht gerade angenehm war.

Zu gerne hätte er gewusst, ob Summer das Stück selbst geschrieben hatte, ob sie nur eine vorgegebene Rolle gespielt oder ob sie, als Kind eines weggelaufenen Vaters, vielleicht sogar darum gebeten hatte, dieses Stück spielen zu dürfen, um allen anwesenden Eltern zu verdeutlichen, wie wichtig es für Kinder war, mit beiden Elternteilen aufzuwachsen.

Sollte er überhaupt noch einmal in den Saal gehen? Wahrscheinlich würde die nächste Welle der Übelkeit nicht lange auf sich warten lassen. Wäre es nicht am sinnvollsten, sich umgehend in ein Hotelzimmer einzumieten, bis es ihm wieder besser ginge? Oder sollte er den Anblick seiner Familie hier noch so lange wie möglich auskosten?

Zweimal ging er Richtung Ausgang, doch beide Male wandte er sich wieder zurück in die Halle. Mit dem Rücken zur Wand blieb er ganz hinten stehen. Von hier aus war es kaum noch möglich, Rachel auszumachen, trotzdem versuchte er, seinen Blick auf sie zu fixieren. Bis die Worte aus den Lautsprechern allmählich in sein Bewusstsein drangen.

„Er hätte sich alles wünschen können, unbegrenzte Finanzen, Weltberühmtheit oder die besten Bettpartner aller Zeiten", hörte er eine lebendige, ältere Männerstimme, „aber obwohl er ein junger Mann war, der das Leben liebte, bat er Gott um nichts dergleichen. Stattdessen überlegte er gut und bat Gott dann um eine ganz besondere Gabe, die nur wenige überhaupt begehren: *Weisheit.*"

Clay konnte das Gesicht des Redners auf den Leinwänden in aller Deutlichkeit sehen. Das musste der Mann sein, der zu Beginn des Gottesdienstes angekündigt worden war. Außer ihm war niemand mehr auf der Bühne.

Mit seinem langen, grauen Haar, das ihm in dicken Strähnen ins Gesicht fiel, erinnerte er eher an einen Dirigenten als an einen amerikanischen Pastor. Ein Teil seines Gesichtes war unter einem weißen, kurz gehaltenen Bart verborgen. Seine Kleidung war sportlich. Alles in allem sah er wie ein von der Meinung anderer unabhängiger, reifer, kluger Mensch aus. Eine starke, positive Kraft ging von ihm aus. Clay fühlte sich sofort zu ihm hingezogen.

„Damit dieser junge Mann sich in dieser Situation für Weisheit entscheiden konnte", fuhr er jetzt fort, „musste er *bereits* ein gewisses Maß an Weisheit *besitzen.* Die Frage, die sich hier stellt, lautet also: Wie kam es, dass Salomo als ganz junger Mann schon so weise war?"

Er schwieg, um die Zuhörer zum Mitdenken einzuladen.

„Es lag an seinem Vater", gab er endlich selbst die Antwort und las die Bibelstelle aus dem Buch der Sprüche, 4. Kapitel, die Verse 3 bis 9.

„Ich will das noch einmal hervorheben", setzte er wieder an, nachdem er den Abschnitt vorgelesen hatte. „Salomos Vater hatte dafür gesorgt, dass sein Sohn schon in jungen Jahren Weisheit mehr zu schätzen wusste als alles andere, was er sich hätte wünschen können. Sein Vater war ein angesehener, geachteter, reicher und berühmter König. Er hatte sich die Zeit genommen, mit seinem Jungen zu reden und ihm schon als Kind zu erklären, dass Weisheit wichtiger war als Reichtum, Macht, Überlegenheit oder sexuelle Erfüllung. David war im Laufe seines bewegten Lebens zu dieser Erkenntnis gelangt und gab sie an seinen Sohn weiter."

Die Worte trafen Clay.

„Warum hatte Salomo auf seinen Vater gehört? Und wie kam es, dass er die Worte seines Vaters über die Jahre hinweg nicht vergessen hatte? Es waren nicht nur die Worte, die er von seinem Vater hörte. Er kannte das Herz seines Vaters und beobachtete ihn in seinem Alltag. Im Handeln seines Vaters, bei seinem Reagieren, seinen Entscheidungen und in seinen Gesprächen mit Rat suchenden Menschen erlebte Salomo, wie wertvoll es für einen König war, Weisheit zu haben. Salomo beobachtete seinen Vater nicht nur in der Öffentlichkeit, sondern auch privat. Überall konnte er die Auswirkungen der Weisheit erkennen, die seinem Vater Ansehen, Macht, Einfluss, Güte, Gerechtigkeit und gute ethische und moralische Werte verliehen hatte. Er konnte jeden Tag erleben, wie unerlässlich es für seinen Vater war, sich mitten in einer kaputten, sündigen Welt klug zu verhalten. So konnte David sich nicht nur mitten im Chaos seiner Welt behaupten, sondern sein Leben konnte sich zur vollen Blüte entfalten. Weisheit war viel mehr wert als Geld oder irdisches Vergnügen – das wurde für Salomo am Leben seines Vaters sehr deutlich.

Doch jetzt möchte ich mich ganz schnell an alle Väter unter uns wenden, deren Leben von Fehlern und falschen Entscheidungen gekennzeichnet ist und die sich selbst als hoffnungslose Versager sehen. Diese Geschichte wendet sich an Sie alle."

Clay vergaß, Rachels Hinterkopf anzuschauen. Er starrte mit vor Erstaunen geweiteten Augen auf die riesige Leinwand, die das Gesicht des Redners zeigte.

„Der Vater von Salomo war in seinem früheren Leben ein Dieb, ein Lügner, ein Ehebrecher und ein Mörder." Er wurde noch ernster. „Solange Sie und Ihr Sohn oder Ihre Tochter leben, ist es nicht zu spät. Egal, wie groß Ihre Schuld und Ihr Versagen sind, Sie können jederzeit umkehren. Es ist nie zu spät, sich zu besinnen und einen neuen Anfang zu machen. Tun Sie es, um Ihrer Kinder willen!“

Die Worte trafen Clay wie Hammerschläge. Der ganze Abend war schon wie auf ihn zugeschnitten und jetzt noch diese Predigt …

„König David beweist uns, dass das möglich ist, und sein Sohn Salomo ist die sichtbare Frucht seiner Umkehr. Salomo, einst das Kind eines Verbrechers, wurde für sein Leben geprägt durch den veränderten, reifen Charakter seines Vaters. Er hatte Schwächen und war angreifbar, aber er wurde einer der weisesten Männer, die je auf dieser Erde lebten.

Wie sah die Bilanz von Salomos Lebens aus? Die Zeit seiner Herrschaft dauerte 40 Jahre und war eine Zeit des Friedens mit allen Nachbarvölkern sowie eine Periode großen Wohlstandes für das ganze Volk. Drei Bücher der Weisheit, die Salomo verfasst hat, sind heute Teil der Bibel. Sie haben unzählige Menschen in allen Kulturen und Jahrhunderten bewegt und wurden zur Grundlage jeder anderen Weisheitsliteratur der Weltgeschichte.

Das alles war möglich, weil sein Vater sich besonnen hatte und von seinem falschen Weg umgekehrt war.“

Der Redner ging noch einmal auf den Punkt ein, dass es nie zu spät sei, seine Rolle als Vater zu übernehmen. Dann bat er alle anwesenden Väter, die vom richtigen Weg abgekommen waren, als Erstes Gottes Vergebung zu erbitten.

„David hatte zugegeben, dass sein Verhalten falsch war. Er versuchte nicht, seinen Diebstahl, seine Lügen, den Ehebruch und den Mord zu vertuschen oder zu beschönigen. Er tat Buße. Das hat Gott gefallen. Gott hatte ihn zwar die Folgen seines Handelns tragen lassen, aber er sprach ihn frei von aller Schuld. Er erließ ihm jegliche Strafe, gab ihm ein neues, reines Herz und machte ihn als weisen, gereiften Vater zum Segen für seine Kinder.

Gott wird auch Ihre Umkehr segnen. Er ist ohne eine einzige Ausnahme der größte, leidenschaftlichste Verteidiger jedes reuigen Sünders.“

Clay schluckte, schniefte und begann zu weinen. Es war die Stimme Gottes, die durch den alten Mann zu ihm sprach. Gottes Stimme, die ihn zurückrief und ihm versicherte, dass Gottes Arme auch für ihn weit offen waren.

„Deine Kinder brauchen dich als ihren Papa", betonte der Mann und deutete mit einer weiten Bewegung auf die vielen hundert Teenager, die vor ihm saßen. „Das haben die Sketche und Berichte heute Abend sehr klar verdeutlicht. Niemand kann dich ersetzen. Ich sage es noch einmal: Deine Kinder brauchen dich. Sie brauchen dich als ganze Person, deine Liebe, deinen Einfluss, dein Vorbild."

Clay war überwältigt von dieser Botschaft und von der fühlbaren Gnade Gottes, die den Raum erfüllte. Er wollte unbedingt diese Vergebung und Erneuerung erleben, von der er gehört hatte. Jeder einzelne Tag der vergangenen zehn Jahre sollte von ihm abgewaschen werden. Er wollte rein sein, er wollte umkehren, solange es noch nicht zu spät war. Die Intensität des Augenblicks war so groß, dass Clay alles andere vergaß, bis ihn plötzlich ein akuter Schmerz im Bauchraum so unvorbereitet traf, dass er sich vornüberkrümmte und fast zu Boden gefallen wäre.

Mit einer Hand hielt er sich an der Wand fest, die andere Hand presste er gegen seinen Bauch. Er knirschte mit den Zähnen, atmete durch den Mund, verstärkte den Druck seiner Hand gegen den Magen und versuchte, den Schmerz zu beherrschen. Er musste so schnell wie möglich zur Toilette.

Eine Hand berührte seine Schulter. „Kann ich Ihnen helfen?", hörte er die Stimme eines Mannes.

„Nein, danke", murmelte er und verließ eilig den Saal. Das Fieber stieg bereits.

*

Als Clay endlich in seinem Hotelzimmer im Bett lag und sich mit einem nassen Handtuch die glühende Stirn kühlte, beschloss er, mit dem alten Mann zu sprechen. Die gütige Art dieses Predigers erschien ihm wie eine seelische und geistliche Oase.

Immer wieder ließ er den Abend vor seinem inneren Auge ablaufen, besonders die Predigt über die grenzenlose, ungebrochene Bereitschaft Gottes, unter allen Umständen, immer, alles zu vergeben. Obwohl es ihm körperlich schwer fiel, kniete er sich neben seinem Bett nieder.

Er versuchte, nicht mehr an das Gefühl der Wertlosigkeit und all seine Zweifel zu denken, sondern wagte es zum ersten Mal seit siebeneinhalb Jahren, im Gebet in die Gegenwart Gottes zu treten. Während er die Matratze mit seinen Tränen benetzte, bekannte er Gott jede einzelne Sünde, an die er sich erinnern konnte. Er versuchte, sich die weit geöffneten Arme Gottes vorzustellen. Von ganzem Herzen schrie er zu Gott um Vergebung.

Dann schlief er auf seinen Knien ein, während er immer wieder flüsternd wiederholte, dass er morgen wieder in das Leben von Rachel, Summer, Holly und Justin zurückkehren würde, vorausgesetzt, sein Körper würde mitmachen.

48

Gegen 15 Uhr am nächsten Nachmittag hielt Clay es in seinem Hotelzimmer nicht mehr aus. Er hatte zwar noch Fieber und Kopfschmerzen, musste sich aber nicht mehr übergeben. 20 Minuten später parkte er wieder gegenüber von Rachels Haus. Ihr Wagen stand vor dem Eingang.

Nach den Erfahrungen des vorangegangenen Abends konnte Clay es riskieren, Rachel und den Kindern gegenüberzutreten. Er hatte es gewagt, Gott um Vergebung zu bitten, und seither war zumindest diese eine große Last von ihm gewichen: Gott hatte ihn nicht verstoßen, das wusste er jetzt. Trotzdem fühlte er sich nicht gerade wie neugeboren. Dazu hätte erst die Beziehung zu seiner Familie wieder in Ordnung sein müssen, auch sein körperlicher Zustand gab ihm wenig Grund zur Freude. Ehe er sich selbst würde vergeben können, würde er zuerst einen Weg finden müssen, wie er seiner Frau und seinen Kindern seine aufrichtige Reue zeigen und das angerichtete Leid in ihrem Leben in irgendeiner Form wieder gutmachen könnte.

Unsicher sah Clay zu Rachels Fenstern hinauf. Waren diese vier Menschen wohl bereit, ihm zu vergeben? Wenn sie diese Bereitschaft nur im Entferntesten signalisieren könnten, würde er gerne über Jahre alles tun, um ihr Vertrauen wiederzugewinnen. Es würde ihm auch nichts ausmachen, zunächst in einer separaten Wohnung zu leben und von dort aus die Beziehung mit Rachel und den Kindern langsam wieder aufzunehmen.

Neben ihm auf dem Beifahrersitz lag eine einzelne, langstielige rote Rose. Er war sich noch nicht sicher, ob er sie mitnehmen würde. Es war ja möglich, dass Rachel sich durch dieses Zeichen der Liebe und des Verlangens verspottet fühlen würde. Aber vielleicht würde die Botschaft ihr Herz erreichen, bevor er es mit Worten versucht haben würde? Lieber hätte er 50 oder 100 Rosen gekauft und hätte Rachel den größten Rosenstrauß aller Zeiten überreicht, aber das hätte in seinem Fall leicht als billige, Mitleid erregende Geste missverstanden werden können.

Er wollte nach der Rose greifen, doch seine Hand zitterte so heftig, dass er innehielt. Er betrachtete seine Hand, und plötzlich erinnerte er sich an jenen Morgen in Stockholm vor siebeneinhalb Jahren, als er seinen Rucksack geschultert und nach der Türklinke gegriffen hatte, um sich wortlos auf dem Leben seiner Familie davonzustehlen. Damals hatte seine Hand beim Öffnen der Haustür ähnlich stark gezittert wie jetzt.

Es war so lange her!

Mit geschlossenen Augen bat er Gott um Hilfe für den Schritt, den er jetzt gehen würde. Leise gab er seiner Hoffnung Ausdruck, dass der ältere Prediger von gestern Abend sie vielleicht auf dem Weg der Versöhnung unterstützend begleiten könnte. Ob Rachel den Mann persönlich kannte? Unbewusst rieb er an der Schwellung im Nacken, die weiterhin Schmerzen verursachte. Dann öffnete er seine Augen, holte tief Lust und nahm die Rose.

Gerade wollte er die Fahrertür öffnen, als er erstarrte. Er blinzelte und hoffte inständig, dass seine Sinnesorgane ihm einen Streich spielten. Aber es änderte sich nichts an dem Anblick, der sich ihm bot: Rachel kam die Straße entlang und ging auf ihren Hauseingang zu. Sie trug einen langen Wintermantel und war in Begleitung eines Mannes. Die beiden unterhielten sich angeregt und der Mann hatte seinen Arm um ihre Schultern gelegt.

Clay sah zur Seite. Sein Herz krampfte sich zusammen.

Tonlos rief er sich selbst zu, dass man aus dieser Geste nichts schließen dürfe. Doch als er seinen Blick wieder auf die beiden richtete, sah er Justin aus dem Haus rennen und sich strahlend in die offenen Arme des Mannes werfen.

*

Eine knappe halbe Stunde später stiegen Rachel, Holly, Justin und Grayson zusammen in Rachels Auto.

„Alles klar, Leute", strahlte Grayson, der am Steuer saß und sich anschnallte, „als Erstes fahren wir zu Jeannie und bringen Summer ihre Zahnbürste vorbei. Dann gehen wir in den Brautladen, damit die Näherin für Rachels Kleid Maß nehmen kann. Wenn wir anschließend noch genug Zeit haben, gehen wir thailändisch essen. Wird die Zeit bis zum Spiel zu knapp, werden wir uns mit Hotdogs und Hamburgern im Stadion zufrieden geben müssen."

„Super", jubelte Justin von hinten und warf die Arme in die Luft.

Rachel sah Grayson an, strich sich eine Haarsträhne aus dem Gesicht und lächelte.

Grayson erwiderte das Lächeln und warf ihr einen Handkuss zu. Dann fuhr er aus der Parklücke und fädelte sich in den dichten Innenstadtverkehr ein.

*

Clay befand sich etwa acht Fahrzeuge hinter Rachels Wagen und kämpfte sich ebenfalls durch den Verkehr. Da sah er, wie Rachels Auto nach rechts in eine Parklücke zog. Clay hielt am nächstbesten freien Parkplatz.

Angespannt beobachtete er Rachel, Holly, Justin und den Mann, wie sie aus dem Wagen stiegen und in eine … Boutique für Brautmoden gingen. Das große Schild über dem Schaufenster ließ daran keinen Zweifel.

Während der vergangenen halben Stunde, in der Clay den Wagen verfolgt hatte, der zuerst kurz in einer Wohngegend gehalten hatte, um jetzt hier zu parken, hatte er sich mit allen Mitteln klarzumachen versucht, dass alles, was er sah, nichts zu bedeuten hatte. Sie war bestimmt nicht mit diesem Mann verheiratet, sonst würde sie nicht mehr den Namen McCain tragen. Doch sowohl die Telefonauskunft als auch der Anruf an ihrem Arbeitsplatz hatten ihm diesen Namen ja bestätigt.

Sie lebte auch ganz bestimmt nicht unverheiratet mit diesem Mann zusammen. Das passte nicht zu ihr und würde, zumal die Kinder mit in der Wohnung lebten, auch überhaupt nicht zu ihrem Verständnis von Mutterschaft passen.

Also konnte der Mann höchstens ihr Freund sein. Die beiden standen bestimmt nicht in einer verbindlichen Beziehung zueinander. Sicher wäre es für Rachel keine Katastrophe, wenn die Freundschaft mit diesem Mann durch Clays Erscheinen auf die Probe gestellt würde. Wahrscheinlich wäre es langfristig kein Problem, die Beziehung zu dem anderen zu beenden.

Aber warum gingen sie denn jetzt in ein Brautmodengeschäft? Clay wartete und wartete. Der Gedanke, der sich ihm aufdrängte, durfte nicht wahr sein. Rachel und ihr Freund kauften sicher nur ein Hochzeitsgeschenk für ein befreundetes Paar oder holten für jemand anderen etwas ab.

Es begann zu nieseln. Graue Wolken hingen am Himmel, Nebel erfüllte die Stadt.

Eine Viertelstunde später schlug Clays Faust krachend gegen das Lenkrad. Er konnte nicht länger stillsitzen und warten. Im Schutz des trüben Wetters stieg er aus seinem Wagen, überquerte die Straße und ging auf der gegenüberliegenden Straßenseite vorsichtig an der Boutique vorüber.

Das Geschäft war im Inneren hell erleuchtet und schien im hinteren Bereich sehr breit zu werden. Im vorderen Teil des Ladens waren einige Kunden zu sehen, die sich zwischen den zahlreichen üppig gekleideten und festlich geschmückten Schaufensterpuppen bewegten, die über den ganzen Laden verteilt standen.

Die Personen, nach denen er suchte, waren nicht zu sehen. Offensichtlich hielten sie sich im hinteren Teil des Raumes auf. Clay bemühte sich vergeblich, etwas zu erkennen. Zwischen ihm und der anderen Seite toste der Verkehr auf vier Spuren. Es regnete und die vielen bunten Lichter spiegelten sich in der Schaufensterscheibe.

Er musste wissen, was hier los war. Entschlossen wischte er sich das Wasser, das ihm von den nassen Haarsträhnen über Stirn und Wangen rann, aus dem Gesicht. Sobald der Verkehr es zuließ, rannte er über die Straße.

Nun war er nur noch wenige Schritte von dem Eingang des Geschäftes entfernt. Vorsichtig prüfte er zunächst erneut, ob Rachel und die anderen nicht doch im vorderen Teil des Ladens oder an der Kasse standen.

Dann trat er näher. Er beugte sich nach vorne, um besser sehen zu können. Seine Augen arbeiteten sich Meter für Meter in dem Geschäft voran, an zwei fremden Frauen vorbei, bis ihm etwas Eigenartiges auffiel.

War das nicht eine Schaufensterpuppe in einem weißen Brautkleid, die sich da bewegte? Er versuchte, Details zu erkennen. Das Gesicht war hinter einem Schleier versteckt und von ihm abgewandt. Da sah er plötzlich, wie zwei Hände sich an dem Saum des Kleides zu schaffen machten. Dann drehte die Schaufensterpuppe ihren Oberkörper und zeigte Clay ihr Gesicht.

„Rachel", kam es ungläubig über seine Lippen. Die Frau in dem Brautkleid war Rachel, die Frau, die er liebte und begehrte, die Mutter seiner Kinder.

Clay blieb der Mund offen stehen. Sekundenlang wurde ihm schwarz vor Augen. Dann explodierte sein Verstand. Er verlor jede Orientierung, wankte zu einem Laternenpfahl und hielt sich mühsam daran fest. Seine Gedanken und Gefühle überschwemmten ihn, als wäre ein Damm gebrochen.

Er rannte zum Eingang der Boutique, hielt aber in letzter Sekunde wieder inne. Wütend trat er gegen eine leere Coladose, die am Straßenrand lag. Scheppernd flog sie den Gehweg hinunter. Minutenlang ging er im Regen hin und her, planlos und hilflos. Endlich fand er seinen Wagen wieder und setzte sich ans Steuer. Er wartete.

Wartete.

Und wartete.

Er war wie ein einsamer Wanderer in einer unendlichen Wüste, der in Sichtweite der Oase starb, weil er keine Kraft mehr hatte, die letzten, rettenden Schritte zu tun. Er verdurstete in unmittelbarer Nähe der Oase, in der er früher gelebt hatte.

Endlich kamen Rachel, der Mann und die Kinder aus dem Geschäft und rannten durch den Regen zum Auto. Clay wollte sein Fenster öffnen und laut um Hilfe rufen. Er wollte seine Tür aufreißen, zu ihnen rennen und sich ihnen zu Füßen werfen. Verzweifelt biss er in seinen Mantelkragen und presste seinen Kopf gegen das Lenkrad.

Kaum war Rachels Auto weggefahren, sprang er aus seinem Wagen und betrat die Boutique. Er ging zu der Stelle, an der er Rachel gesehen hatte. Es war kein Personal in Sicht. Er tat so, als wolle er etwas kaufen, sah ein leeres, kleines Fotoalbum und blätterte darin. Dann ging er zu einem männlichen Verkäufer, der hinter einem Ladentisch stand und etwas notierte.

Als der Mann aufsah, legte Clay das kleine Album vor ihn auf den Tisch und griff nach seinem Portemonnaie. Er versuchte ein Grinsen, als wolle er Witze machen, deutete mit dem Kopf in die Richtung, in der Rachel gestanden hatte, und fragte leichthin: „Beabsichtigt die Dame, die eben das Kleid anprobiert hat, zu heiraten oder hat sie sich das nur zum Spaß angezogen und ist vielleicht noch zu haben?“

Der Verkäufer hob eine Augenbraue: „Ich fürchte, da sind Sie zu spät dran“, antwortete er trocken. „Die Dame war in Begleitung ihres Verlobten hier.“

Clay zuckte die Schultern: „Auch gut.“

So schnell er konnte, bezahlte er das Album, bedankte sich und verließ den Laden. Den restlichen Abend und den größten Teil der Nacht irrte er zu Fuß durch die regennassen Straßen New Yorks.

49

Es war fünf Uhr am Sonntagmorgen, als Clay wieder in seinem Hotelbett lag. Seelisch und körperlich ausgelaugt, war er trotzdem hellwach.

Rachel hatte sich also von ihm scheiden lassen, davon musste er nun ausgehen. Musste er jetzt einfach wieder verschwinden, ohne einen Versuch unternommen zu haben, sich mit ihr zu versöhnen? Sie war im Begriff, einen neuen Anfang zu machen, den er keinesfalls stören durfte.

Was sollte er jetzt tun? Große Angst erfüllte ihn. Keinesfalls wollte er wieder eine falsche Entscheidung treffen. Er fürchtete sich vor dem Risiko, das ein Treffen mit sich brachte, und wollte seiner Familie nicht erneut wehtun. Er war so voller Angst, dass er kaum klar denken konnte.

Während es draußen allmählich hell wurde, wälzte er sich auf seinem Bett hin und her, schwitzend und zitternd.

Gegen acht Uhr nahm er an, dass sich inzwischen einige Leute in der *Liberty Church* aufhalten würden, um Vorbereitungen für den Gottesdienst zu treffen. Er würde versuchen, telefonisch zu erfahren, wie viel Zeit ihm noch bis zu Rachels Hochzeit blieb.

„Guten Morgen, hier ist die ‚Liberty International City Church'", erklang eine freudige, aber etwas gehetzt klingende Frauenstimme in der Leitung.

Clay räusperte sich. „Guten Morgen", begann er und verzichtete bewusst darauf, sich vorzustellen, „bitte entschuldigen Sie, dass ich um diese Zeit anrufe, aber ich bin gerade dabei, eine Auslandsreise zu buchen und wollte wissen, wann die Hochzeit von Rachel McCain stattfindet. Könnten Sie mir bitte den Termin nennen, damit ich meine Reise nicht aus Versehen auf dieses Wochenende lege?"

Er atmete leise, um seine Anspannung nicht zu verraten.

„Ich kann es versuchen, aber Sie müssen sich einen Moment gedulden, bis ich jemanden gefunden habe, der das weiß. Einen Augenblick bitte."

Eilig entfernte sich die Frau und Clay wartete aufgeregt. Eine Woche? Ein Monat? Ein Jahr? Würde die verbleibende Zeit reichen, um das Vertrauen von Rachel zurückzugewinnen? Ob es noch möglich wäre, einen guten Eheberater einzuschalten, der ihnen helfen könnte?

„Sind Sie noch da?", ertönte Minuten später die atemlose Stimme der Frau. „Schön. Sie haben Glück, ich habe einen

Musiker getroffen, der auf der Hochzeit spielen wird. Der Traugottesdienst findet am 8. März um 16 Uhr statt."

Clay seufzte. „Danke", sagte er freundlich, „Sie haben mir sehr geholfen, vielen Dank."

Bevor die Frau noch etwas fragen konnte, hatte er schon aufgelegt.

Zwei Monate, er hatte zwei Monate Zeit – nur zwei Monate! Dann würde Rachel sich mit einem anderen Mann verheiraten.

*

Bis Mittag ging es Clay körperlich so schlecht, dass er sein Hotelzimmer nicht mehr verlassen konnte. Er kniete in Unterwäsche vor der Toilettenschüssel und glühte vor Fieber. Die Kopfschmerzen waren schier unerträglich; ihm war, als würde sein Schädel platzen. Auch dieser Knoten an seinem Nacken brannte unangenehm.

Trotz seines elenden körperlichen Zustandes war er im Großen und Ganzen doch voller Hoffnung. Er hatte erneut beschlossen, den älteren Pastor anzusprechen, dessen Predigt er am Freitagabend gehört hatte. Er würde ihn ins Vertrauen ziehen und um Rat fragen. Der Mann schien über zwei Qualitäten zu verfügen, die in Clays gegenwärtiger Situation unabdingbar waren: Er hatte ein barmherziges Wesen und viel Lebenserfahrung. Hinzu kam, dass er Rachel wahrscheinlich kannte. Vielleicht war er als ihr Pastor auch ein Mann, dem Rachel vertraute und dessen Rat sie respektierte. Das würde vieles vereinfachen, angenommen, der Mann würde wirklich einen Sinn darin sehen, eine Versöhnung zwischen Rachel und Clay herbeizuführen.

Während Clay vor dem Waschbecken stand und seine Arme in kaltes Wasser tauchte, bat er Gott flüsternd um Hilfe. Was immer er in den nächsten Stunden und Tagen tun würde, es sollte ausschließlich dem Wohl von Rachel und den Kindern dienen.

Dann stellte er sich vor den Spiegel und versuchte erstmals, einen Blick auf den Knoten an seinem Hals zu werfen. Was er sah, war ausgesprochen beunruhigend. An seinem Nacken war ein sehr großer, knotig verdickter dunkelbrauner Fleck, der in der Mitte eine eitrige Öffnung hatte.

Im selben Moment sah er einen ähnlichen Fleck hinter seinem linken Ohr, allerdings kleiner und noch weitgehend unter den Haaren verborgen.

Zu seinem Erschrecken entdeckte er noch drei weitere ähnliche Stellen, eine im Lendenbereich, eine oberhalb der Hüfte und eine am Fußknöchel. Alle waren ziemlich groß, dunkel und sahen alarmierend aus. Er sah sich die größte Stelle am Nacken noch einmal näher an. War das eine Allergie? Hatte er eine Hautkrankheit? Oder war es vielleicht Hautkrebs?

Er erlaubte seinen Gedanken nicht, sich die schlimmsten Möglichkeiten auszumalen und diese dann in seine Entscheidung bezüglich Rachel mit einzubeziehen. Das Beste wäre, so schnell wie möglich einen Arzt aufzusuchen, dann wüsste er zumindest, was los war. Bei dieser Gelegenheit konnte er auch fragen, woher dieser extreme Gewichtsverlust und das häufige Unwohlsein herrührten. Das hatte er ja sowieso bereits seit langem geplant.

Er versuchte, sich wieder zu entspannen. Wahrscheinlich würde der Arzt ihm sagen: „Sie haben einen Parasiten im Körper, den Sie entweder durch verdorbenes Essen oder durch verschmutztes Wasser aufgenommen haben. Eigentlich hätten Sie sich schon vor Monaten darum kümmern sollen. Ich werde ihnen jetzt ein bewährtes Medikament gegen Würmer verschreiben, das Sie über die nächsten Wochen einnehmen müssen, dann werden Sie bald wieder gesund sein." Er legte sich wieder ins Bett.

Nachdem er nun auch genügend Geld hatte, um sich eine medizinische Untersuchung leisten zu können, wollte er keine Zeit mehr verlieren und sich gleich am nächsten Tag darum kümmern. Egal, wie er sich fühlen würde, morgen früh würde er zu einem Arzt gehen.

An seinem Entschluss, den alten Pastor zu sprechen, würde er trotzdem festhalten, nur mit ein paar Stunden oder höchstens einem Tag Verspätung.

*

Dr. Bruce Hartley war Facharzt für Allgemeinmedizin in Queens. Clay redete, und der Arzt notierte sich alles, was sein neuer Patient zu berichten hatte.

Da er ohne Termin in der Praxis erschienen war, hatte Clay fast zwei Stunden im Wartezimmer ausharren müssen. Aber nun war er froh, diesem Arzt alle körperlichen Probleme der vergangenen 15 Monate schildern zu können, zumal der Mann sehr aufmerksam zuhörte.

Clay hatte hohes Fieber, aber er hielt sich tapfer. Ausführlich beschrieb er, wie er diese schmerzhaften, dunklen Hautflecken entdeckt hatte, die sich in den vergangenen Tagen vermehrt hatten. Er beugte sich nach vorne und zeigte dem Arzt die Stelle im Nackenbereich. Dr. Hartley sah sich die Wunde genau an, ohne etwas dazu zu sagen. Ruhig wartete er, bis Clay seinen Bericht beendet hatte.

Clay wollte dem Arzt die Arbeit erleichtern und erwähnte auch den Alkoholismus, unter dem er bis vor kurzem noch gelitten hatte, berichtete von seinen Jahren in Costa Rica und entschuldigte sich dafür, dass er so lange keinen Arzt aufgesucht hatte. Er hatte immer gehofft, die Symptome würden von alleine wieder verschwinden. Hinzu kam, dass er ein paar wichtige private Dinge zu regeln hatte, die seine ganze Aufmerksamkeit in Anspruch genommen hatten.

Auch das notierte der Arzt, ohne es zu kommentieren. Dann legte er sein Schreibzeug zur Seite. Clay musste sich ausziehen, der Arzt maß seinen Blutdruck, sah ihm in den Hals und hörte Lunge und Herz ab. Nachdem er sich Einweghandschuhe angezogen hatte, untersuchte er den eitrigen Knoten an Clays Nacken. Er drückte etwas Eiter heraus und gab ihn zur weiteren Untersuchung in eine Petrischale. Auch die anderen dunklen Stellen tastete er sorgfältig ab.

„Wir werden diese Probe in ein Labor schicken. In drei Tagen werden wir das Ergebnis haben."

Clay nickte.

„Haben Sie Blut im Stuhl?"

„Ja, aber erst seit einigen Wochen."

„Jeden Tag oder nur gelegentlich?"

„Jedes Mal, wenn ich zur Toilette muss."

„Ist es eher hell oder dunkel?"

„Eher hell."

Auch dies wurde notiert. „Gut, Sie können sich dann wieder anziehen."

Der Arzt wartete, bis Clay sich wieder angezogen hatte, dann fragte er: „Hatten Sie in der Vergangenheit schon einmal sexuell übertragbare Krankheiten?"

Clay wurde rot. Mit dieser Frage hatte er nicht gerechnet. „Äh, soweit ich weiß, nicht. Warum fragen Sie?"

Der Arzt antwortete nicht, sondern stellte gleich die nächste Frage: „Hatten Sie Geschlechtsverkehr mit wechselnden Partnern?"

Clay zögerte unwillkürlich. Doch dann besann er sich wieder darauf, dass er in seinem eigenen Interesse lieber offen mit dem Arzt reden sollte. Nicht ohne Scham antwortete er: „Ja, vier Jahre lang war auch das Teil meines Lebensstils."

„Haben Sie Kondome benutzt?"

Ein beklemmendes Gefühl erfasste Clay, was einerseits an der Art der Fragen lag, andererseits aber auch an der Richtung, in die sie offensichtlich zielten. Er bemühte sich, seine Anspannung unter Kontrolle zu halten. „Soweit ich mich erinnern kann, hatte ich mit ein oder zwei Ausnahmen immer Kondome benutzt. Allerdings war ich in der Zeit so oft betrunken, dass ich mich an vieles nicht erinnern kann."

„Hatten Sie auch homosexuelle Kontakte?"

„Nein."

„Haben Sie Drogen gespritzt?"

„Nein", antwortete Clay fast tonlos.

Der Arzt hatte immer noch den gleichen offenen, professionellen Tonfall, mit dem er die Untersuchung begonnen hatte. „Wenn Sie erlauben, Mr. McCain, wird meine Assistentin Ihnen etwas Blut abnehmen, und wir werden es auf HIV untersuchen lassen."

Clay konnte sich sekundenlang nicht bewegen. Nur seine Augäpfel verdrehten sich und rollten zuerst zur Decke, dann zum Boden. Endlich konnte er den Blick wieder heben und Dr. Hartley ansehen: „Verstehe ich Sie richtig … dass ich Aids haben könnte?"

„Nun, ich muss Ihnen sagen, dass Sie alle klassischen Symptome der Krankheit aufweisen. Es wäre fahrlässig, diesem Verdacht nicht nachzugehen."

Es folgten Momente des Schweigens, in denen Clay den Eindruck hatte, jede Wärme und alle Farben wäre aus dem Raum gewichen, als säße er in einem eiskalten, gespenstisch grauen Zimmer – in einer Grabkammer. Als er wieder zu sich kam, signalisierte er mit einem leichten Nicken sein Einverständnis.

Augenblicke später kam die Krankenschwester und zog Clays Blut in eine Spritze, während der Arzt Informationen über den Test weitergab. Clay hörte die Worte, aber sie ergaben keinen Sinn.

In einer Woche wäre die Blutuntersuchung abgeschlossen, hörte er den Arzt sagen. „Unabhängig von den Ergebnissen würde ich aber gerne eine Darmspiegelung vornehmen, um die Ursache für die Blutungen herauszufinden."

Clay nickte.

Am Ausgang wurde ihm ein Termin in zehn Tagen gegeben, an dem die Untersuchungsergebnisse besprochen und die Darmuntersuchung vorgenommen werden sollten.

Clay bezahlte sofort in bar.

Als er wieder auf der Straße stand, entsprach der winterliche Frost genau der Temperatur seiner Seele. Die Hände tief in den Manteltaschen vergraben, setzte er sich auf eine niedrige Betonmauer. Über eine Stunde blieb er dort reglos sitzen. Er murmelte vor sich hin, die Feuchtigkeit seines Atems gefror in kleinen weißen Sternchen auf seiner kalten Gesichtshaut.

*

Am Nachmittag dieses Tages, während er unter der Dusche seines Hotelzimmers stand, war für Clay klar, dass er unbedingt mit jemandem reden musste. Ein Gespräch war für ihn jetzt lebensnotwendig. Der alte Prediger kam allerdings nicht mehr in Frage. Er wollte sich niemandem anvertrauen, der möglicherweise Kontakt zu Rachel und den Kindern hatte. Aus dem gleichen Grund würde er auch Bengt Wennergren nicht anrufen.

Verzweifelt stemmte er sich gegen Isolation und Einsamkeit.

Wie hatten seine Freunde von früher geheißen? Er musste jemanden finden, der ihm vergeben würde, der ihn als Mensch akzeptieren konnte, jemanden, der ihm den großen Dienst des Zuhörens erweisen würde, bei dem er sein ganzes Herz ausschütten könnte. Ob es so eine Person gab? Oder erwartete er zu viel?

Während das Wasser über seine fiebrig-heiße Haut floss, betrachtete er eine wunde Stelle an seinem Knöchel. Alle klassischen Symptome hatte der Arzt ihm bescheinigt. Zum hundertsten Mal wiederholte er flüsternd die Verdachtsdiagnose, die Dr. Hartley ihm gestellt hatte: „Aids."

Und dann wiederholte er auch die Worte des alten Predigers: „Solange Sie und Ihr Sohn oder Ihre Tochter leben, ist es nicht zu spät. Egal, wie groß Ihre Schuld und Ihr Versagen sind, Sie können jederzeit umkehren. Es ist nie zu spät, sich zu besinnen und einen Neuanfang zu machen. Tun Sie es, um Ihrer Kinder willen!"

Er sackte in der Dusche zusammen, kauerte sich auf den Boden und weinte, während das Wasser auf ihn herniederprasselte.

Während sein Körper von Schluchzen geschüttelt wurde, kam ihm ein Name in den Sinn: Bryan. Bryan Lewis.

Mit Bryan Lewis hatte er sich als Student fünf Semester lang ein Zimmer geteilt. Nach dem Studium hatte Bryan eine Pastorenstelle in Norfolk, Virginia, gefunden. Diese Gemeinde hatte unter Bryans Leiterschaft ein Herz für Mission entwickelt und viel Geld in die Auslandsmission investiert. Auf Grund von Bryans Einfluss war Clay einer der ersten Missionare gewesen, die von dieser Gemeinde monatlich unterstützt worden waren. Zuverlässig und treu hatten sie sein Leben, seine Arbeit und seine Familie mitfinanziert, solange er Pastor in Schweden gewesen war. Bryan und er waren immer sehr gute Freunde gewesen. Nun überlegte Clay, ob Bryan vielleicht der Freund war, mit dem er reden könnte.

Zwei oder drei andere Personen kamen ihm noch in den Sinn, aber Bryans Gesicht drängte sich vor seinem inneren Auge in den Vordergrund.

Ob Bryan überhaupt noch in Norfolk lebte? Clay sehnte sich so verzweifelt nach einem Gespräch, dass er einfach nur hoffen konnte, Bryan anzutreffen und in ihm ein Gegenüber zu finden, das bereit wäre, mit ihm zu reden.

Als er aus der Dusche trat, hatte er bereits begonnen, sehr viel Hoffnung in diese Idee zu setzen, und malte sich aus, Bryan würde ihn einladen, ein paar Tage nach Norfolk zu kommen und sein Gast zu sein.

Clay nahm sich nicht einmal die Zeit, sich anzukleiden, ehe er die Auskunft anrief. Nach kurzer Zeit hatte er erfahren, dass Bryan tatsächlich immer noch in Norfolk wohnte. Er notierte sich die Nummer und setzte sich nachdenklich auf die Bettkante. Sein Blick ruhte wieder auf dem dunklen Knoten an seinem Fuß. Ob diese ekelhaften Geschwüre unter der Haut weiterwucherten? Seine Gedanken wanderten wieder zum 8. März, dem Hochzeitstag von Rachel. Mit diesem Datum endeten für ihn alle vorstellbaren Versuche, den Kontakt zu seiner Familie herzustellen.

Bis zu diesem Zeitpunkt hatte er gekämpft und eisern seine Ziele verfolgt. Aber jetzt hatten Verwirrung, Enttäuschung und Verzweiflung seine Kräfte und Fähigkeiten restlos erschöpft. Ohne Hilfe von außen kam er nicht mehr weiter.

Er starrte auf Bryans Telefonnummer, setzte sich so bequem wie möglich hin und flüsterte ein verzweifeltes Gebet. Dann hob er den Hörer ab und wählte. Nach dem vierten Klingeln meldete sich die Stimme eines Teenagers.

„Guten Abend“, sagte Clay und versuchte, seine Aufregung zu verbergen, „ich rufe von weither an, um mit Pastor Bryan Lewis zu sprechen. Ist er in der Nähe?“

„Ja, klar. Einen Moment, ich hole ihn.“

Clay hörte, wie die junge Stimme „Papa!“ rief. Im Hintergrund hörte man das Geräusch eines Fernsehers. Ein paar Sekunden später wurden die Geräusche leiser.

„Guten Abend, hier ist Pastor Lewis.“

Clay erkannte die Stimme sofort. Es war eine tiefe, temperamentvolle Stimme, die zu dem großen, kräftigen Mann passte, dem sie gehörte. Während des Studiums war Bryan manchmal von anderen gehänselt worden, weil er so ein „bäriger“ Typ war. Bryans Stimme weckte viele schöne, alte Erinnerungen an damals und hatte sofort eine tröstliche Wirkung auf Clay. Seine optimistischen Erwartungen an Bryan wuchsen, während er sich in die Jahre ihrer engen Freundschaft zurückversetzt fühlte.

„Hallo, Bryan, ich bin's, Clay McCain."

Schweigen. Dann die Gegenfrage: „*Der* Clay McCain?"

„Ich fürchte, ja, ich bin *der* Clay McCain."

„Rufst du aus Norfolk an?"

„Nein, aus New York."

„Also mit dir hätte ich heute Abend jedenfalls nicht gerechnet."

Clay spürte, wie ein Lächeln über sein Gesicht huschte. „Mann, ich bin echt froh, dass du noch in der gleichen Stadt wohnst und heute Abend zu Hause bist." Clays Stimme bebte vor tief empfundener Dankbarkeit und Erleichterung.

„Ja, ich bin wohl eher ein sesshafter Typ. Ich kann scheinbar einfach keinen Platz finden, der mir besser gefällt als Norfolk."

„Das klingt gut! Ich habe dich angerufen …"

„Einen Moment bitte, Clay. Ich lege das Gespräch auf den anderen Apparat in meinem Arbeitszimmer, dort bin ich ungestört."

Clay wartete. Gut, dass Bryan da war. Ob er mit ihm reden und ihm zuhören würde?

„So, hier bin ich wieder", war Bryan kurz darauf zu hören. „Was ist denn der Grund für deinen Anruf, nachdem du dich so viele Jahre nicht gemeldet hattest?"

„Ich brauche einen Menschen, der mit mir redet, Bryan. Bestimmt hast du einige Gerüchte und Mutmaßungen über mich gehört. Wahrscheinlich stimmt auch das meiste, das du gehört hast. Von daher wird es dich vielleicht nicht überraschen, wenn ich dir sage, dass mein Leben ein ziemliches Chaos ist. Deshalb …"

„Stimmt es, dass du damals einfach verschwunden bist und deine Frau, deine Kinder und deine Gemeinde wegen einer anderen Frau verlassen hast?"

Clay schloss traurig die Augen. „Ja, das stimmt." Er zögerte und hoffte auf eine Antwort. Aber es kam nichts. „Jedenfalls", versuchte er wieder anzusetzen, „ähnlich wie der verlorene Sohn bin ich vor einiger Zeit zur Einsicht gekommen. Allerdings sieht es jetzt so aus, dass ich … ich habe … äh …" Er brachte das Wort nicht über die Lippen.

Bryan schwieg weiterhin.

Clay wusste nicht genau, was Bryans Schweigen zu bedeuten

hatte, es verunsicherte ihn aber. „Entschuldige bitte“, bemühte er sich weiter, „ich brauche dringend einen Menschen, mit dem ich reden kann. Meine Eltern sind tot, mein Schwiegervater ist unbekannt verzogen, Pastor Lovett von meiner Heimatgemeinde in Atlanta weigert sich, mit mir zu reden, und Dr. Brighton von der Missionsgesellschaft …“

„… hatte dir einen Vorschlag gemacht, weil er dir helfen wollte, wieder mit Gott und der Welt in Ordnung zu kommen, den hast du aber ausgeschlagen. Was erwartest du jetzt von mir?“

Clay saß immer noch auf der Bettkante. Angestrengt beugte er sich vornüber. „Ich brauche einen Freund, der mit zuhört, Bryan. Jemand, dem ich erklären kann, was geschehen ist.“

Wieder war nichts als Schweigen in der Leitung.

„Dr. Brighton hat mir wirklich ein Angebot gemacht“, räumte Clay ein. „Aber zu dem Zeitpunkt, als ich mit ihm sprach, hatte ich nur ein Ziel: Ich wollte meine Frau und meine Kinder finden. Ich hatte ihn angerufen, weil ich ihn um die Adresse von Rachel bitten wollte. Doch er verlangte von mir, zuerst einmal drei oder vier Monate immer in die ‚North Metro Church‘ zu gehen, mich Pastor Lovett unterzuordnen und über alles, was ich tun würde, vor der Gemeindeleitung Rechenschaft abzulegen. Gleichzeitig hatte Pastor Lovett mir aber gesagt, dass ich für meine Sünde in der Hölle schmoren würde, weil es für Leute wie mich keine Vergebung gäbe, und dass er mir Rachels Anschrift nicht geben würde, selbst wenn er sie wüsste. Das war damals alles nicht so einfach, Bryan. Ich wollte so schnell wie möglich zu meiner Familie und konnte nicht noch Monate warten. Ich … weißt du … also …“

Clay verhaspelte sich, weil er alles gleichzeitig erklären wollte. Er hielt inne und versuchte, seine Gedanken zu sortieren. Bryan räusperte sich.

„Bryan, das ist eine lange, komplizierte Geschichte“, begann Clay erneut. „Was ich jetzt wirklich brauche, ist ein Ratgeber. Du bist der Einzige, den ich anzurufen wage, der Einzige, von dem ich mir vorstellen kann, dass er mir eine Chance geben wird. Könnte ich dich für ein paar Tage besuchen kommen? Weißt du, ich habe Rachel inzwischen gefunden, habe aber nicht mit ihr gesprochen. Da wünsche ich mir deinen Rat. In sieben Wochen wird sie ein zweites Mal heiraten. Ich brauche jemanden, der sich die ganzen Zusammenhänge anhört und dann mit mir zusammen überlegt, ob ich die verbleibenden Wochen nutzen soll, um mich bei ihr zu melden und mich vielleicht sogar mit ihr zu versöhnen. Außerdem habe ich …"

„Entschuldige, dass ich dich unterbreche, Clay, aber was du da sagst, gefällt mir nicht. Ich habe Verständnis für deine Situation, aber um ehrlich zu sein: Dein Verhalten hat nicht nur ein oder zwei Gemeinden oder ein paar Leuten geschadet, sondern du hast eine ganze Gruppe von Kirchen und Gemeinden mit Tausenden von Mitgliedern und Hunderten von Pastoren hinters Licht geführt. Ich halte es für falsch, wenn du mich jetzt als einen dieser Pastoren herausgreifst und mich drängst, mich gegen alle anderen zu stellen, indem ich mich mit dir solidarisch zeige. Wir wurden allesamt angewiesen, keinen Kontakt zu dir zu haben. Ich würde gegen die Anweisungen meines Pastorenverbandes verstoßen, wenn ich dir jetzt einfach so auf eigene Faust helfen würde. Stattdessen solltest du zu Dr. Brighton gehen und dich Pastor Lovett unterordnen. Diesen beiden Männern bist du Rechenschaft schuldig. Alle anderen Gemeinden und Einzelpersonen, die dich unterstützt haben, hatten diesen beiden Männern vertraut, die dich empfohlen und dir vorgestanden hatten. Zumindest einer dieser beiden Männer hat dir angeboten, dich auf einem Weg der Buße und Heilung zu begleiten. Wenn du dich darauf einlassen würdest, dann könnten dir nach und nach auch alle anderen Pastoren und Gemeinden wieder vertrauen. Ich würde dir dringend raten, auf die Vorschläge von Dr. Brighton einzugehen. Eigentlich solltest du dankbar sein, dass er dir so ein Angebot gemacht hat."

„Bryan, ich bin todkrank, ich habe Aids. Unter diesen Umständen macht es keinen Sinn mehr, auf Dr. Brightons Vorschlag einzugehen! Ich brauche einen Freund, mit dem ich reden kann. Ich habe auf der ganzen Welt keinen einzigen Menschen, der mit mir redet!"

„In diesem Fall würde ich alle anderen Menschen vergessen und die verbleibende Zeit nutzen, um mich mit Gott zu versöhnen."

Schweigen.

„Mein alter Freund weist mich also zurück?“, murmelte Clay leise, mehr zu sich selbst als zu Bryan.

Bryan seufzte und sagte ernst: „Dein alter Freund zeigt dir die beiden einzigen Richtungen, die für dich jetzt in Frage kommen. Abgesehen davon habe ich eine Frau und vier Kinder. Ich möchte sie nicht in Gefahr bringen. Wer kann schon mit Sicherheit sagen, wie diese Krankheit tatsächlich übertragen wird?“

Clay nickte müde.

„Tut mir Leid Clay, es geht wirklich nicht anders.“

*

Während der nächsten 36 Stunden war Clay allein in seinem Hotelzimmer, lag zusammengekrümmt in der Duschwanne oder saß auf dem Teppich. Manchmal döste er vor sich hin.

Am Mittwochnachmittag verließ er sein Zimmer. In der Nähe des Hotels befand sich ein leer stehendes Bürogebäude mit einem unbenutzten Parkplatz. Auf diesem Gelände ging er langsam auf und ab. Einige Stunden später stand seine Entscheidung fest.

Ohne noch weitere Zeit zu verlieren, fuhr er zu einem Reisebüro und kaufte sich ein Flugticket. Er würde New York und die Vereinigten Staaten am Freitag verlassen.

50

Es war Donnerstagmorgen, als Clay zum letzten Mal aus einem amerikanischen Hotel trat. Er hatte weiterhin keinen Appetit und deshalb an diesem Tag auch nichts gefrühstückt. Nachdem er seinen Besitz in dem alten Wagen verstaut hatte, fuhr er durch den dichten Verkehr zu der Schule, an der Rachel arbeitete.

Der Unterricht begann erst in einer knappen Stunde. Clay

parkte in Sichtweite des Eingangs und wartete. Eine halbe Stunde später füllte sich der Parkplatz mit den Fahrzeugen von Lehrern, Schülern und Eltern. Auch Rachels Wagen war unter den Ankommenden.

Mit geweiteten Augen beobachtete Clay, wie Rachel und Justin ausstiegen und zum Eingang der Schule gingen. Er versuchte, sich jedes Detail, auch die kleinste ihrer Bewegungen einzuprägen, um sie in seinem Gedächtnis für immer mit sich nehmen zu können.

Nachdem die beiden Personen im Inneren des Gebäudes verschwunden waren, blieb Clay weiterhin reglos sitzen, Stunde um Stunde.

*

Am frühen Abend, während sich die Dunkelheit auf New York legte, verfolgte Clay einen grünen Jeep, der vermutlich Rachels Verlobtem gehörte. Alle fünf Personen saßen in dem Wagen. Von Rachels Wohnhaus fuhren sie zu einem freistehenden Einfamilienhaus in einer vornehmen Wohngegend, die sich *Howard Beach* nannte.

Clay parkte einige Häuser entfernt, sodass er gerade noch die Einfahrt sehen konnte. Er wartete rund eine halbe Stunde, dann ging er vorsichtig zu dem Anwesen. Im Schutz der Dunkelheit und versteckt hinter zahlreichen Sträuchern und Büschen, die rund um das Haus wuchsen, wagte er es, das Privatgelände zu betreten. Im hinteren Bereich des Gartens, etwa zwei Meter von der Rückwand des Hauses entfernt, stand ein alter Baum, dessen Stamm sich als Sichtschutz anbot, während Clay gleichzeitig fast das gesamte Erdgeschoss überblicken konnte. Im ganzen Haus gab es keine Vorhänge. Trotzdem waren alle Zimmer hell erleuchtet. Soweit Clay das erkennen konnte, waren die Räume weitgehend unmöbliert.

In der Mitte des Esszimmers bildeten mehrere Kartons eine Art Tisch, um den einige Klappstühle standen. Auch an der seitlichen Wand waren etliche Umzugskartons gestapelt. Entweder war der Mann im Begriff, in das Haus einzuziehen, oder er zog gerade aus.

Der Mann ging in der Küche hin und her; es sah so aus, als würde er kochen. Gleichzeitig befand sich Rachel in der oberen Etage und ging mit einer Videokamera von Zimmer zu Zimmer. Dabei redete sie ununterbrochen, als würde sie die Filmaufnahmen kommentieren. Holly hatte sich in der Küche zu dem Mann gesellt, redete mit ihm und lächelte viel. Summer und Justin versuchten, im Kamin ein Feuer anzuzünden.

Alle wirkten fröhlich und unbeschwert und zeigten viel Interesse an dem Haus. Es sah nicht so aus, als würde der Mann hier ausziehen. Nein, dies schien sein neuer Wohnsitz zu sein. Damit würde dieses Haus schon bald auch das Heim von Rachel und den Kindern werden. Der Gedanke lag nahe, zumal in sieben Wochen die Hochzeit stattfinden würde und Rachels Wohnung für fünf Personen wahrscheinlich zu eng wäre.

Folglich stand Clay jetzt auf dem Gelände, das die zukünftige Heimat seiner Kinder und seiner Ex-Frau werden würde. Hier würden sie einen neuen Lebensabschnitt mit einem neuen Mann und Vater beginnen.

Er ließ seine Augen durch den Garten wandern. Nicht ohne Neid maß er die Länge und Breite des Grundstücks und nahm alle Einzelheiten in sich auf. Hier würden seine Kinder in den nächsten Jahren spielen, toben, picknicken und Feste feiern. Mit geschlossenen Augen versuchte er, sich die Geräusche vorzustellen, mit denen seine Kinder diesen Garten erfüllen würden. Er würde nie wieder hierher kommen.

Als er sich wieder dem Haus zuwandte, saßen alle um die Kartons im Wohnzimmer und reichten Teller weiter, auf denen verschiedene Zutaten lagen, aus denen sie sich Sandwiches machten. Alle unterhielten sich.

Clay konnte den Anlass nicht erkennen, aber plötzlich begannen alle zu lachen. Nach etwa einer Minute verstärkte sich das Gelächter, als Justin sich nach hinten lehnte und mitsamt dem Stuhl zu Boden fiel.

Summer sprang auf und lachte so heftig, dass sie sich vornüber beugte, mit den Händen den Bauch hielt und mit den Füßen auf den Boden stampfte. Die ganze Gruppe lachte so wild, dass Rachel nach der Videokamera griff und die Szene festhielt.

Während Clay draußen, in der Kälte und Dunkelheit dieser

Januarnacht, die lachende Gruppe beobachtete, musste er selbst lächeln. Aber eine Flut von Tränen löschte das Lächeln schnell wieder aus.

Er streckte seine Arme zu dem Haus hin. Mit den Handflächen nach oben versuchten seine Finger, das zu berühren, was nie mehr ihm gehören würde. Jahre großer Einsamkeit lagen hinter ihm, aber die Einsamkeit, die er jetzt empfand, während er zum letzten Mal seine Familie beobachtete, ging tiefer als jeder Schmerz, den er bis dahin gekannt hatte.

Sein Verlangen, wieder ein Vater, ein Ehemann und ein guter Mensch zu sein, wurde übermächtig. Er umfasste den Baumstamm und sank auf seine Knie.

Er schluchzte unkontrolliert. Die Enge in seiner Kehle breitete sich über seinen Kopf aus und machte ihm das Atmen fast unmöglich. Er stützte sich mit einer Hand gegen den Baum, hielt den Kopf gesenkt und rang mehrere Minuten lang nach Luft.

Endlich löste sich die Enge. Er lehnte sich an den Stamm und blickte wieder in das Haus. Das Lachen war verebbt, die Aufmerksamkeit der kleinen Gruppe galt jetzt dem Essen. Dann brachten sie das Geschirr in die Küche und schoben ihren improvisierten Tisch vor den offenen Kamin.

Dort setzten sich alle wieder und packten ein Brettspiel aus. Für Clay wurde es Zeit zu gehen. Welch ein langer Weg lag hinter ihm – von der Holzhütte auf Costa Rica bis in diesen Garten in New York. Er hatte Versöhnung gesucht, aber nicht gefunden. Nachdenklich griff er wieder nach dem Knoten in seinem Nacken. Fast war es ihm gelungen, sich auszusöhnen, es hatte nicht viel gefehlt. Fast ...

Er holte tief Luft und trat einen Schritt zurück. Dann streckte er noch einmal die Hand nach diesen Menschen aus, die er nie wieder berühren würde. Vor allem die klaren, feinen Züge von Rachels Gesicht wollte er noch einmal berühren. So konnte er die Kluft zwischen den beiden Welten, in denen sie lebten, scheinbar überwinden. Zärtlich strich er über ihre Stirn.

„Ich ... ich ...", seine Kehle begann sich wieder zuzuziehen, „ich ... liebe dich, Rachel", kam es unter großen Schmerzen über seine Lippen. „Ich liebe dich mehr ... als du je ahnen wirst."

Er hielt inne und entspannte sich, um Luft zu bekommen.

„Als ich das erste Mal weggelaufen bin, habe ich es … für mich getan." Die Tränen liefen erneut über sein von Krankheit gezeichnetes, mageres Gesicht. „Jetzt gehe ich … für dich."

Er biss die Zähne aufeinander und rieb seine Schläfen. Dann küsste er seinen Finger, streckte die Hand nach seinen Kindern aus und drückte die Küsse auf deren lachende, in ihr Spiel vertiefte Gesichter.

„Bitte vergebt mir, Summer, Holly und Justin. Vergebt eurem Papa. Vergebt mir … dass ich der größte Dummkopf war, den es je gegeben hat. Es tut mir Leid, dass ich euch so weh getan habe … Ich liebe euch." Er atmete aus und versuchte, durch ein paar tiefe Atemzüge seine Schmerzen zu reduzieren. „Ich bin sehr stolz auf euch."

Dann blickte er nach oben in den sternklaren Nachthimmel: „Bitte, gib Acht auf sie."

Als Nächstes fixierte er den neuen Mann im Leben seiner Familie: „Ich kenne Sie nicht. Aber bitte, bitte lieben Sie meine Frau und meine Kinder … und seien Sie gut zu ihnen, Ihr ganzes Leben lang."

Bevor er sich abwandte, versuchte er mit aller Konzentration, zu der er noch fähig war, sich dieses letzte Bild einzuprägen, um es auf seinem weiteren Weg mit sich tragen zu können.

Der Schmerz in seiner Kehle breitete sich über Brust, Arme, Beine und den Kopf aus. Endlich drehte er sich um und versuchte zu gehen. Es ging nicht. Er blieb stehen. Versuchte es erneut. Wieder und wieder. Aber der Schmerz war unerträglich. Er konnte sich nicht bewegen. Ein furchtbares Stöhnen entrang sich seinen zusammengepressten Lippen.

Sein Kopf fuhr herum, sein Blick schweifte wieder in das Haus. Noch einmal betrachtete er jede der Personen. Rachel, Summer, Holly, Justin. Die vier Menschen, die er liebte.

Plötzlich sah er, wie der Mann zu applaudieren begann. Alle klatschten und jubelten. Das Spiel war zu Ende. Dann legte der Mann einen Arm um Rachel, den anderen um Justin und zog sie beide an sich. Alle hatten ein Lächeln im Gesicht. Alle waren glücklich.

Clay schloss langsam die Augen. Er wollte auch diese Szene in seiner Erinnerung bewahren. Mit geballten Fäusten machte er den ersten Schritt vom Baum weg. Dann den nächsten. Noch einen. Und noch einen.

Bilder zuckten vor seinen Augen vorbei wie Blitze, bei jedem Schritt, der ihm gelang, eine neue Szene: die Fenster von Rachels Wohnung – die Schule von Rachel und Justin – die Schule von Summer und Holly – ihre Gemeinde – Holly als Sängerin im Chor – Summer und der Sketch – Rachel im Brautmodengeschäft – Justin beim Basketballspiel – Justin beim Tanken – Rachel am Steuer – Rachel mit der Videokamera – Holly in der Küche – Summer und Justin am offenen Kamin – das Lachen beim Abendessen – das neue Zuhause – das Brettspiel – die Umarmung.

Plötzlich hörte Clay das Trampeln seiner Füße. Er rannte, so schnell er konnte, stolperte und lief mit letzter Kraft zu seinem Wagen, keuchend und nach Luft ringend.

Er fiel auf seinen Sitz, schlug die Fahrertür zu, ließ den Motor an und trat das Gaspedal durch. Er sah nicht mehr zurück. Mit der gleichen Entschlossenheit wie vor siebeneinhalb Jahren stürmte er davon.

51

Später am Abend, als die Kinder endlich im Bett lagen, ging Rachel noch einmal durch die Wohnung und sah nach, ob alles in Ordnung war, ehe auch sie in ihr Zimmer ging. Obwohl es fast Mitternacht war, war sie noch hellwach. Dies war ihre letzte Nacht als geschiedene Frau und allein erziehende Mutter. Sie war froh, dass Grayson den Hochzeitstermin so kurzfristig angesetzt hatte. Nachdem sie sich ganz sicher war, Grayson zu lieben, nachdem ihre Kinder sich auf ihren Stiefvater freuten und auch Jason ihr bestätigt hatte, dass Gott sie von den Verletzungen der Vergangenheit so weit geheilt hatte, dass sie den Rest ihres Lebens mit einem zweiten Mann verbringen konnte, wollte sie nicht länger warten. Morgen würde sie Grayson aus ganzem Herzen ihr Jawort geben und Mrs. Rachel Ilene Cole werden.

Nachdenklich holte sie ihren Ehering aus der Schmuckschatulle.

Vor zwei Tagen hatte sie Grayson gefragt, was sie seiner Meinung nach damit tun solle. Er hatte ihr versichert, dass es ihm überhaupt nichts ausmachen würde, wenn sie ihn für immer aufbewahrte. Falls sie ihn aber nicht behalten wolle, sollte sie sich seiner so entledigen, wie es für sie am einfachsten wäre.

Das hatte sie jetzt vor. Mit einem ernsten Gebet für Clay nahm sie den Ring, ging ins Bad und ließ diesen in den Badezimmermülleimer fallen, wo er zwischen zusammengeknüllten Papiertüchern verschwand. In Zukunft wollte sie immer weniger an Clay denken, nahm sie sich vor. Doch heute, am Vorabend ihrer zweiten Hochzeit, schloss sie ihn erneut in ihre Gebete ein. Sie wünschte ihm von Herzen, dass er Christen treffen würde, die mit Barmherzigkeit, Verständnis und Liebe auf ihn zugehen und ihm helfen würden, so wie man auch ihr geholfen hatte.

Sie hatte so viel Grund, dankbar zu sein. Gott hatte ihr zwei wunderbare Menschen an die Seite gestellt: Jason Faircloth und Grayson Cole hatten ihr Leben vor dem Selbstmord bewahrt, sie in den schlimmen Monaten begleitet und ihr geholfen, einen ganz neuen Anfang zu machen.

Rachel dankte Gott für diese beiden Menschen, legte sich ins Bett und löschte das Licht. Aber ihre Gedanken drehten sich weiter um den nächsten Tag. Hatte sie auch wirklich an alles gedacht?

Brautkleid, Schleier, Schuhe und Handtasche lagen griffbereit auf der Kommode neben ihrem Bett. Auch die Festbekleidung der Kinder war zurechtgelegt. Der Koffer für die Hochzeitsreise stand fertig gepackt im Flur. Tante Temp, ihre Hausbesitzerin, die längst zur Freundin geworden war, hatte den Schlüssel zum neuen Haus und würde ab morgen mit den Kindern dort wohnen.

Kühlschrank, Tiefkühltruhe und Küchenschränke des neuen Hauses waren mit Lebensmitteln gefüllt, die Kleidung der Kinder hing – beziehungsweise lag – bereits in den neuen Schränken. An der Pinnwand in der neuen Küche hing ein Blatt mit allen wichtigen Terminen und Aufgaben, an die die Kinder während der nächsten sieben Tage denken mussten.

Während Rachel zufrieden feststellte, dass sie wahrscheinlich an alles gedacht hatte, schlummerte sie endlich ein.

Ein glückliches Lächeln lag auf ihrem schlafenden Gesicht.

*

Sechs Zeitzonen weiter östlich war es Samstagmorgen, 6:30 Uhr. Die Sonne war noch nicht aufgegangen.

Clay hatte die Dunkelheit des Morgens genutzt, um sich unbemerkt an sein ehemaliges Wohnhaus heranzuschleichen. Er war den kleinen Weg hinter der Häuserreihe entlanggegangen, stand jetzt am Gartenzaun und blickte auf die Rückseite des Hauses, in dem er neun Jahre lang gelebt hatte. Hier hatten alle drei Kinder ihre ersten Jahre verbracht und hier hatten sie auch gewohnt, als ihr Vater verschwand.

Während der vergangenen sieben Wochen hatte er sich etwa einmal wöchentlich in den frühen Morgenstunden auf den Weg zu seinem früheren Haus gemacht. Oft hatte er stundenlang am Zaun gestanden und in Erinnerungen geschwelgt.

Er hatte bei seiner Einreise nach Schweden ein Drei-Monats-Touristenvisum erhalten. Damals hatte er sich vier Sets warmer Kleidung gekauft, gefütterte Handschuhe und einen sehr dicken, langen Mantel mit Kapuze. Seither lebte er auf den Straßen Stockholms. Um in den Nächten nicht zu erfrieren, zog er alle seine Kleidungsstücke übereinander an und schlief in den Hinterhöfen auf Lüftungsschächten, die zwar keine wohl riechende, dafür aber warme Luft nach oben bliesen. Damit ihn nicht zufällig jemand erkannte, trug er die Kapuze Tag und Nacht und ließ sich einen Bart wachsen.

Auf dem Sandkasten lag eine dünne Schneeschicht. Nur ein einziges Mal hatte er hier mit seinem Sohn Justin gespielt. Nur ein Mal! Er wiederholte die Selbstanklage, bis er nicht mehr denken konnte. Dann zog er aus seiner Manteltasche eine Flasche *Johnnie Walker* und nahm einen tiefen Schluck. Alkohol war wieder zu seinem täglichen Begleiter geworden und half ihm gegen die körperlichen Schmerzen ebenso wie gegen die Not seiner Seele. Er war inzwischen so geschwächt, dass es ihm schwer fiel, die Flasche an die Lippen zu heben.

Vermutlich wog er kaum noch mehr als 60 Kilo. Er konnte schon seit einiger Zeit kein Essen mehr bei sich behalten. Die braunen Flecken auf seiner Haut waren zu tiefen Kratern geworden, die ihm starke Schmerzen bereiteten.

Er hatte kein Verlangen verspürt, irgendjemanden um Hilfe zu bitten, weder Anna Gessle noch Anika Wiberg. Auch medizinische Hilfe hatte er nicht in Anspruch genommen. Allerdings hatte er sich sehr danach gesehnt, Bengt Wennergren und die anderen Freunde aus der Gemeinde wieder zu sehen. Aber diese Wünsche hatte er rigoros unterdrückt. Nur einen Wunsch hatte er sich erfüllt: Eines Sonntagmorgens hatte er gegenüber der *Stockholm Independent Bible Church* gestanden. In seinen Mantel gehüllt, die Kapuze weit ins Gesicht gezogen, hatte er seine ehemalige Gemeinde beobachtet, wie sie sich zum Gottesdienst versammelt hatte.

Die meisten Leute, die er gesehen hatte, kannte er nicht. Aber es waren auch vertraute Gesichter unter den Ankommenden gewesen: Bengt Wennergren hatte offensichtlich geheiratet, er kam mit einer Frau und einem Baby; Sten Oestlund, der Lehrer und sein Freund von einst, war dicker geworden und hatte noch weniger Haare auf dem Kopf; Rolf Nyberg, der beste Bibellehrer aus jenen vergangenen Tagen, hatte genauso ausgesehen wie damals. Clay hatte auch einige Frauen gesehen, die damals mit Rachel befreundet gewesen waren. Aber Eric und Lena Torleif hatten gefehlt. Clay hatte sich gefragt, warum.

Er hatte sich gefreut, als er die zahllosen Menschen gesehen hatte, und war dankbar gewesen, dass er sein Lebenswerk noch einmal mit eigenen Augen hatte sehen dürfen. So hatte er in seinem irdischen Leben doch etwas Bleibendes hinterlassen. Es hatte wieder weh getan, alleine dort zu stehen und dem Leben der anderen aus der Ferne zuschauen zu müssen. Aber es war gut, seine irdische Reise auf diese Weise allmählich zu einem Abschluss zu bringen.

Er nahm wieder einen Schluck aus seiner Flasche. Sein Blick schweifte vom Sandkasten zur Schaukel, die er zu Summers drittem Geburtstag dort errichtet hatte. Er hatte wunderschöne Erinnerungen an die Zeit mit den Mädchen in diesem Garten. Auf diesem Weg, auf dem er jetzt stand, hatte er beiden Töchtern das Fahrradfahren beigebracht. Hier hatten die Mädchen nach einer schneereichen Nacht im November zum ersten Mal auf Skiern gestanden und hatten unter seiner Anleitung mit lautem Juchzen die ersten Langlaufversuche unternommen.

Er schwelgte in diesen Erinnerungen, als plötzlich das Licht im Schlafzimmer anging. Dort hatten er und Rachel geschlafen. Jetzt standen hier andere, fremde Leute auf und begannen ihren Tag.

Wieder war es Zeit für ihn zu gehen. Er sah sich das Haus samt dem Grundstück und der Umgebung ein letztes Mal an. Verabschiedete sich. Drehte sich um und schlurfte davon.

*

Es war Sonnabend, kurz vor 16 Uhr. Rachel hatte zusammen mit ihren Angehörigen und Gästen vor der Kirche Aufstellung genommen und wartete, bis die Musik ertönte, um dann durch den Mittelgang der festlich geschmückten Hauptkirche der *Liberty Church* nach vorne zum Altar zu gehen. Auch Eric und Lena standen wartend in dem Zug. Rachel freute sich, dass die beiden ihrer Einladung gefolgt waren.

Justin stand vor ihr. Er trug einen kleinen, dunklen Anzug mit Weste und Fliege und sah süß aus. Vorsichtig balancierte er das Kissen mit den Ringen, die Rachel und Grayson sich nach dem Jawort anstecken würden.

Summer und Holly standen zwischen Justin und Rachel; beide hatten ihr langes Haar hoch gesteckt, trugen bodenlange Kleider und wirkten wie Prinzessinnen.

An Rachels Seite stand ihr Vater, der sie in die Kirche führen würde. Billy Allen Ward war mit seinem Wohnmobil quer durch Amerika gefahren, um an diesem Tag bei Rachel zu sein. Auch in seinem Gesicht war ein Strahlen, wie Rachel es bei ihm lange nicht gesehen hatte. Darüber freute sie sich ganz besonders.

Der Gemeindesaal war brechend voll, über 300 Leute saßen bereits im Inneren der Kirche.

Auf der Bühne standen drei Männer und warteten auf den

Einzug der Braut: Jason Faircloth, der Rachel geholfen hatte, ihren Glauben an Gott und das Leben wiederzufinden, Dan Shaw, der Rachel und ihre Kinder als Pastor über die Jahre intensiv begleitet und auch auf Graysons junges geistliches Leben einen segensreichen Einfluss ausgeübt hatte, und natürlich Grayson Cole, der bereit gewesen war, so lange auf Rachel zu warten, wie nötig gewesen war.

Als endlich die Musik einsetzte, dachte Rachel gerade darüber nach, wie wunderbar sich doch die Güte Gottes in ihrem Leben gezeigt hatte. Die Türen öffneten sich. Rachel hakte sich bei ihrem Vater unter und der Zug setzte sich unter dem Beifall der Gemeinde in Bewegung. Rachel sah, wie Grayson ihr von der Bühne entgegenkam und an der ersten Stuhlreihe wartete, auf der sie in wenigen Augenblicken Platz nehmen würden.

Mit mütterlichem Stolz ruhten ihre Augen kurz auf ihren Kindern, die aufgeregt vor ihr hergingen. Sie waren nicht weniger glücklich als ihre Mutter. Dann sah sie in einzelne strahlende Gesichter, die ihr zugewandt waren. Sie hatte so viele neue Freunde gewonnen.

„Schatz, ich bin stolz auf dich!“, hörte sie plötzlich eine Männerstimme sagen. Wer war das? Suchend sah sie sich um. Hatte ihr Vater … ? Es war das erste Mal in ihrem Leben, dass er ihr das gesagt hatte. Sie war so überrascht, dass sie nur nicken und „Danke“ flüstern konnte.

Blitze zuckten, Kameras surrten. Man hatte ihr den ganzen Tag über schon gesagt, wie schön sie aussähe, aber in diesem Moment fühlte Rachel sich wirklich schön. Ihre Augen suchten Grayson. Für ihn wollte sie schön sein, ihm verdankte sie ihr neues Selbstbewusstsein als begehrenswerte, attraktive Frau. Er sah sie an; sie raubte ihm regelrecht den Atem. Unwillkürlich beschleunigte Rachel ihre Schritte und eilte ihrem Bräutigam entgegen. Das Leuchten in ihren Augen wetteiferte mit dem Licht der Sonnenstrahlen, das durch die bunten Kirchenfenster flutete.

52

Der schwedische Lokomotivführer saß aufmerksam hinter seinen Kontroll-Lampen und Schalthebeln. Es war Montagabend gegen 23 Uhr. Der schwere Güterzug näherte sich allmählich den Stockholmer Vororten und der Fahrer drosselte die Geschwindigkeit auf 40 Stundenkilometer. Seine Lokomotive zog 38 schwer beladene Güterwagen hinter sich her, deutsche Autos, französische Kleidung und Turbinen aus der Schweiz.

Vergnügt summte er die Melodie eines Liedes aus der aktuellen Pop-Hitliste. Vor über sechs Stunden hatte er in Helsingborg seinen Dienst angetreten, nachdem die Container von einer dänischen Fähre auf die schwedischen Waggons geladen worden waren. Wie immer, wenn er diese Strecke befuhr, würde er die Nacht in Stockholm verbringen und am nächsten Tag mit einer anderen Ladung wieder nach Helsingborg zurückfahren. Sechs Stunden konzentrierte Fahrt waren eine lange Zeit. Er freute sich darauf, bald am Ziel zu sein und sich für ein paar Stunden in den Stockholmer Kneipen zu entspannen.

Noch 15 Minuten, dann würde er endlich in den Güterbahnhof einlaufen. Endstation. Er summte weiter und kontrollierte die Anzeigen der Lokomotive. Alles lief nach Plan.

Dann konzentrierte er sich auf die Schienen, über die er hinwegrollte, und ließ seinen Blick auch über die Gebäude rechts und links der Gleise wandern. Es war eine klare, helle Nacht, und er freute sich auf die Stadt, die jetzt in Sichtweite lag.

Was war denn das? Erschrocken zuckte er zusammen und blinzelte, als traue er seinen Augen nicht.

40 Meter vor ihm, unter einer Brücke, saß ein Mensch – ob Mann oder Frau, konnte er nicht erkennen – höchstens zwei Meter von den Schienen entfernt und lehnte sich mit dem Rücken an einen Betonpfeiler.

Die Hand des Lokführers zuckte zur Bremse.

„Machen Sie keinen Unsinn“, zischte er, „um Gottes willen, bewegen Sie sich bloß nicht!“ Seine Worte waren noch zu hören, als der Zug sich der Gestalt schon auf wenige Meter genähert hatte.

Die nächsten Augenblicke erlebte er wie in Zeitlupe. Unwillkürlich hielt er den Atem an, während ihm bewusst wurde, dass die Gefahr erst vorüber war, wenn alle 38 Wagen an der Person vorübergefahren waren.

Wie gebannt fixierte er die Gestalt.

Dann tauchten die Scheinwerfer der Lokomotive die Person in helles Licht. Was der Lokomotivführer jetzt sah, ließ ihn erneut zusammenschrecken. Es war ein Mann, der da direkt am Rand der Schienen im Schnee saß. Sein Kopf war unnatürlich zur Seite geneigt, seine Arme hingen schlaff herab. Er sah steif und leblos aus … wie eine Leiche.

Während die Lokomotive an dem reglosen Mann vorbeifuhr, riss der Fahrer sein Seitenfenster auf und streckte den Kopf hinaus, um das Gesicht des Mannes zu sehen.

Sekunden später griff er nach seinem Telefon und informierte die Polizei.

*

Nur wenige Minuten später trafen fünf Polizisten an der Brücke ein, um den Mann zu suchen, von dem der Zugführer berichtet hatte. Mit ihren Taschenlampen hatten sie kurze Zeit später die Fußspuren im Schnee entdeckt, die unter die Brücke und direkt zu der sitzenden Person führten. Wie erwartet konnten sie nur noch den Tod des Mannes feststellen. Er saß im Schnee und war erfroren.

Doch was sie dann im Lichtkegel ihrer Taschenlampen sahen, war ein äußerst ungewöhnliches Bild für einen Toten. Nie würden sie den Gesichtsausdruck und die Handhaltung dieses Mannes vergessen. Seine Augen waren weit aufgerissen und der Mund war kreisförmig geöffnet, als habe er zuletzt ein fassungsloses „Oh“ hervorgebracht. Die Gesichtszüge erweckten den Eindruck, als habe er, ungläubig staunend, in seinen letzten Atemzügen etwas Überwältigendes gesehen. Was immer es war, das sich da vor seinen Augen abgespielt hatte, es hatte ihn mit Kraft und Frieden erfüllt, denn beides stand ihm überdeutlich ins Gesicht geschrieben. Seine rechte Hand war in der Haltung erstarrt, die man einnimmt, wenn man eine andere Hand ergreift. Jemand hatte in der Stunde des Todes seine Hand gehalten.

Erstaunt suchten die Polizisten nach den Fußspuren der anderen Person, konnten aber nichts finden.

Sie durchsuchten die Kleidung nach persönlichen Gegenständen, aus denen man auf die Identität des Mannes hätte schließen können, wurden aber nicht fündig. In der Hosentasche steckte ein Bündel Geldscheine und in der Innentasche des Mantels fand sich ein frankierter Briefumschlag, das war alles. Der Umschlag war schmutzig und sehr zerknittert. Nur ein Wort stand an der Stelle, an der man die Anschrift erwartet hätte: Rachel. Der Brief, der in dem Umschlag steckte, sah genauso abgenutzt aus wie das Kuvert.

Die Polizisten riefen ihre Kollegen von der Spurensicherung zu Hilfe und gemeinsam durchsuchten sie die Gegend nach Hinweisen auf ein Verbrechen oder eine andere Erklärung für den Fund.

Doch man fand nichts.

*

Wenige Stunden später befand sich die Leiche bereits in der gerichtsmedizinischen Abteilung der Universität Stockholm. Geld, Brief und Briefumschlag wurden kriminologisch untersucht.

Doch alle Fingerabdrücke auf dem Kuvert und dem Brief stammten ausschließlich von dem Toten. Es gab keinen einzigen Hinweis auf die Identität des Mannes. Die Briefmarke war nicht abgestempelt und klebte in der oberen rechten Ecke. Das Porto hätte ausgereicht, um den Brief ins außereuropäische Ausland zu schicken. Sie war schon vor etlichen Wochen aufgeklebt worden. Der Brief selbst war handschriftlich, in einer ungleichmäßigen, fast zittrigen Handschrift geschrieben und in englischer Sprache verfasst. Das Datum des Briefes lag fünf Wochen zurück.

Der Brief wurde auf der Polizeistation aufbewahrt. Er hatte folgenden Inhalt:

Liebe Rachel,

dass ich es wage, die unwichtigen, ja bedeutungslosen Gefühle meines Herzens in einem Brief an dich niederzuschreiben, offenbart bereits meine abwegige, vermessene Hoffnung, du könntest dich überwinden, meinen Brief an dich zu lesen. Allein die Tatsache, dass du auch diesen zweiten Satz liest, zeigt mir, dass deine Gnade mir gegenüber der unermesslichen Barmherzigkeit unseres Schöpfers in nichts nachsteht. So will ich dir gleich zu Beginn die Absicht mitteilten, in der ich diesen Brief schreibe: Ich möchte dich um Vergebung bitten und dich wissen lassen, dass ich ein gebrochener Mann bin. Das ist alles, mehr will ich nicht.

Vielleicht tröstet es dich, wenn du weißt, dass es mit mir von dem Augenblick an, als ich aus deinem Leben und dem Leben der Kinder verschwunden bin, in jeder Hinsicht – geistig, seelisch und körperlich – rapide bergab ging. Ich gehe seither von Finsternis zu Finsternis, es ist ein Alptraum, der immer schlimmer wird, eine Qual, die ich verdient habe.

Bestimmt würdest du mir das nicht glauben, selbst wenn ich es Millionen Mal zu dir sagen würde, aber die einzigen Momente, in denen es mir in den vergangenen Jahren gut ging, waren die Tagträume, in denen ich mir vorstellte, wie es wohl wäre, wieder bei euch in Stockholm zu sein, dich und die Kinder im Arm zu halten, mit euch zu lachen und mit euch zusammenzuleben.

Ich habe mehrfach versucht, mit Christen Kontakt aufzunehmen und wieder in einer Gemeinde Halt zu finden, aber außer Gott kann mir anscheinend niemand vergeben. Nur er sieht, wie verzweifelt und einsam ich tatsächlich bin.

Ich mache niemandem einen Vorwurf.

Ich verteidige mich nicht.

Trotzdem ist es unerträglich, ohne die Vergebung auch nur eines einzigen Menschen leben zu müssen.

Ich will dir nicht nur sagen, dass ich für meine moralischen und sozialen Vergehen sehr leide, sondern ich bitte dich, bitte, bitte, bitte, glaube mir, wenn ich dir sage, dass du die einzige Frau auf der Welt bist, die ich jemals wirklich geliebt habe.

Was hätte ich seither nicht alles darum gegeben, wenn mir das schon früher bewusst gewesen wäre!

Vielleicht wird es dir eines Tages gelingen, mir zu vergeben, dass ich jemals in dein Leben getreten bin.

Hier brach der Brief ab, er trug keine Unterschrift.

*

In weniger als 36 Stunden war die gerichtsmedizinische Untersuchung abgeschlossen. Die offizielle Todesursache lautete „Tod durch Erfrieren". Ergänzend wurde noch erwähnt, dass „Aids und Unterernährung" vorgelegen hatten. Es gab keinerlei innere oder äußere Hinweise auf Gewalteinwirkung, auch weitere Ermittlungen ergaben nicht, dass ein Verbrechen vorlag. Nach allem, was man feststellen konnte, war der Mann an einem ungeschützten, einsamen Ort erfroren.

Die Identität des Mannes konnte nicht geklärt werden.

Auch der ungewöhnliche Gesichtsausdruck des Toten sowie die Haltung seiner rechten Hand blieben ein Rätsel.

Nachwort

In den folgenden Jahren wuchsen die Mitglieder der Familie Cole zu einer engen und harmonischen Einheit zusammen. Sie liebten einander und standen füreinander ein.

Am 23. Dezember 1999 brachte Rachel einen gesunden, kräftigen Jungen zur Welt. Er erhielt den Namen David Mattaniah, was „Gabe Gottes" bedeutet. Im Beisein der gesamten Familie wurde David wenige Tage später während eines Gottesdienstes der *Liberty International City Church* gesegnet und Gott anvertraut.

Die Erinnerungen an Clay McCain verblassten allmählich.